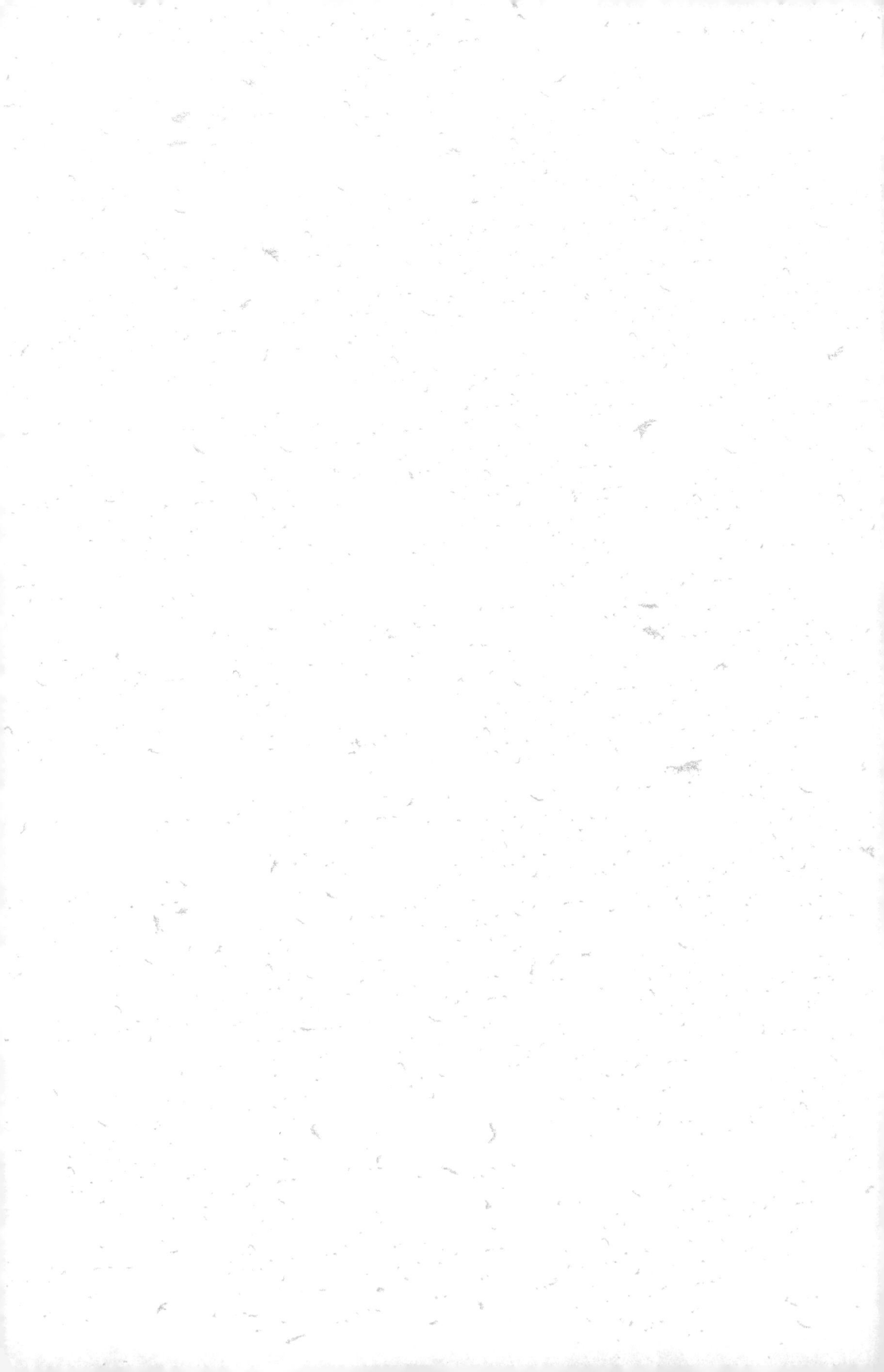

中国作家协会定点深入生活项目
河北省作家协会重点创作扶持项目

还你一个仙女湖

HUAN NI YIGE
XIANNÜHU

水 土 —— 著

河北出版传媒集团

花山文艺出版社

河北·石家庄

图书在版编目（CIP）数据

还你一个仙女湖 / 水土著. —石家庄：花山文艺
出版社，2020.7
ISBN 978-7-5511-5206-8

Ⅰ.①还… Ⅱ.①水… Ⅲ.①长篇小说－中国－
当代 Ⅳ.①I247.5

中国版本图书馆CIP数据核字(2020)第097556号

书　　名：**还你一个仙女湖**
著　　者：水　土

选题策划：郝建国
责任编辑：于怀新　李倩迪
责任校对：李　伟
装帧设计：王爱芹
美术编辑：胡彤亮
出版发行：花山文艺出版社（邮政编码：050061）
　　　　　（河北省石家庄市友谊北大街330号）

销售热线：0311-88643221
传　　真：0311-88643234
印　　刷：石家庄众旺彩印有限公司
经　　销：新华书店
开　　本：700×1000　1/16
印　　张：20.25
字　　数：280千字
版　　次：2020年7月第1版
　　　　　2020年7月第1次印刷
书　　号：ISBN 978-7-5511-5206-8
定　　价：68.00元

HUANNIYIGEXIANNUHU

还你一个仙女湖

上部

1

李成功去扶贫村的头天晚上，没有与妻子杨玉萍在一起，而是应苏素之邀，去了必胜客。

李成功松口赴苏素之约，可能与杨玉萍拌的那几句嘴有关。白天，李成功从动员会上回家，兴冲冲告诉杨玉萍他决定去扶贫时，杨玉萍并没有多大反应，甚至显出了些许的不屑，李成功便嘟囔了她家庭妇女啥都不懂之类的话，杨玉萍以为他嫌弃自己，便抓住并放大这一点儿吵吵起来。这原本也没什么，老夫老妻戗戗两句，过后就完，可偏偏这时，苏素微信过来说想要给他送送行，请他务必赏光。尚在烦闷中的李成功，念头忽地一偏，就答应了。叫李成功没想到的是，苏素选了那么个私密的地方，更没想到的是，苏素还带着她上初中的儿子，且一见面就让儿子喊他舅舅。面对她儿子规规矩矩地礼呼舅舅，李成功心里一动，看来苏素把他当娘家人了。事后李成功回忆，尽管那天晚上苏素的儿子大部分时间在埋头吃西餐，但苏素的言行，深深影响了儿子，因此这母子的言谈举止，散发出来的都是对他的敬仰。李成功记得，苏素反复称赞了他扶贫行为的高尚，还轻轻说了句："我支持你！"当时李成功曾觉得好笑，心说你一个寄人篱下的弱女子，还支持我，怎么支持啊！后来李成功坦言，苏素儿子吃饱了西餐往学校走后，他本想与苏素大聊一会儿的，他已经又把红酒分别倒满了苏素和他的杯子。可就在这时，苏素男人打来电话，说从北京回来，已到了家里。李成功立即掐灭与苏素私聊的念想，建议苏素叫他男人过来，一起吃饭。苏素一口否决，并草草收场，匆匆回家。

李成功走出必胜客，迎着寒风，站在繁华的大街旁，快速地做着选择。

　　此刻他有两个选择，一个是立即回家，与妻子共度一夜。毕竟明天就要驻村了，说不定要驻多久呢。白天动员会上，领导的讲话、驻村干部代表的表态，都那么铿锵有力。特别是那阵势，叫他现在还热血沸腾呢。人民礼堂，那是啥场合，两千多个位子，座无虚席啊。出征仪式，彩旗飘扬，锣鼓喧天，崭新的大客车一溜排出三里地长，一律戴着大红花，挂着大标语，驻村干部们在欢送的掌声中依次上车，隆隆地奔赴扶贫一线。他作为其中一员，甭提多么豪迈了。他没坐着大客车走，那是因为单位条件好，专为他们驻村工作队拨付了一辆越野车，明天他们自己开车走，但这一点儿不影响他的豪迈感。他听说，这一回，全省派去驻村扶贫的干部有两万多。两万多呢，站在广场上，那是多么大一片！一个省两万多，全国呢，这个数字一想象，他就惊叹不得了，心里说，看来这回真的要把驻村扶贫当个重要的事呢。另一个选择是不回家。回家实在没多大意思。这没意思其实还不仅仅因拌的那几句嘴，可能与分床有关。妻子的借口是他打呼噜，影响休息。这些年，他确实添了打呼噜的毛病，所以当妻子提出要去另一个房间睡觉时，他并没有阻拦，只是随口说了"随便"二字，其实他心里是无所谓的，没承想这一无所谓，就与妻子正式进入了"分居"模式，他称之为良性分居。他知道妻子主动与他分居，也许并不是因为他打呼噜，或者主要不是因为他打呼噜，如果真想在一起睡觉，甭说打呼噜，就是放炮，也不会分开的，所以其中是另有隐情的，只是这隐情谁也没说破，就让它在那里慢慢生长着。他掏出手机，想先约个车，一看，有一条微信，是妻子杨玉萍的："你今天晚上回家吗？"再一看时间，是一个小时前发来的，那会儿他正与苏素频频碰杯呢，并没有顾及妻子的微信。此刻从微信不咸不淡的口气上，他仿佛看到那客气得像久不见面的堂姐一样的妻子。微信透出的公事公办口气，分明是告诉他你要来，就给你留门儿；不来呢，我就插门睡觉了，没有任何其他含义。他隐隐地有点儿责怪妻子，一个多小时了，你为什么不再催催我？为什么不打个电话问问我，既然不催不问，那就是有我无我无所谓。想到这，李成功有些生气。

这时，一辆出租车停在面前，他上了车，司机问："去哪儿？"他脱口便道："金地大厦。"那是他工作的地方，他选择了不回家。于是，他在车里给妻子回了一条短信："明天就要驻村了，有很多工作要做，今晚需要加班，不回家了。你给我准备好所带物品，明天临走前开车去取。"过了好一阵，妻子回了信息，只一个字："哦。"

李成功气鼓鼓打开办公室的门，拉开值班床上的被子时，情绪在干红的作用下尚未恢复常态，他抓起枕头重重砸下："哼！回家有啥意思！"

2

从当时的情况来看，单位对扶贫很重视，至少李成功是这么认为的。

不过开始他没这么认为。开始主管他的钱副总经理找他谈话，告诉他单位决定派他去驻村时，他第一反应就是想把手里的笔记本摔到钱副总经理的脸上。扶贫的那个村庄那么遥远，过了北京，过了长城，还要往西北跋涉，天寒地冻甭说，一走，就像被踢出去的皮球，任单位有啥好事都不会轮到他了，他能不怒火中烧吗？他痛恨眼前这个主管他的长着蒜头鼻子的钱副总经理，他跟了钱总这么多年，钱总从没有给他争来过什么好处，到了关键时刻，却又一脚把他踢到了千里之外的塞北，所以他不由得脸色变黄，腾出握笔的右手，抓起了笔记本。但结果，他并没有把笔记本摔出去，只是急促喘息了几下，仍然做着认真记录的样子，笑嘻嘻说："钱总，这是要我给谁腾地方啊？"甩出这句话，是有原因的——机关里正在搞新一轮改革，合并处室，精减职员。李成功的职务是主任政工师，括号副处级待遇。这个职务虽然不算个官，但也有好多人虎视眈眈盯着，他忖度，准是领导想借改革，要提拔谁了，要安排谁了。要提拔谁，要安排谁，总得有位置，可现在的位置满满当当，一个空缺没有，怎么办？那就得设法腾出些空缺，就像对过稠的谷苗间苗一样。看来，领导是打算把他李成功这棵苗间掉的，但又不能平白无故地间掉，他李成功自信并非庸才，这么多年兢兢业业任劳任怨恪尽职守也并无大错，要免他的职位估计也作难。恰在领导作难之际，扶贫任务来了，领导一下子灵感闪现：派他去驻村扶贫，岂不是绝招妙棋，倘若他拒绝，即为不服从安排，免职有理有据，若服从安排，去驻了村呢，则皆大欢喜，单位既完成了派人扶贫的任务，机关里也空出一个职位，领导就可以随便安排自己认为合适的人了。这时端坐办公桌前的钱副总经理却严肃起来，说："李成功你怎么能这样想呢？你以后可不能随便再说这样的话了。我告诉你吧，你这次去驻村扶贫，职务不但保留，而且还有提拔的可能。""哈哈，谢谢领导啦，提拔嘛，我可没敢想。"李成功敢当着领导的面说这样的话，是猜想派他驻村已成定局，不可挽回，索性一吐为快。接下来，任钱副总经理怎么讲道理，他几乎一个字都没听进去，当然放在膝盖上的笔记本也一个字都没写，直到随后单位的最大领导董事长亲自召见他，并有人直接把他领到董事长的对面，他才转疑为信。

董事长平头，方脸，干脆利索，上来就说："班子研究来研究去，还是你最合适。你有经验啊！"

李成功嘿嘿笑了两声，不由得谦卑了一下。他知道董事长说的经验是他在工农关系办公室工作的经历。李成功最早在冀南矿上时，一直负责处理工农关系，与农民打交道最多。

董事长说："当然，你的政治觉悟和办事能力，领导也是认可的。"

李成功心里受用，略驼的脊梁往起挺了挺。

董事长说："按照上级精神，我们要选派最强的干部。凡被选派的同志，不但待遇不降，还要列入后备干部优先使用。这次你既是驻村工作队的队长，又是驻村第一书记。不过要有思想准备哟！村里条件艰苦，又离家很远，与妻子不能朝夕相处，你要克服困难……"说到这，李成功站了起来，颤抖着嗓音表示绝不辜负领导的信任，说："请董事长放心，家里事再大也是小事，我一点儿问题没有。"李成功本来想说"我与妻子一年不在一起也没关系"，但被董事长通情达理的话截断了，董事长说："不不不，家里的事也不是小事，有什么困难单位会帮你解决的。"

这次选派的人员，除了李成功，另外还有两位，一位是生产部的薛东旭，一位是财务部的欧阳涛，年龄都比李成功小，资历也比李成功浅。所以见面后，李成功对他俩说："我比你俩虚长几岁，以后咱就是一个战壕的战友了，我就叫你们小薛、欧阳吧，这样不显生分。"小薛、欧阳齐说："好啊，好啊！"

薛东旭、欧阳涛把越野车开出地库时，好几个人围上来开玩笑，说："你们的待遇比董事长还高啊！"站在一旁等待上车的李成功只微笑不语。这辆车原是董事长的专车之一，这次，董事长特批，拨给驻村扶贫工作队使用。车虽然已经跑了三十多万公里，但看上去仍然是好车，气派得不得了，两位年轻人兴奋地动动这里，摸摸那里。薛东旭说："确实好。"欧阳涛说："废话！四驱的，开过吗？！"李成功则坐在董事长常坐的那个位置上，矜持地故意不去注意车的本身，只是看看手表。

欧阳涛说："李处，车后放着酒呢，五粮液。我们到村里喝吧。"李成功说："好，到村里喝。"

车已经开出了机关大门，薛东旭说："忘了，今天限双号，这车啥号？"欧阳涛拨弄着中控台上的导航音响空调，"啥号都没事，拍不上的，没听说昨天的飞机在天上转了十几圈愣没找到机场？"

十点钟，市区笼罩在厚厚的雾霾中，李成功被堵在一个十字路口，看看车外，周遭都被雾霾包围着，他感到压抑，打开车窗，想透透气，副驾驶上欧阳涛及时提醒："李处你听广播，PM2.5爆表，还敢开窗户？"李成功说："咱们的肺早已适应了，没关系的。"李成功望望灰茫茫中前后排起长队的车，心情起了烦躁，说："干脆，我下车走回去，家也不远了，你俩先开车到各自家拉上东西再来接我。"

李成功下车，从车缝里挤到人行道上，朝着东南他家的方向走，走着走着，被一圈围挡挡住，那围挡里不是修地铁就是挖沟，总之是过不去的。他绕着弯弯曲曲的围挡，跟着汹涌的人流往前走，走着走着，钻进了一个地下通道。地下通道里雾霾稀薄一些，他随着嘈杂的人流，加快脚步穿过地下通道。他要赶时间，回家里收拾行李，今天下午必须得赶到扶贫村的。即将上台阶时，李成功看见在出口处跪着一个脏脏的妇女，妇女怀里抱着一个熟睡的孩子，那孩子看上去两三岁的样子，妇女的膝下摊着一张晚报大小的纸，纸上密密麻麻写着字，字的旁边还放着一个纸盒子，纸盒子里也稀稀落落放着一些硬币和纸币。他缓下脚步，早早摸着腰包，打算往妇女的盒子里扔几块钱，可摸来摸去，摸出的都是百元大钞，总不能把这崭新的百元大钞扔到那盒子里吧。算了吧，算了吧，他把百元大钞重新装好，抱歉地对那跪地渴求的妇女说："没带零钱。"于是，对那纸上的字也没再细看，心一硬，离开妇女，一头没入雾霾中。

李成功又走了约莫二十分钟，按距离该到家的，可就是走不到家。看看周边的环境，又是一片工地，陌生得很，怎么那些经常看到的标志性建筑都看不到呢？他不禁又烦躁起来，还隐隐地惶恐起来。他掏出手机，拨通了家里的电话。接电话的不是妻子杨玉萍，是女儿。他问："媛媛，你怎么回来了？"女儿媛媛说："今天没课，我带同学逛逛街，顺便回家蹭顿饭。"李成功说："哈哈，老爸闹笑话了，老爸走迷了，找不到家了，不知道这是哪儿。"媛媛说："没事，我给你发个位置啊。"刚挂断电话，位置发过来了，李成功按位置打开导航，只十几分钟就到家了。

媛媛正和妈妈从衣柜里翻找什么，见李成功进来，响亮地喊了声爸爸，杨玉萍则头也没回，说："东西都收拾好了，你看看行不行。"李成功看到客厅的地上放着皮箱，那是他经常出差用的，每次出差，杨玉萍都为他准备好所用物品，这次，她把李成功扶贫也当成出差了。李成功说得拿些被褥、棉衣，见杨玉萍无动于衷，他自己钻到另一个柜子里卷被子，杨玉萍拉着脸，说："要出去过日子啊！"

杨玉萍本来挺好看的，圆圆的脸庞，大大的眼睛，挺挺的鼻梁，嘴巴不大不小，嘴唇不薄不厚，细腻白皙的皮肤饱满而润泽，可这几年老愁眉苦脸，一副病痛不堪的样子，显老了许多。女儿媛媛正好与她形成反差，是一个爱说爱笑、活泼开朗的姑娘。媛媛咯咯笑个不停，杨玉萍用衣服拍了一下媛媛，"傻闺女！"媛媛收住笑，一本正经对李成功说："老爸你答应我考上大学给我买新手机，到现在还没兑现诺言啊！"李成功说："开了工资吧，就这几天。"媛媛说："拉钩。"伸着小手就要去拉李成功的手。杨玉萍伸手打回了媛媛肉嘟嘟的小手，说："手机好好的，换啥！"媛媛犟道："就换！"杨玉萍不再搭理媛媛，抖着一件上衣冲媛媛的卧室喊："那谁？叫啥来着，来试试这件衣服行不。"媛媛便冲卧室叫："巧巧，巧巧！"

媛媛卧室的门被缓缓推开，从缝隙中探出一张脸，脸呈紫铜色，两边脸颊好像被粗纱布摩擦过似的，血液集聚到了那两个凸起处，显得格外的红肿。整个脸庞的皮肤都很皱，叫人马上联想到失去水分没有保存好的土豆。一双眼珠倒很黑，由于眼珠的过黑，又使人很容易忽略那双与肤色接近的浓眉。浓眉下的眼睛里，此刻反射出的尽是胆怯和羞涩，甚至还有些惊恐。媛媛上前一把把这女孩拉出来："怕什么呀，我爸。"又对李成功说："我同学，邹巧巧，专科的，入学晚。"李成功这才发现，邹巧巧一头短发，自然披散着，没做任何梳理，上身穿一件蓝色羽绒服，好像是男式的，下身运动裤，很肥大，裤腿长得盖住了鞋。杨玉萍拿着媛媛的旧衣服在邹巧巧的身上比画，媛媛则动手要脱下邹巧巧的羽绒服，邹巧巧抵抗着不让脱，眼睛却一直瞟看旁边的李成功，李成功刚要与她的目光对接，她忽地躲闪开，极快地又钻进了媛媛的卧室。

媛媛冲着卧室说："可有劲了，我们寝室的开水，都是她给提到楼上，一手提两个暖瓶，五层，噌噌就上去了。"

女孩的这种肤色、这种穿戴，乃至这种神态，李成功在坝上见过（阳坡矿曾有很多这样的工人），像内蒙古、新疆、青海、西藏也随处可见，所以于他来说，就如每天上下班乘坐的班车一样习以为常，并未在他的情感水面上击起涟漪。

车来了。欧阳涛进来，帮着李成功把被褥、棉衣抱到了车上。

3

车上了高速，一路向北，左拐右突，呼啸着在拥挤的车流里向前奔驰。开在这样的路上，薛东旭忍不住就想踩油门，欧阳涛瞅一眼仪表：

快二百了。后面的李成功探探身子："没觉察就这么快？好车就是不一样，快，减下来，这路上限速探头很多。"薛东旭说："没事，咱过过瘾吧。"李成功坚决阻止："不行，我们开着公车，不能违章。"他作为负责人，如果扣分罚款太多了，不好交代的。接下来，在李成功的监督下，车规规矩矩前行着。

穿过太行山，进入燕山余脉，薛东旭说："我有些犯困。"欧阳涛说："不让你撒野就犯困！"李成功说："车少路宽就容易犯困，到前边服务区吃点儿午饭吧。"这个服务区一辆车也没有，在阴沉的天空下，寂寥而又荒凉。李成功拿着水杯，走进餐厅。空落的餐厅，寒气袭人，他扯着嗓子喊了几声，从一个挂着棉门帘的房间里走出一位男人。李成功问："能吃饭吗？"那男人说："不能。"跟随进来的欧阳涛问："有方便面吗？"那男人说："没有。"李成功举起杯子："开水有吧？"那男人要过杯子，回屋倒满一杯开水。车再上路，李成功指派欧阳涛开车。李成功要求欧阳涛把空调调得低一些，再低一些，这样既不犯困，又与外界不至于温差过大，下车后好适应一些。

饿着肚子一下高速，欢迎他们的是疾风厉雪。这里的风雪与省会的风雪大不一样。这个季节里，省会因了太行山山脉、燕山山脉和阴山山脉的庇护调和，风是柔柔的，雪是飘飘洒洒的，它们都如丝绸一般拂过大地，轻缓地对着正在萌动复苏的万物呼唤。这里不是这样的，这里没了大山的庇护，从西伯利亚而来的风雪一路狂吼，带着蛮劲，鞭梢利刃一般直击车身。前挡风玻璃上，雪花都变作带棱的颗粒，像无数箭镞似的迎面射来，欧阳涛、薛东旭吓得再也不敢犯困，一边把雨刮开到最大，拼命与风雪做着抵抗，一边瞪着眼睛死死盯住前方坑坑洼洼的道路。还好，路上一辆车没有，天地间只有他们这车小船一样颠簸着前行。路过一片被雪掩盖的废墟，路面出现一条沟壑，沟壑里都是冰，欧阳涛停下车，叹道："完了完了，我们非冻死这里不可。"李成功胸有成竹地说："没事，过得去的。"他指挥着欧阳涛先倒车，然后拐向那片废墟。开到近前，穿越废墟才看清，废墟上歪倒着一个井架，井架旁黑洞洞的井口里往外冒着热气。再往北一些，竟有好几排砖瓦平房，只是平房的顶都被揭去，门窗也都被拆走了。在靠里的几排平房之间，还有人围起了栅栏做羊圈，但现在没羊，可能天暖和了会有人把羊圈在这里。其他都是些残墙破壁，它们仿佛在顶着凛冽的风雪，笑话着这辆远道而来的汽车。李成功指着前方说："右拐右拐，左拐，对，直走。"嘎吱嘎吱轧过一堆黑色的矸石，一个摇晃，车子重新上了道路。薛东旭回头瞅着李成功，伸出大拇指："牛啊，李处。"

李成功不以为然："这是我曾经生活工作过的地方。"

薛东旭、欧阳涛同时惊愕地"啊"出了声。

李成功说："这里原来是咱们集团的一个矿，阳坡矿，零几年的时候可红火了。可是，已经废弃的矿，路上怎么会有结冰呢？井口怎么会有井架呢？矿井关闭后难道又有人开采？"

"管他呢，走吧！北国风光，千里冰封，万里雪飘……"薛东旭望着窗外的崇山峻岭，大声吟咏起来。

汽车开始爬坡，昂着头，怒吼着，顶着狂风，循着高德地图的指引，驶过一段平坦的省道，开到了县委大院。

4

李成功他们是最晚报到的。各个贫困村的村主任都已把各自村的扶贫工作队领走。

李成功他们报到后，把该办的程序办完，县里领导把该说的话说完，然后喊道："南湾！南湾村的！"

一位黑瘦黑瘦的男子噌地从蹲着的椅子上跳下来，说："我在这等一天了。"旁边的人给李成功介绍，说："他是你们村村委主任，叫姜银发。"李成功还没伸手，姜银发就用双手抓过李成功的右手，热情地晃起来，并死盯李成功的脸嘻嘻笑个不停。李成功看着村主任不正常的笑，又不好意思立即抽出被摇晃的手，只觉得手掌被铁钳钳住一般，而钳他肉的一面，又像带着沙砾一样，他的手掌被硌得生疼生疼。村主任姜银发晃够了，再依次去晃了薛东旭、欧阳涛的手。

进村的路上，姜银发带他们在县城边的一个小饭店里每人吃了一大碗莜面，又去超市买了些食品，然后坐到副驾给他们带路。坐在前边的姜银发不时地回头冲李成功笑，李成功对他频繁的笑不知道是回应还是不回应，欧阳涛却把嘴对到李成功耳边，悄悄说："精神病。"李成功摇摇头，否定了欧阳涛的猜测，忽然想起了一个问题，问前面的村主任："支书怎么没来啊？"

"支书？富强哥啊，他肚疼，这几天疼得狠了。"姜银发轻描淡写说了这一句，又回头冲李成功笑，反问，"我来接你不行啊，李书记？"

李成功心想，这家伙反应还挺快，赶紧回道："不是这个意思，我就随便问问。"

姜银发抠抠搜搜从棉衣口袋里摸出一支烟，扭身递向李成功，仍然露着不太洁净的门牙笑着说："李书记抽根烟吧。"李成功推过去说："不抽。"欧阳涛提醒说："车里不要抽烟。"

姜银发把烟卷夹耳朵上："李书记，你不认得我了？"

李成功看着姜银发的后脑勺："怎么老觉得面熟啊。"

姜银发启发："你给我上过课啊。"

"上课？"李成功莫名其妙，他从没当过教师啊。

"党课。你讲的是共产党起家的事，在船上。"

哦，想起来了，李成功在阳坡矿时，七一搞活动，他给党员和预备党员们讲过一次党课，讲的是党史。"那么，你在阳坡矿干过？"

"阳坡矿那次事故，要不是你，能赔那么多？"

"哎呀，是你啊，班长小姜的。怎么老成这样了？看看，头发快白完了，看看，看看，也瘦了，咋比下窑还黑啊。"

姜银发笑得更厉害了，一笑，皱纹立刻钢化玻璃爆裂似的布满了整个脸庞。

那一年，塞外的县办小矿阳坡矿被金地集团收购重组，刚从冀南矿调到集团总部的李成功看到了希望。那会儿，金地集团要投巨资改造升级阳坡矿，任命钱副总经理为矿长。当然，那会儿钱副总经理还不是副总经理，只是个从省厅下来的科长，科长安排到金地集团，就地升为副处长，当副处长没多久，又要去阳坡矿当矿长了。以钱矿长为首的领导班子搭好后，中层管理人员也很缺，李成功瞅准时机，找领导主动提出，他想到阳坡矿锻炼锻炼。阳坡矿那是啥单位啊，远离省城甭说，矿小，收入低，条件极其艰苦，谁愿意去啊。所以李成功一提出这个请求，立即引起领导重视，作为典型，他受到大会小会表扬，还上了金地集团报的头条。阳坡矿再小也是矿，在金地集团这个庞大的国有企业架构里，所有的矿都是处级单位，李成功主动请缨到阳坡矿，理所当然是戴帽下去，文件上明确的是矿办室主任兼副总经济师，括号副处级待遇。这正是李成功的智慧所在。在他看来，级别就是一切，没有级别，或者级别不到，你所有的抱负、理想、奢望，还有牢骚、不满都是枉然。他在冀南矿时靠自己的努力提为科级，调到集团总部，虽然保留着科级，但他非常清楚，在关系错综复杂的总部机关，级别再上台阶是很难很难的，如果不走舍弃省城大机关到偏僻的塞外小矿这条路，也许他会永远停留在科级上。可令李成功没有料到的是，他到阳坡矿第三年的夏天，产量一下子翻了五番的矿井在钱矿长荣升为集团副总半年之后的一天夜里（7月25日），工作面突然透水，井下被淹。经过奋力抢救后，仍然有六个人遇难。

遇难的六个人都是农民轮换工，其中五个来自大山另一边的南湾村。

处理善后的任务毫无悬念地落在了李成功的肩头。这是他的长项，他在冀南矿工农办当科长时，主要职责就是与周边的农村村民打交道，他有的是经验和教训。

遇难人员那边的代表，是他们推举的姜银发。姜银发是最早到阳坡矿下窑的南湾村村民，因他机灵、脑子活，在井下干了几年就先后当上了组长、班长，后来陆陆续续从村子里带出一些人一起下窑。出事之后，他代表遇难家属直接给李成功谈判，他要为死者家属们多争些利益。当时李成功叫他小姜的，但除了意味深长地喊他一声小姜的外，只字不谈赔偿的事。李成功不谈赔偿的事，只是天天混到死者家属中，与他们一同恸哭。那会儿死难者的家属，有的是父母，有的是妻子，有的是子女，还有死者的很多亲戚，都安排在乡里的一所小学，李成功不回宿舍，打地铺与这些人住在一起，只要有一个人哭，他就陪着哭。矿上组成了专门小组，为这些家属服务，一天三顿送饭，顿顿都有烧鸡、红烧肉，有的家属哭着哭着，见饭来了，止住哭，先去扯过一个鸡腿。李成功则对那些诱人的饭菜不理不睬，不吃也不喝，一副悲痛欲绝的样子，白天哭，夜里也哭。有天深夜，正睡着，对面女铺上突然有个女人坐起来，喊叫："吃肉！吃肉！"喊叫的女人被旁边的一个女人按了下去。场面刚刚安静下来，紧挨李成功的一位老人又哭起来，李成功躺着，攥着老人手，也一齐哭，老人不哭了，他还在哭。李成功已经了解了每一个死难者的家庭情况，这位老人叫邹三树，下有一个儿子、一个女儿，死的是他的儿子，刚才喊吃肉的是儿媳妇，儿媳妇有间隙性精神病，按住儿媳妇的女人是老人的女儿。邹三树哭着向李成功诉说："一个疯子，还有一个孩子，往后可咋过啊！"李成功用劲攥了攥邹三树的手，安慰："甭愁啊，会挺过去的。"想想邹三树有精神病的儿媳妇，还带着一个孩子，李成功不禁又实实在在地哭起来。

　　看李成功这样不吃不喝一直哭，最先劝说的是姜银发。他说："李主任，甭哭了，再哭人也活不过来了。"后来，死者的家属也反过来纷纷劝说李成功。那邹三树当过兵，觉悟最高，对李成功说："你是领导呢，一直哭有啥用啊，咱活着还得往前过呀！你给俺们多谋点儿好处就行了。"这正是李成功要的最佳效果。这次集团领导交派任务时说得很明确，只要安抚好死者家属，确保稳定，多赔偿一些也可以，但赔偿要按政策执行，合法依规。这个滴水不漏毫无瑕疵的指示，让李成功着实费了一番脑筋，更付出了无法衡量的情感，至此，他已完全取得了死者家属们的信任，剩下的就是通过姜银发，让大家理解赔偿的政策。他先按政策给每人算了一个数，大概是十五万左右，之后他把门子一关，压着声音对姜银发说："小姜啊，这十五万是公事公办，按说就这样了，一分钱不能多了，可我实在同情这些死去的弟兄们，所以，我争取再挤一点儿出来，至于能挤多少，我不好说，但我会尽量多挤。"姜银发连说"好好好"，家属们得知后也连说"谢谢谢谢"。最后，每位死者在原来说定的基础上又加了五万。其实这五万并没有超出规定，只是这规定的算法不一样而已。当死者家属多得了五万之后，无不对李成功感恩戴德。

善后赔偿没有超出预算，处理得也平平稳稳，李成功算是立了一功。后来，阳坡矿再一次突水关闭后，他能全身而退，平级调回总部机关，与此立功也不无关系。回想起来，能那么成功平息死难家属的情绪，姜银发在中间也发挥了不可替代的作用，所以车里认出姜银发后，李成功把藏在心底好多年的话也掏了出来，说："小姜啊，当时，没有你，我也不可能完成那个特殊任务，一直想谢谢你呢，后来矿井关闭，很多事要处理，人又调了回去，也就没机会说声谢谢了。"

姜银发有些受宠若惊，脸上的笑不再像先前那样捉摸不定，东拉西扯给李成功说了好多话。这时雪停了，风也小了。路两边虽白雪皑皑，但算不上惟余莽莽，因为北风的狂烈，雪铺排得不甚均匀，有些地方很厚，甚至堆积成了小山，有些地方却还裸露着黑土和枯草。路两旁稀疏的树木，枝杈一律紧缩着瑟瑟发抖。路面很干净，绝无脚印车辙，整个大地都在静默之中。李成功与姜银发的聊天也停了下来，车里只有空调的呼呼声和车轮轧过积雪的咯吱声。天空即将暗下来，姜银发指着前面的一处坡地说："快到了。"大家望去，在那舒缓的坡地下，稀落地散布着一些矮矮的土房，有些房顶上时不时地冒出一些烟来，烟很微弱，像危重病人断断续续的喘息。

越走越近了，这就是南湾村了。如果不是土房子上冒出的些许白烟，没人相信这里会有人。整个村庄静得没有一点儿杂音，也没有一点儿活气，甭说看不到一个人影，连鸡猫狗都看不到一只。薛东旭在姜银发的指引下，把车停了下来，长舒一口气，说："这么远啊！"姜银发却不好意思笑着，说："天不好，天不好。"从他那歉意的笑容上看，好像从县城到村子这么远的路程，除了老天爷的过，就都是他的过了。

车熄火了，姜银发还不下车，李成功问："怎么不下？"姜银发敛起笑说："等会儿哈。"李成功问他："等什么？"他说："车里这暖和，下去太可惜。"他是怕人去车空，车里的温暖浪费了。李成功、薛东旭、欧阳涛都笑了，一齐开车门跳下了车。

欧阳涛率先哇地叫了一声，薛东旭随后也叫了一声，他们感觉像是猛一下掉进了北极的冰窟窿，下意识紧紧捂住了耳朵和脸庞。这有点儿让两位年轻人猝不及防，李成功说："零下二十五摄氏度，不知道吗？"他们从车上知道室外温度是零下二十五摄氏度，却不知道零下二十五摄氏度有这么冷，他们只体验过零上二十五摄氏度，哪曾感受过如此的寒冷！

姜银发转过一堵土墙，领来两个穿着臃肿的人。不走近看，分不清男女，走近了，才看出其中一个是女的，女的后面跟着一个瘸腿男人。这一男一女话不多，一来就上手帮李成功他们从车里搬卸行李。很快，行李全部搬到一个房子里。

<h1 style="text-align:center">5</h1>

这是一座典型的坝上农村院落，虽坐北朝南，但不像中原地区那种主次分明的四合院方正敦实、封闭聚合，这个院落只有一排北上房，没有配房，没有门楼，只有用泥土围起来的院墙。那排北上房，一溜五间，走进一看，西头里间有一个大炕，紧挨大炕隔墙客厅一侧蹲着一盘灶火，灶火上焊着一口大锅，大锅旁摊着一堆柴火。东头里间锁着，里面胡乱堆放着杂物，当作仓库。这房子与村里其他房子明显不同，其他房子的地面大都铺土砖，好一些的是光溜溜的水泥，这个房子的地上铺的则是明晃晃的紫红格子的瓷砖。客厅的当央，还有一个烧得旺旺的煤火，煤火上的烟筒，长龙似的弯弯曲曲吊在房梁上，又通过隔墙的门口穿过西头里间，最后从窗户伸到了院子里。院子非常宽阔，这让在城市里住惯了局促单元楼的李成功他们有点儿惊叹。

薛东旭对站在窗前想事的李成功说："李处，这院子可以踢足球赛啊。"

院子里积满了雪，且坑洼不平，几处雪薄的地方露着干草，很显然，夏天院子里肯定野草没膝，李成功没接话，欧阳涛接话了，说："这坑坑洼洼的怎么踢球啊！"

薛东旭说："我是说院子大，听不懂意思啊，你量量，面积和足球场差不多吧。"

李成功自打一进村，一种沉重就不知不觉压在了他心头，他已无法像薛东旭和欧阳涛那样轻松了，对他俩关于院子与足球的对话，他知道是在说笑，但他没有说笑，只是紧锁眉头一言不发。

瘸腿男人先走了，姜银发和那女的留下来，手脚麻利地帮他们收拾安置妥当，站起身来也准备要走，但不忘迎合两位年轻人说："这房子可是全村最好的房子，"姜银发指着朝向院子的一面墙说，"看看，前墙都是砖。"他说最好的房子，是说盖房子时用的砖最多，其实这院子的院墙与其他人家的院墙一样，也都是用黄土堆砌起来的，有两尺半厚，一人多高，与燕子衔泥粘出的窝差不多，感觉很不结实，一脚都能踹塌。这村子，家家户户就是这么用土墙连接成片的，远远看上去，就是一堆板结的黄土。

李成功向姜银发和那女的表示了感谢，踏着雪，把他们送出了院子。

哈着气回到屋里，李成功双手放在炉子上烤着。两位年轻人的新鲜劲还没过去，到院子里踩了一会儿雪，进来时搬着车上那箱酒，坐到炉火旁提议："咱们喝点儿吧。"李成功说："这么冷的天，喝点儿暖和暖和。"还好，锅碗瓢盆乡里都给备好了，只是没有酒杯，薛东旭拿出三只碗，启开酒瓶，咕咚咕咚把酒倒进三只碗里，心急的两位年轻人端起碗来就要喝，李成功按下碗，叫他俩别急。李成功起身提起暖壶，往大锅里加上水，蹲下来在灶火里点着柴火，然后把酒碗放在热水里，不一会儿，随着袅袅的热气，酒香就溢满了屋子。李成功吮吸着酒香，赞道："好酒啊好酒。"三个人端起热腾腾的酒，就着来时在县城小超市买的火腿、鸡爪，碰碰碗，喝起来。

灶火里的柴火噼噼啪啪燃烧着，大锅里的水沸腾着，李成功借着酒劲，给两位年轻人讲着下一步的扶贫工作。

三瓶酒即将喝干时，里间炕上已经烧热，李成功说："铺炕，睡觉。"

三个男人睡在一个炕上，薛东旭、欧阳涛都稀罕得不得了，兴奋得不得了，两位小伙子摸着热被窝，各自给对象发了视频，发了朋友圈，嘻哈哈说了些"我们会不会被烤成铁板鱿鱼"之类的话，就打起了呼噜。李成功却久久不能入睡。他有过睡大炕的经历，对此热炕并不陌生。他的酒量也大，不至于因这点儿酒犯迷糊，再加上他心事很重，所以毫无睡意。他拿起了手机，微信里，有那么多未读的信息。

先点开妻子的。杨玉萍：到了吗？顺利吗？时间是16点20分。可现在已是23点20分了。他回道：到了，不太顺利，刚安顿下来。他不奢望妻子马上回，他知道妻子早睡了，即使不睡也不会及时回复的。妻子那是例行公事，她知道他到了就行了，不会多说一句废话的。他也是例行公事，报告一声也就算了，也没必要多说一句废话。

再点开苏素，竟然有七条未读。

SS：不吃饭怎么行，一定想法吃点儿东西。时间：12:40。

SS：路上慢一点儿，多喝水。时间：14:10。

SS：到了吗？时间：15:00。

SS：看天气预报，那边有雪。很冷吧？时间：17:30。

SS：晚上可要多吃点儿。吃手抓羊肉吧。好好补补，哈哈。时间：18:25。

SS：怎么了？怎么了？时间：19:00。

SS：？？？？？？时间：21:19。

SS就是苏素，李成功起的代号。他初次加苏素为好友时，用的是真名实姓，只是偶尔打个招呼，不痛不痒聊些世道人心社会人生文学艺术，后来不知不觉就聊起了家庭爱人儿女私情，甚至，竟然用上了吻、拥抱之类的表情。防备意识不强的李成功，一次在家里聊着聊着被妻子杨玉萍发现，杨玉萍穷追不舍后大吵大闹了一场，最后把他手机摔了。换手机后，李成功设置了指纹开机，为防不测，又把苏素的名字改成了SS。自此，杨玉萍不再偷看他的手机，他可以随便与苏素聊天，但代价是杨玉萍无休无止的令人窒息的冷漠。冷漠就冷漠吧，反正他自己问心无愧，与苏素什么事都没有，纯粹一个朋友而已，再说已经这么久了，不去多想了。现在，远在塞外的李成功，更是不去多想妻子的冷漠，他得马上给苏素回复信息，还是上午在高速上和苏素聊过几句，这么一天了，只忙着乱七八糟的事，怎么就没看微信呢！他觉得他太怠慢苏素了，太不像话了，他先发出三个字：对不起！

几乎一刹那间，苏素回复：怎么了？

如此神速回复，让李成功好像看到苏素躺在床上捧着手机只等着他的信儿呢，叫他心里顿生缕缕温情。

他说：头一天到，很多事情要处理，没能及时回你。

SS：没事就好，担心你出事。感觉那边怎么样？

他说：空气很好，就是冷。

SS：好空气太金贵了。这边现在雾霾很大，两三天不散，都不敢开窗，恨不得睡觉也戴口罩。

他说：哈哈，老王呢？

SS：应酬去了。

老王是苏素的男人，大名王仁德。确认了王仁德不在身边，李成功方才可以大胆说话。

他说：他不会借应酬之名泡妞吧？

SS：会，怎么不会，现在的妞根本不用泡，都是上杆子贴呢。

他说：那说明你老王有魅力。

SS：什么呀！是钱有魅力。就是个猪，如果身上的毛都变成了金毛，身边也会美女如云的。

他说：他肯在女人身上花钱？

SS：应该不吝啬吧。

他说：其实你老王还是不错的，也是一表人才，就是肚子大了些。

SS：哪如你啊！身材那么匀称，鼻子眉眼那么周正，你知道你什么最好吗？

他问：什么啊？

SS：皮肤。你的皮肤那么白，那么细，完全是女人的皮肤。

他问：真的？

SS：真的！你的头发也好，以前我还以为你染的呢，原来天然的，乌黑茂盛，还带着自来卷。

他说：都是爹娘给的。

SS：老王这两年秃顶厉害，都没法看了。

他说：不行买个假发戴上。

SS：他来了，不聊了。

李成功又打开几个群看了看，把放在一边的棉袄裤子摊开，压在被子上，也帮着两个年轻人把脱到一边的棉袄裤子摊开，压在被子上，然后关灯睡觉了。

凌晨四五点钟，薛东旭先醒了，想尿尿。摸出手机晃着找衣服穿时，把李成功弄醒了，李成功伸手够着灯绳，拉亮灯。欧阳涛也醒了，两位年轻人坐起来穿好毛衣要出去，因为露天的厕所在院子里。他俩刚要开门，李成功喝叫："干吗？"两个年轻人扭头说："撒尿啊！"李成功指着地上的一个脸盆命令："就在屋里，往那个脸盆尿！"原来李成功睡前已经把一个脸盆放在了炕前的地上。两个年轻人互相看看，不好意思，还是决定出去撒尿。李成功看他俩不听，再次命令："那，都穿上棉衣毛裤。"

两个年轻人还是不听，说声没事，拉开门出去了，只一眨眼，就听薛东旭"啊呀"一声尖叫，蜷缩着躯体跑回来了："操，尿不出来。"相对腼腆一些的欧阳涛，刚一出门，就被天上的星星震撼了。浩瀚的苍穹之上，繁星满天，不管是大一点儿还是小一点儿的，都明亮得使人难以置信，欧阳涛长这么大，还从来没见过如此澄澈干净亮丽的满天星斗。他仰着头，望着星星，就觉得满身被针刺一般，寒冷直入骨髓。他不得不再留恋地望一眼星星，也蜷缩着身子逃进屋里。

薛东旭正龇着牙往脸盆里撒尿，欧阳涛学着薛东旭的样，极不熟练地尿向脸盆。

重新钻进被窝，再也睡不着了，三个人都觉得冷，用被子捂住头也瑟瑟发抖。李成功起来，把客厅的炉火通旺，把连炕的灶火点燃，被窝、屋内这才渐渐恢复温暖，三个人也才能继续入睡。

时间已近八点，城市里正是上班高峰，车流人流，拥堵不堪，南湾村却还沉浸在睡梦中，静谧得如返洪荒之地。李成功率先起床，他穿上羽绒服，弯腰端起了地上的脸盆。薛东旭、欧阳涛也醒了，从枕头上抬起头，用惺忪的双眼看着李成功手里的脸盆，晃荡着他俩发黄的尿液，就再次觉得不好意思起来。人家李成功论年龄是老兄，大他俩七八岁，论职务是领导，高他俩两层级别，怎么能让人家给自己端尿盆倒尿呢。李成功却摆摆手说："这有什么呀，能睡就睡会儿吧，我是习惯了，到这个点儿准醒。"

李成功一手端着尿，一手拉开门子，撩开门帘，跨出门槛又随手带上门子，压好门帘，小心地走到院子里，双手一甩，把尿液泼在了雪地上。坚硬的雪不像中原的雪那样柔弱，尿液上去马上就会渗透陷落出痕迹，这里的雪结了一层冰，阻挡尿液的渗透，以至于尿液在雪的表面四散地漫流了一下，即刻就凝结成冰坨，与雪焊连为一体。李成功站在雪地上，瞅了一会儿尿液绘出的浅黄色的抽象形状，自然把目光移到了那一尘不染的湛蓝的天空。昨天的此刻，他还在省城的雾霾中迷失方向，那种仿佛凝固了的雾霾，叫他有种窒息感。此刻，远离雾霾，置身在如此澄澈深邃的湛蓝之下，怎么也有一种窒息感呢？当然，他知道此窒息与彼窒息是根本不同的，此窒息是饥渴已久的人忽然间吃到美味佳肴一下子被噎着呛着的窒息。只要不那么狼吞虎咽，慢慢地享用，瞬间的窒息就会变为舒畅。他仿佛要慢慢享用似的，深深地缓慢地呼吸着这空气，并在心里盘算，今天先要与村支书见面，然后把电脑、打印机、档案盒配齐，对了，再派薛东旭开车到县城买些米面油。

回到屋里，准备叫俩年轻人起床、弄饭吃饭，开始新一天的工作。姜银发来了。姜银发说支书叫他们过去，到家里吃饭。也好，正想与村支书见见。

6

支书姬富强的院子与李成功他们住的院子大小相当，只是更丰富一些。院子的西北角围起来是个牛圈，牛圈里站着几头懒洋洋的牛，都在专注地反刍。紧挨牛圈是羊圈，一群脏兮兮的羊在里面挤着取暖。院子中间留出一块田地，天暖和了可以种些菜。街门很宽敞，开着车进去没问题。不过留这么宽敞的街门，肯定不是为了进车，而是因了那些牛羊们，它们几乎每天要成群进出的。进门右手土墙下是狗窝，李成功他们踩着羊粪踏进院子的时候，从狗窝里蹿出三条狗，一齐尽职尽责地朝他们吠叫，姜银发飞起脚，佯装要踢，并喝叫住口，狗们不理会，照样吠叫不停，直到北上房里姬富强闻声出来，连着唬喝了两声，狗们才息声。

姬富强远远地哈着腰，伸着双手，满脸堆笑，连连说："来啊来啊！"李成功紧走几步，握住姬富强的手，说："姬书记你好。"姬富强用长长的一声"哎——"否定说："么人这嘀叫。"意思是没有人这样称呼他姬书记的。姬富强又腾出手来，握了欧阳涛和薛东旭的手，亲热地拥着他们往屋里走。为他们掀门帘的是个穿红毛衣的女人，结实里透着淳朴，李成功仔细一看，原来是昨天帮他们搬行李的那个女的，今天去掉臃肿的棉袄，竟显得这样精神。姬富强介绍说："咱村妇女主任，石秀兰。"李成功主动伸出手，并埋怨姜银发没早告诉他。姜银发嘿嘿笑着："要不是富强哥说，我都忘了，秀兰还是妇女主任呢。"

忙活饭的是石秀兰和支书老婆。

石秀兰搬起饭桌放好在炕上，姬富强请李成功、欧阳涛和薛东旭上炕。李成功脱掉鞋，上炕盘腿坐到了饭桌前，欧阳涛、薛东旭也学着李成功的样子，脱鞋盘腿坐在了饭桌前。支书姬富强爬着上了炕，也没脱鞋，很艰难地坐下来，捶捶腰，揉揉肚，解释说："腰不得劲，肚不得劲。"姬富强鼻头红肿，眼睑下垂，头发灰白，满脸虚弱，就这上炕的工夫，额头浸出一圈汗珠。李成功伸手搀了他一把，问："去医院查过吗？"姬富强说："不碍事，喝着药呢。"说着，他老婆递过来一把药，有红红绿绿的胶囊，有大大小小的片剂，还有黑色的小丸。他接过来，就着面前的一碗水，一口吞下。接着，石秀兰和支书老婆开始上饭，莜面栲栳栳、莜面鱼鱼、蒸土豆、炒土豆，上齐了，姜银发最后端来两盘咸菜，摆上酒杯，启开一瓶白酒，双腿下垂坐在炕边，为每个人的酒杯里斟酒。

薛东旭好奇："大早晨喝酒啊！"

姜银发说："这儿冬闲时间长，一天两顿饭，这既是早饭，也是午饭。"

姬富强说："来，喝点儿吧，天冷。"

李成功端起酒杯，大家都喝了第一杯。接着喝第二杯、第三杯，然后拿起筷子边吃边喝。姜银发掏出自己的烟，自己抽之前，不忘先给大家敬一圈。大家谢绝，只有姬富强和姜银发点燃香烟，过瘾地吞吐烟雾。石秀兰和支书老婆，蹲在灶台，一边吃饭一边说话，两位女人时不时地还要瞄一眼炕上的李成功。

李成功说了会儿官场上的客气话，然后虚心地请姬富强介绍下村里的情况，姬富强不会长篇大论，李成功只好与他一问一答。

李成功问："咱村这么多年，就一直没个村部？"

姬富强答："有过，塌了，没钱，就没盖，好多年了。集体上没来项，啥事都办不成。要不咋叫国家级贫困村啊！"

李成功问："村里有多少党员？"

姬富强想想，说："十七个吧？算上邹老二，就十八个。"

李成功不懂，问："怎么算上邹老二？什么意思啊？"

姬富强说："他在外打工，回来很少，今年过年回来时说不想当党员了。"

姜银发插话说："你们住的房子，就是邹老二的，在外边搞装修，挣钱了。"

李成功说："来之前我了解到，村里共有村民一百九十六户六百八十九口人，其中建档立卡贫困户……"

没待李成功说完，姬富强端起酒杯，劝说大家："喝、喝、喝！"

喝下姬富强倡议的酒，李成功放下酒杯，又说："下一步，建档立卡的贫困户需要精准识别，希望……"

"吃！吃吃！"姬富强又拿起筷子，不失时机催促大家吃饭。其实，姬富强并没有真的去吃，李成功观察到，姬富强只是指头捏着筷子，在满桌的莜面、土豆和咸菜上比画着。他也不是舍不得吃，可能因肚子里哪个部位的不舒服不想吃或吃不下，因为自坐到炕上后，除陪着李成功他们喝几杯酒，他一直未怎么吃东西，但叫李成功多心的是，一提到建档立卡贫困户，姬富强就打断他，不让问也不想说。姬富强为什么对建档立卡贫困户这么敏感而戒备？这里面难道有什么拿不到桌面上的事？看来，扶贫就必须得从这里下手。李成功不再追问建档立卡贫困户的事情了，他埋头吃了一通莜面，又拿起一个土豆，慢慢撕扯上面的皮，不动声色地把话题转移到村里其他无关紧要的事情上。一谈到无关紧要的事情，姜银发说话也多了，灶旁石秀兰和姬富强老婆也仰起头间或插话，大家都一致称赞起李成功来，说他了不起，说他是共产党的好干部，说南湾村父老乡亲就指着他过上好日子了，说得李成功的脸一红一红的，他连连地摆手，说他可没那么好，也没那么大的能耐。

李成功后来才知道，支书姬富强这顿宴请可不是随便安排的。他不是什么人都请的，或者说不是什么人都能享受到的。自他当支书以来，乡长享受过，县长享受过，县里、市里扶贫开发办的领导享受过，再就是他李成功了。李成功能让姬富强拖着病体搞这么隆重的接待，实际上都是姜银发的功劳。

姜银发昨天把李成功他们接来安顿好，兴奋得一蹦一蹦跑到支书姬富强家里，推开门像个丑角似的手舞足蹈，晃着脑袋，张开大嘴说："哈哈！哈哈！哈哈哈哈！"姬富强在炕上侧躺着，说："你疯了！"姜银发正了形，说："咱村这下有救了，你猜这回来的第一书记是谁？"姬富强说："管他是谁呢！他一来就是第一书记，那我就是第二书记了呗。"姜银发没想到姬富强这样想，一时哑口，不知该说什么，微张着嘴，愣在那里。姬富强抬起胳膊，用无力的手指指着姜银发说："你小子甭哈哈，人家说不定先不叫你干。"姜银发完全反应过来，又摇头晃脑哈哈说："不让我干，好啊，我正不想干嘞！村里这个穷窝，还有啥干头啊。不让我干，我立马就去北京找邹老二，装修的活儿我也不外行。"姬富强见姜银发并不担心自己的职务前程，便把话往回收，说："不过，也没那么容易，一个外来人，能咋的！土改时，来过工作队，没几天走了。人民公社时，来过工作队，跟咱同吃、同住、同下地，没几天，也走了。自打明洪武九年，几位老祖先戍守边关在这儿安家，一直到现如今，还没哪个外人在咱村里闹出大事来。"姬富强说的都是实情，但姜银发听明白了他话里的意思，那就是这个南湾村里，他姬富强的地位是稳固的。（姬家在村里是大姓，大部分姓姬，谁能怎么样他呢？）"就是嘛，"姜银发附和说，"他一个外人，再说他在大城市，吃的是山珍海味，住的是高楼洋房，冬天冻不着，伏天热不着，跳舞、唱歌，美酒、美食、美女，荣华富贵享受着，能在咱这地方受了这苦！说不定住两天装装样子就跑回去了。"姬富强说："那也不能大意了，你得多留个心眼，该让他们知道的知道，不该让他们知道的，甭乱说。给秀兰也开开会，敲敲警钟。"姜银发忽然意识到姬富强已经把他想说的话引偏了，他想要说的可不是这个意思，赶紧接住姬富强的话说："我心里有数，不过，咱得抓住这个机会，用好这个机会，不能让他白来一趟。老天爷给咱派来赵公明，咱可不能往外推啊！"姬富强面孔严肃起来，训道："什么老天爷！什么赵公明！甭胡咧咧啊！"姜银发坐到炕上，接过姬富强从肚子里抽出的暖水袋，极认真地说："真的，来的这个第一书记李成功可了不得，这个人啊……"姜银发挪挪屁股，好像接下来要说的话必须有个正经的姿势才可出口。他挪稳了屁股，说："记得阳坡矿那次事故吗？咱村里死了五个，你家海兴哥的儿子也在里面。海兴嫂死得早，海兴哥一把屎一把尿把儿子养活大，满指望让儿子下几天煤窑，攒个钱，娶个媳妇，谁想到……连个后也没了……绝了。"说到这，姜银发哽咽了，靠在被子上的姬富强老婆也抹着眼泪。姜银发接着说："最可怜的是邹家邹三树老汉，儿子死了，儿媳妇还是个精神病，本来和和美美的一家人，为了那些赔偿款，弄得……唉！"

姜银发不说，姬富强和老婆也都知道，村里人都知道，为那赔偿款，家里人大打出手，姬富强作为支书调解不成，最后还惊动了法院。那一幕幕不堪的往事，让姜银发极富感染力的回忆重现眼前。在那个悲恸的现场，邹三树儿媳妇的精神病不合时宜地持续发作，一个劲嚷着要肉吃，邹三树抹着鼻涕，在女儿的搀扶下，只好代表儿媳，在赔偿协议上签了字。

埋了儿子没出头七，儿媳妇的娘家人男男女女来了一大帮，带头的是儿媳妇的哥哥，说："赔偿款不该公婆攥着，该一分不少给了儿媳。"邹三树说："儿媳不正常，好一阵儿疯一阵，咋着管钱啊！"邹三树的女儿也说："病犯上来了，还不把那钱都当纸烧了！"娘家哥哥说："她娘家人没死光，她有爹有娘，哪个不能替她管钱啊？"邹三树女儿说："娘家管钱和婆家管钱，不都一样啊！"娘家哥哥坚决说："不一样！亲爹亲娘咋能和旁人一样？"第一轮谈判结束后，邹三树觉得有点理亏，说："要不，钱都给她吧。"女儿说："不行，给了她说改嫁就改嫁了，甭看一个精神病，只要手里攥了那些钱，也都抢着要呢！"第二天，娘家人又来了，而且气势汹汹，非要把钱要走不可。邹三树老两口软了，让了一步，说："要不，先给你们些花着，这边俺老两口身体也不好，还得养活孙女。"娘家那边说："一分钱不能少，孩子有姥姥姥爷养活。"邹三树这边一看娘家那边既要钱，还要人，就不干了，就硬了。邹三树女儿说："不行拉倒，一分钱不给！"娘家那边便动起手来，扯着邹三树女儿扇了耳光，说："你一个嫁出去的闺女，算老几！在这多管闲事！"邹三树老两口见那边打了女儿，也扑上来动了手。现场极其混乱，直到支书姬富强赶来才镇住场面。消了火气之后，姬富强给他们调解，赔偿款婆家娘家一边一半，都不干，都想多要，姬富强只好交给了法院去判。法院判完，邹三树的儿媳在娘家人帮助下，带着钱和女儿住到了娘家。

邹三树老两口望着空荡荡的土房子，天天老泪纵横，悲伤地哭了睡，睡了哭，眼看着就要双双上吊，永别这难熬的日子时，女儿给他们带来了希望。女儿背着背包，拉着六岁的儿子，告诉绝望中的爹娘，说她不在婆家了，不给她男人过了，她男人养活不了她和儿子。女儿嫁过去的那个村并不太远，与南湾村地连着地，山连着山，一样的贫瘠，一样的穷困，这邹三树两口都知道。可是，邹三树老伴说："闺女，你不在婆家，你来咱这，爹娘又咋能养活你和孩子啊！"女儿说："说好了，我给姬海兴过。""老海兴？他可是五十多了，你还不到三十啊！"邹三树老伴惊讶地看着闺女是不是也不正常了。女儿平和地说："他儿子的赔偿款他都攥着，那些钱够养活我和孩子了。"邹三树想想，自己姓邹，姬海兴姓姬，不一个姓，成亲也行。自此，邹三树女儿搬到姬海兴家里过起了日子，一个村里住着，也方便照顾爹娘。

只是，邹三树的儿媳成寡妇后，带着孙女一走，这门亲也就断了。

"净扯这些伤心事干啥！"姬富强用拳头顶着胃部，他的肚子又翻绞着疼起来。

姜银发把换了热水的暖水袋重新给姬富强塞进肚里，说："咱村里那五个人的赔偿款你也知道，最后每人多了五万，你知道谁给办的？就是这个第一书记李成功给办的。"

"是啊？"姬富强惊讶地盯着姜银发的眼睛，看他是不是在瞎忽悠。

姜银发说："那会儿李成功是矿领导，就管这个事。这样给你说吧，李成功这人可了不得，人家官位高、权力大、关系硬，关键是心肠好。对了，还有钱！怎么官位高？人家是处级，和咱县长平膀。怎么权力大？说话管用，签个字就能拿钱拿东西，手下管着那么多人。怎么关系硬？在人家金地集团就甭说了，没硬关系能当处级？人家在省里、在中央都有关系。心肠好更不用说了，善面，没架子，光办好事。再给你说说咋有钱吧，人家金地集团把咱全省地下的煤都包了。"姜银发指指头顶的灯说，"咱用的电，也是人家的。光弄地下的煤还不算，人家都弄到天上了——航空公司、大飞机。"姜银发指着窗外的天，说，"每天从咱头上飞过去飞过来的飞机，就是人家金地集团的，厉害了，知道吗？人家世界五百强！世界！人家拔一根汗毛，就够咱村小康了。像这样的大佬企业，像李成功这样的人，咱烧香拜佛都求不来……"

姜银发越说越来劲，说得两边嘴角直冒白沫，尤其说到李成功，两眼发光，简直就是在说一尊神。直到说累了自己，也说累了姬富强两口子，他才住口。最后，便形成决定，由姜银发通知妇女主任石秀兰，第二天早起来做饭，在支书姬富强家里，以支书姬富强的名义，请李成功一行吃饭，算作接风欢迎。这才有了前面李成功几个坐在姬富强家炕头喝酒攀谈一节。

7

薛东旭和欧阳涛两个人的酒量加起来，也不及李成功的一半。薛东旭和欧阳涛都是城市里生，城市里长，大学毕业又直接进机关，哪像李成功从煤窑里滚出来，在清一色的男人堆里，拼比的就是酒，不死去活来地喝出些量，哪配做男人？所以姬富强的那烈酒，对欧阳涛、薛东旭是重炮，可在李成功面前，实在算不得什么，直到散场出门，李成功还是周周正正，还能在姜银发和石秀兰的陪同下，照常边走边聊。前面的薛东旭、欧阳涛就没这么稳重了，走在南湾村凹凸的街路上，脚下没了根底，摇摇晃晃，东倒西歪，说话琐碎又啰唆，有些原本藏在心里的话，像破裂的管子跑水一样，不过脑子哗哗地就流了出来。薛东旭眯缝着醉眼，望一望身边破烂的土墙，挥舞着胳膊说："扶贫！扶贫！就这墙，一推就倒，怎么扶？"

欧阳涛脚下滑了一下，趴倒了，护送他们的姜银发和石秀兰跑上前，一左一右把他扶起来。欧阳涛站在原地，使劲跺着地面，歪头问姜银发："这地，土有多厚？"

姜银发用拇指和食指卡了一个尺度："四五寸吧。"

欧阳涛："就这么厚一丁点儿土地，怎么给你们扶贫？"

姜银发不好意思地笑笑，嘴上连连说"是是是"，那紧赔不是的卑微样子，让醉眼蒙眬的欧阳涛和薛东旭误认为脚下这薄薄的土地都是他姜银发造成的。欧阳涛和薛东旭互看一眼，不再去追究土地的薄厚，只靠着膀子，自说自话起来。"这鬼地方，根本不适合人类居住。"

薛东旭说："唉，咱们命苦啊！"

欧阳涛说："咱们这是在浪费青春。"

薛东旭说："不对，是浪费生命。"并转向默默行走的李成功问，"对吧，李处？"

李成功说："你俩少说两句吧，注意脚下！"

欧阳涛说："我不能浪费生命，我还得考研呢。"

薛东旭说："我也得考研啊！"

真是说者无心，听者有意，他们的胡乱醉话，叫姜银发听在耳里，堵在了心头。他表面上还赔着殷勤的微笑，实际上笑的实质已完全变了，若仔细看，那挂在脸上的笑是很勉强，很难看的，可惜这一点儿欧阳涛、薛东旭都没注意到，连心细的李成功也没注意。李成功他们进了自己住处的院子，一回头身后早没了人。照理说姜银发和石秀兰该把他们送进屋里的，这么重要的客人，怎么能不送到家呢！绝对该把薛东旭、欧阳涛扶到炕上，让两个年轻人睡一觉的。李成功也该躺一会儿，毕竟喝得比其他人都多。可欧阳涛和薛东旭的对话钻到姜银发的心里后，他就像被钉子扎透了的轮胎吱吱地漏气了，以至于越走越没劲，到土墙角拐弯处，他拽住了石秀兰的大棉袄。两人停下来，不再往前送。听着李成功他们的脚步踩着硌脚的石子和残雪走进院子后，姜银发对石秀兰说："回家猫冬去吧，啥也甭想了。"石秀兰瞟他一眼："啥季节了，还猫冬！"姜银发一瞪眼珠子，吼叫道："不猫冬还能干啥！X去吧！"石秀兰吓得一哆嗦，扔下一句"神经病"跑走了。

姜银发拖着沉重的步子，独自来到了村北的坡头。居高临下，俯身南望，双臂一样抱起来的山坡里，是他生于斯长于斯的南湾村。村里一家家黄土垛起来的窝棚，有的院墙坍塌，有的腐朽陈旧，祖祖辈辈，一代又一代，就这样终年裸露在天光之下，显得特别丑陋，他真想一个炸药包把它荡为平地。

北面坡下，则是一大片洼地，状如心形，面积辽阔，一眼望不到边缘。姜银发不止一次听老人们说过，很久很久以前，天上因织女牛郎的事，闹得沸沸扬扬。事情平息没几年，织女的小妹没有吸取教训，想起姐姐下凡人间，与牛郎相爱，那是何等的美妙，心里羡慕得不得了，不知不觉间，竟也爱上了人间的一位小伙子。这小伙子天天在草原放牧，于是织女妹妹降到丰茂的草原上，与小伙子约会，并一起放牧羊群。他们放牧的羊不但又肥又壮，而且羊群的数量只增不减，远远望去，高高的草丛里到处都是他们的羊群。后来，凡间有人起了嫉妒之心，得知有仙女相助，就在姜银发站立的坡头上设坛焚香，告密到天上。天上一查，果然属实，遂责令织女妹妹停止下凡与小伙子相会，可织女妹妹和小伙子早已彼此发下誓言，要永永远远在一起。织女妹妹像姐姐一样，先是决不服从天庭禁令。怎奈天神发怒，手段多多，强制把织女妹妹与小伙子分开，就在分开的那一刻，织女妹妹流下了眼泪，眼泪滴到姜银发注视的那片洼地，即刻变成了一片纯净、美丽的心形湖泊，当地人取名为仙女湖。从此，小伙子每天来这里放羊，羊在草丛里自由地吃草，小伙子则痴痴地坐在仙女湖边，含情脉脉地看着湖水。

姜银发知道这只是传说，是不真实的，可他与那片湖泊的亲密接触却是真真切切的。就在前些年，仙女湖还是满满的一湖清澈。冬天里，平滑的冰面镜子一样映照着蓝天，霜冻期一过，冰面慢慢消融，没几日便碧波荡漾起来。小时候，姜银发在仙女湖的边缘玩过水，追逐过天鹅，抓过鲫鱼、鲤鱼、泥鳅，捞过虾还有田螺什么的。后来，不知什么原因，湖水慢慢变少、变浅，直到干涸。现在，湖底和四面的旷野一样，光秃秃地残留着些稀疏的枯草。甚至，湖底的局部也追随乡亲们终年劳作的土地模样，泛起了白花花的盐碱，远看似乎要冒充白雪，近瞧却如自己女儿身上平添了几处白癜风，叫人心头犯愁。还好，今天无风，大地出奇地平静，要不然，姜银发站在坡头这么长时间会受不了的。他仰起头，闭着眼，脸庞像向日葵一样朝向高悬的太阳，灿烂的阳光照在脸上有了些热度，暖暖的，痒痒的。感受了一会儿阳光的热度，他睁开眼，看看周遭残存的雪在阳光的照耀下也开始变软，悄无声息地融化。姜银发低头又看自己脚上的大棉鞋，不知什么时候，已被消融的雪湿了半截，他有些恼火，恨恨地跺脚。恰在这时，在坡下的仙女湖里，一条黑色的狗狂叫着朝他跑来。他突然变得暴怒，抢开他那湿漉漉的大棉鞋，朝着黑狗劈头盖脸地踢去，一边踢还一边骂。黑狗哀叫几声，转身逃走了。

姜银发气喘吁吁来到家里，他的老婆首先看到了他的裤腿和棉鞋。裤腿湿了一半，棉鞋不但全部湿透，而且上边沾满了黄屎一样的泥巴。老婆扑过去，扯起他的湿裤子埋怨："你看看你看看，这棉鞋是新的啊，过年时才买的呀！"她有力的手把姜银发推坐到炕边，三下两下脱掉他的泥鞋，拉下他的湿裤子，然后不管不顾拿起地上的鞋，用手指一点儿一点儿抠刮鞋上的泥巴。抠刮了鞋面，再抠刮鞋底，最后，鞋底与鞋帮连接处的缝隙里还有泥，她就用小拇指的指甲像掏耳朵一样一点儿点儿往外抠，并一边抠一边数落姜银发："这双棉鞋三十五块呢，可人家要一百多，我搞了半天才搞到三十五，人家说真皮的，不能见水的，你看你，你看你！"

姜银发老婆一边抠刮泥巴，一边数落的时候，姜银发一头栽倒在炕上，长叹一声："白高兴一场啊！"老婆爬到他面前，问："啥白高兴一场啊？"姜银发没有回应，竟噗噗地打起了呼噜。老婆盯着丈夫的脸猜想，不会去赌博输钱了吧？可她分明知道丈夫是从不沾那赌博的。那是和别人打架了？也不像。村里就这几个老弱病残，他给谁打啊，又有啥争斗啊？那为啥这个样啊？老婆又凑到姜银发脸前闻闻，一股浓重的酒味，这才知道喝多了，就拉了条被子，给他盖上，又退到地上，默默地侍弄那双棉鞋。她小心地把两只棉鞋上的泥巴弄干净后，又找抹布一点儿点儿擦干，然后放在了外面的太阳地儿里。

8

扶贫工作队办公所需的物品，凡是能想到的，都已配齐，生活的必需品也已配齐。在配备这些物品的时候，欧阳涛的牢骚最盛，一直叨叨："咱这是怎么了？咱这是要扎根过日子还是怎么的？"他从兴奋、新奇、动摇，直到真正下决心要逃走，仅仅用了七天时间。这七天里，他一直处在感冒不断加重的过程中。初始落下感冒，可能是头一天夜里他跑到院子撒尿的缘故。那晚他们三个喝罢五粮液，李成功又把炕烧得热热的，两位年轻人睡得很香，睡醒一觉起身撒尿，他和薛东旭可都是热身子，薛东旭敏感，一出门刺冷刺冷，转身就跑回了屋，所以没事。欧阳涛生性浪漫，一下子被头顶的星星所震撼，贪恋那浩瀚无垠的星空，全然不知塞外寒冷的厉害，所以在拉下内裤露出皮肉的一刹那被击中，先是鼻塞、流鼻涕，后来乏力，浑身没劲，直到最后发起了高烧。在这期间，李成功把事先备好的伤风感冒胶囊让他吃了，怎奈连续的几场酒冲淡了药劲，感冒继续。李成功像对待自己的孩子一样，每天三顿给他熬姜汤，还从网上搜索各种治疗感冒的方法，逐一尝试。夜里，欧阳涛感到冷，李成功除了把炕烧热，还把自己的被子给他盖上，并且整夜守护，只要熟睡的欧阳涛一撩被子，他就及时给他压好。按照常识，感冒七天，不治自愈。可到了第七天，欧阳涛的感冒不但没好，反而更重了，高烧已达到三十八点五摄氏度，李成功说："不行，到县城医院输液吧。"神志尚清醒的欧阳涛摇摇头，说："不用了，我还是回去吧。""回去？这么远，我安排一下。"李成功考虑是不是让薛东旭开车把欧阳涛送走，因为下一步急需对建档立卡户入户识别，要填很多表格，人手不够。欧阳涛却说："没关系，我已给家里联系了，今天车就到。"原来，欧阳涛在难受的时候，手机也没闲着，他蒙着被子，早把所在位置发给了家里人。此刻，家里人开车已到半路。

待欧阳涛被家里人抬到车上接走，早已闻讯赶来的姬富强问李成功："咋着这么厉害呢，不会是我那酒有事吧？"李成功放松了下来，说："没事！就是个感冒，真的没事。"

李成功扶住支书姬富强说："外边风大，回家吧。"他搀着姬富强胳膊往前送了一段，姬富强老婆接住，护着回去了。

9

李成功常年的机关磨炼，习惯了按部就班工作，接下来，他要按照上级要求，先把贫困户的档案建立起来。档案柜已立在客厅显著位置，档案盒也都以立正的姿势码放着，只是还缺少内容。前几日，支书姬富强移交一部分贫困户档案，但从格式上看很凌乱，字写得也不好，李成功要求内容上充实，形式上更要整齐美观。形式美观的事，他交给了石秀兰和薛东旭。他反复叮嘱，档案盒上的标签，要用打印纸裁割，不能出现毛边或缺口。充实内容的事由他和姜银发去做。此时在一旁等他出门去充实内容的姜银发，看他交代得如此仔细就想发笑，心想，干啥啊这是，扶不扶贫跟这标签有屁关系啊！李成功好像看透了姜银发的不屑，说："你别看不起这些小活儿，都是脸面，知道吗？"姜银发咧一下嘴角，低着头沉着脸带李成功入户去了。

要摸清每一户的情况，村里必须配合，起码得有人做向导。前天，李成功把需要配合的要求提出来后，支书姬富强非常支持，派了姜银发、石秀兰全程协助。石秀兰没问题，让干什么干什么，很听话。姜银发就不行了，无论当着姬富强的面，还是当着李成功的面，都嘟囔着一句话："没用。"姬富强听了他这句牢骚，就骂："毛病！叫你干啥就干啥呗！"今天，走出扶贫工作队驻地的院子，李成功又听到姜银发在说这句牢骚话，就追问："为啥没用啊？"姜银发便闭了口，不再说话。李成功直纳闷：姜银发这是怎么了，怎么和前几日判若两人啊！他哪里知道，自那日他们从姬富强家喝完酒出来，姜银发听了欧阳涛和薛东旭关于要回去的醉话后，体内的肾上腺激素先震荡了一会儿，然后像漏斗里的水一样急剧下降，可能是下降的速度太快，下降的量太大，血液里产生了气体，气体又憋得脑袋发胀，但气体终不能久长，只够催使他在仙女湖猛踢一顿黑狗，待气体释放殆尽之后，他开始四肢发软，浑身乏力。后来，当他远远看到欧阳涛真的走了，他体内仅存的一点儿肾上腺激素又掺杂进一些别的不健康的物质，化学反应之后表现为情绪的沮丧、行为的消极和心情的沉闷，外露时即牢骚满腹怪话连篇。李成功是个细心之人，断定姜银发思想情绪的变化必有原因，就一边走一边没话找话聊天。

"银发。"李成功有意去掉了姓，这样显得亲切一些。

姜银发在前边低着头走路，听见了，没有回声。

"今天喝酒了吗？"

"哪有那么多酒喝啊！哪像你们，光别人送的酒都喝不完。"语气里有明显的呛人味道。

"这倒也不假。以前还有人给我送过烟呢，反正我也不抽，回去时给你带过来啊！"

"哼！"

"哼啥你？"李成功紧走几步，扳了一下姜银发的肩头。

姜银发一瞪："你？回去拿烟，还回来？王八蛋才信呢！欧阳涛七天走了，你，薛东旭，我敢打赌，也都熬不过这个春天。轰轰烈烈来，轰轰烈烈走，走吧！走吧！回去给大领导汇报，再上上报纸电视，你们精准了，扶贫了，俺们都过上好日子了！"说到激动处，姜银发把脚下绊他的一根柴火棍子踢了起来，柴火棍子飞过旁边的土墙，落在了一家院子里。

李成功心头豁然敞亮了，原来是为这个啊！他用胳膊搂住姜银发的肩膀，把他搂到一处背风向阳的土墙根，蹲下："来，给我根烟。"

姜银发心说给你还不如给狗呢，嘴上生硬地蹦出两个字："没有！"

李成功伸手从他的贴胸衣兜里掏出香烟和打火机，自己点着一根，吸了一口，呛得直咳嗽。待咳嗽过去，李成功一边把烟和打火机还给他，一边说："银发，咱是老相识了，我给你说实话，来你们村精准扶贫，我真不想来，这啥地方啊！离家又这么远，我真有点儿背井离乡、发配边关的感觉。可是，可是啊，世上有多少事是全由着自己的？你不想干就不干，那不全乱套了！咱且不说责任啊、使命啊那些大道理，咱就说良心吧，领导既然把这个活儿交给咱了，咱又拿着工资，就得好好干，起码得对得起拿到手的工资吧。"

姜银发先是扭着脸，看着西边的天空，后来随着李成功瓷实的话语，慢慢扭向了李成功这一侧，双目落到了李成功的脸上，疑疑惑惑地问："你，你不走了？"

李成功说："我倒想走，我能走啊！"

姜银发再问："那，薛东旭呢？"

李成功说："薛东旭和欧阳涛一样，年轻，想走，我也拦不住，当然我也能理解，日子长了，难熬，特别是漫漫长夜，寂寞的滋味你知道吗？你不知道，天天和老婆在一起。"

姜银发把一直攥在手里的半盒香烟和打火机重又向李成功的手里塞，

竟有了羞涩的表情，说："给，给，你抽了，李书记。"

李成功捣他一拳："我不抽烟，你又不是不知道。"

姜银发不容分说，把烟硬塞进李成功的兜里，突然仰面朝天，长吁一口气，说道："只要你不走就行啊！"

之后，姜银发的肾上腺素急剧回升，迅速达到饱和状态，把掺杂进来的那些不健康物质全部排挤了出去，没了牢骚，没了怪话，也没了疲惫，精神亢奋着，不离李成功半步。

转天，他早早来到了扶贫工作队的院子，李成功还没吃完饭，他就在院子里，兴致高昂地唱二人台，耐心地等候。等到李成功吃完了饭，他与李成功走出院门，石秀兰才到，他截住石秀兰说："以后早点儿起早点儿过来啊，甭懒洋洋的！"石秀兰斜他一眼错身进去了。他带着李成功左拐右拐来到了一低保户家里。这个吃低保的叫姬有田，原来填报的是中风半身不遂，李成功和姜银发来到他家里时，他正坐在桌边的凳子上等候，嘴角歪斜，右边的胳膊、手腕弯曲，不停地抖动。李成功叫声"老哥"，不禁心生怜悯，说道："我们来看看你，了解一下情况，再做一下登记。"姬有田"哦哦"着，有问有答，很是配合。就在李成功专注填写登记表时，石秀兰突然闯了进来。李成功还没开口问话，姜银发却先发问了，说："石秀兰，李书记不是安排你弄档案盒啊，还有那么多没弄好你怎么跑过来了！"

石秀兰嘴唇颤抖，眼瞅着眼眶里就盈满了泪花。

姜银发一连串地问道："咋了？你这是咋了，有人奸污你了吗？你是来告状的？"

石秀兰随手抓起一个笤帚，朝着姜银发头上抡去。姜银发起身躲闪，不小心碰到了桌子上的一个马蹄子表，马蹄子表滚了几下，即将掉落地上的一刹那，坐在近旁半身不遂的姬有田眼疾手快接住，重新放好在桌面上。这一举动，让李成功看了个真真切切，他看到姬有田接马蹄子表的正是右手。他看到姬有田放好马蹄子表后，那弯曲的右胳膊右手又开始了抖动。

这时，石秀兰才说，富强哥骂她了，骂她不长眼，骂她不知轻重，骂她狗屁不懂，骂得可难听了。石秀兰委屈地说："俺家里的活儿顾不上做，出来帮个忙，遭这个骂，俺图个啥啊！到这儿李书记还没说啥，你姜银发就狗嘴乱喷粪，俺是两边不落好啊！"

原来，支书姬富强感觉今天天气不错，身体也不错，决定出来走走，走着走着，走到了扶贫工作队的院子，进去一看，石秀兰和薛东旭正在整理各种表格和档案盒。石秀兰像绣花一样，翘着小指，捏着打印好的标签，一个一个往档案盒的卡槽里插，姬富强的火气轰地蹿了上来，夺过石秀兰手里的档案盒，说："不是叫你陪着李书记入户的吗？"石秀兰说："姜银发陪着呢。"于是姬富强就骂上了，最后命令一样说道："这娘儿们干的活儿，不能再找几个娘儿们来干？啊？快去陪李书记去。"姬富强把石秀兰撵出院子，在身后狠狠甩出一句："出了啥差错，我不饶你！"前面的石秀兰分明清楚姬富强这句狠话的含义，在此之前，姬富强曾反复给她交代过的，所以她尽管感到委屈，还是很快找到了李成功和姜银发，来到了姬有田的家里。

10

晚上停电，整个村庄没有一点儿火星，没有一点儿光亮。没有一点儿火星，是因为天气暖和了，没有生火暖炕的了，下午四五点钟人们吃完第二顿饭，天一擦黑就都睡去了；没有一点儿光亮，是因为上百口人都怕费钱，没有一家肯点蜡烛照明。黑黢黢的村庄，正好与周围黑黢黢的山坡融为一体，如果不是一两声狗吠，没有人相信这是个有人烟的乡村。

没有电的晚上，太不习惯了。李成功和薛东旭尽管手里都拿着手机，也同时陷入了不知如何打发时间的深深焦虑中。

薛东旭坐立不安，李成功提议："看星星去吧。"

南湾村最奢侈的就是夜空的星星。

李成功和薛东旭来到了仙女湖边的坡地上。两个人坐在草地，仰着头往天上看。

天空的星星挤挤挨挨，密布之稠令薛东旭担忧，它们居然这么拥挤啊！白白的那道银河，据说也是星星组成的，那得多少星星啊！看着看着，有些星星就来到了面前，似乎伸手就可摘下。怎么这里的星星离地面这么近啊！

　　李成功看到的星星与薛东旭看到的星星不完全一样。李成功从漫天的灿烂中看到了不平等。他看到有些星星又亮又大，其光亮亮到晃眼；有些星星却很小很淡，甚至小得淡得不得不被忽略。像南湾村的这些穷人，若放到天空肯定是暗淡至极的，不用高倍望远镜是决然看不到的。

　　薛东旭似有了新发现，叫道："天空怎么一闪一闪啊？附近也没有电焊呀。"李成功望着夜空里那些闪烁的光亮，感慨地说："那要么是权贵们的炫耀，要么是穷人们的挣扎。"

　　薛东旭说："李处，你当诗人吧，要不当哲学家。"

　　李成功说："我只是有感而发。"

　　薛东旭掏出手机，冲着天空拍照，又与对象视频，无暇再与李成功说话。

　　李成功坐在一旁，等薛东旭与对象视频累了，才起身拍拍屁股，说："凉了，回去吧。"

　　天气乍暖还寒，在野外确实不能久留。他俩摸黑寻找着坑洼的街路，回到了驻地。屋里黑得有些恐惧，让人不敢迈步。因没有想到停电，所以也没预备手电、蜡烛，李成功和薛东旭只能打开手机，借助手机屏幕的光亮，简单地洗涮。远远地看去，手机屏幕的亮光就像两团飘忽的鬼火。剩下能做的，只有上炕。虽然还没到睡眠的时间，虽然脑子里还很清亮，但黑暗逼迫他们只能上炕睡觉。

　　李成功和薛东旭，两个大老爷们躺在被黑暗包裹的炕上，都感到了无比的别扭，他俩不约而同拿出手机，开始了睡觉前的功课。

　　薛东旭聊天很娴熟，一个大拇指就操作得满屏开花，仰面躺在炕上两手操作，手指更是上下翻飞，行云流水般顺畅而自如。

　　李成功与薛东旭相比显得有些笨拙。他与薛东旭平行躺着，用余光扫视了一下薛东旭的手机，看到他同时在聊着三个人。李成功不行，他最多只能聊两个人，而且其中一个也像他一样笨拙才行，比如他的妻子杨玉萍。他问杨玉萍：家里有事吗？半天没有回答，这给他赢得了时间，他又点开了SS。

苏素不像杨玉萍有一搭无一搭，苏素每天晚上都要给他说上几句，有时说得多一些，有时说得少一些，但风雨无阻，从未间断过。点开SS，已有三条未读，一条是转发的一个段子，一条是转发一个视频，李成功怕打扰薛东旭，没打开。第三条只有一句话：干吗呢？

李成功：学习你的段子呢。

SS：问你个事呗。

李成功：不客气，请说。

SS：你媳妇，我嫂子，在学校工作，是吗？

李成功：曾经是。

SS：是在四中吧？

李成功：是啊，我给你说过的。

SS：俺那倒霉儿子在学校跟同学打架了，学校要处分他，看看能找找你媳妇给说说不。

李成功：你老王神通广大，这点儿事还摆不平吗？

SS：别提他。

李成功：怎么了？

SS：有些事我不愿给他说，能自己办的就自己办。

李成功：我也是啊。你知道，她早就病退了，离开学校了。

SS：那算了吧，听天由命吧。不过，我真心祝愿你们夫妻好好的。

李成功：其实我们也没什么，也不知道从什么时候就开始彼此冷淡了，感觉谁离开谁也能过，但是谁又不离开谁，就这样互相纠缠、互相折磨、互相耗损，又互相搀扶。

SS：她有啥优点？

李成功：优点多了，会做饭、会做家务、勤快、善良，有责任心，对家里老人，那是尽心尽责，对我父母，比我还孝顺。

SS：你俩都是好人。

李成功：谢谢。

这时，杨玉萍的微信来了：没事。

李成功：媛媛学校那边怎么样？

杨玉萍：没事。

这是杨玉萍回复微信最快的一次。李成功刚要退出去点SS的微信，杨玉萍又发来一条：媛媛要换手机的事，别答应她。她用的这个手机还好呢。

李成功：知道了。

然后，杨玉萍就没了音信，可能睡了。李成功便专心与苏素聊起来。

SS：你还爱她吗？

李成功：谈不好。

SS：那，她还爱你吗？

李成功：我感觉啊，我们俩之间的爱情，已经被庸常的日子磨平了，或者说被平淡的岁月冲淡了，剩下的都是责任。

SS：那多好啊，男人有责任是女人的福气。没有责任的男人连屎都不如。

李成功：爱情和责任是两样东西，责任是骨头，爱情是血肉，没了血肉，光剩骨头架子，你想想是什么样子。

SS：看你说的。

李成功：再给你打个比方吧。（李成功突发灵感，想起了白天看到听到的仙女湖。）爱情是潺潺流水，责任是山崖卵石；爱情是草木植被，责任是硬板沙砾。没有了潺潺流水，没有了草木植被，只有山崖卵石、硬板沙砾，想想是什么样子？

SS：我没你会说。可我知道你想爱情了。

李成功：谁不想啊！

SS：我能给你吗？

李成功感觉脸上有些发热，他瞄了一眼薛东旭，怕他发现屏幕上的内容，不动声色调整了一下手机的角度。他想，苏素今晚怎么了？怎么说出这么大胆的话来？不会是开玩笑吧？苏素一向是腼腆的呀，常常是未开口先害羞。

他记得在阳坡矿时，第一次发现苏素是在机关的楼道里。当时，苏素正半蹲着，右手拿抹布擦楼梯口栏杆底部的污物，左手的墩布不小心倒下，正好倒在路过的李成功身上。苏素一慌张，赶紧起身捡墩布。可就在她趋身弯腰捡墩布时，身边的一只大瓷瓶被拱倒了。那大瓷瓶是矿上扩能超产时兄弟单位送的，上边还留有恭贺的字样。刹那间，瓷瓶顺着楼梯往下滚去，反应过来的苏素奋不顾身追着瓷瓶扑过去，结果，苏素不但没有救起瓷瓶，反而滚下楼梯，把自己的膝盖胳膊肘都摔破了，额头也蹭掉了一块皮。看着破裂一地的瓷瓶，满脸挂血的苏素坐在地上呜呜地哭了。负责人当即训斥，不但勒令苏素赔偿瓷瓶的损失，还要把苏素辞退。目睹了全过程的李成功，本来不想管的，他作为主管领导，没必要在这些小事上浪费精力，自有小组长去处理。可当他走过去之后，苏素那惊恐、无助、可怜的眼神在脑子里不住地闪现、放大，他便又转回身来，制止了正在训斥的负责人，要他带苏素去医院看看，并明确指示，不用辞退，继续留用。

那次事件以后，李成功注意上了苏素。苏素在十几个保洁人员里最年轻，一米六的身高，双腿长而直，臀部圆而翘，腰部深凹，胸部凸挺，整个身材呈现标准的葫芦曲线，一头乌黑的头发，映衬着周正的五官，皮肤虽略显黝黑，但也恰到好处，与整个人的体形、气质、性格非常协调。那会儿，矿上正在飞速发展，欣欣向荣，会议很多，领导频频下来视察，兄弟单位也纷纷前来学习取经，接待任务很重，李成功就通知办公室，把清洁工苏素调过来搞接待。接待主要是倒茶，特别是开会时、领导下来时、宾客到访时，茶水必须得跟上。苏素因祸得福从清洁工调到倒茶的岗位上，格外珍惜、格外尽职，从没有过失误。后来，矿上淹井彻底关闭，李成功调回总部，早已把苏素这码事忘记得一干二净。

也不知过了多久，他办公室的门被缓缓推开，进来一位女子，他看不像上访的，就问："你有事吗？"女子说："俺是苏素。"李成功仔细一看，可不是苏素吗，还是那么好看，只是略显沧桑了些。苏素说："俺也没啥事，就是来看看你，在矿上时，你那么照顾俺。"李成功说："那叫啥照顾啊？"苏素说："你可能不知道，你救了俺的命啊！那个瓷瓶要叫俺赔，俺就是砸锅卖铁也赔不起，那次要是矿上辞退了俺，俺就没活路了，真的，俺准定就没活路了，俺都想了，俺就去跳湖死。俺闯那么大的祸，你不但没处罚俺，还给俺调了好工作。要不是你叫俺搞接待，俺也见不了那么多世面，俺可开眼界了。"

后来，李成功与苏素联系上，交往多了，苏素才告诉他，倒茶那会儿，每次倒完茶，她都会躲在门外或一个不被注意的角落，听领导们讲话、讨论，有时是吵架，有时是争论，有时还讲笑话，讲男女之间的事。那些都是她从来没有听到过的，那使她茅塞顿开，大长知识。苏素掏出一张商场的购物卡，还有一个小纸条，轻轻放到李成功桌子上说："俺也没啥感谢你的，俺只是来告诉你说，俺找了个男人，在市里安家了，有空到家里坐坐，这是俺电话。"说完，带上门轻轻地走了。李成功如在梦里，待苏素走了很长时间，他才愣过神来，抓起桌上的购物卡，往外追，苏素已不见了人影。有一天，李成功工作上不顺心，回到家里也不顺心，和杨玉萍吵吵了两句嘴就出来了。他忽然想找一个人，找一个人干什么，他也不知道，就是想找。他伸手从衣兜里摸出了那个纸条和那张购物卡，他照着纸条上面的号码拨通了，他说："苏素，我想去看看你。"苏素说："快来吧。"他用苏素的购物卡，到商场买了条头巾，又顺手买了盒巧克力，怀着说不清道不明的忐忑找到了苏素家。那是一个高档小区，是富人居住的地方。苏素的家里也很豪华，到处都显现着土豪气派。他有些局促，客客气气。往后，他再去，就轻松多了，苏素给他做饭，做很多好吃的，两人敞开心扉聊天，什么都聊，他这才知道苏素的男人叫王仁德，是做生意的，人家有妻子，有孩子，苏素之所以跟他，是想让儿子上学，来省会上学，然后再考上大学，这些，只有这位有家室的男人才能给予苏素。

旁边，正在聊得火热的薛东旭突然把手机摔被子上，骂道："妈的，没电了。"手机玩得耗干了电池，也无法充电，薛东旭蒙住头睡觉去了。

李成功想想苏素最后的那句话，怎么回答啊？苏素能不能给他爱情，这不好说，也许能，苏素身上有许多杨玉萍不具备的东西，况且年轻，又耐看，肯定会激发出他不竭的激情。问题是，他敢接受吗？他能接受吗？也就是说他能给予苏素想要的东西吗？比起苏素的老王，他其实算个穷光蛋。正这么想着，苏素又发来了微信。

SS：知道你不好回答，不要回答了。

李成功：我这停电了，薛东旭手机的电也用完了，我的手机只有半格电了，我得保留一些电量，以备急用。不聊了。

苏素一如既往地给他发来一个拥抱的小人，他回了一个拥抱的小人，算是结束了聊天，进入了晚安。但是，他还是迟迟不能入睡，旁边的薛东旭打起了呼噜，他再次感到了别扭，心里下了决心：明天让薛东旭去县城买两张床，支在客厅，说什么也得分开睡。

11

窗帘刚发白，姜银发就推醒酣睡的老婆，说他做了个梦。

老婆"哦"一声，听他往下讲。

他说："我梦见仙女湖有水了，那水啊，满满当当，清清凌凌，天上的白云漂浮在水里，白天鹅成双成对踩着云朵，鱼啊虾呀在里面欢蹦乱跳，就跟在云里游耍一样。"

他继续说："我看着水里的云，看着水里的鱼，看着水里的白天鹅，忽然鱼虾天鹅都停下来，头朝一个方向，作揖拜起来。再一看，有人在水里走呢，我心想，水里不可能有人吧，准是在天上。我这抬头一看啊，可不得了，观世音菩萨领着一个人，踩着云彩，正从天边朝咱村走来，走到近前，我看清了，你猜观世音菩萨领的那个人是谁？"

"谁呀？"姜银发老婆闭着眼问了一句。

"我跑前一看，那个人是李书记，李成功。"

"瞎梦嘞！"姜银发老婆回了一句，"还想睡。"姜银发踹她一脚，

"你懂个屁，水，是财，这财谁能带来？李书记。起来吧起来吧，弄点儿饭，今天还带李书记入户呢，突击一下今天争取弄完。"

姜银发的早饭很简单，他放下碗，抹下嘴，直奔扶贫工作队驻地。路上走着，还直琢磨那个关于观世音菩萨的梦。也许梦是准的，李成功真的能让南湾村脱了贫，能，一定能！不知为什么，那个梦让他对李成功的好感又加重一层。姜银发很愿意与这样的人亲近，所以，尽管姬富强一再叮嘱，村里的一些事不能都让李成功知道，但他还是愿意给李成功说实话。他不认为告诉了李成功实情，就是对姬富强的背叛，恰恰相反，他觉得这是为村里好，只有告诉了李成功实情，李成功才能帮助村里尽快尽早脱贫。所以，今天入户之前，趁石秀兰没到，他给李成功出了个主意：兵分两路，石秀兰带薛东旭一路，完成入户十五家，他带李成功一路，完成入户二十家。

李成功当即同意。李成功何等聪明，姜银发这样一说，他就明白了是何用意。石秀兰是姬富强派过来监视的，也起着给某些调查对象使眼色、递暗号的作用，这在姬有田家里，李成功已经看出端倪。

李成功在没人的街上，直截了当对姜银发说，姬有田的病需要鉴定一下。

姜银发说："鉴定啥！他好好的，根本没病，上边一来了人，他就半身不遂。"

李成功："你弄倒马蹄子表，是故意啊？"

姜银发："是啊，我就是提醒一下你，这建档立卡的贫困户里有问题。姬有田知道是谁吗？姬富强的叔叔。"

李成功想起，刚来时在姬富强家里吃饭，每每提起建档立卡贫困户，姬富强都打断他转移话题，看来，这建档立卡贫困户，是姬富强的奶酪，别人不能轻易触碰，如今的南湾村，恐怕穷得只剩这块可怜的奶酪能行使些权力了。

姜银发说："我再带你去看一个低保户吧。"

李成功问："谁家？"

姜银发说："看完了我再告诉你。"

李成功随姜银发来到村子中央的一个门楼前。这个门楼与众不同，别的人家的门楼其实算不上门楼，都是用黄泥垒筑，留个豁口，装个极简易的门子，权作门楼，而面前这个门楼用的是砖，顶上砌碹，虽特别的陈旧剥落，却也显出些气派，在周围低矮的土墙衬托下，有点儿鹤立鸡群的意思。可街门就不好说了，从门框、门墩可看出，原来肯定有两扇街门的，但现在什么也没有，充当街门的是建筑工地上常见的架手架板，就是用一片片竹片穿钉起来的那种供人踩踏的板子，脚手架板斜搭在门头上，因只有一块，两边的空隙很大，姜银发和李成功不用猫腰侧身就可进去。

院子长满了荒草，高度可以没膝，看上去比草原上的草茂盛多了，因季节的缘故，草都是干枯的，有去年的，也有前年的。草丛中踏出了一条小路，有尺把来宽，即便是如此的狭窄，路面上也堆积着几个土包，可能是雨季冲击的沙土垃圾被踩实后留下的。姜银发走在前边，被土包绊了一下，喊道："姬虎！姬虎！"没有人应声，李成功往前又看到正上房的门子上挂着一个破了的草帘子，心想，这怎么能有人啊！这完全不像住人的宅院啊。姜银发不管这些，冲着草帘子，扯开嗓子又喊了几声："姬虎！姬虎，你死了没！"这时，从草帘子后边传出一个如同墓穴中发出的声音："哦，哦。"

姜银发用一只手为李成功撩起草帘子，李成功狠狠地弯下腰钻进去，尽管很小心，头发还是蹭到了帘子，有几根草沾到了头发上，姜银发在后边伸着手把那几根草一根根捏下来。屋内倒不黑暗，因为窗户上根本就没窗帘，只是一进屋，一股浓烈的味道呼地一下扑面而来，呛得李成功几乎呼吸暂停，头脑嗡地响了一下，霎时感到一阵眩晕，身子趔趄，就想找地方呕吐，又没注意脚下，踩着一个酒瓶子，骨碌咚蹲在了地上。他就势坐下来，用劲咽了几口唾沫，把恶心压了下去。这才看到，地上密密麻麻横七竖八躺满了酒瓶子，那密度，就像他老家冀南那边河滩里的卵石，从墙根到墙根，没有一片空地。酒瓶子与酒瓶子之间，还散落着一层花生皮、瓜子皮、烟盒、烟蒂……

姜银发用脚在地上横扫了一片空地，把李成功拉起来，对炕上的姬虎说："你看你弄得这，连个猪圈都不如！"

嘿嘿嘿几声傻笑，把李成功的目光吸引到炕上。那个叫姬虎的男人正撅着屁股从被窝里爬起来。那真叫被窝，几条棉被、几件棉衣在炕上摊着、堆着、绞着，有的地方绞成了疙瘩。那是一堆从来不曾叠起来过的被子。被子又破又脏，姬虎刚从身上撩开的这条被子的被头，连同枕头，已被脑油、汗渍、涎水等混合物打磨得乌黑锃亮。已经坐起身的姬虎，头发蓬乱，鸟窝一样纵横粘连，与炕上乱糟糟的被窝倒也相得益彰。姬虎人吃得不瘦，胖乎乎的脸庞还算周正，只是露出来的脸和脖子上很明显有一层发污的油腻。胡子不算太长，也不算太短，若里边藏几只苍蝇，肯定看不见，不过从胡楂儿上观察，胡子不是剃的，是用剪子胡乱剪的。此刻，姬虎左眼睁，右眼闭，但他在努力睁开右眼，可怎么也睁不开，那是因为右眼眼屎太多，糊住了眼睑和睫毛，姬虎只得用手指使劲揉擦那些眼屎。

姜银发看着姬虎那恶心的样说："甭费劲了，就这儿吧，一只眼不耽误说话。"并指着李成功向姬虎介绍，"这是咱村第一书记，李成功李书记，来看看你，一会儿填写一个登记表。"

姬虎用一只左眼看看李成功，再看看姜银发："听说了。坐、坐，坐啊。"

姜银发吸鼻子嗅嗅冲冲的酒味，问："又喝酒了？"

姬虎没直接回答，但沉默着好像是说："这还用问吗？这有什么稀奇的吗？"

姜银发又对李成功说："他一醒就要喝酒，喝了酒又迷糊。"

姬虎还锲而不舍地揉擦着眼屎，并客气地用另一只手指着桌子："抽烟，抽烟。"

李成功往姬虎指的地方一看，紧挨炕边的桌子上放着半盒烟和一个打火机，打火机旁边放着一个海碗，青花瓷的。青花瓷的海碗里堆满了烟蒂，那烟蒂码得已经大大超出了碗的高度，呈塔状，不用说，那是姬虎抽完烟，把烟蒂放进碗里，碗满了，再继续放，冒尖了，还继续放。之后，他只能捏着烟蒂往冒尖的地方插，一个一个烟蒂插上去，就插成了一个塔状。现在，黄黄的烟蒂插成的不规则的烟蒂之塔，竟有了些艺术品的味道，李成功端详了一阵，不禁想笑，对姜银发说："也不容易啊！"没想到，这竟然成了姬虎的炫耀资本，他说："碗里还有水呢，这安全多了。"姜银发告诉李成功，以前，他烟头儿乱扔，着过火，几乎把他烧死，说过他，改成这样了，要不，那烟头儿扔得比这酒瓶子可多了。

"必须得注意安全。"李成功强调完这句，问，"今年多大了？"

姬虎迷茫地看着姜银发，问："多大了？"

李成功笑了："你不知道你多大？"

姜银发插话说："他跟我同岁，四十五。"

姬虎说："银发给我记着呢。"并探身往李成功这边够烟。一股复杂的极其难闻的气味又呼地朝李成功袭来，他屏住呼吸，急忙躲开，为姬虎闪出拿烟的空间。姬虎拿起烟，先给李成功让，李成功憋着气，摆摆手，姬虎又给姜银发让，姜银发接住了。姬虎要先给姜银发点烟，姜银发自己掏出打火机点燃，姬虎便自己点着抽起来。姬虎抽烟很享受，吐出的烟成团成圈，缭绕着在屋内旋转。随着缭绕的烟，李成功忽然又有了新发现。这房顶的四角，各布着一个大大的蛛网，每个蛛网上，都爬着一个胖胖的褐色蜘蛛。姬虎看李成功盯着蛛网惊讶，就平静地告诉他："它们是姊妹四个，这个是老大。"李成功顺着姬虎指的方向看去，在炕的窗户那一侧的墙角，蛛丝从房顶的中间一直拉到窗户的上方，再从窗户的上方，拉到炕的正墙上，形成了直径达四五尺的大蛛网。蛛网织得很密，一圈一圈，一道一道，经纬清晰，规范严谨。果然，蛛网的正中间，据守着一个肥硕的蜘蛛，圆滚滚的身体，比硬币还大上一圈。蛛网上俘获着几只蛾子、蚊子、苍蝇，这大概是蜘蛛的储备粮。看来这蜘蛛是衣食无忧，日子过得很滋润。

姜银发瞧着那些蛛网，说："好家伙，你养这做啥？"

姬虎说："哪是养的？它们自己来的。"

姜银发反驳："啥自己来的，你不能动动手，拿个棍子挑了！你就懒吧，你看看，你看看那墙上。"姜银发用食指指点着姬虎睡觉的那一侧墙面。那早已泛黄发黑的墙面上，从下到上，密集地布满了痰渍，痰渍有大有小，形状各异，但都像彗星一样，拖坠着长长的尾巴，经过了缓慢下流的过程。从痰渍成色来看，有的黏稠厚重，有的稀疏轻薄，还有的里面带着血丝。从痰渍的质地来看，有些久远的、干枯的已被新鲜的覆盖，甚至几处地方已覆盖多遍，形成了厚厚的一层，像墙壁上无故长出了大毒疮似的；有些则很新鲜，仿佛还带着温度，冒着热气，最近的那一摊痰，还在慢悠悠地往下流淌。不用再多解释，李成功已经明白，这些痰渍，都是姬虎成年累月创造的杰作，他仿佛已经看到，喝完了酒的姬虎舒舒服服地躺在了炕上，突然觉得嗓子痒痒，有痰哽在喉咙，可此时既然已经躺倒，就不愿意再爬起来吐痰，便将痰液运动到口腔中、舌头上，然后一偏头，脑袋不用离开枕头，眼睛也不用睁开，只冲着眼前的墙壁，猛一张开嘴巴，用气流将痰液喷射出去，完事大吉后，再痛痛快快入睡。

蜘蛛、痰渍，特别是那熏得喘不上气来的怪味，催促着李成功尽快结束这场访问。他退后两步，离姬虎远一点儿问："家里几口啊？"

姬虎："三口吧。"

李成功："都是谁啊？"

姬虎："我、老婆、孩子。"

"你还有老婆孩子？这哪像有老婆孩子的家？"李成功很纳闷儿，不禁又环顾他的家。桌面上、桌前墙上的镜匾上，都覆盖着一层厚厚的灰尘；灶火旁，锅碗瓢盆摆了一大片；灶台上，扔着几包方便面；面板上，被菜刀压着两个切开的土豆；锅底，剩着大坨面粥。李成功再问："老婆孩子呢？"

姬虎："没在家。"

姜银发无情地揭穿他，说："他老婆带着孩子跑了。"姜银发把登记表递到姬虎手里，让他签个字，拉着李成功一前一后走出了姬虎家。

姬虎送他们到街门口，李成功看他穿着秋衣秋裤，单薄一些，说："快回去吧，起风了，甭感冒。"

姬虎说："没事，喝了酒不会感冒。"

姜银发转过身来问他："今天准备干啥啊？"

姬虎说："湖北渔沟村死人了，有戏班子，一会儿去看看。"

转过两家土墙，李成功要过登记表，看着姬虎签的字，说："字写得还不赖啊。"

姜银发："那是。上学时，他的字写得最好。村里的标语都是他写。"

"啊！"李成功瞪着眼睛瞅着姜银发。

姜银发："姬虎和我是同学，小时候一到夏天，我、姬虎，还有邹老二，我们都光屁股在仙女湖抓鱼。"

李成功："啊！！"

姜银发："姬虎是姬富强的小子。"

李成功："啊！！！"

姜银发："亲小子。"

李成功彻底惊呆了。

姜银发："姬虎就这德行，不吃低保能活？"

李成功想说："这德行都是吃低保惯出来的，身强体壮的干点儿什么不行啊！"看来这姬富强私心够重的，可他疑虑到姜银发和姬富强也许粘连什么关系，在那些细微的关系未完全搞清楚之前，还是把严自己的口舌为好。他压下心头的激愤，平和地问："姬虎吃低保什么理由啊？"

姜银发："富强哥从上边弄了个精神病证明。"

姜银发说完这句话，双眼直直盯住李成功的脸，想从他的表情里捕捉些什么，但一无所获。李成功平静得像一块石头，姜银发便又抛出颂扬姬富强的话："富强哥是公平的，阳坡矿事故那五户，姬姜邹谁家也有，评贫困户时，有人提出这五家得了国家赔偿的那么多钱，不该再进建档立卡户，富强哥同意后，一碗水端得平平，要不进贫困户都不进贫困户，姬海兴找了多少回都不行。姬海兴虽然不是姬富强亲哥，也是哥啊！看看多公平吧。"

李成功忽然想起了阳坡矿"7·25"事故，说五个死难者都是这个村的，这么多天一直在转悠着入户，怎么就没走到死者们的家里啊，看看去。

12

姬海兴家里特别的地方有两处，一处是迎门正前竖立的那排板式组合柜，一处是窗户下方挨墙靠着的那个三人沙发。这两样东西南湾村别人家里都没有，只姬海兴家里具备。这是姬海兴现媳妇，也就是邹三树女儿，改嫁给姬海兴时提出的硬条件。条件的源头不好追溯，大约是多年前还不是姬海兴媳妇的邹三树女儿在某个电视剧里看到过富裕人家有这样的组合柜，乳白色，端庄齐整、洋气好看，就烙在了心上，发誓结婚时一定要买个组合柜放家里。可第一任婆家实在太穷，连吃饭穿衣都成问题，无论如何无法满足她这个愿望，直到她逃出那个穷窝，跟着姬海兴过后，才实现了那久远的夙愿。至于那个沙发，是在善后阳坡矿那次事故时她萌生的意愿。她陪着她爹邹三树和嫂子，有一次被请到会议室，她有生以来第一次坐上那软绵绵极其舒服的沙发，便在心里暗下了决心：俺有钱了，也买个这坐坐。所以正式改嫁搬进姬海兴家里前，她提出组合柜，姬海兴痛快地答应后，她紧接着又提出了沙发的问题，姬海兴犹豫了半天也答应了。可当姜银发带着李成功来到她家里时，那两样东西却已惨不忍睹。组合柜小橱上掉了几个门，掉门的地方黑洞洞的口子像极了老人张开的没有牙齿的嘴巴。其中的一个洞里，卧着两只猫，正瞪着圆溜溜的眼睛瞅着进来的生人。穿衣镜的镜面，水银脱落了一半，存留水银的地方也污迹斑斑，站到镜子前照一照，看到的自己人不人鬼不鬼，煞是难看。最难看的还是组合柜的颜色，原来的乳白色早已变得污中泛黄黄中泛青，与躺在炕上张着嘴喘息的姬海兴的脸色非常相似。地上的沙发，皮面大部分卷了起来，一片片牛皮癣一样，因沙发上堆满了粮食、土豆，特别是大包小包的草药，才使那些牛皮癣不十分显眼。

李成功进屋时，姬海兴媳妇正圪蹴在沙发前拆草药，姜银发则进门就喊："啥药啊？味咋这么大。"姬海兴见人进来，用两只干瘦的胳膊支起身子，费很大的气力说："坐啊坐啊。"说完"坐啊坐啊"，眼珠子一翻，张着嘴巴，拉风箱似的急喘起来。李成功一步扑到炕上，扶住眼看着就要憋死的姬海兴，不知道如何是好。只见姬海兴媳妇放下草药，跑过来，跪在他身后，不知从哪里搜出一个氧气袋，打开面罩，扣在他嘴上，他的喘息才慢慢平息下来。

李成功吓出一头冷汗，看着姬海兴脸色由青紫转为正常的蜡黄，惊恐也慢慢平复，退到炕边，坐稳了身子。

姬海兴媳妇腾出了手，这才开始埋怨姬海兴："你激动个啥呀！李书记来看你你就激动成这儿！李书记是好人，李书记是共产党派来的好干部，还能见死不救！"

姬海兴媳妇虽然数落着姬海兴，但全是说给李成功听的，李成功到此入户的目的，姬海兴媳妇可能也一清二楚。看来，村里的人全都瞪大了眼睛，竖起了耳朵，在各自的角落里看着、听着扶贫工作队的一举一动。意识到这些，李成功再次提醒自己，可不敢马虎，得认真去做每件事情。他关切地询问："海兴老哥，这是什么情况？"

姜银发拿起刚才姬海兴媳妇放下的草药，倒进了药锅子，听到李成功询问，插话说："肺切除了一大块，多少来？"

姬海兴媳妇说："一半，切了一半，现在是化疗。前年找了个老中医，人家说得调理调理，光喝这个药汤子喝两年了。唉，咱这上辈子谁知道欠人家多少啊，咋着也还不清。李书记你给评评这个理，干活儿死在窑里，得了赔偿款，就不能当贫困户，这是哪家的规定。俺也不是想占便宜，俺是实在没法过啊！俺本来是奔着他这些赔偿款嫁给他的，可来了他家第二年，他就得这大病了，光吃药、住院、手术，没几年就把那些钱花得差不多了。还有俩孩子，闺女小子都得养活，那些赔偿的钱，早没了。往后，俺可咋过啊，俺可要生生地愁死啊！"姬海兴媳妇一边诉说，一边用两只粗大的手一左一右抹去眼泪，没有抹净的残留在皱褶里的泪水，随着身体一抽一抽地啜泣，脸上一闪一闪，更生动地显现出一个悲伤无助的妇女模样。

扣着面罩的姬海兴胸腔一起一伏，面罩呼嗒呼嗒响着，有节奏地为媳妇的哭诉做着伴奏,面罩上方那双浑浊的眼睛滴溜溜在李成功脸上转悠。李成功已经读出,那眼光里有期望、有求助,也有惧怕。李成功心里冲动了一下,想即刻表态,表明自己的立场。可就在此时,院子里突然吵闹起来,有人的哭声、喊声,还有狗的叫声,吵吵嚷嚷,闹闹哄哄。李成功和姜银发几乎同时站起来向门外走去,撩开门帘一看,一群衣衫奇怪、难民样的人已经走到了近前。最显眼的是一位老汉,稀疏的白发,佝偻的腰身,特别是两条被厚厚的棉裤裹住的腿,粗得像檩,直得也像檩,不能打弯,往前迈步需拖着移动。这老汉双手拄一根树枝做成的拐杖,握拐杖的双手指关节,根根都有核桃大小的疙瘩。老汉的左右两边,则被一男一女搀着。老汉的身后,是一位老太婆,老太婆也是一头白发,驼着背,穿着厚厚的灰黑色棉袄棉裤,拄着一根铁锹上卸下的把,一步一瘸,被一个女的搀着。在老太婆的身后,一位散着头发的妇女一步一步紧跟着。这妇女上身穿紫色西服,下身穿运动裤,不用说,这都是城里人捐助的旧衣服。妇女两眼呆滞,盯着前边老者的后脑勺,一边走,一边念叨:"吃肉,吃肉。"再往后,跟着一条狗,壮威似的汪汪叫着。

姬海兴媳妇闻声,从李成功和姜银发的中间挤出来,喊声"爹、娘",跑到老汉和老太婆之间,扶一下娘,再慌慌地扶一下爹,从那忙乱的样子看,她恨不得多长出些胳膊,同时把爹娘都照顾到。姜银发跑上前帮着搀扶老汉,那条汪汪叫个不停的狗一见姜银发,居然老实得立即息声,并且尾巴夹在两条后腿之间,一副低头乞怜的样子。姜银发叫声"三树爷",斜眼看了那试探着蹭他脚后跟的狗,想起了这是那条在仙女湖里被他痛踢的黑狗,不禁有些后悔,便腾出一只手来,摸了一下狗的脑壳,谁知那狗得了特赦一般,兴奋地晃动着屁股,向姜银发用劲摇起了尾巴。

一个个进得屋后,李成功已经搞清楚,这些人除了邹三树老两口、患精神病的儿媳,其他人都是儿媳妇的娘家人,并且已看明白,邹三树一家是冲着他来的。谁报的信,告诉邹三树以及邹三树儿媳妇娘家人他在这里已经不重要,因为迟早他要到邹三树家去的,重要的是他们的诉求。他握住了邹三树变形得已经不像个手的手问:"您老还认得我吗?"邹三树连连点头："认得认得。"李成功说："一晃就十来年了。"邹三树说："可不是咋的。"

邹三树儿媳的娘家人可能觉得机会难得，不愿让邹三树老汉把宝贵的机会用在无用的聊天闲谈上，瞅着空当儿打断邹三树的话，掏出一沓收据，对李成功说："李书记，你看看这些单据，不全，可也有十八万多了，玉枝这精神病，离不了药。"至此，李成功知道了邹三树的儿媳妇叫玉枝，正在说话的是玉枝的娘家嫂子。玉枝娘家嫂子继续说："她这病，一天不吃就犯，有时重了，还得住院。她娘也得了心脏病，多少年了，一点儿重活儿不能干。你说，她能眼瞅着她娘有病不治？她能眼瞅着她娘死？这不，她的病，她娘的病，哩哩啦啦花了这么多。"玉枝嫂子抓着那些收据在手上甩着，唾沫星子飞溅着说："国家赔偿的钱，是，不假，是赔了点儿钱，可赔的那点儿钱也不能管一辈子啊！甭说家里人有病了，就是没病也不能管一辈子啊！"最后，拿出了要赖的劲头说，"反正，玉枝娘俩户口在你们南湾村，活是你们南湾村人，死是你们南湾村鬼，你们管不管吧？"

李成功刚要说："管，怎么能不管呢？"突然门口门帘一挑，姬富强和石秀兰进来了。姬富强往地上一站，屋里顿时鸦雀无声，只有那条狗和两只猫从喉咙里发出低吼，互相对峙着，谁也不服软。姜银发起身让座，说："坐这儿，富强哥。"姬富强说："不坐了，我找李书记去商量点儿事。"姬富强把李成功、姜银发都叫出去了，临出门，姬富强又环顾了一下屋内沉默的众人，并在胸腔里重重地哼了一声。看姬富强那不高兴的样子，李成功寻思自己是不是犯了忌讳，不该入户到姬海兴家里啊。

13

李成功和薛东旭参加了一次市里扶贫培训，参加了两次县乡扶贫会议，接待了一次上级扶贫检查。到杏花盛开的时候，他俩在乡里派员的配合下，已陆陆续续把全村每家每户至少走访了一遍，基本摸清了南湾村的情况。村里祖祖辈辈只有三个姓氏在繁衍，一个姬姓，一个姜姓，一个邹姓。姬姓最多，占五分之三强，其次姜性，占五分之一强，再就是少部分邹姓。自生产队解散，改革开放后，四十来岁以下的年轻人都跑外边，四散着各自打工去了。四散打工的年轻人先是把孩子媳妇留在村里由老人照管，后来站稳了些脚跟，逐步把孩子媳妇也接去了。现在村里几乎看不到孩子，年轻的女人更是稀罕，三三两两坐在村头晒太阳的都是些老而弱、老而病、老而残的人。这是人的状况。那么地呢？赖以生存的土地，有些是祖先戍边时开垦的，有些是农业学大寨时毁掉草皮开垦的，有些是各家各户自行扩地开垦的，但不管哪个年代开垦的地，都是旱地，都只有附着在沙石上很薄的一层土，即便是一场雨下透了，一个中午就会晒干。这是地的状况。那么天呢？这块地方不知何时有过杀戮，抑或是造过罪孽？老天把过多的寒冷风沙降到了这里，一年赐给他们的无霜期只有一百一十七天，也就是说，除去早春暮秋虽无冰冻却仍寒冷的天数，温暖的日子只有区区一百多天，所有的庄稼、植物乃至动物，都得赶紧了在这短暂的时间里生长，稍有怠慢，便会被无情的霜冻掠杀，以至于前功尽弃。

了解到这些情况后，李成功和薛东旭形成了一个高度一致的共识，共识一形成，薛东旭脱口就说了出来："脱贫，谈何容易？"李成功没有把怀疑脱贫的话说出来，而是翻来覆去在心里闹腾。这几天不管坐着、走着，还是吃饭、干活儿，他脑子一空闲下来，就蹦出一连串的让他后来自责不已的疑虑：怎么精准扶贫？怎么精准脱贫？这天不济地、地不济人、人又不争气，怎么个扶？让几个老弱病残有吃有穿就算扶贫了？可这些老弱病残在一年年减少，而四散在外的中青年又不愿意回来，那么把这个人烟渐少的村庄打扮靓丽又有何意义呢？随着驻村日子的增加，李成功对村子的过去现在了解得越来越多。了解得越多，信心反而越弱，直至弱到一口气就可以吹灭。他记得当时他极其消极地认为，既然脱不了贫，我们兴师动众地在这驻村干吗？干吗？这是上级的要求，是领导的安排，是政治任务，更是村民的需要。那既然如此，你还得老老实实在这南湾村待着。待着干吗？待着就得多少干点儿事啊。干事？事是明摆着，干事就得先从姬富强的奶酪下手，现在建档立卡贫困户问题的严重性，不仅仅是把不该定为建档立卡贫困户的定成了建档立卡贫困户，还有把该定为建档立卡贫困户的没有定成为建档立卡贫困户，这样势必造成不公平。把不该扶的扶了，把该扶的却排斥在外了，群众会闹意见，起纷争的。你不该眼瞅着这些错误不去纠正，眼瞅着这些问题不去解决，你是第一书记啊！第一书记，呵呵，什么第一书记，你可不能把自己太当回事，你不可能在此久留的，你的工资，你的人事关系，你的所有的所有，都在集团总部，你就是一个放出来的风筝，不管你飞多高，翻多少漂亮的跟头，掌控你的那条忽隐忽现的细线还被单位牵着，你的命运牢牢握在金地集团领导手里。你可要明白，村里人虽然不多，但辈连辈，根连根，亲戚连亲戚，姬富强你甭看他病病歪歪，根基结实着呢，要不为何这么多年能挺立不倒？姬姓是绝对的大户，那就是他扎根其中供他养分的土壤，说不定，他的枝枝蔓蔓也早已衍生伸展到了乡里、县里。你可不能犯傻，你可别不自量力，你既管不了天，管不了地，也管不了人，你只能凑合着，应付着，顺势而为吧。贫，还是要扶的，即使你也知道真脱不了贫。那，接下来，怎么个扶法呢？

正在李成功犯难的时候，姜银发来了。姜银发嘴上叼着一支烟，屁股后面跟着一条黑狗。李成功由思虑转为打趣，说："出门也带狗了，怎么，让狗给你护驾啊？"

姜银发从餐桌上拿起半个馒头，扔起来，狗一蹦，吞到了嘴里，然后温柔地看着姜银发摇尾巴。姜银发说："邹三树家的狗，也不喂，看瘦的。这狗东西，我揍过它，它不记恨，还跟我好了。"

李成功说："狗通人性，知道你不是恶人。"

姜银发说："也是，咱不做坏事。不过，比起你来，我可差远了。"

李成功说："哪里，你太高看我了。"

姜银发说："真的，李书记，你尽办好事，你是善人、好人，菩萨心肠，你先给南湾村办件大好事吧。"

姜银发说完这句一半奉承一半试探的话，两眼直直地停在了李成功的脸上。

李成功问："办什么事？"

姜银发猛吸了几口嘴上的烟头儿，把最后的一点儿烟丝吸完，随手扔在地上，又用脚尖踩了一下，刚要说办什么事，却发现李成功撇嘴盯着地上的烟蒂。李成功说过他不止一次，不要随地吐痰，乱扔烟蒂，所以他自知犯错，嘿嘿傻笑两声说："忘了忘了，下回不扔了。"

李成功不再追究，他知道改变姜银发的这些习惯不是他所能做到的，便再次问："办什么事？说吧。"

姜银发说："你看，咱村的井，村西、村东、村当间各有一口，现在只村西井里还有点儿水，剩下那两口井都没水了。"

李成功问："为什么没水了？"

姜银发说："有专家来看过，说南湾村水位下降了。要想吃水，得打一口更深的井。"

李成功说："那为什么不打啊？"

姜银发说："给乡里反映过几回，一直说研究研究，这两年多过去了，还没信。叫村里人凑钱，又凑不起来，如今都各顾各过日子了，谁也不想村集体的事了。我就想啊，咱们集团，看能不能先给村里打口井，咱们那么大的矿井都能打，打口吃水的井算个啥啊！"

李成功问："这事，为啥姬富强不说而你说呢？"

姜银发把笑挂在脸上，有些狡黠："谁说还不一样啊？呵呵，我是代表姬富强说的。"

李成功说："那我抽空回集团汇报一下，申请些资金。"

姜银发双手抱拳，恭恭敬敬给李成功鞠了一躬。李成功说："往后咱经常在一起，你别客气。"姜银发说："我这够不客气的了，说心里话，我真想给你跪下。"李成功说："别别别，我的工作还得靠你们呢。"这一句，让姜银发的笑里又多了警觉试探的成分，他问："李书记你是得靠富强哥吧？"其实，李成功心里是厌烦姬富强这种人的，这么多天的了解，他觉得姬富强有些仗势，有些专断，还有些弄权，私心也重一些。而对姜银发这种人，他很喜欢，他看得出来，姜银发是真想为村里村民办事，身上也有股子正气，可他又不能贬一个褒一个，把心思全部暴露出来，就说："我谁也得依靠啊，姬富强是书记，你是主任，我谁也离不开啊。"姜银发说："那，建档立卡贫困户怎么办？那可都是富强哥定的。"姜银发一下子点到了穴位上，可在这个关键问题上，李成功又没有准备好必要的决心，拿不准该不该介入太深，照他眼前的想法，介入太深了会招致很多麻烦，所以，他的回答只能是"先看看吧"。

薛东旭从县里买东西回来了，大包小包拎着，咕咚一下放地上，外套脱下来扔床上，对李成功说："够你吃用一阵子了，李处，刚才在路上接到对象电话，她病了，住院了，我得回去看看。"

李成功似乎早有准备，一点儿也没有考虑就说："去吧。"

姜银发不无担心地说："不会一走就不回来了吧。"

薛东旭俏皮地挤一下眉眼："说不定。"

14

薛东旭一走，李成功感觉到了孤独和寂寞。

村里的夜太静，静得就像误入了没有生命的星球。在这无边无际的静寂中，天地融合，他也仿佛灵魂出窍，云雾样飘浮起来。他虽然是个无神论者，但却听到了另一个空间的声音，那声音嘈嘈杂杂，细细分辨，有歌舞升平的妙音神曲，有饥寒交迫的乞求呼号，更有千军万马的厮杀呐喊……突然当啷一声，餐桌边的一个不锈钢盆子掉在地上，他打了一个激灵，出窍的魂魄极速归位。原来，那是两只硕大的老鼠争抢半包方便面闯下的祸。这老鼠，太不像话！李成功起身把灯全部打开，他希望光明可以逼退老鼠。果然，在暗处活动惯的鼠辈们，遇到光明，行为收敛了许多。

李成功睡不着了，他首先想到了苏素。熄灯前，他一如既往地给苏素道了晚安，此时深夜，他想再与苏素聊聊天，可拿起手机，刚点开苏素，却停下了。他怕苏素的男人在身边看到，给苏素带来不必要的麻烦。

之后，他想到了女儿媛媛。媛媛是他的独生女，一想到女儿媛媛，他心里最柔软的地方就被触动，说不清是怜惜，还是珍爱，好像那小小的人儿就是他的一切，他所有的辛劳付出，也是为着那个他抱着哄着一点点长大的女儿，甚至，如果有必要，他情愿为女儿去死。他不知什么时候在哪儿看到一句话："穷养小子富养女。"他觉得是有道理的。男孩子穷了可以奋斗，最终可以历练为顶天立地的男子汉。女孩子不一样，女孩子穷了，没享受过好东西，没见过啥世面，一遇到诱惑，比如好吃的、好穿的、好玩的，像首饰呀、名包呀、豪车呀这些个玩意儿，一来二去就会就范，下场悲惨的，最终被抛弃，好一些的，无非是走到苏素这样的地步。所以，当媛媛提出要换新手机时，他同意了，并且兑现诺言，工资一上卡，不顾妻子的反对，立即给女儿转账过去六千元。此刻，媛媛肯定已经用上新手机了。

再之后，他还想到了妻子。一想到妻子杨玉萍，他就心堵，莫名其妙的堵。他想将将这心堵到底是怎么回事。以前可不是这样，以前他和杨玉萍那可是水乳交融好得不得了。那会儿杨玉萍在话务室当话务员，他在井下采煤队当采煤工，好心人介绍他和杨玉萍处上了对象。那时只要一上井，他就挤撞开前面挡路的工友们，第一个跑到澡堂，用肥皂把身上上上下下旮旯旯儿儿洗干净，换上刚开始有人穿的西服，跑到话务室陪杨玉萍接电话。杨玉萍灵巧的双手在交换机上不停地插拔插销，他就不错眼珠看杨玉萍动人的面容，打电话的人少了，他没话找话与杨玉萍说个没完没了。遇到两个人都不上班时，他拉着杨玉萍去西山上采野韭菜花、摘酸枣，若是大雪封门的冬天，他能一整天一整天钻进宿舍围着火炉给杨玉萍烤花生、烤红薯、烤粉条。有了媛媛之后，他们从平房搬到了楼房，他的工作也由井下调到井上升为机关干部，杨玉萍全身心用在了媛媛的抚养上，他则全身心扑在了工作上。他知道机关的岗位来之不易，很多人一辈子都没能从井下奋斗到井上，所以他极其珍惜。珍惜必然要付出努力，不懈的努力又使他觉到了自己的欠缺，于是在没有影响本职工作的前提下，他默默自学拿到了本科学历，接着考上党校拿到了在职研究生学历，他成了机关年轻干部的佼佼者，不久又被调到省会，提拔到了总部机关。特别是从阳坡矿重返总部，带着金光闪闪的历练资本，坐到重要部门的一把重要椅子上之后，他有了可以使唤的下属，下边一下子还多了那么大一片基层单位，渐渐地，直呼他大名的越来越少了，毕恭毕敬称李处、叫老师的越来越多了。与此同时，外界八面来风，主动找上门联系工作洽谈合作的人络绎不绝，使得他眼界大开，朋友日益增多，当然盛情邀请自然也多，伴随着美酒佳肴，悦耳的话像教堂里的赞美诗一样环绕左右。

在李成功看来，他一直在往前跑，往上攀，当他攀到了一个高峰回头的时候，妻子杨玉萍仍然停留在原点。此刻他想到了比翼齐飞这句成语，他想拉她一起跑，但这已经不可能。因为杨玉萍并没有认为他有什么不同，在她看来，他还是原来的他，他的所想所做应该也还是原来的模样，甚至，她觉得她辛辛苦苦把媛媛抚养长大，把媛媛送到初中，又送到了高中，应该功高于他，应该得到他加倍的宠爱、呵护和忠心。由此看来，她的想法与李成功的想法没能朝一个方向。

李成功也不得不承认，他有虚荣心，他想在精神上得到更多受用的东西。他已经得到不少的崇拜、夸奖了，他还非常想得到妻子的崇拜和夸奖，但内向的妻子，从来不曾表现过那种崇拜之举，哪怕一句廉价的夸赞的话都不曾说过。特别是李成功动用关系把她从矿上调到省会时，他还几次提醒过，说从一个山沟的矿上调到省城，又进的是学校，事业单位，可不容易啊，一般人是办不到的。可他每次的提醒都如对牛弹琴，她一点儿反应没有。此时，如果她上前深情地亲吻他一下，或者哪怕只妩媚地给他一个赞许的眼神，他都会心满意足的，可什么也没有，平静得一切都是理所当然稀松平常。李成功只能带着精神上的缺憾，继续他的如牛般的奉献。

那会儿，妻子的工资很低，都用在了媛媛的教育上，他的工资也不高，但他不想让妻子和女儿长期租房住，他把他所有的存款取出来，又找朋友借了一些，在离妻子上班最近的地方买了一个三居室房子，三居室近到距妻子上班的学校步行只需八分钟。在距离的问题上，他首先想到的是妻子，他要让妻子方便些、安逸些。他无所谓，单位再远他都能跑。装修时，已没什么钱了，他利用他对省城熟悉的优势，带着妻子跑遍了全市最低端的建材市场，妻子则发挥优越的砍价特长，挑尽了那些最便宜的材料。为了省钱，房子一装修完毕，妻子就把租房退掉，搬到了自己的新房。谁知，同样是人，免疫力却大相径庭，那些便宜材料装修起来的新房，充满了甲醛。仗着距离的方便，一下班就窝在家里，并且用不停地收拾来体现爱家恋家的妻子，不幸被甲醛击中，她先是头晕恶心，四肢疼痛，之后便卧床无法翻身。误当重感冒吃了一个星期的胶囊后，病情居然愈来愈重。李成功慌神，急送医院，一查，类风湿因子巨高，用大剂量激素控住以后，这种慢性的癌症便再也不肯离开妻子的身体了。

自此，妻子的情绪完全被类风湿操控，用她的描述来说，体内好像潜藏着一股魔气，时不时出来闹腾一番，今天在左腿，明天就跑到右腿，这回在胳膊，下回就在手指上，总之疼痛在全身游走着。每每疼起来，不想吃，不能睡，心烦意乱，什么事都干不了，只想发火、骂人。病痛在妻子身上，痛苦却在李成功心里。从来不曾干家务活儿的他，看着满池子的脏锅、脏碗他得刷，成堆的脏衣服、脏袜子他得洗，污迹斑斑的脏地板、脏桌面他得擦，乱哄哄的家里他得收拾。一到夏天，暑气逼人，他却看着空调不能开，赤裸着大汗淋漓也得忍着，因为妻子受不得一点儿凉，见不得一点儿风。恰在这时，妻子的更年期不期而遇，与可恶的类风湿合伙起来，一起兴风作浪，症状表现为无端地出汗，无论春夏秋冬，半个床铺整天都是湿漉漉的；无端地哭闹，好好的忽然翻脸生气，稍有不如意，便哇哇地吵架、号哭。也是恰在这个时期，苏素重新出现，也是恰在这个时期，李成功与苏素的聊天记录被妻子发现，瞬间，妻子体内那本来就蠢蠢欲动的魔气，纠结着更年期，山洪泥石流一样暴发了。那时正值半夜，妻子推开窗户，非要从十二层的楼上跳下去不可，李成功抱着妻子，苦苦哀求，百般抚慰，千般发誓，最后天亮之前，总算让妻子安静下来。

妻子已然成了一个地地道道的病人，无法正常上班，李成功再次耗费他的人脉关系，给妻子提前办理了病退。但自此以后，妻子脱胎换骨，变成了一个完全的陌生人。她开始怀疑一切，对任何人、任何事都不相信，并且尖酸刻薄，开口便带刺呛人。他想与她聊聊工作的事，他说现在举国都在扶贫，单位也有精准扶贫任务，说他可能被派去长期驻村，她说："骗谁啊！我兄弟我妹妹都在村里，穷着呢，我们也不富啊，干吗不扶扶我兄弟我妹妹扶扶我们啊！不愿意看我就说不愿意看我，想远天远地搬出去住就搬出去住，编这一套干啥啊！"他电话里给她说："今天单位忙，需要加班，晚回去一会儿。"她会说："忙吧忙吧忙出个大小子来才好呢！"他好心问她："下班回去需要买点儿什么菜吗？"她会说："菜里都是毒药，你想毒死我啊！"其实，她已经买过菜了，意思是说你买不好，不让你再买了，这李成功知道，她这是说话的方式彻底变了。更为奇特的是，任何事在她面前，她看到的都是消极，都是负面，大到国家社会上的事，小到家庭琐事，即使没有消极负面的，她也能剔出消极负面的来，然后无限放大，再扭曲了脸色，阴沉了心情。

那次，她的情绪好了些，李成功想与她商量商量媛媛换手机的事。媛媛第一次提出来时，李成功是私下里答应了的，所以李成功就说："现在是信息爆炸时代，她愿意换就换吧，我已经答应了媛媛。"谁知她的面容陡然黑了，即刻以吵架的姿态说："你们就不把我当人，你们背着我还不知道都做些啥呢，准是要把我这个丑八怪害了你再给她找个后娘。"李成功无言以对，只好打住，不再谈及此事。所以，在家里，他能不说话就尽量不说，他不说话，杨玉萍也不说话，因此家里的空气永远是沉闷凝固的，时间久了，也就习惯了，就像省城的雾霾。他多想云开雾散，重回到以前。他一直向往着下煤窑时的恩爱，他也一直坚信着总有一天那些不知跑到了哪里的恩爱能重回身边。这样胡乱想着，他打开一个公众号找到一篇关于贫穷和富裕的文章，读完了，觉得有意思，即转发到了朋友圈，刚转发完，几乎同时收到两条鲜活的微信，一条是苏素的，一条居然是妻子的。

SS：哥……

杨玉萍：还没睡啊？

自有了微信以后，妻子主动给他联系的，好像不曾有过，这深更半夜的，在塞外坝上收到妻子的一声问候，既稀罕，又极其的温馨，他不敢怠慢，立即回道：你怎么也没睡啊？

妻子没有说为什么没睡，而是发过来一段视频，李成功点开视频，是一个小姑娘。小姑娘系着围裙在厨房里哗啦哗啦洗碗，洗着碗，转过身揭开锅盖，钻到蒸汽里查看火上蒸着的米饭，米饭熟了，关火，端离灶台，又极快地洗碗刷盘，洗刷完了，开始洗菜、切菜、炒菜，待一盘盘菜盛到盘子里后，又拿起抹布擦抹灶台和水池边沿，然后又拿起墩布，弯着腰墩地板，一直从厨房墩到客厅。李成功再一细看，那厨房是他家厨房，客厅也是他家客厅。那女孩呢？女孩怎么那么面熟啊，他一时想不起来那女孩是谁，就在手机上问：那女孩是谁啊？

妻子眼花，也懒得拼音写字。妻子发来了语音：媛媛的同学啊，这孩子真勤快，真有眼力见儿。眼里有活儿，一来家总不闲，逮住啥干啥，比咱媛媛强多了，媛媛就知道花钱。

李成功回道：媛媛也不错啊。

杨玉萍：不错啥啊！你看她那屋，乱得像猫窝，都是人家巧巧来了给她收拾，收拾得里里外外干净着呢。

李成功：穷人的孩子早当家。

刚发过去，苏素那边又来了信息。

SS：（一个哭泣的表情）满肚子委屈没地方说。

李成功：怎么这么晚没睡啊？老王呢？

苏素发来了一长串的语音，都是哭泣声。

这时，妻子也发来了语音：上个礼拜，我感冒了，浑身酸痛不想动，你躲到天边也不管我，巧巧一放学就跑来伺候我，连我袜子裤衩都给我洗了。

李成功：苏素，你怎么了？

SS：他王八蛋不是个东西……

杨玉萍：你咋不说话啊？

李成功：我听你语音呢。好感动啊，你说了这么多话。

杨玉萍：听媛媛说，巧巧给她说过，巧巧说我要有你这么个妈妈就好了。这孩子可怜，我真想认她做干闺女。

李成功：老王欺负你了？

SS：他把一个女的带到家里了……那个女的养着一条狗，一年光花在狗身上就四五万，我说我儿子学习也不太好，想早早考个驾照，你给他拿点儿钱吧。你猜那王八蛋说啥，他说咱是有约在先的，我只管你娘俩吃穿，供你儿子上学的学费，可没说给考驾照的钱。我说，你那小女人光养狗就花多少钱？谁知一说这个他火了，他说你能跟她比吗？她是歌星，你是什么。

李成功：他人呢？这会儿没在家？

SS：一吵架，他带着那个女人抱着狗去酒店住了。

杨玉萍：不愿意给我说话就算了，你睡吧，我才喝了安定，劲也上来了，睡啊。

李成功：好吧。

李成功：苏素，别哭了，你既然选择了这条道路，该知道这是条痛苦之路，先把儿子抚养成人再说吧。记住我说的话，不要依附任何人，要靠自己，要独立。

SS：我知道，哥，以前我一直想打工，他不让，这回，我说啥也得自己挣钱养活自己。

李成功：那就好。

SS：哥，别惦记我，你睡吧，我这是自作自受。

15

姬富强得知李成功答应弄钱给村里打井之后，先是和姜银发一样高兴，毕竟，村民吃水、浇地都是大事，如果能把这个事办了，也算他当支书功劳一件。他当支书这么多年，村里不但没有多大发展，反而还退步了，粮食、牛羊、劳力一年比一年少，破房子、贫困户却一年比一年多，集体的亏空像个无底洞，看看就发愁。上边来个人，竟连盒大境门香烟也买不起，好几天他得为招待犯难。每次乡里、县里通知开会，他都不愿意去，觉得丢人，他怕见到上边领导和其他村里的支书无话可说。硬着头皮去了，他也不敢往前凑，总是往后缩，往旮旯里躲，即使不得不说话，也畏畏缩缩，没有底气。可他又是多么想昂首阔步走进会场，多么想挺着胸脯站到县长面前粗声大嗓地说话。能有那样的做派气度，该是何等的荣耀啊！可这种荣耀需要村里的富裕做后盾，村富，他这个支书才能气粗，他何尝不知道这个道理啊。有时候，看看村里的穷酸样，他也自责，长长的深夜，他不止一次地自问：是我无能吗？是因为我的无能南湾村才这么穷吗？若是因为我，那我就让贤算了，让给更有能力的人干吧，我的身体也一年不如一年了。一想到身体，他的胃部便痉挛般疼痛，或者说胃部一疼痛，他就想到了他日渐衰弱的身体。

一天中午，他的胃部又抽抽地疼起来，他用手紧紧揪住了松垮的肚皮，期望能减轻一些痛苦。揪着肚皮，他想到了他的儿子，那个不争气的儿子。小时候看儿子虎头虎脑，给他取名姬虎，怎么长着长着就变成了这副尿样。他喘息着，疼痛慢慢缓解着，心里说，我不干了，我这个家肯定完蛋。姬虎顿顿喝酒，有人说是酒精依赖，断了酒，说不定会出大事的，但深层的原因他更清楚：媳妇带儿子跑了，姬虎心里能不难受、能不憋屈吗？连他这个当爹的都放不下。儿媳妇走就走吧，那么好的一个孙子也没影了，这不如同他家断了香火一样啊，每想到这里，他的心里就像被刀割一样痛。姬虎不争气，是不争气，可也不能光骂他不争气，他年纪轻轻的，没了媳妇，没了孩子，还有啥奔头呢？喝点儿酒，也许还能解点儿忧愁，他这个当爹的没啥本事了，能做到的，可能只有供着儿子姬虎喝酒了。村里的建档立卡贫困户，有一少半不够标准，这些不够标准的人，得了好处，哪个不向他支书表示表示啊，轻的拎两瓶酒，乘夜色放到他家窗台上，呼喊一声扭头就走；重的则拿出一百二百的现金，装作串门塞进他老婆的手里。这些本来不够格的贫困户，都是他姬姓家的，不会有人往外吵吵，很稳妥的。如果他不当支书了，首当其冲的就是儿子姬虎。没人照顾，姬虎他肯定就吃不了低保。也没人送酒送钱了，他姬富强天天大把大把吃的药肯定也买不起了。

觉悟到这一层，姬富强不寒而栗，他仿佛看到了儿子姬虎因酒瘾发作抽搐而死，他自己也胃疼得蜷缩成一团，在炕上打滚无人问津，最后活活疼死，老婆守着他的尸体哭得死去活来，连埋他的棺材也买不起，只好用破草帘子卷巴卷巴挖坑把他埋掉，因失去了靠山，老婆不久也郁郁而死……虚幻的可怕景象，让他躲避烧灼一般噌地坐立起来，他眼珠子瞪得圆圆的，发誓似的说出了声："不能，决不能！"老婆正撅着屁股烧火，问："你喃喃个啥呢？"姬富强说："我还得干啊！"一听这个，老婆知道啥意思了，他已不止一次说过这样的话了，老婆甩掉手里的柴火，责怪他说："你又说这话，你不干咋行啊！虎子咋办，我咋办，我身子也有病，你又不是不知道，我高血压多少年了，说不定啥时候就躺倒了，你不干！咱日子咋过！"老婆说的是实话，老婆的话像在他心里夯下一根桩基，又坚定了他的意志，他觉得他这个老牛拉的套还不能放松。那么，姜银发说的打井的事会不会有啥陷阱啊！打井这么大的事，如果成了，不是他这个支书搞成的，而是李成功搞成的，到了那个时候，李成功对上可以谄功，对下又可以赢得村民的拥戴支持，这样李成功会不会一步步把他这个支书挤下去啊？一想到这些可能存在的后果，姬富强不再单纯高兴了，他得走着看，多防备着些，做到万无一失。

饭刚刚做好，姬虎来了。姬虎就是踩着饭点儿来的，每回他不愿意自己做饭了，过来总能赶上爹娘的饭熟。饭是莜面鱼，他娘是搓莜面鱼的好手，搓得又细又长，吃起来既筋道又耐饿。他进得门来，也不问一声爹娘好，一屁股坐在柴火堆上，眼珠子一动不动，浑浊呆滞着等待吃饭。他娘一看这个样子，心里沉沉地害怕起来，忙盛了一碗莜面鱼，浇上土豆丁做成的汤，没送给姬富强，先递给了姬虎。姬富强脸色从姬虎进门时就开始难看，这回完全嘟噜下来，低着头唉唉地长一声短一声叹气，老婆怕他发作，也忙盛了一碗莜面鱼送到他手里。他端着莜面鱼，也不吃，还是唉唉地叹气，最后终于忍不住，咬牙切齿地说："你看看人家银发，你看看人家邹老二，都跟你一般大，都一齐长大……可你，啊！你看看你这个败家样……"姬虎没吃完，咚地把碗蹾地上，站起身就走，他娘恼恼地斜着姬富强，探身从墙角提出两瓶酒，疾步追出来，拉着姬虎的手，挂在他的指头上，说："你爹他心里憋得慌，他说两句就说两句啊！"姬虎不接话，只管提着酒往外走，姬虎娘又说，"这一两天你去一下乡里看看你舅舅，他打电话来叫你抽空过去。"姬虎娘看着姬虎走出了大门，又加了一句，"去时洗洗头刮刮胡子啊。"

姬富强让姬虎气得胃又绞痛起来，手里的莜面鱼只吃了两口吃不下去了，老婆又倒了一把红红绿绿的药让他喝下，这时一条黑狗率先跑进来，随后姜银发进来了。姜银发见他揪着肚皮，又看看旁边的莜面，说："胃疼就别吃这莜面了，弄点儿挂面汤喝喝。"

姬富强老婆说："我这就去下挂面。"

姬富强挪出身子，哈着腰说："多下点儿，银发也吃点儿。"

姜银发说："我吃过了。"姜银发点着一支烟，抽了一半，看姬富强慢慢松开了揪着肚皮的手，说，"你要不太疼了，我给你说件事。"

姬富强坐直了身子，等他说。

姜银发说："邹老二来电话，说夏天了他要回来住，他一回来住，工作队咋办？工作队虽说只有李成功书记一个人了，可也是工作队啊！"

姬富强说："房子是人家邹老二的，邹老二要回来住，咱也没啥说。"

姜银发说："邹老二要回来住，那不是明摆着要撵李书记走吗？咱可不能做这事。我看呢，欧阳涛、薛东旭一走，李书记也会动摇，咱再一撵，那不正好有了走的理由啊！再说，李书记答应给咱弄钱打井，在这个节骨眼上，可不能撵他走。他只要不走，咱就有盼头、有希望，真的，这个人可了不得，可不是一般人，不是个凡人。"

姬富强嘴角随姜银发的话上翘着，他觉得可笑，姜银发可真能吹，李成功还不是凡人，那会是啥人？真有本事的人会住到南湾村来？可很快，姬富强上翘的嘴角又垂下来绷紧了，心想，也许李成功真不简单？如果真不简单，那不是更危险吗？万一他打我的主意那不是更容易吗？这么说来，他走了我倒安全了。至于打井的事，虽说也很重要，可比起下台的危险，毕竟是小事，只要他姬富强一直干着支书，这井迟早会打成的，他不信乡里、县里会眼巴巴看着南湾村没水吃。于是他平心静气说："人家真要想走，咱强留也没用啊，咱总不能为了留李成功堵着邹老二不让人家进自己家门吧？那邹老二还不给咱拼了。来了再说吧，邹老二来，李成功想走，咱也拦不住，不想走呢，再给他找个房子，村里空院子空房子不少。"

姜银发说："别的房子太破，都是危房。"

姬富强说："他嫌赖，还能扶贫啊？"

姜银发说："说的也是。"

姬富强说："这事你就看着办吧，你办事我放心。"

16

李成功驾车技术不如已走的欧阳涛和薛东旭，他是先拿的证后开的车。刚开始学的是桑塔纳，每天抽出两个小时，只学了一星期就上路了，所以到后来，路上的很多交通标识他都不知道什么意思，不过虚心请教慢慢地也都知道了。如今这辆车在他手里已经驾轻就熟，它除了刹车有点儿软，其他没大毛病。他拨弄着方向盘，三拐五拐开出村，驶上乡道，绕过县城，上了省道。省道限速八十，可他开着开着就上了一百。超速可能因为车子太好。车子好了，跑起来又稳噪音又小，不知不觉就超速了。超速也可能因为归去心切。他太想回去了，太想离开这个上天都不眷顾的破地方了。速度由心而生，什么样的心情制造什么样的速度嘛。总之，李成功在没有觉察的情况下，开着车风驰电掣般往前蹿行，车窗外一闪而过的墙壁、标语、稀疏的杨树，还有路上的各种农用车、电动车、行人，一个个被疾速地甩到后边。这是逃离吗？不是，他李成功是有觉悟的人，是有组织原则的人，不会在没有批准的情况下跑路。不是逃离那又是什么？是汇报请示，因为带着许诺、带着使命，很快他还会回来的。可即使这样，他怎么还有一种逃离的感觉啊！逃离什么呢？贫穷！李成功竟然喊出了声，当他喊出"贫穷"二字时，脑子里同时闪现出姬富强、姬虎、邹三树、姬海兴的面容，还有破烂不堪的村庄，于是他下意识地又踩了一下油门，好像要快跑躲过突然遇到的一团饥饿的蚊蝇似的。说实话，李成功内心里并没有看不起贫穷，他的父母、他的姐弟、他的许多亲戚都算不上富裕，但他知道贫穷是产生丑恶的土壤，且不说盗抢欺诈在贫穷里疯长，单就亲情孝道，也常常被贫穷逼得丑陋不堪。可这贫穷的土壤能铲除吗？救急不救穷，你地震了，你水灾、旱灾了，可以捐钱捐物，也可以派人去拯救你。你贫穷着，怎么救？说到底，走出贫困，主要还得靠贫困者自己。李成功想好了，回单位后，他一定把这个想法讲给董事长和钱副总经理，让他们跟上边说去，只要企业不再承担扶贫任务，他也就没必要驻村了，就可以回去了，就可以随时见到苏素、见到女儿了，当然也可以随时见到妻子了，虽然妻子现在疙疙瘩瘩，但那毕竟是同甘共苦过的妻子。

李成功驾着车一路狂奔，在过一个三岔路口时，忽然意识到自己想事太多了，分心了，好像开过了该拐的路口，低头瞄一眼导航，果然，导航提示调头。他立即集中精力，将脑子里的私心杂念一挤而光，专心把车子开到了另一条正确的小道上。小道的景色比大道可看，路两旁没有树木和建筑物的遮挡，地里的土豆花争先恐后开放，稍微远一些的坡地舒缓柔和，绝无突兀棱角。再远望，则是广袤的草原，草原上茂盛的草丛里时隐时现着白色的羊群，还有悠闲吃草的马匹，只是，草间那些姹紫嫣红的野花一同被羊群和马匹啃吃踩踏，李成功不禁有些心疼。车身一个颠簸，他意识到又分心了，再次把心思收回。车子很快昂着头开始爬坡，轰鸣着爬过一段坡度，然后又一头栽进一个下坡，踩着刹车绕过十几个急转弯，车子再次昂头爬坡，再次下坡，终于走出群山，开上了较平缓的地界。刚松一口气，前面不远处的路面出现一片水坑，水坑的水从西边一条沟里流过来，水越积越多，水坑的面积越来越大，有几辆轿车停在水边，不知深浅，不敢贸然通过。李成功对自己的车自信满满，鸣响喇叭，示意前面的车让开，加了一下油门，没做犹豫，哗哗地开过了这片水坑，后边的车看没啥危险，也都小心翼翼地蹚着水坑开过去。本来，越过了水坑，李成功可以加速直奔高速的，可他突然停了下来。他想这里怎么能有这么大一片水坑呢？而且水还在不停地注入着，水注满了低洼的路面，又顺着一个豁口朝更远的地方流去。他要探个究竟。他下车站在高处观察了一会儿，恍然明白，原来已近阳坡矿。此地在阳坡矿东侧，绕过南面的山岗，转半个圆，就是阳坡矿了。阳坡矿已经废弃，怎么会流出这么多水呢？看看去。他以探险者的好奇，开着马力巨大的车绕过山岗，碾过咔嚓作响的矸石，很快来到了矿里。

　　井口的井架又竖起来了，井架顶端的天轮快速旋转，绞车牵引的钢丝绳在天轮的槽沟里蛇一样上蹿下行，提升上来的铁罐里都是水淋淋的半煤半矸并掺杂着淤泥的黑色东西。井口另一个槽沟里，六寸的管子呼呼地泵着黑水。井口不远处的那片已成废墟的房子，最前边的一排棚上了顶，门窗也装上了，但很明显，所有的门窗房顶都是临时的、凑合的，好像是在慌乱中争速度抢时间做成的活儿。后面的几排砖瓦房还基本保持着原样，一片断垣残壁。做羊圈的那排房子仍做着羊圈，羊圈里的羊粪是新鲜的，膻味冲天，由此可以断定，羊群早晨刚出圈，也许晚上就归圈了。李成功溜达着，查看着，一圈没有溜达完，不知从哪里闪出一个汉子，跟在他身后，问："你有事啊？"李成功停下脚步，打量这位满口黄牙的汉子，反问："你们是哪儿的？"黄牙汉子现出警觉，再反问："你是哪儿的？"李成功说："我是金地集团的，这矿是我们的。"黄牙汉子满脸堆出笑来，黄牙更多地暴露出来，一边掏烟一边说："哦，领导啊，多指导指导。"李成功挡住黄牙汉子递上来的烟，问："谁让你们来恢复开采的？"黄牙汉子说："我们不是开采，上边说是扶贫，脱贫。"李成功忍不住想笑，这居然也是扶贫，是啊，井下确实残存着一些煤，挖上来定能快速脱贫，可是，"你们有批准的手续吗？谁批准你们干的？"李成功这一问，让对方猜出了他并不是稽查人员，可能仅仅是过路的，便大了胆子说："朋友，你甭问那么多了，上边要是没人放话，我们敢干吗？没有大老板撑着，谁能干得起啊？你看看，光那发电机，就得多少钱？见天烧的柴油，你算算多少钱？你要是走累了，进屋里歇歇，抽根烟，不累，就上路吧，甭问那么多。"李成功环顾四周，他的身后、左右，还有车旁，已经站着三四个粗壮的汉子，个个眼里冒出凶光。

　　李成功不再多问，上车轰开油门，开走了。

HUANNIYIGEXIANNUHU

还你一个仙女湖

中部

1

下了高速李成功把车靠右停在路边，想想到省城先见谁。时间尚早，才午后四点多，单位还没下班，先见见领导去？该去，要汇报要请示要办的事情很多，一次办不完，赶早不赶晚，今天先去办了哪件算哪件吧。方向盘一打，他又不想去了，干吗那么急啊，今天赶着把该请示的请示了，该汇报的汇报了，该报销的费用报销了，难道明天就要返回那个南湾村吗？事情办利落了还有滞留的理由吗？还是慢慢地办吧，明天再说吧。接下来一个是回家一个是联系苏素。回家肯定要回的，那是自己的窝，随时可以回去，妻子也随时可以见，且永远要在一起的，还是先见一下苏素吧，前些日子苏素微信里说她儿子在学校打架的事，他还记在心上。苏素没求他办过什么事，这件事他能不能帮上忙也没把握，但至少该关心一下，过问一下。另外，更为隐秘不能宣示的是，苏素对他还是一种诱惑，一种莫名的期待，有时想着苏素，他甚至有冲动、冒险的欲望。这几个月，虽身在塞外，与苏素距离远了，但却对苏素了解更深了，感情更浓烈了，苏素每天临睡前发给他的拥抱或亲吻的表情，让他夜夜血液滚烫。昨天，她还在表情后面加了四个字："哥我想你。"这四个字，让他一路上动力十足，这会儿，应该先联系下苏素，方便的话就先见一面，见完之后再回家不迟。他拿起手机，打开微信问苏素：方便吗？

SS：方便。

李成功：我想见你。

SS：你在哪？

李成功：我刚回市里。

SS：哎呀，我今天来唐山了，也是刚到。

李成功：去唐山干吗？

SS：老王娘病了，需要人伺候，他老婆不管，老王让我来伺候，说每天给我开两百块。

李成功：哦！

SS：这样我儿子就可以学开车了。

李成功：哦。

SS：哥，要不我明天回去吧。

李成功：别，你忙你的。我没事。

剩下的只有一个了，回家。李成功一路走一路感慨，呵呵，当无处可去的时候，你只有回家，那是最保险、最妥帖、最能松懈、最无所顾忌的地方。

打开家门，家里没人。好多年，李成功习惯了一进家门家里就有人的模式。不管早晚，妻子总是在家里的，尽管妻子不会像他梦想的那样扑上前去，抱他、吻他，贴着他的耳根甜言蜜语，尽管每次进门看到的都是不理不睬的沉闷，但那就是妻子，那就是家。今天进来却空无一人，等等还是空无一人，躺沙发上好久了，都快到晚饭的时间了，都饿了，妻子还没回来。李成功忍不住，用家里的座机拨通了妻子的手机，没想到一接通，妻子就惊呼："你回来了？在家啊！"那语气声调，透着激动，好像久别的亲人终于见面似的，这真让李成功惊奇。李成功问她在哪儿。她大声地说："甭提了，都是你闺女和巧巧给我惹的祸。偷人家手机了。抓住了。说清了。嗨，给你说不清，一会儿到家说吧。"

门子哗哩哗啦打开了，动作很大，不用看，准是妻子杨玉萍拿着一大串钥匙在锁孔里快速旋转弄出的声音。一进门，杨玉萍说："累死了。"随后女儿媛媛把脚上的鞋和手里的包甩到一旁，赤着脚，跑到沙发上说："老爸，你怎么回来了？"门子敞开着，没有关，李成功做出嗔怪说："这疯丫头，关门啊！"媛媛说："还有人呢。"李成功就往外看，媛媛朝门外喊："进来呀！"两个人像观众等待明星出场似的，都伸着脖子朝向大门口。暗暗的玄关里，一个不大的身影缓缓地走进来，然后轻轻关上门，蹲下来悄无声息地换拖鞋。来到近前，李成功认出那是媛媛的同学巧巧。李成功目不转睛，一直瞅着巧巧，巧巧却低着头，没有敢接李成功的目光，她局促地站也不是，坐也不是，不知道该如何安置自己。杨玉萍一句抱怨给她解了围，杨玉萍说："渴死了。"起身想去倒水，巧巧适时地把一瓶矿泉水递到了杨玉萍手里。这是在街上买的矿泉水，一人一瓶，杨玉萍、媛媛早已喝完，巧巧一直没舍得喝。杨玉萍接住矿泉水，说："你咋没喝啊？"巧巧还是低着头，从嗓子里发出一句："我不渴。"杨玉萍拧开瓶盖，咕咚咕咚喝了几口，问李成功："咱们吃啥？"李成功说："随便，你做啥吃啥。"媛媛抢先做决定："甭做了，叫外卖。"说着就划拉手机开始找。巧巧像得到了千载难逢的机会似的，竟带着愉悦说："我去做吧。"边说边跑进厨房，关上门，洗手、择菜忙活起来。

　　杨玉萍转向媛媛，絮叨："看看人家，看看你，就知道外卖，费钱不？"

　　媛媛一努小嘴："哼！"

　　李成功问："到底出什么事了？"

　　杨玉萍说："巧巧偷了人家手机，人家打电话叫我去……"

　　媛媛把脸对到杨玉萍嘴上："不是偷，没有偷！"

　　两个人你一句我一句，总算让李成功听明白了。巧巧无数次告诉媛媛，说她想找个活儿干，挣点儿钱，媛媛一开始力劝，说要想勤工俭学，现在不是时候，刚大一，课程紧，等到第三年课程不紧了再说，巧巧说课程再紧也紧不过高中，下午五点以后就没事了，到晚自习这么长时间，找点儿活儿干干还是可以的。媛媛说："你说的这是钟点工，干那个干吗？怪累的。"巧巧执拗得很，坚持要干，可巧巧不敢出头露面去找，就整天愁眉苦脸，心事重重。媛媛拗不过她，说："好吧好吧，我带你到学校附近找找，看哪个饭店需要钟点工。"媛媛泼泼辣辣在前边走，巧巧胆胆怯怯在后边跟，先来到一家川味酸菜鱼，媛媛问："你们用钟点工吗？"老板玩着手机，摇摇头。俩姑娘又来到一家兰州拉面，媛媛叫醒在收银台后面打瞌睡的老板娘，问："你们用钟点工吗？"老板娘问："干什么？"媛媛瞅一眼巧巧，说："洗碗端盘子都行。"老板娘说："有人了，不用了。"如此这般又连续找了三家，都被拒之门外，媛媛就泄气了，悻悻地站在街头，说："拉倒吧，回去啊。"巧巧还不甘心，说："再到前面看看吧。"

转过一个墙角，突然迎面颠过来一个疯子，男的，看上去身强力壮，只是蓬头垢面，臭味熏天。疯子见到媛媛和巧巧，嘿嘿地笑，笑着笑着，突然止住，盯着媛媛死看，嘴里不住地嘟囔着什么。媛媛惧怕，捡起一块石头一边佯装投他，一边往不远处的一家门店里躲。巧巧追上媛媛，拿过媛媛手里的石头扔在地上，并要了一块钱硬币，回头递给了那个疯子，疯子又嘿嘿笑着走远了。媛媛惊恐未定，突然听到身后有人问："干什么呢你们？"原来，这是一家开张不久的酒店，问话的是老板。那老板光头，脖子粗短，挂着金链子，用小眼扫描着媛媛和巧巧。媛媛把巧巧推到前面，说："我同学想做钟点工。"那老板的目光全部转向巧巧，问："你行不？"巧巧连连点头"哦哦"表示能行。老板说："试用半个月，试用合格后，正式上岗，一小时十块钱。"没待巧巧表示可否，媛媛抢先说道："一小时才十块，这么少啊？"老板说："嫌少？嫌少到别处去，告你们，来求钟点工的多了，我简直应接不暇。"老板盯着巧巧粗糙的脸庞补充说："我看这小姑娘像是贫困人家出来，我这是发扬人道主义精神，要不然，才不给你们瞎耽误工夫呢。"巧巧躲在媛媛身后，扯扯媛媛的衣服，媛媛明白了，巧巧不嫌工钱少，让媛媛答应下来，媛媛只好说："那好吧，就这样定吧。"老板最后说："你得留下家长的电话，有事好联系。"媛媛说："那就留我妈电话吧。"

就这样，以后巧巧下午一下课，就一路小跑来到酒店，蹲在后院一个大水池边，与几个中老年妇女一起刷盘子洗碗。说好的是从下午四点半洗到七点半，三个小时，可每天晚上正是用餐高峰，老板都让巧巧洗到八点，这样巧巧就没法吃晚饭，一收工又是一路小跑直奔教室，赶着上晚自习。如此半个月过去后，巧巧试用合格，正式上岗。可是，几天后媛媛开玩笑，说："好你个巧巧，挣了钱也不说请客？"媛媛委屈地说："哪有啊，试用期老板说不给钱。""不给钱？那不行，多累啊天天，找他去！"巧巧拉住媛媛，不让媛媛去，说："没事，正式上岗了就给了，一给钱我就请你吃好吃的啊。"巧巧对这份工作很满意，很上心，每天按时上班，延迟下班，洗刷的盘子、碗又多又干净。

一天，老板站到正在埋头洗刷的巧巧身后说："你这么一个年轻的姑娘，应该到前面接待客人才是。"巧巧弯腰趴在水池里，一边麻利地洗刷，一边嗡嗡地说："不行，接待客人我干不了。"又一天，老板突然把巧巧喊到一旁，拎着印有酒店名字的大红褂子，用命令的口气吩咐巧巧："快去穿上，一会儿有重要客人就餐，贵宾房间，你和晶晶搭配，一定招待服务好。"巧巧胆怯地说："我不会。"老板不由分说："穿上穿上，晶晶会教你。"老板果断地指挥着："你你，过来，把巧巧领过去，快。"巧巧像一粒灰尘似的，被一阵风裹挟着稀里糊涂来到贵宾房间。

一进那灯火通明富丽堂皇的房间，巧巧就浑身的不自在，不知道腿该在哪儿站，眼该往哪儿看。那个叫晶晶的三十岁上下的女领班一把搂住巧巧，嘴贴着巧巧耳垂问："你叫巧巧？"巧巧的脸腾地烧起来，心就慌了，晶晶看着满脸通红的巧巧，嘎嘎笑着捂住了肚子。正在这时，门口乱哄哄进来一帮人，众人簇拥着一位局长往主席上让，晶晶立即矜持优雅起来，为每一个客人杯子里斟上了茶。巧巧躲到最暗的角落里，胸口还在狂乱地跳。凉菜、热菜陆陆续续上满了桌，酒也过了三巡，晶晶郑重地对巧巧说："别这么缩着，一会儿敬酒，你要主动大方点儿啊。"大家都敬过了局长，主陪给晶晶使一个颜色，叫嚷道："让我们美女领班晶晶给局长敬酒！"晶晶一手握酒壶，一手捏酒杯，笑吟吟来到局长旁边，慢慢往局长的杯子倒满酒说："今儿，我们这刚来了一位小姑娘，大学生。来，巧巧，给局长敬酒，巧巧是第一天来，害羞，来，来呀。"巧巧突然耳鸣眼晕，就听到众声齐喊："好、好啊！"不知道是自己走过去的，还是被晶晶拉过去的，总之巧巧不知道怎么就站到了局长旁边。晶晶又把一个盛满酒的酒杯塞进巧巧手里说："我们巧巧只给局长碰一下杯，抿一下，剩下的我喝。"可能又是晶晶抓着巧巧的手碰的局长的手，还可能是晶晶抓着巧巧的手把与局长碰过的酒杯送到巧巧嘴唇的，总之巧巧感到了一股辣辣的液体直冲五脏六腑。恰在这时，金链子的老板端着一杯酒进来，大声压住众声："局长大人一来我这小店蓬荜生辉，来来来，我敬局长。"说着就站到了巧巧身边，像压住了巧巧一样伸着胳膊给局长碰杯。机巧灵活的晶晶，急忙跳到一边，说："慢点儿慢点儿，我给你们拍张照。"手机咔嚓咔嚓，拍了几张。此刻的巧巧，感到满桌的贼溜溜的目光都落到了自己身上，那些目光即刻变成蛆虫，在脖子里、脊背上、肚子上、腿上乱挤乱爬，她急于想逃出去，找个地方躲避起来，抖落掉那些恶心讨厌的蛆虫。可哪里知道，老板进来敬酒，还特别赠送一个海参汤，端海参汤的服务生就站在身后，就在她下意识地扭身挥臂抖落蛆虫的刹那，竟然把那满满的海参汤打翻，全部洒在了局长的T恤上，那个黑黑的胖胖的带刺的海参，像个蛆虫王一样落进局长上衣兜里。晶晶一声惊叫，放下手机，忙着给局长擦拭，老板阴沉了脸斥责："擦什么擦！快去，给局长买件最好的，换上。"不一会儿，一件崭新的名牌T恤就穿在了局长身上，酒继续喝。只是，巧巧跑到后院水池边，一声不吭默默掉泪，痛恨着自己的无能。客人走后，老板来到后院向巧巧鄙夷地甩出一句："你就配干这个啦！"之后，并没有深究。

　　一个月后，媛媛再次开玩笑，说："你个臭巧巧，挣了钱还不请客啊。"巧巧却痛哭流涕，泣不成声，媛媛再三追问，巧巧才告诉她经过，说："老板说那天不但给局长赔了一件名牌T恤，还把那桌饭免单，所受的损失，我用半年的工钱抵扣都不够，还开什么工钱啊，实际上都是怨我，我啥都干不了。"说完了这件事，巧巧又用一种乞求的眼神看着媛媛："姐，你能再帮我一下吗？"媛媛说："给我还客气。说，啥事？"巧巧说："那天，晶晶拍了照片，肯定把我拍进去了。"媛媛说："拍就拍呗，让她随便拍。"巧巧却不这样认为，巧巧忧愁浓重，说："她会往外发的，我一定很难看。"媛媛左右打量着巧巧："不难看，你比他们好看多了。"巧巧说："姐你别开玩笑，真的，如果那个照片删不了，我天天做噩梦，没法睡，也没法上好课。"媛媛看着巧巧面容憔悴，心里怜悯，问："那怎么办啊？手机是人家的。"巧巧说："晶晶经常把手机放在台面上，可我不会弄手机。"媛媛"哦"了一声，说："你是说你把她手机拿出来，让我帮着把那张照片删除？"巧巧"嗯呐嗯呢"点着头。两位姑娘说干就干，第二天趁着晶晶找老板的空当儿，巧巧把晶晶放在台面上的手机拿起来，送到提前等在厕所的媛媛，媛媛轻而易举就找到里面的照片，轻轻一点删除了。可就在巧巧把手机放回原处时，晶晶过来了，一下子抓了个现行。

以上是媛媛说得多，杨玉萍间或插句话，往下则都是杨玉萍在说了。杨玉萍说："接了那个老板电话我还以为是骗子呢，我才要骂他一声挂了，那人说：'你女儿是小偷，她偷了我们领班的手机，你快过来，咱看怎么处理，不然我就报警，让警察抓走她，让学校开除她。'我一听着慌了，我女儿怎么会是小偷呢？我不信，我打了个的就过去了。我先找到媛媛、巧巧，问明了情况，我一听就知道怎么回事了，我说呢，巧巧不是那样的闺女，媛媛更不是那样的闺女，我可不吃他那一套。我指着老板那条金链子，我说：'你甭仗着你有钱，你这是诬陷、污蔑、欺负人，你为啥不经本人同意就拍姑娘的照片，你想干什么？你不让我俩闺女走，你还非法拘禁！'我上前就扯他那条金链子，我说：'走，咱到公安局说说去。'你甭看那个老板长得像个缸，我这一硬，他就尿了。他求饶，说：'大姐大姐，咱有事到屋里说。'我不，我偏在这大厅，搅他生意。我说：'你甭看我退休了，可我学生哪儿都有，公安局的、工商局的、税务局哪儿都有，我就不信了，光天化日之下，你强迫我闺女去接客，啊！我闺女本来说好是来干钟点工，洗碗的，你让她去接客，还敬酒，洒了汤，这是我闺女的责任吗？啊？'老板都给我鞠躬了，快哭了，说：'不是接客不是接客，是接待。'我揪住不放，我说：'接待，接待谁了？咱去纪委说说，还是个啥局长，哼！'老板都快跪下了，向我求饶：'大姐大姐，都是小弟不对，小弟错了。'我见时机成熟，就说：'我也不想怎么的，闺女在你这打工的工钱，一分不少你得给。'那老板说：'一定一定。'当场就给巧巧结清了工钱，临走，那老板还说：'欢迎巧巧还在这干啊。'我说：'那得看我们愿意不愿意。'"

杨玉萍滔滔不绝，激情四溢，着实让李成功瞠目结舌，她的口才原来也这么好，竟然也这么善于表达，好多年了，李成功都没见过杨玉萍说过这么多话，更没有见过她如此的眉飞色舞，如果统计的话，今天杨玉萍所说的话，肯定是近几年说话的总和，她把几年省下的话，都要在今天补上了。直到巧巧把炒好的圆白菜、茄条、西红柿鸡蛋，摊好的闲食儿，拌好的疙瘩汤，一盘盘一碗碗摆到餐桌上，一家人也已坐在餐桌旁，杨玉萍谈兴还没减退，还在说着、评论着。李成功表面上在听，注意力却转到了厨房。他们一家都围着餐桌吃饭，唯独巧巧站在厨房里吃。李成功不落忍，批评媛媛："你好意思吃啊，吃得下啊！快去，叫你同学坐这一起吃。"

媛媛说："坐这她才吃不下呢，我敢打赌，如果巧巧坐在这个桌上，肯定一口饭也吃不下去。"

李成功不解："那为啥啊？"

媛媛大口嚼着闲食儿："因为有你在啊。"

杨玉萍补充说："巧巧这孩子哪儿都好，就这点儿不行，不敢见生人，尤其不敢见陌生男人。"

李成功说："我也算陌生男人？问题不在这。"李成功又若有所思地说，"这孩子太自卑了，这自卑怕要害了她的，弄不好，她的前程，她未来的发展，都要被这自卑耽搁的。"

杨玉萍说："哪有那么玄乎。"

媛媛冲厨房喊："巧巧，吃饱了没？"

巧巧在厨房里应答："嗯，饱了。"

杨玉萍说："今晚别走了，和巧巧就住家里吧。"

媛媛抓起一个闲食儿，挤弄一下眉眼："小别胜新婚，我把空间和时间都让给你们了，也算女儿一片孝心啊。"

杨玉萍举起手佯装要打："这傻闺女！"

媛媛拉上巧巧要走，巧巧回头看看厨房："还没洗碗。"媛媛说：

"不管了，走了。"

媛媛巧巧一走，家里蓦地寂静，激情四溢的杨玉萍从亢奋中立即冷却到冰点，客气地询问李成功："累吗？"李成功感到了家里那种公事公办的氛围又重新生成，回道："咋能不累呢，开这么远的车。"并问，"关节还疼吗？"杨玉萍说："疼，咋不疼啊！看看，光说呢，我都忘吃药了。"说着就拿药倒水，吃完了药，又说，"还是好出汗，到中医院看了，一个老中医说得好好调理调理，得增加免疫力，现在，啥好我就吃啥。"李成功心说，这么长时间没见面，也不问问我在哪里，工作怎么样，有啥烦心事，有啥有趣事，一见面叨叨叨尽说自个儿的事，你心里只有自己了。想到这，李成功有些不悦，起身说："太累了，洗个澡先睡啊。"李成功睡的是主卧，他洗完澡，上了床，说是先睡，哪里能睡得着，他猜杨玉萍怎么也会过来陪他的，即使陪不了整夜，陪半夜总是要陪的。他特意把空调调到杨玉萍能接受的二十八摄氏度，虽有些闷热，但没关系，他能忍受，然后打开手机胡乱翻看，两耳却听着外面杨玉萍的动静。他听到了她在洗碗，听到了她咳嗽，听到了她上厕所，听到了她的脚步声，她默默地来了，来了，她朝主卧来了，他还下意识地将身子往里挪了挪，给她腾出一屁股的地方，他想，进来后，她会先坐在床边，伸手摸他，那样他就一把把她拉倒。杨玉萍真的进来了，杨玉萍一进来，首先看到的是李成功手上的手机，杨玉萍条件反射似的一怔，带着刻薄，说："在外面这么多天没聊够，回家了还聊！"李成功恨不得把手机摔她脸上，举着手机说："你看看你看看，我是聊天吗？我在看新闻。"杨玉萍说："哦，看吧看吧。"然后耷拉着脸从柜子里拿出一件自己的乳罩，一使性子，快速扭身摔门出去。李成功知道她再不会进来了。李成功郁闷着慢慢入睡了。

因睡眠质量差，开始显现出低原反应，李成功起床后，头昏脑涨，用凉水啪啪拍着脸。杨玉萍握着勺子，站在客厅远远地问："你今天能开车和我回一趟老家吗？你大姐打电话说爹娘想咱呢。"李成功干脆地说："不能，我得去单位，好多事要办呢。"杨玉萍杠杠地戗上一句："不去拉倒，那是你爹娘又不是我爹娘。"之后便不再说话，照常生气的样子。早饭已经做好，两个人坐在餐桌前，各自埋头吃着，直到吃完，也没有说一句话。

2

李成功是骑自行车到单位的，可当他放好自行车，一走近大楼，就奇怪自己那种突如其来的恍若隔世的感觉。这才几个月啊，怎么会有这种感觉呢？怎么看哪儿哪儿都有异样啊？机关大楼怎么这么高这么气派啊？玻璃幕墙在不太明媚的阳光照耀下，显得极其霸气，将头高高地仰起都看不到它的顶端。步入大厅，凉爽扑面而来，身上滋滋的汗水疾速消退，恍如眨眼间误入另一个世界，甚至怀疑是谁不小心弄错了季节。大厅内洁净明亮，地板镜子样映照出一个个穿戴体面的男男女女。用毛泽东的词《水调歌头·重上井冈山》为内容做成的紫铜色巨大雕屏迎面端坐，两尊两米多高的瓷瓶分立左右。各种绿植养分充足，叶片黑绿劲挺，各种花卉精通人性一般，一朵朵一串串以幸福的模样灿烂盛开。电子大屏幕播放着各种通知、口号还有领导开会及下基层的画面。

李成功站在大厅里，像个乡下人似的有些发愣，有些犯傻，他使劲吸着鼻子，仿佛还嗅到了一种既熟悉又陌生的气味，他无法给这气味命名，但他知道这气味只有大城市里才有。这气味非香非臭，非清非浊，它沁人心脾，能让人发奋，也能让人慵懒；能让人真实，也能让人虚伪；能让人悲悯，也能让人无情……总之，机关大楼每处对思想的触动，无不让李成功顿感意外，但善于分析的他知道这也并不稀奇，这与他几个月来与野草野花、村民破屋、土地庄稼、羊群牛粪太过亲密接触有关。正在这时，有人从背后捅了他一下，扭头一看，是欧阳涛。欧阳涛已站在后面端详他几十秒，欧阳涛说："李处，你来了也不通知我一声？"李成功说："这有啥好通知的，你怎么样，还好吧？"欧阳涛说："还好还好。"又问，"回来有什么事吗？"李成功说："给领导汇报下扶贫的事，另外把这几个月的费用报销报销。"欧阳涛说："报销的事你交给我办吧。"恰巧欧阳涛负责财务报销。李成功说："那太感谢你了。"

李成功把所有的票据交给欧阳涛，径自找钱副总经理去了。钱副总经理的办公室在十层的东头。钱副总经理在打电话，电话里在训斥什么人，待训斥完，李成功才叫了声"钱总"。钱总立即更换面容："成功啊，坐坐坐。"钱总起身要给李成功倒茶，李成功赶紧拦住，自己动手，并且先给钱总杯子里加满了水。坐定后，李成功向钱总汇报了村里的情况，从自然条件、目前状况、扶贫难度，然后主题一转，说："钱总，说实在的，不是我不想扶贫，我保证无条件服从组织安排，我只是想不通，农村贫困，与咱们企业何干啊！咱们企业追求的是利润最大化，咱们只要合法经营，安全生产，让职工安居乐业，收入递增，确保国有资产增值，多多地上缴利税，这些做到就已经尽到责任了。你说呢钱总？也许我说得不对啊。"李成功一边说一边观察钱总的反应，他暗暗希望这些话能影响钱总，进而通过钱总从上层调整企业扶贫的决策。

只见钱总沉思了一会儿，端起茶杯，浅浅地吸了一口茶，说："你这种观点啊，有一定的代表性，不瞒你说，咱们集团里，有一部分人与你的观点相似。我认为这种观点不对，我想说，组织安排我分管扶贫工作，你呢，又是组织安排到扶贫一线的干部，那么，我们就必须把精准扶贫工作干好，想通了要干好，想不通也要干好。要提高认识，要统一思想，要牢记使命，要尽职尽责。"

李成功一看钱总严肃郑重的表情，即刻感觉到自己太过幼稚了，不该这么匆忙把心里想的和盘托出，但话已出口，收不回来了，那就得想法化解掉，于是便以殷勤随意姿态，又拿起热水壶，嘿嘿笑着给钱总的杯子里加水，说："钱总，我只是把你看成尊敬亲近的领导，才这么想到哪儿说到哪儿，你放心，我说归说，该怎么干还是要怎么干的。"钱总也一笑了之："知道知道，领导对你是信任的，这样吧。"钱总忽然想起什么，欣赏着杯中颗颗开放的嫩芽说，"你的想法也有一定道理，你尽快写一个东西，就算调研报告吧，给领导提供一个参考。"李成功忽地又有些意外，心生一股被认可的小感动，连说"好好好"，满口应承下来。之后，李成功向钱总汇报了欧阳涛因特殊原因不能继续驻村的情况。他说完了欧阳涛，又特别慎重地说："小薛对象身体不好，俩人感情很深……"还没说完，钱总打断了他，说情况领导已经知道，精准扶贫这么重要，长期缺员肯定不行，随后可能会从下属子公司抽调人员补充上去。钱总叮嘱："成功你还是工作队队长，一定要发挥好领导作用啊！"李成功坚定地点点头，便乘机掏出一张A4纸递给钱总。那是他事先写好并盖有南湾村支委和村委公章的请示，是关于请求帮助打井的。他说："村里亟须解决的就是打井的问题。"

钱总一手端着杯，一手看请示，说："二十万啊？"

李成功以为钱总嫌钱多，就解释："南湾村现在的地下水位很深，再说管路都该换了。"

钱总说："钱应该不是问题，不过需要董事长批示才行。"

李成功说："那烦你给董事长说说吧。"

钱总干脆说："不用，你直接去说就行。"

李成功看钱总推脱得那么利索，好像有点儿怕自己沾上什么似的，就半开玩笑说："我直接去，不是越级了吗？"

钱总说着"不越级不越级"，忽然想起有什么公务要干，拿起电话，拨出号码，这就有了送客的意思。李成功知趣地重新捡起请示，支吾着说："那，你也签署一个意见吧。"

钱总有点无奈地拿起笔，想了好一会儿，写道："请董事长阅示。"

李成功看着那几个字，心说，钱总这是同意啊还是不同意啊，管他呢，叫我找董事长我就找去。临出门，李成功又转回身说："哦，钱总，几乎忘了，我回来的路上，发现咱们的阳坡矿有人在偷偷恢复开采。那片地可是咱们的，不知道咱们领导知道不知道。"

钱总挂断已经接通的电话，警惕地说："是吗？我查查。"完后，才要再拨电话，忽然停下来，喊住即将出门的李成功叮嘱道，"成功啊，你的主要任务是驻村精准扶贫，这对你、对企业都很重要，知道吗？所以啊其他的事情不要管，把心思全部用在精准扶贫上，知道吗？要专心，专心！"

3

董事长办公室在九层。李成功一路走一路琢磨钱总最后强调的"专心"二字，钱总说"专心"到底什么意思呢？他怕到九层时间不够用，就避开电梯走了楼梯，好用更长时间琢磨"专心"，一阶一阶走到九层，还没有琢磨透，他又躲到厕所，解开裤子佯装撒尿继续琢磨：难道我扶贫不够专心吗？我几个月住在村里不回家还不够专心吗？我干别的了吗？是不是与苏素聊天记录被发现了？那仅仅是聊天啊，谁还没点儿隐私啊，钱总说的可能不是这个，那又是什么呢？实在捉摸不透，他就暂时放弃了，不能老站在茅坑不走，再说找董事长是头等大事。

李成功来到董事长办公室门外，朝坐在传达室的两位负责传达并兼有保安职责的小伙子笑了笑，问："有人吗？"其中的一个小伙子伸出一个手掌，意思李成功明白，在防盗门里等候室候见的有五个人。见董事长，只能一个一个去，因为谁和谁的事都不一样，谁也不愿谈自己的事时叫旁人坐在那里听，这是规矩，李成功懂。只是，这五个人都谈完得到几点，他不好预估，有的可能只几句话，谈完就走，有的所谈事情复杂，需要很长时间。不好预估也得等，李成功想进去坐在候见室里等，传达室的保安拒绝了，说领导有指示，候见室里最多只能坐五个人。那就只好在防盗门外站着等。不一会儿，又过来几个人，自觉地排在李成功的后面等待。他们几个都很熟悉，互相聊着天，但李成功能看得出，他们表面上虽然轻松地有一搭无一搭聊着美国总统选举的事，但神经都紧绷着，耳朵专注地集中在防盗门里。突然咔嚓一声防盗门打开了，李成功刚要抬脚往里走，戴着蓝牙耳机的小保安拦住他："有预约的先进去。"这时，从走廊的远处过来一位气宇轩昂的人，那是集团下属一家重要子公司的一把手，相当于集团的一方诸侯，李成功谦卑地让开，那位一把手昂首挺胸走进了敞开的防盗门，随后防盗门咔嗒一声严丝合缝关上了。李成功不禁为里面的董事长担忧，集团所辖十二家子公司，职工二十多万，产业分布省内外，这得多少事情要处理啊，从早晨一起床，就一个人接一个人，一个问题接一个问题，一直到下班，一直到晚上，天天如此，这董事长的身体怎么吃得消啊！正这么想着，防盗门哗的一声又打开了，董事长与子公司的一把手神情庄重地走出来，保安慌慌地一路小跑去按电梯。董事长走了，防盗门里等候的，连同防盗门外等候的，都没能与董事长说上话，一个个面面相觑，各自散了。

接下来的三天，李成功每天都揣着请示来找董事长，上午找了下午找，但每次都是扑空，谁也不知道董事长的行踪，知道个大概的，也说不准董事长什么时间回来。到第四天的时候，李成功就松懈了，就坐在自己原来的办公室里，打开电脑浏览新闻。这天，他正看难民潮冲击欧洲，当看到那些中东地区的男男女女冒着生命危险，饥寒交迫成群结队地出逃，然后拥入欧洲时，门子慢慢被推开，一个熟悉的脑袋伸进来，叫了声"李处"。"哎呀，小薛啊。"李成功起身，迎接薛东旭。见到薛东旭才想起，该问一问他对象身体怎么样了，就说："你对象现在怎么样？"薛东旭说："做了个手术，出院了。"李成功说："呀！那我抽空去看看。"薛东旭说："不用了，我今晚在京广饭店订了一桌，算我请客，我带上对象，欧阳涛两口子也去。李处你必须得赏光给我面子啊，最好带上嫂子。"李成功说："还去那么好的地方，多贵啊。"机灵的薛东旭说："感谢贵人就得去贵地方。"李成功说："呵呵，我可不敢当，不过，我先得求你个事了，你既然调到了董事办，离董事长近了。"说着拿出那份请示，"请你想法递呈董事长，看看董事长批还是不批。"薛东旭瞅瞅盖有南湾村两委公章的请示，问："是批呀，还是不批？"李成功说："无所谓，批了，我就干，不批，我就歇着。"薛东旭说："好嘞！"

李成功带着杨玉萍到了饭店，欧阳涛夫妇、薛东旭和对象已站在门口迎候。客气、热情地寒暄坐定后，李成功特别关注薛东旭的对象，看着她大病初愈的虚弱面容，关切地问长问短。薛东旭、欧阳涛却抢镜头一般，把能够想到的感激话一遍遍向李成功表白，实在无法用语言表达的，就端起酒杯，说声都在酒里了，一饮而尽，再饮再尽。三位男人连连地碰杯海聊，三位女人则抿着酸奶饮料窃窃私语，亲姊妹一般。杨玉萍要上洗手间，欧阳涛媳妇自告奋勇，按下薛东旭对象，主动陪着杨玉萍钻进洗手间，嘀嘀咕咕说了很久才出来。没有不散的宴席，李成功虽喝得比薛东旭、欧阳涛都多，但仍然明白这话该他来说。他摇摇晃晃站起来，举起酒杯说："没有不散的宴席，来来来，兄弟、弟妹。"说到弟妹，他看了看薛东旭和薛东旭的对象，说，"你俩还没有结婚，我希望我的话不要说错。"薛东旭插话道："哦，我忘告诉各位了，我们决定国庆举办婚礼，到时候再邀请你们参加。""好好好。"李成功接着说，"那这杯酒不算散场酒，咱们恭祝小薛小两口恩恩爱爱，美满幸福，白头偕老！"大家再齐给小薛两口碰杯，祝福。然后，李成功又提议一杯，大家喝下，相拥着下楼，各自回各自的家了。

回到家，李成功想睡觉，杨玉萍不让，杨玉萍说："哎哎哎，你知道小薛对象得的啥病吗？"李成功塌着眼皮晕乎乎问："啥病？"杨玉萍说："癌症，淋巴癌。"李成功猛睁开眼："瞎说！"杨玉萍说："真的！欧阳涛媳妇亲口告诉我的。"李成功："真的？"杨玉萍："真的，小薛还瞒着她，小薛对象还不知道呢。"李成功说："这太不幸了。"没想到，李成功刚发完这句感叹，杨玉萍一吸一吸抽泣起来，继而呜呜地哭出了声，李成功以为她痛惜薛东旭对象，准备要以人生无常祸福旦夕的道理解劝她，谁知她突然山洪暴发似的指着李成功骂道："你还当领导呢，屁！你看看人家小薛，对象都癌症了还对对象那么好，人家多专一，多忠心啊！啊！你也向人家学学……"李成功被这突如其来的指责弄得晕头转向，气呼呼跑到自己卧室，一摔门，倒床上睡去了。醒来后，他的脑仁生疼。昨天夜里他好像做过一个梦，梦里他走在大沙漠里，头顶上烈日炎炎，口渴难耐，到处找水找不到，所以一醒来，他就端起水壶，把里面的凉白开咕咚咕咚喝下去半壶，痛痛快快解个手，躺倒又睡了。待杨玉萍晨练回来，提着油条豆浆叮叮当当摆上餐桌后，他还不想起身。杨玉萍就絮叨开了，嫌他衣服也不脱，厕所也不冲，怎么驻了几天农村就成村里人了，李成功听着她的絮叨，又想起了昨晚回家后她的无端指责，心口不由得又堵起来，于是便找朋友放松去了。

李成功在市里放松了半月有余。有一天，一个电话打了过来，手机上显示的名字是姜银发，他盯着那个名字看了很久，仿佛那是一个不在地球上的人打来的电话，他愣怔了一会儿，还是接听了。电话里传来姜银发特有的大嗓门："李书记、李书记啊。"李成功"嗯嗯"，声音压得很低，想把姜银发的声音也带低，可姜银发的声音反而更高了，几乎是在喊叫，这是村里人特有的嗓门，李成功也不计较了，问："有事吗？"姜银发的声音倒低了许多，说："李书记你，你啥时候回来啊？"李成功能感受到，姜银发在问这句话时，是加着小心的，尤其是他在这么短的句子中特意断开了，而且断开的还是在你字的地方，那就是说在问你的时候，犹豫了一下，谨慎了一下。这时候李成功并无意识到他已经回来半个多月了，他每天昏天黑地的，在他的感觉中最多也就一个星期，所以他说了句让姜银发发笑的话，他说："我才回来一个礼拜就催啊！"那边姜银发嘿嘿嘿笑了，李成功的脑子里立马就映现出一个讨好的黑黑的满是皱纹的面容，李成功说："你笑什么呀？"姜银发还是嘿嘿，说："李书记，你家里没事吧？"李成功说："没事啊。"姜银发说："李书记，我没催你啊，半个多月了，我可一个电话没敢打啊。"李成功说："半个多月？"姜银发说："可不，到今天天黑，你走了整整十七天了。"李成功"哦"了一声，意识到确实是时间不短了，他忽然想起了打井的事，想起了请示的事，他说："打井的资金需要董事长批，这段时间董事长一直没在，我明天再去催催。"姜银发说："不着急、不着急。"但李成功分分明明已经感觉到姜银发还有村里的家家户户都已经着急，都很着急。所以挂断姜银发的电话，李成功就打通薛东旭的电话，问他董事长在不在，那请示怎么样。薛东旭哎呀一声说了句让李成功哭笑不得的话，薛东旭说："你不是说无所谓吗？我以为你不想弄这事呢，所以一直没给董事长呈报。"李成功说："哎呀，我无所谓，南湾村能无所谓吗？赶紧的，我一直等信儿呢。"

又过了两天，一个炎热的上午，李成功的微信来了一条苏素的信息：方便吗？

这会儿杨玉萍冬病夏治到中医院做艾灸去了，家里没人，李成功回复：方便。

SS：我昨晚坐夜车回来的，专门回来看看你。中午来家里吃饭吧。我等你。

李成功担心董事长对那份请示有什么意见，他需要去解释，就回复：晚上不行吗？

SS：晚上我儿子过来，哥。

李成功恍然觉得，他在家里蹉跎磨蹭半个多月，迟迟不想返回南湾村，等待的就是这个，苏素柔柔的一声"哥"，让他骨酥筋软，胆气陡增，此刻即使赴汤蹈火也无所畏惧。他回了一句：等我，马上。就穿戴齐整，出门打车去了。

苏素显然是刚洗完澡，穿着薄薄的睡衣，松散的头发和润泽的肌肤散发着百合花的清香。客厅里，乳白色的窗纱轻轻垂挂，把外面的世界隔成了一片朦胧，室内却光线柔和，既不刺亮也不暗淡，温度也调在了二十六七摄氏度，不冷不热。茶几上，玻璃托盘里放着葡萄、荔枝、苹果。苏素说："哥，你爱喝茶，我给你沏点儿茶吧，龙井吧。"苏素把茶壶、茶盏摆好，自自然然与李成功并肩坐在了沙发上。苏素与李成功中间只有一拳的距离。苏素弯腰往茶盏里斟茶，腰部和臀部凹凸形成的优美曲线完全呈现在李成功眼前。

此刻，李成功就是再傻、再笨，也知道这是个绝好的机会，只要他一伸手，就可以把苏素揽进怀里，抱在腿上，甚至，不用伸手，一偏头，就能与苏素亲吻上。可他僵硬着，一动没动，他不是不想动，他太想动了，他全身的每个部位都想动，都想把眼前的苏素烙上自己的烙印，永远拥有。正因为他太想动了，所以他狠狠地压制着冲动，心想，那样的话是不是太唐突太莽撞了，没有过度，不要铺垫，直扑主题，那成什么了。以前苏素给他聊天时，曾说过老王就是那样的人，虽然上来就满足兽欲占有了她，但她从心里很鄙夷他，很看不起他。他不是老王那样的人，他是有品位、有素养的人。他不能让人看不起，更不能让苏素看不起。苏素虽然给他创造了这么好的条件，可这并不表明苏素就心甘情愿让他鲁莽行动啊，苏素不还是客客气气的吗？苏素并没有主动投怀送抱啊，再说，苏素虽然多次表示喜欢他，可那毕竟是聊天，是意识层面的，并不曾动过真格有实质的行为啊。真要动了真格会怎样？李成功犹豫着、争斗着，一忽儿鼓起勇气，想豁出去试一把，一忽儿又稳住神，告诫自己别急别急。苏素剥开一个荔枝，说："哥，你尝尝，我从北京带回来的。"李成功接住荔枝，手与苏素的手触在一起，顷刻间口干舌燥，喘息都感到困难，无法说出完整的话语。他强制着起身，挪到茶几的另一头，坐成与苏素面对面的形式，这样才喘息均匀了一些。他含着甜甜的荔枝，问："北京？怎么又到了北京？"

苏素说："老王娘病重了，转到了北京，最后想再试试，估计够呛，白花钱。"

李成功："老王还有这孝心啊。"

苏素："他可孝顺了，可听他娘话了。到北京医院他天天陪着他娘，生意也不做了。"

李成功："人要有孝心就不会太坏。"

苏素说："不说他了。"苏素不想多提老王，苏素弯身又给李成功剥开一枚荔枝，递过去时，李成功说："你吃你吃。"并自己动手拿起一枚荔枝剥开了。这一客观上婉拒苏素的客气正常动作，再一次在苏素心里解读为看不起。苏素很有自知之明，苏素对自己说，你算个什么呀！你是谁啊！就你这样还想喜欢成功哥？做梦去吧，人家不是老王那王八蛋，人家是真君子，根本看不上你，你就自作多情吧，你就不自量力吧，没想想，人家要是能看上你，不早要你了，刚才开门的时候，人家就该抱起你来走进卧室的，刚刚在沙发上，也该搂住你，把手伸进睡衣里的，人家没这么做，那就是看不上你。意识到自己的分量，苏素冷静多了。苏素落落大方地为李成功斟茶，说："说说嫂子吧，她最近怎么样？"

李成功说："不提也罢。"

苏素："怎么了？"

李成功说："我也不知道，我们过着过着怎么就过成现在这个样子。按说，有妻子的地方就是家，可我就是因为家里有妻子，才老不想回家，但不想回还得回，那毕竟是家啊，她也毕竟是妻子啊，她的浑身的病症，使她只关注自己，只在乎自己，而且动不动就找碴儿，冷战、置气，难受死了。"

苏素："回来这么多天，你们也没有好好亲亲啊，还分居着？"

李成功："我们早就没了肌肤之亲。"

苏素："还想听你说说爱情。"

李成功说："谈不上，我们那个年代那个环境，不兴谈爱，但我们形影不离如胶似漆，我想，也许那就是爱情，爱情必须有同居，同居未必是爱情，你说对吗？"见苏素不住地点头，李成功接着说，"可笑的是，过到现在，我们没有了同居，也没有了爱情，爱情都一点儿一点儿渗透干涸了，剩下的都是什么，你知道的，我曾告诉过你。"

苏素太想近距离面对面听李成功说话了，她像个天真的小学生，含情脉脉地看着李成功的脸，有点儿明知故问："什么呀？"

李成功："责任啊。"

苏素："你是个有责任的男子汉，多好啊，玉萍嫂子哪辈子修来的福分啊！"

李成功按着自己的思路往下说："我们之所以还维持着婚姻，就因为责任在发挥着作用。可夫妻之间，一旦没了爱情只剩责任，那成什么了？你也知道，我说过。不过不妨我再做些比喻：没有爱情的婚姻，那就是没有血肉只有骨架的骷髅，那就是没有云雨只有风沙的盐碱之地，那就是寸草不生的茫茫沙漠、累累戈壁。"

苏素："你真会说。"

苏素又说："日子这么好，多叫人眼气啊，好好过呗！"这一句，苏素几乎在自言自语，是触景生情似的感慨。

李成功说："我总觉得，我们婚姻走进了一个陷阱，或者说遇到了一道坎，我不知道像我们这样的年龄，像我们这样的家庭，是不是都会遇到这样的陷阱、这样的一道坎，我更不知道怎样走出这个陷阱，怎样迈出这道坎，苏素，你给我指条路，我实在苦不堪言。"

苏素忽然觉得面前这个她崇拜、敬仰、爱慕的男人很可怜，她对他因干涸的婚姻导致的苦恼、憋闷，从心底里生发出无比的同情，感到心尖战栗着痛，她不管那么多了，她觉得她有责任来抚慰他那颗久旱的心，她痴痴地看定他苦恼的眼睛，她简直就要哭了，她不顾一切扑向李成功，说："哥，你没有的，我给你……"

李成功的手机不合时宜地大叫起来，犹如突然拉响的防空警报，以最高的分贝响彻屋宇，以至于他刚要伸开的双臂像遭到鞭子的抽打，猛一下缩了回去，身子也僵硬地直直端坐起来。已经扑在李成功怀里的苏素，则被符咒定身一样定在那里。多年的煤矿经历，多年的中层副职生活，使得李成功养成了视电话铃为命令的习惯。那些井下来的电话，特别是半夜来的电话，都会让李成功提心吊胆，而对那些领导来的电话，作为一个执行者，李成功也从不敢怠慢。因此电话铃声对李成功来说，是压倒一切的，具有不可撼动的优先权，不管当时正在干什么，他都会无条件停下来，接听并处理来电，即便是再香甜的美梦，他也会冲出梦境抓起电话的。此刻，手机铃声一响，李成功不自觉地斜过身来，从苏素脖颈处观看手机屏幕。来电显示是薛东旭，薛东旭的响铃锲而不舍，肯定是有关南湾村打井请示的事。李成功调整好正规的身姿，接通电话，薛东旭响亮地说："董事长批了，董事长非常重视，要你马上到他办公室。"

李成功完全恢复常态，坐成了端端正正的样子。苏素也不知什么时候，悄悄从他怀里出来，又坐回到了原位。

李成功说："真不好意思。"

苏素说："你忙吧。"

李成功将要走到门口时，苏素又说："哥，明儿你有空了再过来。"

李成功先见的是薛东旭。

薛东旭带着他径直走向了董事长办公室。不用通报，防盗门敞开着，保安为他把着门，候见室里几个等待接见的人，都瞪大了眼睛瞅着他。进入董事长办公室，董事长正襟危坐，好像是专门在等待他。李成功在机关混这么多年，还从来不曾享受过如此荣耀，当下就有点儿惶恐。董事长说："成功驻村辛苦了啊。"李成功刚要说"不辛苦"，钱总推门而入。李成功谦卑地退后两步，说："那我一会儿再来。"李成功知道规矩，在领导办公室，向来是官大优先，职位低的要给职位高的让出时空，就是说，像钱总这样的仅次于董事长的副职，随时可以进入董事长办公室，不管你正在和董事长汇报什么，只要你职位低下，你就要及时停下来，退出去，让钱总先说，你若不懂事，非要说完，钱总会毫不客气打断你，你再赖着不出去，那就说不准会怎么样了。李成功准备要退出时，钱总却说话了。钱总说："别走别走，一起听董事长指示。"钱总坐在了正前的沙发上，李成功找一个偏位坐下，就听董事长说，他和钱总参加了省里召开的扶贫工作会议，几个单位都被通报批评了，还有几个单位的领导被约谈了，问题很严重，很严重！董事长说着说着就卷起食指敲击桌面，李成功知道这是董事长的习惯动作，到了着急发火或者强调问题的时候，都会这样敲击桌面，他心里不由得嘀嘀起来，董事长不会被约谈了吧，若董事长被约谈，那都是他造成的，那样的话他可真就完了。就听董事长说："什么问题？主要是思想不重视，措施不得力，落实不到位，有假扶贫、扶假贫的现象。更为严重的是，驻村扶贫工作人员责任心不强，不尽职尽责，甚至违反纪律擅自离岗。"听到这里，李成功额头、鬓角滋滋地冒出了汗，心说毁了、完了，这次回来，没有给当地县乡主管部门请假，而且又一住半个多月，欧阳涛、薛东旭回来的情况也没有及时向驻地政府反映，这问题太严重了，处理一定不会轻了，我的政治生命就此休矣，大半辈子的努力都毁于一旦。

李成功万念俱灰地垂下头颅时，又听到董事长话锋一转说："当然，我们没有被通报，我也没有被约谈。"什么，什么？李成功惊愕地抬起头，一时间竟怀疑自己是不是听错了，他的脑袋里一直在嗡嗡响，很有可能是听错了，于是他大着胆子询问了一声："我们没事？"董事长哈哈一笑，说："成功啊，这与你们的艰辛努力分不开，不过，可不能骄傲啊，这只是万里长征的第一步，一定要继续努力！"李成功脑子刹那间清凉了，像个军人似的立正，说："董事长请放心，我一定不负重托，为你争光！"董事长哈哈哈笑着，伸出手，示意他坐下，纠正道："不是为我争光，我们是国有企业，精准扶贫是我们国企应尽的社会责任，要争光，也是为咱们企业争光。"随后，董事长指示钱总，村里打井的款项尽快落实，从基层抽调的两位同志今天必须到岗。钱总说："已经到了，两位都是党员，正科级职级，中午吃完饭就出发。"董事长说："成功你去见见这两位基层抽调的同志，中午吃饭我参加，为你们饯行。"李成功又是一阵惶恐。

中午吃饭，董事长又破了例，上了白酒。董事长说："本来中午不允许喝酒的，但你们远去坝上驻村扶贫，条件艰苦，又身负重任，特别为你们壮壮行。"基层抽调的两位，一位叫徐刚，建筑公司的工程师，一位叫代凤山，来自金地股份公司政工干部，两个人都有量，但路上还要开车，就不喝了，以茶代酒，这样董事长、钱总还有其他人的壮行酒都由李成功一人代表扶贫工作队喝进了肚子里。有董事长的如此器重，有壮行酒的浓烈燃烧，还有基层来的徐刚、代凤山已准备停当严阵以待，就再也没有理由滞留下去了，李成功当场表示，吃完饭立即出发，返回南湾村。

吃完饭，薛东旭陪李成功回家开车时，给李成功透露了一个情况，说："钱总是不是对你不放心啊？"李成功问："怎么了？"薛东旭说："钱总得知了董事长要单独见你，就要求我等你来了务必通知他一声，你看你一进来，他就来了。他是怕你给董事长说什么吗？"

李成功说："没啥没啥，人家主管扶贫，该进去的。"

到家后，杨玉萍已经午睡，李成功便在热烘烘的屋里收拾自己的东西。杨玉萍醒了，没起身，在床上责怪说："回来也不休息瞎鼓捣啥呀！"李成功说："我走了啊，村里那边催呢。"接下来，就是旷野一般的沉默，只有李成功收拾东西时带着酒味的呼吸声，直到收拾完将要出门，才从杨玉萍卧室的床上传来一声："就知道你的魂儿在外边！"

李成功没有答话，义无反顾地踏出门槛，坐在了车上，徐刚、代凤山分坐在主副驾驶上，按着导航的指引，一路狂奔向着北方驶去。不久，酒精的麻醉功能显示威力，李成功沉沉地睡去了。中途，李成功也不知在哪个服务区撒了泡尿，又上车继续沉睡，一直到了阳坡矿排出的那片汪洋，代凤山不敢涉水，把车停下来，李成功才睁开眼。远远望去，阳坡矿井架上插着红旗，天轮飞转，地面上已经有了小山一样的煤堆。李成功要去看看，指挥着代凤山把车拐到了井架旁。很快，那位满嘴黄牙的汉子迎上来，李成功指着那堆煤说："你们的进度不慢啊！"黄牙汉子说："还可以吧。"李成功又指指矿井排出的污水说："你们这可是非法开采，知道吗？"黄牙汉子哈哈笑起来："非法合法那不全都在人说的嘛，看你岁数也不小了，咋就连这也不懂啊！"又有几个黑脸汉子围上来，个个手里提着棍子，喊叫："生产重地，闲人不能进来！"喊叫着，便有人用手里的棍子梆梆梆敲砸他们的车门，李成功呼的一下酒精全跑光，清醒了，心想这秀才撞见悍匪，可甭与他们纠缠，再不多说一句话，钻进车里，指挥着代凤山从那片日见扩展的水坑里冲了过去。

　　之后，再没心思看风景，一路紧闭双眼，太阳刚刚落山时，到了南湾村外一个三岔路口处，车又停了下来。李成功问："怎么不走啊？"代凤山说："前面一条沟，过不去。"李成功一看，果然，三岔路口通向南湾村的那条道上，一条深一米宽一米的沟就像一条横卧的拦路虎拦在脚下。这好好的一条路，挖这么深一条沟干吗？李成功刚说完这句话，从不远处一个羊圈的棚子里跑过来一个人，那人是南湾村的，李成功认得，那人远远就喊："李书记，莫急啊，稍等等。"不一会儿，从村子里出来一群人，有男有女，都是些中老年，有几个男人还光着背。这些人有的扛着铁锹，有的拿着镢头，也有空着手的，走到近前，才看清人群里还有几个瘸腿的，邹三树也在里面，领头的竟是姜银发。姜银发笑得满脸开花，远远地就喊叫："李书记、李书记。"李成功莫名其妙，问："这搞得什么鬼呀？"没待姜银发发话，所有的人围到沟壑四周，凡拿着工具的，奋力地填埋沙土，没拿工具的，就下手搬石头往沟里扔，李成功还没醒过神来，沟壑已经填平踩实。姜银发说："可以了，可以了，上车吧，李书记。"李成功一把把姜银发拉车上，问："这到底怎么回事？"姜银发坏坏地笑笑："回村再说，回村再说。"

4

李成功离村的第五天，或者是第六天，邹老二回来了。

那会儿，正是南湾村一年最美的时刻。无风、无尘，上午一阵雨过后，即刻天晴，整个空气清爽得无一丝潮腻。最摄人心魄的是那天空，湛蓝湛蓝，纯净至极。说纯净至极，主要是天空中那种蓝的纯粹，纯粹得会让人刹那间噎住，倒吸一口气：这哪是在地面看到的蓝啊，这种蓝，只配在九霄之上才能有。深远浩瀚的碧空上，那盘明光光的太阳，斜斜地从偏西的方向照下来，地面上所有的东西都富有光泽，就连那些破烂的土房子也熠熠生辉。暴在太阳地，有点儿烤人，可一经躲到随便哪个荫处，都会感到清清凉凉的舒适。因此，村里三三五五的老人、妇女，坐在土墙或寥寥的几棵大杨树的阴凉处，或闲聊家常，或闭目养神，或打牌娱乐。所有人的脚下、屁股下都倔强地生长着绿绿的草，甚至，有的人的脚下还有叫不上名字的粉的、紫的、白的花从鞋底子下、脚趾缝里露出头来。这些个草啊、花啊什么的植物，由疏到密、由浅到深，从这些人的脚下、屁股下一直衍生到各家的院子、村边、村外、山坡，直至无边无际，满世界都是。就是在这样的背景下，一辆白色皮卡，从远处开过来，开进村里。到了人多的地方，驾驶室玻璃落下，一位穿着格子短袖的男人笑眯眯给乡亲们打招呼，有人喊："邹老二、邹老二！"又有人喊："里边还坐着个女的！"邹老二一路打着招呼，把白色皮卡开到自家门口，靠墙停下来。车子的右前轮和右后轮，各自被街旁墙根的草和花掩埋了小半个轮毂。邹老二跳下车，绕到草丛里，拉开副驾驶的门，把里面的女人接了下来。那女人下车时，一脚陷进草里，随手采了一朵花，放在鼻子底下闻着。

姜银发坐在邹老二的街门下，看邹老二从车上跳下，以为他要过来到他跟前，可邹老二只朝他笑了笑，绕过车去，牵着一个女的走了出来。

姜银发赶紧起来，有点儿不大自然。姜银发在这等了很久，已经抽了小半盒烟，光烟头就扔了一地，他早想好了，等邹老二到了，他要先呲打他几句：家伙的一走就不回来了，是不是在外面叫娘儿们绊住腿了。没想到还真有个女的，可昨天邹老二与他通电话时，只说今天下午到，并未告诉他要带女的来，这猛不丁地牵了位女子，叫姜银发准备好的话一句也说不出来了。他再略一细看，这可不是一般的女子。这女子约莫三十来岁，完全的城市人。一头顺溜的披肩长发，衣着时髦，身材火辣。光是身条和穿戴打扮，已足以使姜银发禁不住想多看两眼，可又不好意思多看，走到近前，不小心瞥见女子那细嫩的皮肤、周正的五官，更是不敢多看，便傻在那里，一时不知该说什么。倒是邹老二大方，主动给姜银发介绍："这是王颖。"又转向那位他称作王颖的女子："这是我在路上给你讲的，银发，白银的银，发财的发，我们是光屁股同学，好的跟一个人一样。"邹老二说这些话时，用的是普通话，非常标准。之后，与姜银发说话时立即转换成了村里的话："银发，甭价傻站着了，给我伙着拿拿东西。"

姜银发帮着邹老二从车上搬下两个大大的拉杆箱、各式背包、袋子。那位叫王颖的女子没有动手，站在大门口，看看天、看看院子、看看房子。姜银发搬东西从她跟前路过，再次极快地瞥上两眼，发觉她虽然漂亮，但神情是痴呆的，面部表情略带些冷，自始至终一副面孔，不笑也不恼。姜银发找个机会，拉住邹老二，用下巴颏儿努努外边的女子问："咋回事？"

邹老二指指自己的脑袋："精神不太正常。"

姜银发："我说呢！没点儿毛病，人家跟你？"

邹老二在姜银发胸上捣一拳："不是你想的那种。"

姜银发："咋弄到手的？"

邹老二刚要回答，大门外已挤满了人。邹老二这一高调返乡，成为村里一个爆炸性新闻。在外面闲坐的人，闻着邹老二皮卡的味道，追随到了家门口。那些在家里的人，听说了邹老二带着一个城市女子回来，也一瘸一拐地过来了。邹老二看到大门外那么多人围观王颖，喊："王颖、王颖，过来过来，叫乡亲们都进来。"乡亲们簇拥着王颖进来，屋里一下子站满了人，进不了屋的就站在了院子里。邹老二掏出香烟，打开点心，凡男的，每人散发一支烟，凡女的，端着点心让大家捏着吃。有嫂嫂、婶婶辈儿的，捏着点心，眼睛却瞄着王颖，开玩笑说："邹老二你可真有艳福。"邹老二不谦虚，也不得意，只笑呵呵用点心应酬。

姜银发瞅准了这是个机会。平常开个会，三番五次去叫都来不齐，说是九点开，十点也开不成。这会儿，没叫就来这么多人。可场面有些混乱，麻雀一样叽叽喳喳，这个说烟卷不错，那个说点心好吃，还有不住地夸赞屋里的王颖像画上下来的一样俊。姜银发拉住散发烟卷和点心的邹老二，示意他停止散发。不能这样乱下去了，得说点儿正事了，他随手拿起一个碗，用筷子在碗沿当当当敲起来，清脆的敲碗声让场面安静了下来。姜银发踩到一个板凳上，干咳两声，喊道："都静静啊，都静静，我说两句。我看啊，今天比开村民大会来的人都齐。大家一边抽烟、吃点心，一边听我说啊。"姜银发指着屋子抡了一圈手臂问："大家知道这是哪儿吗？"人群哄地笑了，有人说："废话，这是邹老二家呀。"姜银发说："对，邹老二家，可这会儿是扶贫工作队驻地，也算是咱们的村部，知道吗？"接着又问，"大家知道邹老二为啥这个时候回来不？还有，"他笑着看看王颖，"还有王颖同志，不过年不过节的，人家为啥这个时候回来啊？""为啥啊？"就有人反问。姜银发大声说："人家在北京干得好好的，那么忙，专门跑回来，就为一件事。""啥事啊？"又有人问。姜银发继续大声说："为一个人，就为一个人。这个人大家都知道，我也给大家说过了，这个人就是来咱村帮咱脱贫致富的第一书记，李成功。"

人群里齐声"哦哦哦"起来。

昨天，姜银发替姬富强到乡里开会，听说县乡有关部门要下村检查，主要是入户走访群众，看看对驻村工作队，特别是对第一书记有何意见，而且还听说，群众的意见很重要，上级要把群众的意见作为对第一书记考核的重要依据。回村后，姜银发没进自己家，先给姬富强汇报了这个重要情报，说："人家李成功去给咱弄钱打井，咱可不能在背地里说人家不好。"姬富强这会儿已完全想通，他觉得李成功这个人还不错，至少到目前为止，还没有什么出格的地方。李成功虽然也做入户调查，而且是认认真真地入户调查，但并没有提出任何异议，更没有否定更改他既定的建档立卡户数，这是不是说明李成功已经与他站在了一起，形成了统一阵线？若果真如此，那是再好不过了。当然，他也并不惧怕李成功捣乱，尤其是听了姜银发带回来的重要情报，他更坚定了这个自信，他仿佛又有了一件出奇制胜的法宝，他想，如果李成功胆敢与他唱对台戏，他就让村民们多提意见，只要多数人不满意，就能把李成功这个第一书记赶走。但现在还不到动用法宝的时候，现在得让李成功留下来。一旦有了这个底数，他说话就没啥顾虑了，他对姜银发说："对着嘞，咱不能说人家不好，再说人家确实也没啥不好。"姜银发说："怕就怕人多嘴杂，说了不该说的话。"姬富强说："那要不开个会，敲打敲打？"姜银发说："这种事开大会不好吧，还是我去做工作吧。"

从姬富强家出来，姜银发没顾上吃饭，就挨家挨户做工作去了。他为啥这么急？他是怕万一上边的人明儿就来呢，这事宜早不宜迟。他打着支委村委两委的旗号，根据不同对象，一遍又一遍讲解叮嘱，目的只有一个：上边来人问时，一定要说非常满意。对那些已经得到好处的建档立卡户、低保户、五保户，工作很好做，他只提要求，他说："上边来人要你签字，你就写非常满意，富强哥说了，到时候说错话，甭怪村里不客气。"对那些既不够进建档立卡条件，又想进建档立卡的人家，就要多费些口舌，因为这部分人占多数，又或多或少对村里有些意见牢骚，所以他不能太简单了。他得提前多买两盒烟，进到人家家后坐下来，先给当家人递上烟，慢慢聊家常，聊到热络处，再巧妙转到正题上，他会说："咱南湾村穷了好几辈儿了，咱不能辈辈儿穷下去，咱得翻翻身过过好日子啊！"当对方连连说"是是是对对对"的时候，他会适时地说："光靠咱自个儿，不行啊，咱没钱没人甭说，就咱村里，除了邹老二谁见过大世面啊，咱都不会弄啊，不知道咋着往前走啊！老天有眼，没有忘记咱，上边派来了人，派来了第一书记，来帮咱脱贫致富，这还不是天大的好事啊！咱可不能做那些没良心的事，咱都得齐了心留住这个第一书记，都得往好里说，往最好里说。"说到这个份儿上，一般都能痛快答应："放心吧，准定多添好话。"

可对那些应进建档立卡的户而未进建档立卡户的，就难多了，那些户本来就有很大的意见，你再让他说非常满意，哪有那么容易。最后剩下了两户，一户邹三树，一户姬海兴。姜银发决定先去邹三树家。去邹三树家之前，他来到扶贫工作队驻处，打开了门锁。他负责着替李成功和薛东旭每天的签到，他拿着工作队驻处的钥匙，可以随便出入。他想起了李成功做饭的橱柜上放着半桶花生油和多半瓶香油，他拎上那半桶花生油和多半瓶香油，来到了邹三树家。邹三树老两口已经睡下，姜银发叫开门，紧说："没啥事没啥事，这些天忙得一直没空，这会儿闲了过来看看。"问了邹三树老两口身体，又问了邹三树吃些什么药。邹三树看着姜银发放到桌子上的花生油和香油，也客气地陪着姜银发随便扯起来，扯着扯着，姜银发就扯到村里的穷困，扯到村穷人必穷，他说："咱南湾村啊，穷得连根毛都没有。"他指着邹三树的家里说："你看看这住的，你看看这穿的，你看看这用的，你再看看这吃的。咱家家户户都这个样啊！咱家家户户都伸着碗要吃的，可咱南湾村这口大锅，里面干干净净的，锅里没啥，咱村民的碗里能有吃的？你说是吧？"邹三树连说："谁说不是来。"姜银发说："咱得让这口大锅里满了，有鱼有肉，怎么吃都吃不尽才行，锅里满了，还愁碗里没有啊。"邹三树老伴憧憬着美好的大锅，说："那多好啊，不愁吃不愁穿的。"姜银发看看时机已经成熟，他要让邹三树老两口看到希望，只要有希望，事情就好办，他说："咱也算有福气，眼下，咱这大锅就快要有鱼有肉了，李成功就是共产党派来给咱大锅里填食的。李成功他这人好啊，有一副菩萨心肠，这，三树哥你是知道的啊，阳坡矿那会儿，你看人家多热心啊，就跟自家事似的。"邹三树点着头，说："是个好人，面善心善。"姜银发说："不光人好，还有本事呢，我可了解这个人，不但能说会写，文武双全，还有诸葛亮的本事、刘备的厚道仗义，他可是上通天文下知地理，你说，有这样的人来帮咱，咱能不脱贫？"见邹三树两口子听着来劲，姜银发继续说："李成功不但自己有本事，门路可是广了去了，上边从县里、市里、省里他都有关系，他那个金地集团更了不得，钱多得数不过来，有这样的人来给咱扶贫，咱能不富裕起来？"邹三树两口子的眼睛里忽闪忽闪亮起来。姜银发又说："李成功人家本人现在就是个官，官职七品啊，人家抛家舍业来帮咱，图个啥？这不，前几天听说了咱吃水困难，二话不说就回去给咱要钱去了，要回了钱，打了机井，咱不是就不发愁吃水浇地了吗？"说到这，邹三树两口子有了些感动，连连说："是啊？是啊？"姜银发说："可不是啊，人家自己开的车，烧着自己的油，去给咱要钱去，咱可不能在背后说人家坏话，咱得尽说好话，给人家说了好话，就是给咱说好话。"接下来，就一马平川了，姜银发让邹三树两口子怎么说邹三树两口子就怎么说了，最后，姜银发立起身，指着桌上的半桶花生油和半瓶香油说："三树哥麻烦你明儿去一趟海兴叔家，他好赖是你女婿，嘱咐他一下，甭说打锅的话。"邹三树两口子大包大揽："放心吧，放心吧。"

有了这些个事先的铺垫，姜银发就不用讲太多了，他一手拎着空碗，一手夹着筷子，说："李成功书记是党派来的大救星，人好本事大，咱南湾村要千方百计想方设法把这个第一书记留下来，就是求也要把他求在咱南湾村，绑也要把他绑在咱南湾村，这是支委村委的决定，这事关咱们村的命运前途，回去后，左邻右舍都捎个信，上边来人了，该说的说，不该说的别说，不然话，啊！……我就不用多说了。"姜银发这样一点，大家就明白。于是哄哄了一会儿，都散了。

邹老二看上去比姜银发年轻十岁，也胖，也白，个子也高。他在屋里转着，瞅瞅李成功的铺盖，看看李成功做饭的灶台，摸摸客厅里的那排铁皮柜，问："李成功真有你说得那么好？"

姜银发早已在电话里无数次给他讲过了李成功好，在姜银发的描述里，李成功已经是救苦救难菩萨级别的人物了，邹老二再问这一句，也是无心之问，姜银发却认真得很，板着脸说："你不相信我？"

邹老二说："我不相信你我能回来？"

就是嘛！姜银发释怀后紧接着告诉邹老二，他现在发愁的是李成功他们回来了怎么住。前些日子，邹老二说要回来住几天，他就愁过，他愁主要是愁邹老二回来势必要撵出李成功，李成功搬出邹老二家住到别处，也不是不可以，姬富强也持无所谓的态度，可姜银发去找了几家，都是多年外出打工不在家住的人家，那房子个个漏雨、门窗开口、屋内墙皮脱落、炕上地上的沙土有一脚多厚，这种破房子，甭说在省城住惯了高楼大厦爱干净的李成功没法住，就连他姜银发这种穷苦人也无法住，所以他才急慌慌要邹老二快些回来，商量下能否让李成功继续住在这里。邹老二很给面子，电话里痛快说"可以可以怎么不能啊"，可这会儿回来居然还带这么个女子，怎么不让姜银发发愁啊？

姜银发的这个愁事，对邹老二来说不算愁事。邹老二说："你愁啥呀？"说着掏出一串钥匙，打开东头里间门子上的锁，"收拾一下，我们住里面，李成功他们不用搬。"

姜银发挤进去一看，乱七八糟堆放着各种杂物："这怎么收拾啊？"

邹老二说："你甭管了，我来时路过县城，已经都安排好了，一会儿送家具的人就来了。你先带王颖到你家坐坐，顺便给我找几个人过来帮帮忙。"

王颖坐在床边，认真地翻看着一本扶贫工作日志，长长的头发垂挂下来，把她的脸和扶贫日志都遮挡了大半。"那有啥好看的。"姜银发想说，"那后面的几天都是我写的，写得不太好。"可他没说出口，只是示意邹老二过去把王颖从扶贫日志里叫出来。李成功走时，姜银发应承下来两件事，一件是每天定点在李成功和薛东旭留下的手机上替李成功和薛东旭签到，一件是替李成功记好扶贫日志。前一件好办，每天打开手机一点即可，这后一件，他得费一番脑筋，他得把自己想象成扶贫工作队，想象成李成功。第一天，他写道："今天和村支书一起去查看了打机井的地方，地址选在村北，那里离仙女湖较近，地下水位浅，问题主要是铺设的管子长一些，成本要增加一些，至于人工成本，施工的时候每家出一个劳力，不管饭，这样可以省下来不少钱。东大甸子也打机井，用来浇地，那里的地只要能浇水，庄稼长得肯定旺。吃水的机井计划在上冻之前施工完毕，每家每户都能用上自来水。"第二天，他写道："今天给金地集团的领导打了电话，真不愧是大集团的领导，觉悟高、水平高，答应给钱，为南湾村打机井，还说要给每家每户配上饮水机。"第三天，他写道："今天和村干部们去查看了仙女湖，湖里积存了些水，不过那是雨水，今年雨水不小。如果上游的泉水能下来就好了。两个多月前有股泉水流下来过，不几天又干了，不知道什么原因，得找专家去勘察勘察，如果上游的泉水能流下来，那仙女湖就不愁有水了。只要仙女湖有了水，南湾村就能富起来。"第四天，他写道："今天去东大甸子看了看，有不少地都撂荒了，没人种。也有种荞麦、土豆的，还有种洋白菜的，不过长势都不太好。考虑下怎么样来利用好这些土地。"第五天，可能是李成功在省城开始与同学朋友推杯换盏觥筹交错的时刻，姜银发写道："今天和村干部爬山越岭三十多里地，查看了仙女湖上游的泉眼，一共五个，其中两个还在汩汩往外冒水，水很小，没劲，像老年人的尿，流出不到一里就干了。泉水为啥冒得那么小，那么没劲？必须得找找病根，搞清楚。不过冒出的泉水清凉清凉的，可真好喝，甜丝丝的。"

邹老二过去，耐心地与王颖一起看完了最后这几页，说："银发你可真会编。"

姜银发笑笑，带着王颖走了。当天黑之前王颖回来时，屋里彻底变了样。客厅里放一圈仿红木座椅，东头里间新被新褥，墙上有电视，地上有沙发，沙发旁边还有几盆绿植花卉。屋里的所有杂物，全部清理到了院子里。邹老二对王颖说："明儿，我再在屋里给你弄个洗澡的地方。"

5

全村的人，都知道了李成功为南湾村要钱去了，他们都相信了李成功一定能为自己的村里要来钱，自来水一定会接到自家的灶台边，不管白天黑夜，只要拧开水龙头，甜丝丝的清水就会哗哗地流出来。所以，当上边的督察组来人，不管走到谁家，都说李成功书记那可是太好了，访贫问苦，东跑西颠，呕心沥血，天天为村里脱贫操心，没有不满意的，个个竖大拇指，并且都愉快地在督导组拿出的表格上写下自己的名字，不会写字的，就郑重按下手印。

姜银发带着上边的人来到工作队驻地，姬富强和邹老二已在屋里闲聊等候，姬富强率先迎上，说："巧了，李成功去北京了，他前脚走，你们就来了，去北京做啥，哎，银发？"

姜银发被姬富强这突然地一问，没能反应过来，顺口说道："北京？去弄钱……"

姬富强截住姜银发的话，"不是、不是，说是去给村里联系啥专家？"姬富强不愿让上边知道李成功去金地集团要钱的事，他是担心乡里、县里知道了金地集团出这笔钱，就不再考虑给村里拨款了，他要把金地集团给的钱埋伏下来，好再继续给乡里、县里要钱。他这一提醒，姜银发心领神会，配合着姬富强说"对对对"，话到手到，拿起扶贫工作日志，打开他写的那几页说："看看、看看，李成功书记为让南湾村彻底摘掉贫穷帽子，早就琢磨叫仙女湖重新碧波荡漾了，他四处联系，找专家，一起来给仙女湖号脉，开药方，看能不能叫仙女湖起死回生。"姜银发的这番富有文采的话，不但博得大家的笑声，还把督察组的人的注意力集中到了扶贫工作日志和李成功档案柜里的各种档案盒上。

送走督察组，邹老二哈哈大笑起来，说："你们唱的这一出真是可笑，这叫啥？这叫'臆想扶贫'，不，叫'自慰扶贫'吧，人家李成功一无所知，你们却弄得天翻地覆。"

姬富强说："咱现在只能这样，保着李成功，先走一段再说，不行了再想办法。"

姜银发知道姬富强的"再想办法"是什么意思，那就是想法把李成功轰走。他坚定地说："放心吧，错不了，李成功这人肯定错不了。"

姬富强看着姜银发信心百倍，再看看邹老二一表人才，不觉触景生情，想起了自己的儿子姬虎。姬虎与邹老二、姜银发是发小、同学，感情很深，可现在却成了废人，不禁叹道："姬虎算是没治了！"

邹老二说："不会的，姬虎很聪明，比我们都聪明。我去看过姬虎了，还带着王颖在姬虎家里聊了半天。姬虎主要是精神受了打击，心灰意冷了，别的没啥问题。"

姜银发想起了这些天邹老二和王颖的一些异常举动，半开玩笑说："邹二，你是不是也是上边派来搞调查、搞暗访的？你那王颖一天到晚一句话没有，我给她打招呼她都不理不睬，多大官似的。你还领着她走家串户，专找那些最穷的人家去，这是为啥啊？"

姬富强警惕地问："还有这事？"

姜银发倒笑了，说："富强哥，你放心，邹二他肯定不是阶级敌人。"

话挤到这个份儿上，邹老二就不能再敷衍了，只好一五一十把自己的故事告诉了两位。

邹老二早先在北京延庆的一家建筑工地打工，干粗活儿，两年多以后，他告别那片初现端倪的锦绣盛景别墅小区工地，到了一个装饰公司，跟着南方人学装修，主要是当小工。又两年多以后，他拉起几个人，独立干起了装修。他当然没有设计的本事，也没有多高的文化，但他有头脑，能忍耐，肯吃苦，他骑着他的改造得像个平板车的电摩，插着"装修全活"的旗帜，窜来窜去地揽活儿。他已悟到，这个世上最不缺的就是找食儿的人，有的人想挣钱养家糊口，有的人想挣更多的钱吃更好的饭，只要有了活计，就不怕没有干活儿找食儿的人，所以他不担心缺乏设计人员，更不担心没有瓦工、木工、漆工这些出苦力的人，这些人很好招，甚至，不用招，所有的人都会聚拢过来。悟出了这个道理，他不再把心思都用在具体的干活儿上，而是把主要精力放在了揽活儿上，广撒名片，广发传单，先是一些疏通下水道、糊房顶的小活儿，之后接连有了粘贴瓷砖、粉刷墙壁不大不小的活儿，到后来也接过单元户型整体装修的活儿。终于有一天，一个大馅饼砸在了他头上。

那天，他躺在他的租住房的床上，随便刷看他的仙女湖微信群，忽然一组照片吸住了眼球，那是他最早打工的锦绣盛景别墅小区，依山傍水，绿树森森，一栋栋独立小院，典雅别致，十分好看。这小区什么时候竣工的，他怎么竟然忘记了？他努力回想着这个发照片的人，姬小云，姬海兴的闺女。这个仙女湖微信群是他建的，他建群的初衷，就是把南湾村外出打工的人拢到一个群里，出门在外相互照应方便些，他作为群主，经常给大家发些适用的信息，后来，群越来越大，仙女湖周边的村庄甚至同县的人也加入进来，这姬小云是怎么加入进去的他不记得了，可能是别人拉进来的也说不定，眼下当务之急是立即联系姬小云。他坐起来，与姬小云私聊，没几个来回，他已得知，姬小云在那个高档小区的物业打工，而且从清洁工已经升为会所服务员。又没几个来回，他得知了小区的别墅里正在装修。

事不宜迟，他弹簧一样从床上蹦下来，拿上平板电脑，开着他的白色皮卡，向着延庆的方向一路狂奔而去。这时他买皮卡车已经一个多月，他觉得有了这个皮卡如虎添翼，业务更顺畅了。他没有白来，见面后，姬小云指着小区里位置最好的九号别墅说："看见了吗？那房子是我们大老板自己留下来的，五百多平呢，可装修到一半，听说负责装修的经理与我们大老板不知为啥闹崩了，装修的经理一串好几个人都被逮起来了，装修也停下来了，这几天大老板很着急，急着把房子装修好呢。"邹老二说："你帮我联系下你们老板，这活儿让我干，我都能干，你看看，我干的活儿，保质保量。"邹老二打开平板电脑，把一些有真有假的装修案例照片一个个拨拉给姬小云看，姬小云啧啧称赞，连说"真好真好"，可是，姬小云说："我哪能联系上大老板啊，他的事，都是物业经理帮着办的。"姬小云带着邹老二见到了物业经理，邹老二又一次打开平板电脑，认真地给物业经理介绍了自己的杰作，并承诺，一定按期完成装修，而且，他报的价比前边装修的报价低了三分之一。

第二天，邹老二就正式签下了合同。邹老二拿到一块肥肉，立即招兵买马，很快拉起一个团队。为了多挣些钱，五个卫生间粘贴瓷砖的活儿他就自己干了，所以他在指挥协调所有装修施工的同时，自己也天天起早贪黑在卫生间里粘贴瓷砖。一天，雪下得很大，其他干活儿的人都打来电话，说路上雪太厚，没法骑电动车，过不去。邹老二说那就放假一天吧，路通了再把活儿赶出来。他给大伙放了假，他无法给自己放假，他不放心他揽下的这个项目，再说卫生间里粘贴瓷砖的活儿就他一个人干，他得往前赶。他开着他的皮卡，轧着一尺多厚的冰雪，顶着漫天的飞雪，钻到别墅其中一个卫生间里，搬来瓷砖，和水泥、切割、粘贴，一干就是一天。外面的天全部黑下来，他累得腰酸背痛，衣服也顾不上换，拿把扫帚扫去皮卡上挡眼的积雪，打着了引擎。他急于要找个地方吃点儿饭，然后回到自己的租住房里，沉沉地睡上一觉。雪太厚了，几乎埋住了轮胎，他挂上抵挡，猛踩油门，皮卡才开出小区。雪还在狂飞乱舞，大灯雾灯一齐打开，也照不了多远。路上，时而有大卡车隆隆驶过，不减速也不关闭远光灯，过后，霸道地留下深深浅浅的辙印。邹老二专注地沿着大卡车轧出的辙印蜗牛样前行着。

忽然，前方路上影影绰绰有个人，穿着羽绒大衣，好像还是个女的。不会是碰瓷儿的吧？这大雪天的晚上，在离闹市这么远的地方碰瓷儿？不可能！邹老二按了几声喇叭，那人也不躲闪，径自摇摇晃晃、跌跌撞撞往前走。由于地上的雪太厚，那人每从雪里抽出一只脚都很艰难。开到近前，邹老二按下车窗玻璃，看那人确实是个女的，披着满头满身的雪，左手还握着一个酒瓶子。他想问一声"需要帮助吗"，转瞬一想，算了吧，多一事不如少一事，喝醉酒的人还是不要招惹。他关上车窗，踩踩油门往前开去了，开出十几米，他不由得就去关注倒车镜，可雪太大，雾气蒙蒙，什么也看不见，他又按下车窗玻璃，探出头往后看，那个女人已经倒地，躺在了路旁。邹老二一边往前蜗行一边往后瞅着，又一辆大卡车轰隆隆擦着他的车身开过去，他的皮卡越开越慢，他胆战着想，这个女人，不被轧死也得冻死，这么冷的天。想着想着，他踩油门的脚就松动了，皮卡就停下了。

他跳下车，往后跑出，他蹲到女人身边，女人已经吐了一摊，羽绒服的前襟挂满了呕吐物。"嗯、嗯，你是哪儿的？你要到哪里去？"女人被他推叫醒，抢着酒瓶子要驱赶他，驱赶了两下，又睡着了。邹老二一时不知如何是好，报警吧，叫救护车吧，可这么偏僻的地方，这么恶劣的天气，不待警察和救护车过来，她就或被轧死或被冻死了。邹老二再没有多想，他用抱水泥的力气，一下子把地上的女人抄起来，放到自己的皮卡车里，加大油门往前开去。终于找到一家医院，送到急诊，输上液体，凌晨四五点钟的样子，女人转危为安，醒了。这时，邹老二躺在走廊的长椅上，已经睡得像死了一样的了，护士叫醒他，他还以为是在梦里。邹老二没有走，主要是因为那女人身上没有能证明自己身份的任何物品，也没有手机，甚至连一分钱也没有，再说他确实太累太困了，他感觉他一步也走不动了，所以他倒在长椅上就睡着了。护士说："她醒过来了，你去看看吧。"邹老二这才想起了昨夜的事，他来到女人身边，他问："你家在哪儿？电话是多少？"那女人只痴呆地死盯着一个地方，任谁问死也不开口。邹老二当下叹道："毁了，摊上倒霉事了。"上午，确认女人各项生命体征正常后，邹老二说："医药费我都付清了，你自己回家吧，我还急着去贴瓷砖呢。"女人仍然是一副痴呆神情，一动不动。邹老二要走，护士不让，拉住他，说："你得把她带走，不能留在我们这。"邹老二无奈，又抱水泥一样把她抱到皮卡上，拉到了自己的租住屋里。他给她买了一堆吃的放在床头，说："你吃了饭愿意走就走，走时把门带上就行。"说完，他开着皮卡去锦绣盛景九号别墅装修去了，晚上回来，没想到那女人没走，还在床上躺着，依然一副痴呆表情。

邹老二讲到这里，姜银发忍不住了："哈哈，你邹二行啊，第二天你准睡她，你小子这是捡了个媳妇啊！"

邹老二说："我也想你怎么还没走啊，这是天上掉下个林妹妹，这是上天赐给我的媳妇啊！夜里，我就想睡了她，我掀开被窝，准备要脱她的衣服，猛一下看到了她的目光，她的眼睛圆圆的，两道光芒坚定、冰冷、凶狠，带着刀刃，叫人不寒而栗，我不由得就软了。只听她冷冷地说：'你是个民工。'我又一下子矮了下来，可不我就是民工。这是她一明一夜后说出的第一句话。第一句话，就让我自惭形秽，因为她在说这句话时，还上下瞅着我，洞穿着我，同时她的眉宇眼神中，带着一种高傲、优越和不屑。我暂时放弃了睡她的念头，但她并不走，每天住在我的租住屋里，我想了解她，她说：'我只告诉你我叫王颖，其他你什么也别问，该告诉你的时候，我自然会告诉你，若再逼问，我会死在你的屋里。'到第五天，她开始梳洗打扮，她竟然是那么漂亮、年轻。她说："我在你这住着，你先别撵我，我定会报答你的。"我想，一个一无所有的女人的报答，肯定是身体，也许，她会嫁给我？不管以身体相报，还是嫁给我当媳妇，都得等到她自愿，自愿地给予，才能水乳交融。她睡在次卧，我睡在主卧，夜里不免生出非分之想，但我不再强求，我能忍，能等，我有耐心。我不再问她是谁，我只想让她知道我是谁，我要让她知道我这个民工并不是素质低下的草包，我有能力，有责任，有爱心。我再下班回来，不管多累，都要把干活儿时的脏衣服换掉，穿上干净衣服见她。我告诉她，出来打工的人，混成我这个样的不多，我早就注册了公司，我是法人，法人是啥，就是老板，我手下还有十几号人。我长期租住的这个二居室，光租金一年就好几万，看看，还有电脑、电视、洗衣机、电冰箱，什么都有。我告诉她，在我们村里，我也是头号，不信你到村里看看，全村就数我的房子最好。社会上穷人多，富人少，我基本上在那少数人里头。为了证明我说的都是真的，我给她买了手机，在淘宝上给她买衣服、买化妆品。我是想让她逐渐地对我产生好感，最好是崇拜、敬仰，万一能成为我媳妇呢！这次带她回南湾村，也是我计划的一部分，我选择这个时候来，主要是这几天是咱们村最美的季节，过了这个季节，就不能让她看了，那就太丑了。还有，让她看一看住一住我的房子，证明我没有骗她。"

姬富强像听聊斋一样听着，插话说："竟有这事！俗话说在外不露富，防人之心不可无，你倒好，把自己家底都亮出来了。"

姜银发却说："邹二你挑拣出光鲜货色亮给她我能理解，可你带她串那么多门，一家比一家穷啊！这又是为啥？"

邹老二把房子改造升级之后，对王颖炫耀："能在屋里洗澡的，甭说全村，全乡也没有。还有，这席梦思、这沙发、这些红木，都是独一份，看看村里的人，哪个不眼气！"之后，他就带着王颖，专找村里最穷的人家串门，一家不落，有些像李成功刚来时走访的样子，但他不是去调查、去证实，他根本不用调查，也不用证实，他可比李成功了解那些穷苦人家，他只是去串门，聊聊家常。他串门也不空手，每家都送一盒果脯。他让王颖见识了那些人家的脏乱、破败和穷困。他来到姬海兴家里，姬海兴在炕上喘着，媳妇在院子里哭泣，儿子则梗着脖子在生气，见邹老二带着一个女的进来，摔下手里的鞭子，气呼呼踩着大步走了，脏脏的屁股从裤子上那个拳头大小的洞里露出来。邹老二把果脯递到姬海兴媳妇手里，与她拉起家常。家常一拉，姬海兴媳妇哭得更是不可收拾，邹老二和王颖都听出来了，她儿子给人家放羊，都三十多岁了，还没娶上媳妇，今天不知为何，儿子蛮横地给娘要媳妇，说娘早就许诺过他，责问娘为啥这么多年还不给他娶媳妇。姬海兴老婆一把一把甩着鼻涕眼泪诉说，她是许诺过，原想着用姬海兴亲儿子工亡的赔偿款怎么着也能给她带过来的儿子娶上媳妇，可谁承想这老头子就病了，卧床不起了，到最后连吃药的钱都没了，哪还有钱娶媳妇啊！后来，她把给儿子娶媳妇的希望寄托在姬海兴女儿身上，她托人说好了，邻村也有姐弟俩，弟弟穷得也娶不起媳妇，想着换亲，她决定把姬海兴的女儿嫁过去，给她儿子换个媳妇过来。姬海兴同意了，可他女儿不同意，这两年，他女儿在外打工连家也不回了，因此儿子着急，她更着急，动不动就生气发火。邹老二知道，姬海兴的女儿，就是在锦绣盛景别墅小区物业打工的姬小云，要不是姬小云，他还揽不到别墅里那个大工程，也不会遇到王颖这位有可能成为媳妇的美女，如此说来，姬小云还是他的贵人，他唏嘘着，掏出几张百元钞票，塞进哭泣不止的姬海兴媳妇手里，拉着王颖出去了。

他是最后到姬虎家里的。进门之前，他对王颖说："这家的姬虎是我的同学，我们关系很好。"王颖一言不发，默默跟着他看望他的同学。他给姬虎搬来一箱酒，拿着一条烟。他找地方放烟酒时，王颖进来了。当王颖出现在姬虎面前时，邹老二发现姬虎的眼睛闪动着，非常明亮，虽然时间很短暂，但内涵很多，有激动、有兴奋、有惊诧。王颖也瞪大了眼睛，有些瞠目结舌，后来据说王颖那时的表情反应完全是因为太出乎预料，眼前的姬虎与她想象中的邹老二的同学反差太大。随后，王颖和姬虎都不约而同恢复痴呆的常态。邹老二说："虎子，跟我出去吧，外面的世界很精彩。"姬虎笑笑，摇头，再不看王颖一眼。王颖自始至终捂着鼻子，不住地来回找地方立足，家里太脏太乱，根本没地方坐。但姬虎没忘客气，挽留邹老二和王颖在家吃饭，可王颖看看他的锅里，除了一摊面糊，连根蔬菜也没有。

这些穷困其实只是些表象，被穷困折磨的真正的生活和灵魂王颖并没有看到，但即使这样，邹老二的目的也已达到，他说："没有坑洼显不出平地，没有山谷也显不出高峰，王颖她虽然痴呆，但我看她并不傻，她会比较出我的高低来的。"

6

邹老二领着王颖乐此不疲地专找穷困人家串门聊天的时候，姜银发开始忧心忡忡，他数数日子，李成功已经走了十七天了，他替李成功天天在手机上签到倒也没啥，替李成功写工作日志也没啥，可这时间长了不行啊，万一上边知道了对李成功可不好！光这还不算啥，更为叫姜银发忧心的是，李成功一走这么多天，会不会出现啥变故啊？万一他不来了呢，省会大城市那么好，灯红酒绿的，泡在福窝里，谁愿意出来呀，他很有可能不再回来的，他不回来了怎么办啊！我这不是白费劲了吗？乡亲们面前我怎么交代啊！都把他说得那么好，结果是骗人的，老少爷们还不把我啐死。不会的不会的，姜银发又推翻猜测，我这是以小人之心度君子之腹，李成功怎么会不回来呢，他不是那号人，他感觉李成功绝不是那号人，最后，姜银发还是相信了自己的感觉。恰在这时，姬富强把他叫去，说乡里来了通知，近期县里要对驻村扶贫工作队突击查岗，凡脱岗的，通报批评，严肃处理。怎么查？一律不事先通知，夜里来查，看看第一书记们到底在不在村里。这下急坏了姜银发，这可怎么办？李书记不在村里，一查还不逮个正着。姬富强说："你赶紧打电话，通知李成功回来。"姜银发便拨通了李成功的手机。甭看姜银发这么猴急，这么急迫，一旦听到了李成功的声音，立马就缓和下来，特别是听到李成功说打井的资金需要董事长亲批这段时间董事长没在明天再去催催的话之后，竟感激得不知说什么好了。他马上想象到了"董事长没在"是什么意思，董事长没在就得等，等就由不得自己，因为你在求人办事嘛，再焦躁、再着急也发不得脾气，像他这种最底层的农民，太知道等的滋味了，还又说"明天再去催催"，那能催吗？李成功他虽是个官，可他上面还有管他的官呢，官大一级压死人，他到董事长跟前能催吗？那得求，得低三下四地求。想象到这些，姜银发不好意思再说让李成功赶紧回来的话了，连乡里的通知他也不好意思传达了，怎么？人家去给你办事，你再在背后查人家的岗，这叫什么事啊？

他笑呵呵挂断电话，姬富强的手指马上就点到了他的鼻尖上，斥责他："怎么还'不着急、不着急'，这还不着急啊！你咋连个话都说不清呢！"

姜银发说："人家在求爷爷告奶奶地给咱弄钱，咱再催人家回，查人家岗！咱成啥人了！"

"那怎么办？万一今天晚上县里就来查岗呢？"这回轮上姬富强发愁了。

姜银发说："总有办法的，我去找邹老二商量商量。"

邹老二正在收拾东西，准备明天一早就走，姜银发一来，说："邹二你先别弄了，我有难事了，你帮着出出主意。"于是他把县里查岗的通知和刚才与姬富强合议的情况说了一遍，邹老二说："这有何难。"

姜银发精神一振："说，说。"

邹老二说："你不是既不好意思催逼着李成功回来，又想让他在这次查岗中过关吗？"

姜银发："对啊，怎么办？"

邹老二说："李成功真要钱去了是吧？南湾村要真打机井是吧？打机井是不是就得铺设管路啊？铺设管路是不是就得挖沟啊？我们先把铺设管路的沟挖出来不行吗？"

姜银发还是一头雾水："挖沟跟查岗有啥关系？"

邹老二："县里深夜来查岗，不会步行吧，总得开车吧。你在扶贫工作日志上写的，机井位置不是选在了村北仙女湖旁边吗，那里要铺设管路的话，必须通过进出南湾村的道路。"

姜银发被一语点醒，噌地跳了起来，捣了邹老二一拳："哈哈，你的脑子，咋长的！"

当下，他就跑出去找人挖沟断路。

半天不到，那条进出南湾村的乡道，凭空出现一条深沟。沟挖好后，他又做了周密部署，安排姬海兴媳妇的儿子一边放羊一边在远处值守。姜银发还把薛东旭留下的手机给了他，教给他怎么使用，叮嘱一有情况，立即报告。一切安排妥当后，姜银发忽然想到一个漏洞，大大的漏洞：县里查岗的车过不来，万一要给李成功打电话核实怎么办？李成功的手机他带着，他又说不好普通话，他一接电话，不就露馅了。他急急地跑回来，气喘吁吁找到邹老二，说："你不能走，李成功到来之前你真的不能走。"他掏出李成功的手机："夜里，你只管夜里，查岗的人要打来电话，你就用普通话给他们说，你就是李成功，你说得最像，你就说村里现在正在准备打井。"

当天夜里平安无事，第二天也平安无事，第三天夜里十二点半，邹老二被一阵电话铃声惊醒。他打开电灯，赶紧找手机，正找着，王颖穿着睡衣从东边里间里出来，递给他一个正在鸣叫的手机。在家的这段日子，邹老二把王颖安排在里间睡觉，里间改造升级后，可以洗澡，他有意让王颖住得舒适些。他则一直在客厅睡觉，前半夜，他倒惦记着姜银发交给他的任务，在里间陪着王颖看电视时，也带着李成功的手机，看完一个电视剧，王颖困了，他就出来，却把李成功的手机落在里间。

他接通李成功的手机。

电话："你是李成功李书记吗？"

邹老二："是我。"

电话："你在哪里？"

邹老二："我在南湾村。你哪位？"

电话："我们是县里督察组查岗的，你们村的道路怎么断了，我们过不去啊！"

邹老二："啊呀，你们怎么不事先通知一声啊，我们准备要铺设管路，改善村民的生活用水。这深更半夜的，真是的，怎么不通知呢？"

邹老二的埋怨，对方听了出来，邹老二也听到电话里有人说："算了吧，回去吧。"

7

那天一上车，李成功就追问断路的事，姜银发腾挪躲闪，嬉笑遮掩，连说："没事、没事，真的没事，就是挖个沟沟，流水的。"

"不可能，这里面肯定有蹊跷。"姜银发的笑容眼神已经暴露。果然，再一追问，姜银发便把这半个多月村里的事情说了出来。李成功得知他不在的日子里竟然发生了这些个事情，不知道该感谢姜银发，还是该批评姜银发。

说着话，已到了住处，恰巧姬富强、石秀兰等人正在为邹老二送行，姜银发按下挖沟断路的话题，把李成功引到邹老二面前，介绍说："这就是邹老二，南湾村的大能人，你们住的这房子就是他的。来来来，还有王颖，邹老二漂亮的……女朋友。"

李成功握住邹老二的手："久仰久仰，你是南湾村走出去的企业家，是南湾村的骄傲。感谢你对我们工作的支持。房租我们会一分不少地支付给你。"

邹老二摆摆手："你们来帮扶我们，我还要什么房租啊！今天终于见到你这位真神了，我也该走了，房子你们尽管用吧。"

李成功又与站在邹老二背后的王颖握了手，也同样说了客气的话。接着，把新来的徐刚、代凤山两位介绍给在场的人。这时，姜银发一如既往地堆着笑脸，试探着向李成功问："钱的事？"李成功说："成了，二十万。"姜银发大嘴微张，愣了一会儿，突然跳跃起来，想搂抱李成功，又不敢，结果双手抓过李成功一只手，一个劲地摇啊摇。

邹老二拿起行李，准备要走，谁知，临要出门，王颖却说她不走了，再住几天。邹老二很感突然，为难了，说："再过个把月，天就冷了，花就谢了，草就黄了，没啥好看的了。"王颖却很坚决，执意要留下来，邹老二无奈，只好把王颖交给姜银发照顾，自己一个人开着皮卡走了。他的九号别墅装修工程正在关键时期，他不得不走。

送走邹老二，姜银发拽住石秀兰，郑重地要她一起去姬富强家里开会。说是开会，其实就他们三人，姜银发开门见山地说："眼前有两个问题咱得想法解决，一个是扶贫工作队的生活问题。李成功这回回来，不但给咱带回了二十万，还带来两个人。他们三个大老爷们，吃饭洗衣这个问题咱得想法，人家来为咱办事，天天忙着给咱脱贫，咱不能连做饭洗衣这些娘儿们干的活儿也让人家干。"姜银发说这话时，眼睛看着石秀兰，石秀兰说："你看我干啥，我可不行啊，我家里还有一大家人要吃饭呢。"

姜银发扭向姬富强，注意力却仍停留在石秀兰身上："富强哥你看，这啥觉悟啊！"

石秀兰也不相让："你觉悟高，让你老婆去啊。"

这事以前也议过，后来扶贫工作队三个人走得只剩李成功一个人，也就放下了。现在，姜银发重提这事，姬富强觉得也有必要，看石秀兰与姜银发说不到一起，就和稀泥提出两个办法，供两人选。姬富强说："一个呢，银发你媳妇和秀兰，一替一天去扶贫工作队做饭，有脏衣服就洗，没脏衣服就算了。再一个呢，秀兰你负责，把村里年轻些的妇女动员起来，轮流到扶贫工作队搞服务。"

石秀兰一看姬富强支持这件事，只好服从，说："我咋着都行。"

姜银发却说："现在村里的妇女没有年轻的了，一个比一个邋遢，解手再做饭连手都不洗，人家李成功都是干净人，那能行？那就先让我老婆和秀兰去吧，不过我老婆怀着崽子，邋遢，可不如秀兰利索。"

石秀兰说："你就光看别人媳妇好吧。"

姬富强笑了，这事就算定下了。

然后姜银发又端出第二个问题，说："邹老二走时把王颖托付给咱了，我看这个女人不像没见过世面的人，不过一个单身女人一个人在东间里睡……"

姜银发没说完，石秀兰就站起来用指头点着姜银发的额头："姜银发！邹老二走时是把王颖托付给你的啊！不是托付给咱的！你不会也找人要陪邹老二的女人睡觉吧。"

姜银发拨拉开石秀兰的手："说话那么难听啊！邹老二把王颖托付给我，那不假，可石秀兰，你还是党员呢，你咋就不想想，邹老二把那么好的房子让给工作队用，白用啊，这不是帮村里解决大问题了吗？啊？人家把对象托付给我，那是我个人的事吗？"

石秀兰看姜银发红了脸，便服了软："你看你急啥，我不就是开个玩笑啊。"

姬富强及时调停："嗯嗯，别吵别吵，银发，你说这事咋办吧？"

姜银发并没有真急，他装出来的急，只不过是要引起姬富强的重视，争取他的支持，因为办法已成竹在胸，只待姬富强点头。当邹老二把王颖托付给他的那一瞬间，他就想到，王颖留下来，不可能住到他家，也不可能住到村里任何一家，村里任何一家都不适合王颖住，王颖只能住在邹老二的房子里，邹老二改造升级的东头里间最适合王颖住。接下来的问题是，王颖一个人在东间住，害怕不害怕？即使不害怕，还有更严重的问题摆在面前：她那么如花似玉的一个单身女人，睡在东头里间，外间和西头里间，却有三个单身男人，而且这三个单身男人又多日回不了家，憋得嗷嗷叫，万一，万一夜里三个男人管不住自己，跑到东头里间，发生点儿什么事，一来他对不住邹老二，二来会给扶贫工作队、给李成功造成很坏的影响，真要到了那一步，就覆水难收了，后悔也来不及了。他脑子里忽然蹦出一个上小学时学过的成语，防患于未然，对，就得在没出事前做好防范。怎么防范呢？他想最好有个女的晚上来陪着王颖，让谁陪着？石秀兰不行，年龄太大，也土。他老婆更不行，比石秀兰还土，而且还挺着大肚子。村里的女人都想遍了，一个个都是王颖娘或奶奶的年龄，没有一个合适的。就在邹老二与他分手关上车窗玻璃的一刹那，他忽然想起邹老二给他说过的，这次揽下别墅装修工程，多亏了姬海兴女儿姬小云，对了，过年的时候姬小云回来过，那真和在村里人不一样，穿戴打扮，言谈举止，都像个城市人，若让姬小云回来陪伴王颖几天，那是最合适不过的。可人家在外面干得好好的，让回来就回来？姜银发几乎同时想到了姬小云的爹姬海兴苟延残喘的样子，他家里太苦了，确实该进入建档立卡贫困户的，如果以此为条件，让姬小云回来待几天，应该可以的。所以，有了这样成熟的想法，当姬富强问他咋办时，他就说了出来。

屋里三个人谁也不说话，姬富强皱着眉头思考，石秀兰低着头抠指甲，姜银发时不时瞟一瞟姬富强的脸。静默了很长时间，姬富强终于放话："给海兴哥说时，说成活话儿，可甭说死，现在不是前两年了，不是说想办就能办成的。"姜银发一下子活泛起来："我知道、我知道，你放心吧。"

当天，姜银发来到姬海兴家里，把姬海兴媳妇叫到炕边，对他们说："村里研究了，考虑给你们入建档立卡户，不过，你们得给村里做点儿贡献，要不村里连考虑都不考虑。"姬海兴媳妇叹息说："就我们家这个样，还能咋贡献。"姜银发说："不是让你们拿钱，也不是拿物件，就是叫你们闺女小云回来住几天，一来呢，看看海兴哥你这个老人，二来呢，到扶贫工作队陪邹老二对象待几天，就这么简单。"姬海兴两口子一听就这个条件，满口答应下来，当场给姬小云打电话。姬海兴用重重的喘息声说："闺女，你能回来看看不？"姬海兴媳妇嫌他说话费劲，要过手机，说："小云啊，你爹这几天想你想得厉害，你快回来吧。"

转天一早，扶贫工作队多了一名妇女，那妇女是姜银发老婆。姜银发老婆是姜银发带着过来的，来之前，姜银发老婆还进行了一番梳洗打扮。姜银发老婆一进门，就直扑灶台，忙活做饭，做着饭，又到处寻找脏衣服。李成功问："这是干吗？"姜银发说："从今往后，每天有人帮你们洗衣做饭，就是，咱老婆土些，你们可甭嫌弃啊。"李成功看着姜银发老婆笨拙的身子，干这干那，心里不忍，一再表示使不得，但姜银发老婆已经把饭做在锅里，并且把脏衣服搜集一起泡在了大塑料盆里。

第二天，来扶贫工作队做饭洗衣的换成了石秀兰。与石秀兰前后脚进门的，还有姬小云。姬小云的出场，让李成功、徐刚、代凤山眼前一亮，仿佛在灰色世界里跳出一抹亮丽色彩。

姬小云恬静沉稳又不失随和，一来就博得王颖的喜欢。

王颖把双手捧着的手机放下，主动与姬小云打招呼。

姬小云坐到王颖身边，却微笑着问不远处的石秀兰："村里说的那个条件是不是真的？"石秀兰绷着嘴，肯定地点点头。姬小云得到了证实和许诺，微笑得更加灿烂，在村里待几天，能换得她家进入建档立卡贫困户，太合算了，于是她调动全部的聪明，来陪伴王颖。

自此，就像上班一样，每天天一擦黑，姬小云来到王颖身边，陪伴着聊天、睡觉，有时白天没事，也过来陪着王颖到外面转转。石秀兰和姜银发老婆，则自觉轮流着来做后勤服务。对此，李成功没有再作反对。

这天，金地集团二十万的打井款打了过来。李成功与徐刚、代凤山立即开始合计雇佣打井队、铺设管路等各项费用。他们哪里知道，随着打井款的到账，还有两个消息结对而至。一个是好消息。省里就近期精准扶贫工作进行了通报，点名批评的很多，指出的问题主要是第一书记不尽责履职，存在脱岗、群众满意度低等现象，但金地集团和李成功却在受表扬的一列里。第一个打来电话报喜的是薛东旭，薛东旭告诉李成功，集团班子例会上宣读了省里的通报，董事长还做了批示，要求对他大力宣传表扬呢。随后不久，主管扶贫的钱副总经理又打来电话，大大地赞扬了一番李成功，并要他好好总结，再接再厉，话里暗示，他会尽力推荐，为李成功解决职级提升问题。由副处提为正处，这是李成功多年梦寐以求的事，难道沾这次扶贫的光，竟能如愿？若借势钱总再用力推一把，说不定真就如愿了，毕竟钱总说话的分量不一般。李成功好不激动，说谢谢的时候，声音都有些颤抖。激动的心情尚未平静，另一个消息又到了。可能这个消息与前一个消息并肩在路上跑着呢，只不过进门的时候有个先后。这个消息说，省里拟于近期在县里召开全省精准扶贫工作推进会，会议中要选一两个先进典型参观交流，南湾村是选定的先进典型之一，至于会议具体什么时间开，届时另行通知。消息自上而下，先是省里通知市里，市里通知县里，县里通知乡里，乡里通知村里，一路下来，到了李成功这里，变得异常重大而庄严。一个小时后，钱总又亲自打来电话，重复了这个通知，并要求，早动手、早准备，一定竭尽全力，全力以赴，以迎接大考的姿态，迎接好这次会议。

李成功的心情，在不到一小时的时间里，由激动变为凝重，他如临大战，放下对打井各项费用的合计，又立即与代凤山、徐刚一起研究迎接会议的战略战术。

姬富强、姜银发得知消息后，也过来了，李成功说："你们来得正好，我们三个研究过了，先到县里跑一趟，看看上边都有什么具体要求。徐刚在家值班，我和代凤山去。"李成功很尊重地向姬富强征询意见："让姜银发也去吧。"

姬富强捂着肚子，说："去吧、去吧。"

这次李成功狠下了一番功夫，不但去了乡里、县里了解具体要求，还去了邻近的县，向已经接受过参观的精准扶贫村取经，所到之处，他极其的谦虚、用心。回来后，心里还不是十分有底。代凤山可能也是立功心切，向李成功表态，说："没什么，会议代表来参观，和来检查差不多，其实比检查稀松多了，也就是走走看看，我在单位接待这样的参观多了，比这大的阵势也参与过，你就放心吧。"李成功这才想起来，代凤山最早当过通讯员，给报纸写稿子，后来提为科长，一直在政工干部岗位干到现在。当下就安排代凤山先准备一个汇报材料。代凤山只用了两个晚上，就把一篇洋洋洒洒的材料敲出来，李成功看了，觉得有点儿夸大，代凤山却说向上级领导汇报，就得挑好的说啊，再说他基本上是按照扶贫工作日志上的内容整理的，李成功心说，后边那半个多月他没在村里的日子，可都是姜银发想当然写上去的，不过他没说出口，材料既然已经写出来了，也不容易，先放一边吧，还有更多的事要办呢。

李成功像坐帐元帅一样有条不紊地指挥。档案柜里的档案盒不太整齐，当初薛东旭和欧阳涛去县城买的时候，可能一种样式的不够，还配了其他样式，颜色也不一样。这次都换成统一样式，统一颜色。代凤山很内行，建议档案盒的背脊和封面，都要统一字体、统一字号。还有，代凤山指着墙上的镜框和风景画说："领导们肯定来这儿，墙上这些东西不如换成牌板，领导一看就明白。"代凤山一点，李成功当即肯定："对，做满墙牌板，《脱贫攻坚组织架构图》算一块，《南湾村全貌图》算一块，《精准扶贫工作制度》算一块，《'三会一课'制度》算一块，《贫困户识别退出流程图》算一块，《扶贫项目资金管理使用规定》算一块……

还需要啥？代凤山你再想想，这是咱们的脸面，必须做好、做漂亮。"李成功不但安排代凤山做好室内脸面上的活儿，还安排徐刚去做好室外脸面上的活儿。李成功说："徐刚你是工程师，你把咱们这院子外墙临街的一面，设计安装一溜牌板，要显得大气，用不锈钢框，最好带灯，晚上能亮的，内容嘛，主要放村务公开什么的规定，要图文并茂。再从村边一直到村里的主路两旁，想法弄些标语牌。标语牌和牌板上的内容，代凤山你是秀才，琢磨琢磨，主要围绕精准扶贫来琢磨。哦，对了，再做一个举报箱，也用不锈钢做吧，免得生锈。"代凤山补充说："要不要做个条幅，'热烈欢迎'之类的，再做些彩旗，插在村口，迎风飘扬，也显得咱重视。"代凤山这一补充，李成功受到了启发，他想起好多年前开会、迎接检查或举办什么活动时，都好用红黄绿彩纸裁成巴掌宽的条状，竖起来像门框上的对联似的，用毛笔写上时兴的标语，再用糨糊斜贴在沿街的墙壁上，连说："要，要！还有，再买些彩纸、笔墨，写点儿带劲的标语口号贴墙上。"代凤山爽快地说了一声："好嘞！"看来他对这份工作内行得很。最后李成功极其郑重地强调："咱平时哥们归哥们，但任务一来绝不能儿戏，必须一切服从任务，刚才说的所有工作，都要争取在一个星期内完成。"

迎接好参观，还得取得村民的支持和配合，而要村民的支持配合，光说空话不行，得做出些实事。李成功想，街道的路面坑坑洼洼，太不像话，不过现在硬化是来不及了，这项工作由徐刚负责，把那条主要街道，也就是参观代表要走的街道，用推土机推平，找轧路机轧实、轧出光亮，现在没有雨水，走上去也和柏油路差不多。李成功又想，参观的领导、代表来了，会到村民家里看看的，扶贫这么久了，村民家里总得有点儿变化吧。他琢磨，进到家里的第一眼，可能看到的就是屋里的大炕，领导也可能坐在炕头与贫困户照个相，可现在一些贫困户的炕上很破烂，如果给每一户贫困人家发一个新炕单铺到炕上，再发两个新被罩，套到破烂的被子上，看上去是不是很整洁？李成功把姬富强、姜银发请过来，向他们表达了自己的意见，姬富强说，街道轧一轧肯定比不轧强，炕上铺上新单子，那也肯定是好看啊。姜银发咬着腮牙，一下一下挠着卧在裆间的黑狗，一言不发。李成功问："姜银发，你什么意见？"姜银发只好怪腔怪调说："富强哥都说好看，那能难看了？"李成功说："那就这样定了，一两天就把炕单被罩发下去，这事由姜银发负责，徐刚配合，一定要做好贫困户工作，参观的领导来之前，都必须铺上套上新炕单新被罩。"

分头行动的第二天，代凤山遇到一个大难题。上边又通知，贫困户档案统计口径有变，所有的表格都必须在一个星期内重新填好，而且要一式三份。面对档案柜里满满的档案，要全部推倒重来，代凤山犹如遇到了难以逾越的大山，任全身都长出手来，也无法在一个星期内完成，况且眼下当务之急还要为迎接参观赶出脸面上的活儿。

面对困难，李成功无奈之下只好向总部求援，他电话请示钱副总经理，能不能增派几个人过来突击一下。钱副总经理说没问题，为了精准扶贫，集团全力支持。第二天，就来了一辆面包车，车里的人一个个鱼贯而下，李成功一数，齐刷刷十五个人，八男七女，都是年轻人。李成功顿时感到一股暖流涌入心头，对代凤山和徐刚说："我们有强大的后盾，还怕什么！"

这十五个年轻人，交由代凤山指挥。代凤山先给大家讲解填表要求，又逐人分派了任务。明白任务后，这十五个年轻人晚上住到县城宾馆，吃罢早饭后乘车过来填表，中午不休息，吃完饭接着干，晚上再回宾馆吃饭。

因一下子添了这么多人口吃饭，虽然只在扶贫工作队吃中午一顿饭，一个人做饭也忙不过来，所以石秀兰、姜银发老婆、姬小云也不轮班了，三个女人都过来忙中午饭。看着如此热闹忙碌的场面，无所事事的王颖居然也当起了下手。

到县城采买食物的任务，交给了姜银发。姜银发虽按着扶贫工作队开列的清单采买东西，但掏钱时极其抠搜，每买一样东西，都把价钱一压再压，有时不得不使些伎俩，比如买猪肉时，他一毛一毛地压，压到不能再压时，他会说："我可是大户，以后天天来买的，你要不卖，我可就走了。"他当真扭身要走，他知道他走不出三步，卖肉的就会喊他的，果然，卖肉的妥协了："给你给你。"姜银发如此讨价还价地省钱，并不是想揣进自个儿兜里，他知道这钱都是李成功要来的打井钱，要来得不容易。这几天，他看着李成功他们折腾得翻天覆地，屋里屋外像个工厂，电锯、电焊昼夜不停，不锈钢、大玻璃、灯管电线摆得满地都是，街上的推土机、轧路机轰隆隆地开来开去，还有那么多人要吃要住，每天花钱像流水，他就整夜整夜地睡不着，简直心疼得要死。他找过姬富强，发牢骚："李成功是不是疯了，净花这些没用的钱！"姬富强却看得很开，说："上边来参观，不好好弄弄也说不过去。"姜银发只骂了声："球！"没再多说。看来，姬富强对李成功这种弄法也并不反对。他憋着一肚子火，干着他不想干的活儿。这天，他又极不情愿地遵照李成功的吩咐，采买食物。来之前，李成功交代，这几天加班加点都很辛苦，买些熟食酒菜晚上犒劳犒劳大家。李成功还特别叮嘱："买些好的。"什么叫好的？鸡鸭鱼肉还不好吗？姜银发到超市一看，都那么贵，他又转了大半个县城，打听到最偏僻的一个菜市场，左挑右拣搞了半天价称了些烧鸡、猪头肉、猪肝、猪肠什么的，同时又把所需的五花肉、豆腐、圆白菜、馒头一同买来。一进门，发现代凤山指挥着送货的人搬来一台电脑，一台打印机，还有一大箱子打印纸，他问代凤山："这得多少钱？"代凤山很无所谓地说："不到两万吧。"

"不到，两万，吧？！"

姜银发喘出的气越来越重、越来越粗，终于未能忍住，爆发了。他从编织袋里扯出一个烧鸡，扔给早已跟在他身后的黑狗。"吃吧、吃吧，反正他们有的是钱，吃吧！"黑狗看着他怒吼吼的样子，又想吃又不敢吃。

姜银发老婆踢开黑狗，捡起烧鸡，瞪着姜银发："你疯了！"

姜银发跳脚指着屋里屋外的人说："他们才疯了呢！"

埋头填表的年轻人、装电脑的人，还有石秀兰几个做饭的人，都看着突然间暴跳如雷的姜银发。姜银发推搡着石秀兰，推搡着他老婆，推搡着姬小云："你们都回去吧，甭管他们了，他们有的是钱，叫他们去外边雇人伺候吧，咱不伺候他们了。"

姜银发拉拽着他老婆，气呼呼地往外走。

李成功在街上检查完轧路机轧过的路面，刚来到大门外装挂的牌板前，听说了姜银发在扶贫工作队里闹事，就慌慌地进来了，一跨门槛，被姜银发狠狠地冲撞了一个趔趄。此刻的姜银发，就如一头恼怒的公牛。别人都以为李成功会严厉地训斥他，可李成功并没有丝毫的厉色，他站定后，微笑着，表现得异常冷静。李成功的冷静，是因为他知道姜银发为什么发火，火又从何而来。此刻李成功和气地站在姜银发面前，以平淡的口吻问："银发，东西都买来了？"

姜银发老婆挣脱开姜银发的拉拽，退到一旁。

姜银发眼睛充了血，有些红，一改过去的微笑随和，质问李成功："你拍着良心说，你这叫精准扶贫吗？"

李成功没料到姜银发会这么问，他的心里咯噔疼了一下，好像确实做了对不起人的事情。但他不能回答，他极难看地挤出一个苦笑，拉起姜银发的手："到屋里说。"

屋里都是埋头干活儿的人，就连李成功睡觉的里间，也有几个年轻人在专注地填表。只有东头里间空着，王颖一个人坐在沙发上像看大戏似的看着外面，李成功礼貌地问王颖："我们想说会儿话，可以吗？"

王颖起身坐床上，给李成功和姜银发让出地方。代凤山也很有眼力见儿地进来，以防姜银发做出过激行为。

姜银发一屁股坐沙发上，瞪着李成功："电脑、打印机你们有一台，为啥又买？"

李成功："你没见，这么多表格、材料，都要重新打印。原来的那台老出毛病，卡。"

姜银发："这墙上的牌子非要弄这么好？外面还弄那不锈钢干啥？你弄再漂亮也不顶饥不顶寒。这么多人又吃又住，糟蹋多少钱了？"

李成功问代凤山："截止到现在，一共支出多少了？"

代凤山："粗略搂一下，八万多不到九万。"

姜银发："听听，说得多轻松，二十万打井的钱，都让你们败掉快一半了，这机井还咋弄！"

李成功："天气眼看就快上冻了，打机井无法施工，咱还得先顾眼前啊。"

代凤山插话："钱花了还会再来的，你怕啥，金地集团还缺这点儿钱？"

姜银发翻了一下眼珠："你们搞这个迎接参观一点儿屁球用没有，劳民伤财！"

李成功笑了："那还不是因为你，要怨也得怨你啊！"

姜银发脖子一梗："咋能怨我？"

李成功："我脱岗这半个多月，本来应该被通报批评的，你却把我弄成先进典型了。"

姜银发："那我还不是为你好啊！"

代凤山又插话："放心吧，咱们被树了先进典型，政策就为咱们倾斜了，给上边要钱就顺溜了。"

姜银发没想到这一层，他觉得似乎也有道理，便开始从兜里摸烟，不再发飙。

李成功看他抠出一支烟来，知道他正在消火，说："别在王颖屋里抽烟。"

姜银发又把烟装进了兜里。

代凤山看看稳定了，没什么事了，走出去铺开彩纸，提笔蘸墨，趴桌子上写起了标语。

中厅里有择菜、洗菜的，有剁骨头的，有做饭的，有洗碗的，大家说说笑笑，忙里忙外，就像大户人家迎娶新娘似的。姬小云切着猪头肉，撕着烧鸡，瞅着东头里间平静了，虚架着两只油乎乎的手进去。她当着李成功、姜银发，上来就说："昨夜，王颖姐姐一黑夜没睡，都吓哭了。"

姜银发猛地警觉起来："咋回事？"

姬小云："全村老鼠都跑到这个屋里了，闹腾得不敢合眼，你看看王颖姐姐，都憔悴了。"

王颖说："可不是啊，这几天耗子们也来凑热闹，开会是咋着？我不怕人、不怕鬼，连死都不怕，就怕耗子。"

姬小云："昨夜王颖姐姐抱着我直打哆嗦，哭了一夜，都快没气儿了。"

李成功："这屋里就是有老鼠，不过我们睡觉都打呼噜，一打呼噜老鼠就跑了，跑到你们这头了。"

姜银发如释重负："原来是老鼠啊，我以为啥事呢，放心吧，交给我，收拾几个老鼠还不容易！"

8

一个星期之后，好些活儿还没干完。又赶了一明一夜，所有的活儿才基本就绪。

该走的都走了，扶贫工作队蓦地平静了。

可夜幕降临之后，又打破了平静。扶贫工作队院墙外临街的一面墙壁，灯箱齐开，炽白的光线穿透夜空，仿佛把整个草原都点亮了。开天辟地以来，南湾村的夜晚还没有这么明亮过，全村在家的人，都稀罕得不得了，纷纷围过来观赏这色彩靓丽的墙壁。

李成功走来走去，看着室内室外整齐划一的牌板，读着牌板上正确完美的内容，踩着由沙土轧出的光滑干净的街道，再入户看看困难户们炕上崭新的炕单被罩，长长地吁一口气：万事俱备，只等风来。

可是，等了一天，却等来妻子杨玉萍的一个电话。杨玉萍很少打电话，有事都是微信发个语音短信，凡打来电话，必是有要紧的事。果然，杨玉萍慌乱地说："女儿住院了。"李成功问怎么回事，杨玉萍说："甭管咋回事，你回来再说吧。"这个时候怎么能回去呢，会议说开就开，参观的领导、代表说来就来，他怎么能走啊！不走，却挂念着女儿，心里极其的纠结，夜里睡不着，与苏素聊天时，就把心思透露给了苏素。

SS：我要能替你就好了，我去替你伺候孩子。也不知孩子是啥病，肯定不要紧，也许感冒呢，输输液就好。

李成功：谢谢你的好意。你那里怎么样？上次你说老王这几天情绪反常，好些了吗？

SS：没有。天天闷着头，老牛大憋气，一句话不说。他家里可能出事了。

李成功：什么事？

SS：他不愿意讲，我也不愿意问，听他电话里说，可能是他小老婆给他闹事。

李成功：闹什么事啊？不好好过日子？

SS：你以为光有钱就能过好日子啊，好多年了，他小老婆一直给他闹着别扭呢。

李成功：上帝太公平了，让你在这方面舒心、开心，就会让你在另一方面闹心、堵心。早点儿睡吧。

第二天，上边通知来了。通知说会议暂时取消，组织代表来南湾村参观的安排也取消了。

代凤山和徐刚，异口同声说出一句："白忙乎了！"

李成功长吁一口气，有些怅然若失，又有些解脱的感觉："好吧，我回家看看，顺便向集团领导汇报一下工作，多则五六天，少则三两天，你俩在村里值守。记住，以后我们要严格遵守驻村制度，村里必须保证有两个人在岗。"

李成功从来没有像这次这样心急如焚，他已经知道，女儿受伤了，女儿被一个疯子打了，至于伤势如何，妻子没再多说，电话里只是不住地啜泣。李成功一路顾不上休息，只在路边撒了一泡尿，直接把车开到了省人民医院。他直扑病房。他看到了女儿，脸庞煞白，嘴唇干燥，挂着点滴，睁着双眼，呆呆地瞅着天花板。杨玉萍坐在床边，抓着女儿的小手，若有所思。

"伤着哪儿了？"李成功发现女儿的脖颈处有深深的抓痕。

媛媛从天花板上收回目光："我没事，爸，去看看巧巧。"

杨玉萍说："媛媛只是受了惊吓，巧巧伤得重。"杨玉萍把李成功带到隔壁病房。那个熟悉的黝黑的过于自卑的女孩，闭着眼睛安静地躺着，右臂打着石膏，左手输着液体。杨玉萍说："一会儿睡，一会儿醒。"李成功站在床前，正端详着巧巧的面庞，巧巧忽然说话了，巧巧喊："妈妈，妈妈……"杨玉萍赶紧蹲下来，握住巧巧的手，"嗯、嗯"答应着，杨玉萍的泪就哗哗地顺着脸颊流下来，一滴一滴砸在巧巧的手背上。

护士进来，换了药，说："还昏迷着，不过生命体征基本正常。"

这事发生得突然。前天，也就是李成功万事俱备只等风来的那天，女儿媛媛和巧巧骑车去滹沱河边玩耍。当时巧巧骑着车，媛媛坐在后座玩手机，谁都没有防备，那个疯子突然从路旁的垃圾堆里窜出来，扑向媛媛，夺过了手机。自行车倒了，两个姑娘都摔倒在地，疯子却举着手机，哈哈大笑，并准备要扔向不远处的机动车道上。巧巧一骨碌爬起来，高喊："别扔，拿过来，手机！"没想到一向笨嘴拙舌笨手笨脚的巧巧竟然声色俱厉且动作敏捷，腾地一下跃到疯子跟前，掰手腕一样掰下疯子的手，从大猩猩般的手指里抠手机。躺在地上的媛媛害怕，喊叫巧巧："别给他要了，别给他要了。"巧巧不听，倔强不屈，生生地从高大健壮的疯子手里抠出了手机。当巧巧把手机完好无损地送到媛媛手里，扶起车子准备要走时，那疯子又突然猛喝一声："白骨精，哪里跑！"也不知道疯子从那里捡起一根墩布棍子，一手挥舞着幻想中的金箍棒，一手像老鹰扑小鸡似的卡住了媛媛的脖子。眼看着媛媛就脸色发紫，上不来气了，巧巧扔掉车子，英勇地扑到疯子身上，狠狠地咬那卡在媛媛脖子上的肮脏的手臂。疯子松开了手，抡起棍子胡乱朝媛媛打去。巧巧一边用身体护着媛媛，一边举起胳膊阻挡疯子打下来的棍子，棍子不住地落在巧巧手臂上、脑袋上，直到路过的人跑过来，制服了疯子，媛媛和巧巧才得救。

　　"要不是巧巧，女儿就没命了。"杨玉萍轻抚着巧巧的手臂，声泪俱下。

　　李成功也禁不住眼眶潮湿，说："这是个好孩子，你多陪陪，我去看看媛媛。"

　　来到媛媛床前，媛媛说："爸爸，让巧巧认你做干爸吧。她说她没爸，娘也有病。"

　　李成功说："好、好，我把巧巧当亲女儿待。"

　　那天，昏迷中的巧巧一直喊叫妈妈。

　　那是谁家的疯子，为啥没人监护？很快就有人告诉李成功，那个疯子跟着一个七十多岁的老母亲生活，老母亲双腿风湿，离不开拐棍，一不小心，疯儿子就跑出来。问题是，疯子为啥对两个姑娘下此毒手？不，从事情的经过来看，疯子是冲女儿媛媛下手的，可受伤严重的却是巧巧。这样的结果，恐怕疯子没有料到。疯子有疯子的逻辑，在疯子的眼里，媛媛是什么样的人？媛媛为何要遭此一劫？李成功想了半夜，只等液体输完，说："媛媛，要不，爸爸拉你回家休息吧。"媛媛说："不，我要在这陪巧巧。"李成功说："那我也不回家了。"媛媛说："爸你累了，躺床上吧。"媛媛往里挪挪，李成功大半个身子躺在了病床上。好多年了，还没有这么近距离和女儿在一起过。记得女儿出生的第一天，他就跑到商店买了一个最高档的笔记本，郑重地在扉页写上"女儿成长日记"，他坚持着每天观察、记录女儿的成长。他还买了一台135的相机，买了一卷又一卷富士彩色胶卷，坚持每个星期给女儿拍一张照片。女儿稍大一些后，只要他一回家，第一件事就是抱起女儿往头顶上举，或者抛起来再接住，女儿被逗得嘎嘎笑个不停。女儿上了初中，他的事业开始蒸蒸日上，这些亲昵的行为慢慢变少，原本那些溢出的爱，全部隐退积聚到了内心深处，也就是说，外在的形式上的爱的淡化，反而更增加了内在的爱的深沉和厚重。

李成功实在太累了，糊里糊涂就迷糊住了，忽然听到了自己的呼噜声，他怕影响女儿睡觉，忽地遏制住自己，使呼噜戛然而止。

媛媛没睡，媛媛说："爸，那个疯子也是穷人。"

李成功："嗯，听说了。"

媛媛："我用石块投过他，他记恨了。"

李成功："是吗？"

媛媛："别让他们赔偿了。"

李成功："哦。"

李成功："睡吧，别想这事了。"

等了一会儿，媛媛又说："爸，我想把新买的手机送给巧巧。"

李成功："好吧，爸爸再给你买一个。"

李成功听到女儿均匀的呼吸，知道她睡着了，这才轻轻下床，靠在床头的椅子上，挨到天亮。

他得去单位，把近段工作给钱副总经理汇报汇报。临走，他到隔壁看妻子，妻子躺在床上，侧身搂着巧巧。他推了一下妻子，妻子扭过头，说："喊了一夜妈妈。"

杨玉萍一说话，巧巧醒了。巧巧看看床边的李成功，有点儿不好意思，轻轻叫了声"叔叔"。杨玉萍说："巧巧，当我们的女儿吧，叫爸爸，叫他爸爸。"巧巧望着李成功，轻轻地唤道："爸爸。"然后泪珠就从两只明亮的眼睛里流淌下来。

李成功忍着酸楚，擦着泪，刚走出医院的电梯，村支书姬富强打来了电话，说："李书记，村里有点儿事，你今天得过来啊。"姬富强怎么这么客气？再说他刚回来，村里能有什么事，肯定不会是又要开会参观吧，如果是开会参观，第一个知道的应该是他李成功啊。那边姬富强可能感觉到了李成功在犹豫不决，又加重语气说："上边来领导了，点名要你回来，不回来不行啊。"这就有点儿异样了，这一定是跟前有人，姬富强在"命令"的压力之下才这么婉转的。

李成功说："那我尽快吧。"

车没开出多远，代凤山打来电话。代凤山说话很急促，大有十万火急的味道："出事了，出大事了，村里死了两三口，我和徐刚都被公安局带过来了，我这是在厕所偷着给你打电话……"没说完就挂了，好像是被谁强行夺去了手机。

李成功预感到事态严重，系上安全带，直奔高速路口。将要看到高速路口那一道道闸口时，车子慢了下来。按说，村里死人的事是经常发生的，可这次为什么如此不一样？姬富强让他火速返回，代凤山却说在公安局，看来这死人的事一定与他有关，能有什么关系呢？他停下车，把所有的可能都想了，还是百思不得其解。那么姜银发呢？他怎么没有音信？李成功打通姜银发手机，询问村里的情况，姜银发一改以往的干脆直接，说话吞吞吐吐犹豫不决，每蹦出一个字，都斟酌一番，那种不经意间拖长的腔调，还有尽力地拿捏劲儿，叫李成功一眼就看穿了他在躲闪、推脱，因为问到所有的细节，他最后都会归结为不知道。也是，人命关天的事，谁会主动往上贴呢？综合分析之后，他感觉到村里已经织好了一张网。他要不要加快油门冲入网中呢？

9

报警的是邹三树。

但最早发现儿媳妇玉枝和黑狗死的,是邹三树的老婆玉枝的婆婆。

玉枝的婆婆做好早饭,日头已经爬过了院墙。玉枝婆婆隔着门槛喊:"饭好了,饭好了。"连着喊了五六遍,玉枝也没反应。玉枝婆婆走到院里,来到玉枝窗前喊:"饭好了,饭好了。"还是没有应声,连黑狗也没有应声。玉枝婆婆又多走几步,来到玉枝屋里。屋里已被阳光照耀得一览无余。玉枝和黑狗,头靠头蜷缩在地上。玉枝的双手破烂,脖子上有个黑洞,地上淌着一摊血,血已经凝固。玉枝婆婆知道事情不好,还是过去摸了摸。玉枝和黑狗都已经冰凉冰凉了。

闻讯的邹三树不顾腿痛,瘸拐着跑到邻家借用手机,打了110。

警车带着救护车,按着各自的节奏鸣叫着,尖厉而又刺耳,不一会儿,各个土房子的院门前都站出了人,伸着脖子相互打探,腿脚利索些的,追随着警笛围拢到邹三树家门口。来人戴着手套,麻利地把玉枝拉走了。

下午,天还没黑,救护车又鸣叫着进村了。鸣叫声一直响到姬海兴家门口,又把姬海兴媳妇拉走了。

有人说:"前晌玉枝走了,海兴媳妇还在娘家帮忙来着,咋说不行就不行了?"

有人说:"谁知道啊,看样子够呛,这要救不过来,一下子就走两个。"

有人说:"哪是两个啊,是三个,还有一个黑狗。"

晚上,警车再次响彻南湾村。警察来提取物证,并找到姬富强,告诉他:"经法医初步判定,两人是食物中毒。"警察说到这,故意停顿了一下,眼睛像要穿透姬富强心脏似的,之后接着说,"毒是人下的,这个人是谁?为啥下毒?"警察不再往下说,只是要求姬富强务必配合,通知村里所有人,一个不许外出,保证随叫随到。

第一个被排查的是邹三树老两口,但排查不到两小时,就被排除了。

邹三树不可能既害自己的儿媳妇，又害自己的亲女儿，还害自己的狗，没仇没怨的，太说不过去了。第二个被排查的是姬海兴，姬海兴卧病在床，不能自理，吃喝拉撒都靠媳妇，他既不可能走出去毒害媳妇的兄弟媳妇玉枝，也不可能毒害自己的媳妇。姬海兴的儿子倒有可能，儿子是他媳妇改嫁带过来的，儿子娶不上媳妇，前几日还跟他娘生气呢，一气之下做出傻事，也不是不可能，可进一步调查后，那几天儿子给别人放羊，一直没有回家。

这样一来，怀疑的焦点指向了姬小云。

姬小云被警察带走了。警察很快捋清思路，几乎可以断定，姬小云就是谋害两条人命的凶手了。

警察问："据调查，你爹姬海兴就你这一个闺女？"

姬小云："我还有个哥，早先下煤窑死了。"

警察："你现在的继母嫁给你爹时，带着一个儿子，比你大，是不？"

姬小云："是啊，我叫哥。"

警察："那你哥三十多了还没娶上媳妇，是不？"

姬小云："我家穷。"

警察："你继母想让你嫁给邻村一户人家，那户人家有个闺女，答应只要你嫁过去，人家那个闺女就嫁给你哥。"

姬小云："……"

警察："你怎么不说话？"

姬小云："……"

警察："你要配合，如实回答。"

姬小云："我已经有了对象。我对象也在北京打工。"

警察："那就是说你不同意你继母的换亲计划。所以你怀恨在心，想毒死她。"

姬小云："胡说！"

警察："注意！你看你在哪里！我再问你，你继母娘家的兄弟媳妇玉枝你知道吧？"

姬小云："废话。"

警察："你该叫啥？"

姬小云："妗子呀。"

警察："对，妗子，还有精神病。当年你舅舅在煤矿的死亡赔偿款，都叫你这个有精神病的妗子拿走了，你知道吗？"

姬小云："听说过。"

警察："你妗子拿走赔偿款之后，你继母就分不到钱了，你继母分不到钱，就不能给你现在的这个哥娶媳妇了，你现在的哥娶不起媳妇，就让你换亲，你就怀恨在心，恨你妗子，恨这个没用的精神病，所以就想毒死她，是不？"

姬小云："放狗屁！"

警察出去抽了支烟，喝了瓶水，回来换了一条思路，问："经过法医鉴定，这次中毒的毒品是毒鼠强，你知道吗？"

姬小云："老鼠药？"

警察："对。"

姬小云："我下老鼠药了。"

警察兴奋异常，但故作静态："你怎么下的？下到哪儿了？"

姬小云："扶贫工作队屋里老鼠太多，我就把那些吃剩下的肉剁吧剁吧拌上了老鼠药。"

警察："时间、地点、经过，说仔细点儿。"

姬小云："昨天吧，李书记走后，我看剩了那么多肉，猪脸、猪肝、火腿、鸡肉，反正也是扔，王颖姐不让吃这些剩的，我就剁吧剁吧装进塑料袋子里，把老鼠药拌进去。"

警察："然后呢？"

姬小云："然后王颖姐要去仙女湖看看，我就和扶贫工作队的人一起去了。"

警察："那拌过老鼠药的肉放哪儿了？"

姬小云："我搁院子的窗户台上了，想着回来后再放到床下老鼠经过的地方。待我们回来后，那袋子就不见了。"

警察："什么样的袋子？"

姬小云："红色的。"

警察立即传唤扶贫工作队的人，代凤山、徐刚连夜被带来。

警察："你们的负责人叫什么？"

代凤山、徐刚："第一书记，李成功。"

警察："你们的扶贫工作队里怎么备有老鼠药？"

代凤山、徐刚面面相觑："不可能。"

警察："你们可要如实提供情况。"

代凤山、徐刚："真的，不可能，反正我们没见过什么老鼠药。"

警察一番合计，最后形成共识，认为李成功有不可推卸的责任，不但有不可推卸的责任，还有重大嫌疑。是不是幕后指使？是不是有意逃避？这才有了姬富强被警察逼着给李成功打电话的情节。

直到现在，最关键的一个人却被漏在网外，这个人就是姜银发。其实姜银发当天就知道了这件事，一知道这件事，他心说毁了，出人命了，听着警车、救护车一趟趟尖厉的鸣叫，他心神不宁、坐立不安，因为他心虚，是他亲手把一包老鼠药递到姬小云手里的，但他不确定药死人的是不是他的这包老鼠药，他默念着，千万、千万啊，不是我那包老鼠药药死了人。他可不想搅和到人命案子里。他急慌慌要向姬小云核实，问问她是不是已经用过他给她的那包老鼠药。他掏出手机，找着姬小云，刚要拨号，又停下，想，这个时候还是不要留下证据吧，万一是呢。他锁着眉头，满脸大事，蛮横地拨开围在姬海兴门口看热闹的人，进去连给姬海兴打招呼都没顾上，直接拉着姬小云到院墙根，悄悄问："那老鼠药拿到过家里没有？"姬小云的头摇得很坚定："没有肯定没有。"姜银发略略宽松了一下。但他觉得这还不够，他得择得干干净净，不能有半点儿粘连，复又虎了脸，目光压着姬小云懵懂的双眸，警告："记住，对谁都不能说我给你老鼠药，乱说了，你爹的事我啥都不管。"姬小云被他的神色弄得有点儿紧张，但并没像他那么严肃，说："看你吓得，咱没办亏心事，不怕鬼敲门。"姜银发再次严厉敲打："你知道啥！记住我说的话！乱说了，你家往后在村里甭想有好日子过！"临要走了，又想起要紧话，回转身对姬小云说，"谁家还没包老鼠药，是吧，不信到村里搜搜，准能搜出不少。"

他这话是说给自己，好让自己更心安一些，更是说给姬小云，希望关键时她把这话甩出去，把警察的猜测带到荒原，把案子的线索引向别处，使得自己完全彻底摆脱干系。人命关天啊，他怎能不百般计谋啊，不然就有进公安局、进监狱的危险。公安局、监狱，那是些啥地方，想一想就胆战心寒。姜银发就是这样一个人，甭看他平时敢说敢干大有天不怕地不怕的劲头，可真到了公安、法院、政府这些象征权力的机关，他就从骨子里胆怯、惧怕，好像天生就有一种原罪感，平白无故地自矮半截，更何况这回是两条人命、一条狗命，更何况他给过姬小云一包老鼠药。那天夜里，他没敢出去，他让老婆每隔半小时出去一趟，打探打探消息。警笛声一响，他就发抖，好像他就是害人性命的凶手。老婆为了安慰他，把被窝撩开："来来来，到我肚上闹腾会儿，出点儿汗，就不乱想了。"他胡噜一下老婆鼓鼓的小腹，说："小子禁不住，可不敢。"老婆撩他："没事，你小心点儿。"他俯卧撑样支起两条胳膊，试了一阵，不行，老婆便改用言语安慰："你怕啥，咱就是拿了一包老鼠药，咋着，咱拿老鼠药也不是去药人的啊！就是药了人也不是咱去药人的啊……"这样一会儿言语一会儿身体的安慰，一直到天亮，李成功给他打来电话询问情况，他才忐忑地进入新的一天。

10

李成功路过阳坡矿时，看到那煤堆又高了许多，路上的黑水结了一层薄薄的冰，他顾不上下车故地重游，他要尽快冲进那个莫测的蛛网中，他紧握方向盘，目光坚定，朝着那些不堪一击的薄冰疾驶而过。爬山时，车发出了沉闷的轰鸣，有几块滚在路上的石头被轮胎当头碾轧，三五块小一点儿的石头，子弹一样射向了山下。

李成功把车直接停到了派出所院子里。这个派出所显然经费不足，门楼不仅低矮,房子也显寒酸,但值班的小警察却一点儿也不失威严。当李成功自报家门后,小警察竟有点儿喜出望外,打了一通电话,那两个办案的警察好半天才来。

警察:"我们在村里等你呢。"

李成功:"关涉到扶贫工作队的事,我全权负责,让代凤山和徐刚先回去吧。扶贫工作队不能没人,受害者家属也需要安抚。"

警察:"我俩做不了主,一会儿请示一下。"

李成功:"回来的路上,我已了解了基本情况,当务之急是救人,先集中力量抢救姬海兴媳妇,救活了她,有助于搞清案情。"

警察:"那是医院的事。我只问你,你们扶贫工作队什么时候买的老鼠药?"

李成功:"扶贫工作队从没买过老鼠药。请你们派人到医院,先配合抢救。"

警察拍了桌子,说:"你搞清楚了没有,是你配合我们,不是我们配合你。"

李成功不再说话,起身要走,警察拦住:"事情没搞清楚之前,你不能走。"

经请示,代凤山、徐刚可以走了。警察还给了他俩手机。

代凤山、徐刚临走来看李成功。两个人显然一直没有睡觉,满脸倦容,李成功更是一副疲惫不堪的样子。李成功把车钥匙给代凤山,交代他俩,一个回村里安抚受害家属,一个到县医院接待赶来的上级医院的医生。原来,李成功上高速前打电话问了好多人,有姬富强,有姜银发,有姬海兴,有姬有田,有邹三树,有石秀兰,有村里很多人,最后还联系了王颖,从每个人各自的见闻述说中,李成功对事件形成整体判断,觉得姬海兴媳妇没死是不幸中的万幸,当下最要紧的是抢救。可一个贫困县的医院,医疗条件、医疗水平能行吗?万一抢救不得法,人死了,就不利于弄清案情,更给那贫穷的家庭雪上加霜。即使没死,残了,落个神志不清,植物人似的,也不行,这家以后的日子就没法过了!总之不管从哪个角度来说，都必须快速、科学地施救。意识到这里，他想起了欧阳涛。欧阳涛的姐夫是省中心医院副院长，姐是护士长，能不能通过私人关系，让他姐夫派个专家来县医院帮着抢救呢？他打通欧阳涛电话，用请求的语气把自己的意思表达了出来。欧阳涛稍作犹豫，让他稍等。于是他开上高速，一边行驶一边等待欧阳涛电话。行驶一百公里后，欧阳涛的电话终于过来，欧阳涛说妥了，他姐夫已派一位专家往县城赶，同时通知了当地市医院，也派有经验的医生赶往县医院。做了这番安排，李成功到派出所后才如此坦然镇定。不让走，就不走，正好歇一歇。代凤山、徐刚告别后，他索性把椅子挪到炉火边，仰靠在椅背上，听着那噗噗的火苗，打起了呼噜。

也不知睡了多长时间，李成功被高跟鞋敲击水泥地的声音叫醒，那嗒嗒嗒嗒的声音由远而近，不慌不忙，清脆而有力，只听有女声问："有人吗？"

看门的小警察也从打盹中醒来，问："啥事？"

李成功睁开眼一看，是王颖。

王颖说："南湾村投毒一案，我是目击证人。"

小警察不敢怠慢，赶紧通知办案警察过来。

警察说："你的姓名已经记录在案，你怎么在扶贫工作队里住？"

王颖说："不是我在扶贫工作队里住，是扶贫工作队在我那里住。那是我对象的家，我若愿意，谁都可以住，当然，也可以把他们撵走。"

警察问："出事后你为啥突然消失了呢？电话也联系不上。"

王颖说："那是我的自由，想消失，关掉手机就是了。我还是给你们说有关案子的事情吧。那天，出事后，姬小云走了，外间的代凤山、徐刚也被你们带走了，空荡荡的房子里，就剩我一个人，那耗子们可高兴了，大的领着小的，小的跟着大的，浩浩荡荡叽叽喳喳，爬得火台上、床上、柜上到处都是，它们个个瞪着小黑豆眼瞅我，可把我吓坏了，我那会儿吓得真的就快死了。无奈之下，我拨打了我最不想拨打的一个电话，让他们夜里派车过来把我接走了，我发誓一辈子再不来这个该死的南湾村。可是，我回去后，反复地想，姬小云很可能会被冤枉的，那是多好的一个姑娘啊，如果我不做证，她很可能洗不清的，良心促使着我必须过来说清楚。"

警察说："说吧！什么情况？"

王颖说："那天李成功走后，扶贫工作队恢复寂静，我提出来去仙女湖看看，仙女湖虽然干涸着，但周围的环境很美，姬小云和代凤山、徐刚都陪着我去。走到村边，我一摸忘带手机，就跑回去拿手机，可当我走进院门的时候，迎面出来个精神病人，就是那个叫玉枝的女人。她两手抱着一个塑料袋子，口里喊着'吃肉、吃肉'，那袋子里，装的都是肉。我以为她一定是饿坏了，趁扶贫工作队没人，悄悄进来偷了点儿肉吃。这不算什么，如果我在也会给她拿肉吃的。我就客气地让过身，放她走了。她一路小跑着，还喊着'吃肉、吃肉'，很高兴的样子。"

警察问："那你拿了手机追上姬小云、代凤山他们，把这个情况告诉他们了吗？"

王颖说："没有。我觉得我做了个善事，即使那个可怜的女人再多偷一些，我也不愿意扶贫工作队的人去追究。"

警察说："你能确定玉枝手里偷的是肉吗？"

王颖说："不能，但我觉得塑料袋子里肯定是肉。"

警察问："塑料袋子什么颜色？"

王颖说："红色的。"

警察从邹三树家玉枝的屋里，找到的也是一个沾有肉屑且含毒鼠强成分的红色塑料袋。顺着藤蔓往下捋，不难捋清案子，可老鼠药从何而来？姬小云说老鼠药就是从扶贫工作队捡的，说是打扫房间时从柜子后面扫出来的，她认得那是老鼠药就拌进剩肉里了。还辩护说村里谁家不买老鼠药啊，这不稀奇。作为房主，警察电话询问过邹老二，邹老二说不曾买过老鼠药藏在家里。作为房屋的使用者，扶贫工作队的人也都矢口否认他们备有老鼠药。那么，其中必有说谎的。警察再问姬小云："你拌老鼠药时，有人看见了吗？"姬小云说："没有，当时代凤山、徐刚出去送李成功了，王颖也出去了。"警察再次追问王颖："看见姬小云往塑料袋子里拌老鼠药了吗？"王颖说："没看见。"警察问："你知道谁给姬小云的老鼠药吗？""不知道，不过你们可以问一下姜银发，兴许他能提供些线索。"

姜银发从来没像现在这么煎熬过。他本来计划着把院子里的草铲一铲，李成功说过多次，作为村干部，自己的家里要弄整齐些，给群众做个样子，别日子过得还不如群众，那样的话，群众怎么相信你能带他们致富呢？他拿起铁锹，只铲了炕席大小的一片，就不动了，拄着铁锹，想自己怎么竟惹出这么大的麻烦。老婆在屋里喊："别愣着了，不愿铲就别铲了，要不挖挖地窖，把屋里的白菜、萝卜、土豆都撂地窖吧，天一天天冷了。"姜银发"嗯嗯"，跑到北墙根儿挖地窖，挖着挖着，又发愣，停下了，眼珠子死盯着地上挖出的土堆，一动不动。老婆远远瞅着，就觉得自己男人的魂儿忽忽悠悠飞走了，剩下个躯体在那儿戳着。村里有几个精神病人，都是受刺激过不下去才稀里糊涂落下的病，自己的男人可别也落下病啊！想到这儿，老婆吓得扔掉手里的白菜，跑过来从后面抱住他，柔柔地劝："咱不想那些了啊，咱不想那些了啊。"姜银发魂儿又回来，"哦哦"答应着，乖乖地继续弯腰挖地窖。这让老婆更害怕了，他太听话了，太温顺了，这不是自己的男人，自己的男人能说会干有主见，这会儿怎么跟个娘儿们似的，不会是死去的玉枝附他身上了吧。老婆夺下他手里的铁锹，紧紧搂着他的腰往屋里拉，姜银发推了一把她，喝道："干啥啊你！"老婆噗地笑了："这才是我男人呢。"姜银发吩咐说："抽空你再去扶贫工作队看看，万一上边来人检查，就说他们出去入户了。"

天擦黑的时候，老婆颠颠地跑来告诉姜银发，说："代凤山回来了，可李成功自投罗网，被公安局关起来不让出来了。"

啥？！李成功被关起来了，这还了得！在姜银发看来，关起了李成功，就是关起了他的希望，关起了南湾村的希望，关起了老婆肚子里的儿子的希望。如果只关着扶贫工作队的代凤山、徐刚，他虽然也于心不安，但不至于无法承受，毕竟他俩的分量远远比不上李成功的分量。欧阳涛不是走了吗？薛东旭不是走了吗？走了又怎么样，代凤山、徐刚这不是来了吗？代凤山、徐刚也可以走，这会儿放出来，大不了背个处分回去，可只要李成功在，就会继续补充其他的人过来。李成功，就是一座青山，留得青山在，什么样的树木都会长起来，真要李成功不在了，就什么都没了。李成功被关，上边必定追究，追究完了，李成功背着处分回去，哪还有脸再来南湾村啊！顷刻间，他的梦想全部破灭，像塌了天似的长叹一声，又重重地倒在炕上，两个眼珠子瞪着房顶，叫老婆不知如何是好。

　　老婆吓得哭出了声，跪在他身旁，不住地摇晃他。他缓过一口气，转过身来，抚摸着老婆的肚子说："这小子命不好，不行就做了吧。"老婆止住哭，从他手上狠狠扇了一下："你说啥胡话你！"姜银发说："不是胡话，是真的。李成功这一关，出来后准定一走就不来了，咱村该受穷还受穷，小子以后生下来也是遭罪。养活可能没啥问题，可那不是个羊啊，那是咱亲小子啊，养大了得娶媳妇吧，娶媳妇现在的行情你也知道，得到县城买楼吧，房价已达四千多元一平米，得买个车吧，还得有彩礼啥的，咱能出得起这么多钱！出不起钱，娶不上媳妇，小子一辈子打光棍，像姬海兴那小子一样？要是这样，还不如不生下来的好。"老婆想想，他说得也有点儿道理，不过没他那么悲观，便用双手护着肚子，俍着他的脸说："你忘了？咱怀上儿子那天，你梦见仙女湖有水了，还梦见观世音菩萨了？"他叹息一声："那又怎样啊，不过是一场梦。"老婆说："不是，咱小子有福气，大富大贵，准有贵人帮扶。"他又叹说："都这样了，还帮扶个屁？"她用大肚子挺挺他说："你就不能想想办法，把李成功弄出来，接着给咱扶贫？"姜银发眼珠子一转："能！"他忽地坐起来："我这就去投案自首。"姜银发穿鞋的工夫，老婆反应过来，问："是不是得把你关起来？"姜银发主意已定，说："不知道能关多长时间，不过关起我来，比关起李成功要好。没有我可以，没有李成功不行。快给我找件厚衣裳带上。"老婆惑惑疑疑打开箱子，拿出棉袄、棉裤，又找出那双新买的棉鞋，姜银发曾穿着这双棉鞋在干涸的仙女湖踢过黑狗，包成一个包袱，然后愣着，不知道是交给自己的男人，还是不交给自己的男人。此刻，她真的不想让男人走，如果姜银发再稍微犹豫一下，她就会把包袱扔回去。姜银发却毫不迟疑，抓过包袱，光荣就义似的，噔噔噔大步跨出家门，跨出院子。

老婆想再嘱咐几句，伸手拉没拉住，又翻找出一个帽子，哭着追着来到了扶贫工作队。

姜银发走得快，老婆走得慢。待老婆拿着帽子来到扶贫工作队，姜银发已经坐着代凤山开的车走了。

姜银发肩背包袱一推开派出所的门，就响亮地说："我叫姜银发，我要投案自首。"值班的民警又赶紧打电话，叫来了经手办案的警察。

警察："我们去村里请你了。"

姜银发："不用请，我主动来了。"

警察："说吧，怎么回事？"

姜银发："那老鼠药是我亲手交给姬小云的，我吓唬她，不让她说出是我给她的，这事与李成功书记半两关系没有。"

警察："你为什么要给姬小云老鼠药？"

姜银发："她在扶贫工作队陪王颖睡觉。扶贫工作队老鼠太多，王颖害怕。"

警察："你给姬小云老鼠药的时候谁见了？"

姜银发："没人见吧，我给她时东间里没人。"

警察："你的老鼠药哪里来的？"

姜银发："前年从集上买的。"

警察："前年买的怎么一直留到现在？"

姜银发："用过一包，药死一两只老鼠，后来家里一直穷着，没啥好吃的，老鼠嫌弃，也不来了，这包老鼠药就没用上。"

警察："买谁的？"

姜银发："一个五十多岁的男人，口音像是邢台那边。"

11

姜银发没想到，当早晨的阳光普照大地时，他和李成功、姬小云、王颖一起走出了派出所。

这时，姬海兴的媳妇已经清醒，真相全然大白。

姬海兴媳妇作为玉枝的大姑姐，也是好意，她得知了上边的大领导要来南湾村开会参观，就给玉枝的娘家打电话，叫娘家人把玉枝送过来，等上边领导来了，让玉枝拦轿喊冤，跪街申诉，争取博得上边同情，给玉枝、给娘家办成建档立卡贫困户。哪承想，娘家人把玉枝送来了，上边的领导却不来了。那天，随着大溜看热闹的玉枝忽然闻到了肉香，她体内多年没吃过肉的各个脏器器官瞬间集合为一个念头——吃肉、吃肉。玉枝在这个念头的驱策下，就像一枚图钉遇到了吸力巨大的磁铁，沿着缥缈的肉香，不由自主跑到扶贫工作队的院子，奔向窗台上的红色塑料袋。

她抱起塑料袋，兴奋地跑回自家，怕公婆看见，塑料袋一直抱在怀里。她缩在炕角，等到公婆都睡着了，才抓起塑料袋里的肉，狼吞虎咽地吃了一通。她解馋地嚼着肉，就看见家里的黑狗在地上，摇着尾巴乞求她的施舍。她动了恻隐之心，大方地抓出一把肉，扔给了黑狗，可刚扔给黑狗，她又后悔了，她想起了她的闺女爱吃肉。她袋子里的肉已经不多。她把剩下的肉压在被子里，留给闺女，然后一个猛子扑下去，抢那狗嘴里的肉，一边抢一边喃喃："俺闺女还吃，俺闺女还吃。"黑狗哪里肯让，护着到嘴的肉，露出了凶狠。狗狠玉枝更狠，玉枝一手抱住狗头，一手就伸进狗嘴里夺肉，那黑狗便翻脸不认人，与玉枝撕咬起来。

玉枝的尸体拉走后，邹三树老两口身体不支，女儿就从姬海兴身边过来照顾。起初，她不以为玉枝是中毒身亡，只认为是被饿狗咬死的，所以她在收拾玉枝的屋里时，发现了被子下藏着的那少半袋碎肉，闻闻很香，也没能挡住诱惑，抓起来吃了几块，剩下几块想拿回去让放羊的儿子尝尝，可刚一到家，药性发作，知道那肉里有毒，赶紧报警，又叫救护车，这才保住一条性命。

玉枝尸体被拉走后，法医为了检验，又在她肚子上拉开一条口子，算上脖子、手臂被狗撕咬的部位，尸首已有好几处窟窿了。警察要火化，娘家人坚决不同意，说就是再烂的尸首也要拉回去，也要让玉枝夫妻团聚。

按风俗，尸首从外边回来，不能进家门。族人们就在院门外搭了灵棚，尸首躺在草铺上，蒙着白单子。玉枝身上的寿衣，还有旁边的大棺材，都是李成功做主，扶贫工作队给买的。玉枝的悲惨结局，李成功觉得扶贫工作队有责任，他有责任。玉枝的娘家人这几天看他的目光，都充满了仇恨，他想，事后玉枝的娘家人给他闹事也是应该的，他做好了思想准备，任人家怎么闹，他都应承着。

白事安排的是三天，最后一天入殓。到第三天上午，准备要入殓时，突然从灵堂外跑进来一个身穿重孝的女孩，白孝帽、白孝衫、白孝裤、白孝鞋，腰里系着麻皮。特别显眼的是，右臂还缠着绷带，臂肘弯曲着，架在胸前，用一条带子套着吊在脖子上。女孩先是站立了两分钟，然后咚地双膝跪地，撕心裂肺地喊了一声："妈——"女孩哭喊着，跪行到尸体旁，拉开尸体上的单子，扑到妈妈的身体上，喊叫着："妈、妈——"突如其来的女孩的悲恸，惊动了所有的人，旁边就有人劝："别哭了、别哭了。"女孩的哭声略弱了些，一擦泪，忽然看见妈妈的脖子上缠裹着纱布，又俯到妈妈身上，摸着妈妈的脸："妈，你这是咋了？你咋脖子受伤了，妈，疼不疼啊！妈、妈！"姑娘哽咽着，哭声窝在胸腔中，眼泪雨水一样止不住，大滴大滴洒落在尸体上。

看着姑娘如此伤心，很多旁观者不停地擦眼泪。王颖在观看的人群里，这会儿也禁不住眼眶发湿。李成功带着扶贫工作队的人在帮忙，他刚要过去劝说那姑娘，就听到灵堂外有个熟悉的声音，说："这孩子还住着院，听到噩耗，急急慌慌就奔来了，多可怜的孩子啊！没了爹又死了娘。"这像妻子杨玉萍的声音，李成功出去一看，果然是杨玉萍。

"你怎么在这儿？"杨玉萍也很吃惊，之后"哦"地恍然大悟："你就在这儿扶贫啊！"可不，杨玉萍从来没问过李成功扶贫在哪个村，李成功也从来没给她说过在哪个村扶贫。

李成功的惊愕甚过杨玉萍："你怎么来这儿了？"

杨玉萍泪眼汪汪，指着灵堂里面悲痛欲绝的女孩："那是巧巧。"

李成功脸上的惊愕又加重了几层。

杨玉萍和玉枝的娘家嫂子坐在一个条凳上，两个人一起告诉李成功，说玉枝一辈子没吃过一口好的，临走总算吃了几口肉。说玉枝就巧巧这一个闺女，走时总得见上一面，让闺女来守守灵，所以就给巧巧的学校打了电话。老师得到信，立即到医院，看巧巧醒了过来，便把噩耗告诉了巧巧，说特殊情况，不回去也行，家里人不少。巧巧听说后，二话没说，起身就要走。杨玉萍看拦不住，让巧巧一个人走也不放心，就陪着巧巧坐夜车赶了过来。先到的是巧巧的姥姥家，然后姥姥家的人带着巧巧和杨玉萍来到了南湾村。

　　这时，就听里面有人说："别哭了孩子，该殓棺了。"李成功跑进去，搀起姑娘，轻轻唤道："巧巧、巧巧，节哀啊！"巧巧用蒙眬的泪眼一瞅李成功，竟然像见到了亲人一样跌入李成功怀里，喊了声"爸"，哭得更加凄惨了。李成功忍不住，同巧巧一同哭起来。当众人抬起玉枝的尸体放入棺材，将要盖棺时，巧巧挣脱开李成功的搀扶，扑到棺沿，哭喊："妈！妈！"李成功上前，试图拉开巧巧，巧巧却倔强地用那只好手把着棺沿，回头可怜地望着李成功说："我再也见不到妈了！"李成功看着巧巧满脸的泪水和那哀求的目光，一边用手阻止着即将合上的棺盖，一边搀着巧巧的胳膊说："再看两眼，啊，孩子！"

　　入殓以后，巧巧安静下来，但一抽一抽的哽咽始终没断，好像喉咙里堵着什么，倒不过气来，随时有窒息的危险，着实令人担忧。夜里，温度急剧下降，已是零下十六摄氏度，姥姥家的人劝说巧巧夜里别守灵了，小孩子受不了，还带着伤。巧巧双眼都肿成了泡泡，脸上的泪水和鼻子下面的鼻涕结成了明晃晃的冰，她用袖子蹭蹭鼻子下面的冰，哈着气摇着头坚决不走，一定要守灵。李成功给巧巧送来了棉大衣，地上铺上了被子。代凤山、徐刚与邹家人，还在不远处点起一堆大火。

　　到出殡的那天，早早地有人送来了一只整羊、一头整猪，这使得没有一点儿祭品的灵堂显得极其奢华。大家都纳闷，这么穷一家，居然能上整猪整羊。再一看，整猪整羊头上插着的白纸签上，写着"女儿巧巧祭奠"。后来才知道，这是王颖看了这家的悲惨遭遇，心想玉枝一辈子没吃过几次肉，死前好不容易偷了点儿有毒的肉，还想着给女儿巧巧留一些，要走了，到那边可不能再连肉也吃不上，就以女儿巧巧的名义，给玉枝上了整猪整羊。

安葬玉枝以后，杨玉萍来到扶贫工作队，她像视察的领导一样，里里外外转了一圈，正好姬富强、姜银发也都在，她阴着脸说："你是支书，你是村主任，对吧？"姬富强和姜银发齐点头。杨玉萍便摆开架势："我这回来你们村，不光为送巧巧来的，我还带着愤怒，气得我啊，好几天都缓不过劲儿来。咋了？你说咋了？要不是巧巧这回住院，我还不知道呢。这孩子多穷啊！穷得吃不起带肉星儿的菜，天天躲在没人的地方啃个干馒头，就点儿辣椒酱。说句不该说的话，孩子连个裤衩都不敢买啊，天天晚上洗了，第二天再穿上，干不了，就暖个湿的去上课。就这，还评不上贫困户！以前，我以为贫困户有啥好呢，背个贫困户的名儿，不好听。这回孩子住院了，才告诉我，因为家里没评上贫困户，上学的助学补贴没有她的份儿，到学校助学贷款贷不了，贫困生补助啊、助学金啊都轮不上她。就连这见义勇为受了伤，住院的医疗费也享受不到国家的优惠，这算什么事啊！啊！这不是要逼孩子往绝路上走吗，这不是要逼良为娼啊！孩子是你们村的，你们都拍着良心说说，她家为啥评不上贫困户！她要评不上，还有谁能评上！告诉你们，我要去告你们，去纪委举报你们！"

杨玉萍越说越气，最后抓起一个玻璃杯子，摔在了地上，玻璃杯子的碎片四处飞溅，有几片碎玻璃飞到了姬富强的身上，姬富强尴尬地皮笑着，看看李成功，再看看杨玉萍，说："你看看这，你看看这。"

李成功刚要去责怪杨玉萍不懂事，把这难堪的场面玩转过来，代凤山突然从外面跑进来，气喘吁吁地说："邹家的人来了，男女老少一大帮，都在大门外呢。"

李成功心说毁了，兴师问罪来了，看来祸就是祸，是祸躲不过。他关照大家："你们谁也不许说难听话。"他瞪着眼扫了一圈在场的人，提高语调说，"听见了没？这事由我一人承担。"

李成功来到了大门口。大门口站着十几口人，高高矮矮，胖胖瘦瘦，但一律的黝黑、黯淡，个个灰头土脸，神色庄重。人群中，李成功最熟悉的是拄着拐杖的邹三树老两口和姬海兴媳妇，再一细看，居然还有巧巧。巧巧没脱孝，被几个戴着孝帽的同辈分的人簇拥着挤在前面。就见邹三树往前挪了挪步子，站在巧巧身边，大声喊着说："李书记啊，孩子穿着重孝，不便进门，俺们邹家老老少少就在这一起给你磕头了。"话音一落，所有的人扑通跪倒在地，嘭嘭嘭给李成功磕起了头。邹三树老两口因腿痛不能打弯，行动迟缓，但也在努力地往地上跪。李成功一个箭步跑上前，一手搀住邹三树，一手搀住邹三树老婆："这是干吗，这是干吗呀？"邹三树说："李书记，你是邹家的大恩人，这三个头是邹家人谢恩的头。"跪着的一片人都站起来后，邹三树看看杨玉萍也站在门下，对李成功说："李书记，今天你媳妇也在，我这个做长辈的要主这个事儿。"邹三树拉过一身重孝的巧巧，又转向李成功和杨玉萍说，"你们是我孙女的大恩人，巧巧，来，给你爹娘磕头，今天算正式认亲了。"巧巧又重新跪地，嘭嘭嘭给李成功和杨玉萍磕头，头还没磕完，感动得杨玉萍已是热泪簌簌，跌跌撞撞地跑过去，俯身抱住巧巧："孩子，快起来、快起来，地上这么凉。"

12

杨玉萍与邹三树商量，因巧巧尚未痊愈，还需住院，给她娘玉枝七七的上坟烧纸就由邹三树安排邹家晚辈代劳，巧巧去姥姥家住上一两天，她就带巧巧回省城继续治疗。

邹三树满口答应。

邹三树携邹家老小磕头谢恩的举动，冲掉了杨玉萍的怒气，也拯救了姬富强和姜银发下不来台的难堪。姬富强和姜银发打着哈哈走后不久，王颖和姬小云过来了。王颖一改先前的呆痴，一来就与杨玉萍攀谈。她叫杨玉萍姐，她夸杨玉萍是好人。杨玉萍正觉得没有意思，见来了两个女人，遂迎上去头一句脚一句聊起来。聊着，杨玉萍就想打探王颖的底细来路，姬小云告诉她王颖姐算是房东，杨玉萍还不罢休，觉得王颖的气质穿戴不像这个房子的主人，还要刨根问底，王颖却一再地躲闪，最后，找个借口拉着姬小云钻进了东间屋里。

南湾村的夜晚降临得格外早，九点钟不到，全村就没了一点儿光亮，整个村庄，已与远处黑黢黢的群山、草原融合为一体，除了呼呼的北风，残枝败叶的飞舞，外面没了一点儿声息。屋里东头里间王颖与姬小云窃窃私语，中厅代凤山、徐刚一人据守一张单人床，各自沉默着。洗漱完毕的杨玉萍无处可去，不得不退缩到西头里间。西头里间空间有限，地上只有一张写字台。写字台李成功占着，正在伏案填写扶贫工作日志。杨玉萍只好坐在炕边，东瞅瞅西看看，这样瞅看了不到十分钟，觉得无聊，干脆脱掉鞋子爬到炕上，拉开被子躺倒了。她知道一会儿李成功也会躺在这个炕上，一想到两人马上躺在一个炕上，她略略感到了些许别扭，毕竟，与李成功分居的时间太长了，时间一长，就成了习惯。以前每到睡觉时刻，她都下意识走到自己房间，今晚，无法走到自己的房间，无法继续那坚持多年的分居模式了，她心说，就算是被迫的吧，凑合一晚两晚吧。她环顾一眼这个炕，结实宽大，躺上五六个人都满不了，便偷偷地笑了，又心说，睡在一个炕上也照样能拉开距离，我离你远远的，不也一样嘛。她裹着被子，毛毛虫样一拱一拱拱到了窗户跟前，给李成功留下很宽的地方。

李成功干完一天该干的工作，看看杨玉萍躺倒的姿势和留下的宽度，就明白了什么意思。他不声不响关了灯，脱下衣服，钻进了紧挨墙根的被窝里，在他与杨玉萍之间，就留下一道黄河一般的天堑。说实在的，李成功和杨玉萍都实在是太累了，都想快些睡，可越是想睡，越睡不着。也不知过了多长时间，从窗户根的被窝里传来杨玉萍的声音："巧巧的事你得上心。"深度的黑暗中，杨玉萍能感觉到李成功并没有睡着，所以当头说了这么一句，也算是心有灵犀吧。

从声音上李成功判断出，杨玉萍是脸朝窗户那边背对着他说的，便侧身朝向窗户的方向，立即回应："你放心吧。"

"巧巧后天从她姥姥家回来，我就带她走。"

"我安排一下，走得开的话我送你们一趟。顺便到集团找领导汇报一下工作。"

两个人的对话在中间的天堑处像穿梭一样，来来往往。

"你们这地方不懒啊！"

"穷乡僻壤，好什么呀。"

"有女人伺候，还不满意？"

"瞎说什么呀！"

"我说你那么长时间不想回家呢。"

李成功听着她不像开玩笑，可能已经形成了怀疑，这种怀疑如果发展下去，一定会很糟糕的，他不得不认真起来，非常详细地把村里派人为扶贫工作队做饭洗衣的事说了一遍。说起因时，他说到了村里对脱贫的期盼，村民对扶贫工作队的期望、信任，说结果时，他说到了他们扶贫工作队成员特别是他本人的愧疚、自责、感动和决心。李成功不急不躁，娓娓道来，炕中间留出的天堑处，只有李成功的声音在回荡，窗户那边静静的，好像没有人，但李成功知道杨玉萍在听，认真地在听，这也是老夫老妻之间的默契，所以他才不停地述说。但说这些，必然要牵涉到姬小云和王颖，所以李成功说完之后，窗户那边一阵翻身的响动："东头那俩女人长得不赖。"

李成功感觉杨玉萍已脸朝上了，猜想她对姬小云和王颖的疑虑还未完全消除。刚才他讲姬小云的情况比较多，讲王颖讲得粗，他想杨玉萍不会就此罢休，肯定要进一步盘问的。果然，从窗户那边甩过来一句没头没尾的话。

"那个王颖看上去不简单。"

"我也觉得。不过对她的情况我还不是太了解。就连姜银发也不是太了解。邹老二是姜银发的发小，听说邹老二对他这个对象也不完全了解。"

"那你可得当心啊，别上她当。"

又是一阵塞窣，黑暗中，李成功清晰感觉到杨玉萍又翻转了半个身，脸朝他这边了。

李成功说："天不早了，你太累了，睡吧。"

杨玉萍用劲裹了裹被子，想睡，可还是睡不着。现在有几点啊，大概半夜了吧。她觉得很稀奇，李成功给她讲了这么多，在她的印象里，李成功早已与她无话可说了，不但不谈工作，连闲话也不扯了，夫妻俩成了世上最熟悉又最陌生的人，今晚是怎么了，居然滔滔不绝说个没完！正这么想着，忽然窗户上唰唰地响起来，紧接着就是呜噢呜噢的哨音，杨玉萍浑身打战，团缩成了子宫里的胎儿状。

李成功适时地安慰："别怕，塞外这边风大。"

杨玉萍牙根都哆嗦了："不是鬼吧。"

李成功："不是。"

安慰并不解决寒冷的问题。杨玉萍尽管团缩到了极限，还是冻得瑟瑟发抖，她觉得她的身体已经冻透，正从脚和头的两端迅速结冰，很快，五脏六腑都会冻成冰疙瘩，全身从外到内，马上就和冰柜里的带鱼一样了。这时，李成功摸出一件棉大衣，给她甩过来，盖在了被子上，她略略有了一点儿暖和，但两分钟不到，彻骨的寒风更加肆虐，耳听着窗玻璃上的唰唰声，她感到那所有的寒冷都是从窗户进来的，她躺在了一个巨大的风口上，且还有无数的魔鬼在风口窥伺着她，于是，她像逃命一样，快速地向李成功这边靠拢，中间的那道天堑，被她不知不觉滚平了。靠墙这边的李成功，毫不迟疑地迎接她："来来来，到这边，挨紧了就不冷了。"

杨玉萍和李成功紧紧地挤在一起，温暖多了，李成功说："还可以更暖和。"他说，"本来要盖两条被子才行，这样一分，一人盖一条被子，肯定冷。"说着，李成功就把自己的被子蒙在杨玉萍被子上，钻进了一个被窝。

杨玉萍没有拒绝，杨玉萍脸对脸与李成功枕在一个枕头上，彼此呼吸着彼此的气息。先都有些拘谨，手脚生硬，好像初识的男女那样不好意思。李成功感觉到杨玉萍后膀子那里没压好，透风。杨玉萍有肩周炎，好膀子疼。他就伸过胳膊，把杨玉萍后膀子的被子拉紧包严实了。谁知，这么一个小小的动作，让杨玉萍流下了眼泪。这是个久违的动作。动作中蕴含的体贴、细心、呵护，让杨玉萍一股脑地想起来了。她不禁伸出双臂，紧紧地抱住了李成功。

李成功："暖和些了吗？"

杨玉萍："暖和多了。"

李成功："单个人的体温是发散的，两个人聚在一起的体温才是共生的。"

杨玉萍又用力搂了搂李成功，头往李成功的怀里钻钻，身体贴得更紧密，温顺地"嗯"了一声。

他俩自自然然地沉沉入睡了。对杨玉萍来说，这时窗外呼啸的寒风，不再是鬼哭般的惧怕，倒成了难得的享受。李成功则迷迷糊糊地回到了老家，回到了自己魂牵梦萦的一个故园。原来，这才是安放他灵魂的处所，怪不得好多年飘飘浮浮，无线的风筝似的。有了归宿，竟然是这么的踏实、妥帖。他欢呼着回到了无知无欲的单纯童年，他光光地平躺在水面上，眯着眼看天上的太阳，惬意无比，那是他第一次体验生命的快感。

第二天夜里，不用再多说半句，杨玉萍和李成功就把两条被子做成一个被窝，然后伴着北风的呼啸，进入甜蜜梦乡。

醒来后，神清气爽。姬小云已做好早饭。说是早饭，时间已到上午十点。李成功突然想起了巧巧今天过来的，赶紧去开街门，一打开街门，巧巧站在门口，她舅舅抄着手默默陪着。

"快快进来，这么冷的天。"李成功把巧巧和巧巧的舅舅让进来，一同吃饭。李成功忽然意识到，来南湾村这才多长时间，就不知不觉被这里同化了，也天天起这么晚，天一冷也吃两顿饭，这怎么行！他当即向代凤山和徐刚宣布：从今天开始，按上班时间作息。早晨必须按时起床，不能睡大觉，一天三顿饭一顿不能少。徐刚问："为什么？"李成功说："我们要给南湾村带来一种全新的文化，我们要用现代文明来影响村民。"

代凤山知道了李成功今天要送妻子和巧巧，饭桌上请假说："来时太匆忙，没带多少衣服，今天想一起回去，路上也能帮李书记你开开车。"

徐刚开玩笑："是想老婆了吧。"代凤山回敬："你是说你自己吧。"

王颖、姬小云也要走。王颖特意与巧巧拥抱告别。王颖搂着巧巧臂膀，嘴贴着巧巧的耳垂问："学的啥专业啊？"巧巧嘶哑着嗓子说："计算机。"王颖说："怎么不学医啊！"巧巧不知道该怎样回答，只是不好意思地苦笑。王颖爱惜地抚摸一下巧巧凌乱的头发，连说："没事没事，好好上学啊。"最后祝福巧巧早日康复，做出了一个再见的手势。

这样一来，扶贫工作队只剩徐刚一人了，李成功便说："徐刚你就留守，我速去速回，记着，即使你一个人，早晨上班时间也必须起床，打开街门。"听口气，好像这扶贫工作队今天才正式开张似的。

路上，有代凤山开车，李成功坐在副驾驶上，可以看看风景，想想心事了。

车里静静的，没人说话，代凤山轻轻播放邓丽君的歌曲，他希望绵软的曲调能抹平大家的悲伤。当邓丽君唱到《甜蜜蜜》的时候，车子一歪，陷入了泥坑。李成功往外观望，知道这又是到了阳坡矿的路段。这路面过一次一个样，一次不如一次了。代凤山趴在方向盘上，努力往前开，可车轮打滑得厉害，并且路上的高坎哐哐地直蹭底盘。为减轻压力和负载，李成功和妻子、巧巧都下来，步行跟在车后，让空车开过这段坑洼泥泞。代凤山便加大油门，排气筒排出了一股股浓烟，难闻的气味呛得李成功只想咳嗽，同时，高速旋转的轮胎带起了两股泥浆，甩了李成功一身一脸。

过了这段烂路，驶上了较平坦的大道。但没多久，又经过一个乡镇，可能是修路的缘故，很长一段都是土路，车速未减，因而犁起高高的黄土。黄尘滚滚，像一条巨龙，遮天蔽日，路两旁的行人、骑车子的人、挑担子的人，不得不捂住口鼻，闭上双眼。有一个人还跳起双脚，指着呼啸驶过的车骂骂咧咧。李成功忽地觉得，那个骂人的人骂得很应该，如果是他，没准也会跳起脚骂人的。他开始谴责起自己来，他想，似我等这些坐在车里的所谓体面人，冬天有暖风，夏天有冷气，再听着美妙的音乐，喝着营养的果汁饮料，却不知不觉把肮脏的尾气、泥浆、灰尘都排放给了路上的穷人。我们躺在车里看着窗外那滚滚黄尘，还有那些形态各异的做苦力的人，以为自己在腾云驾雾，还当风景来欣赏，可他们在我们享受舒适、体面的时候，因吸入废气尘埃，很有可能落下诸如矽肺、癌症不能治疗也治疗不起的病症，那么，我们是不是也有责任呢，我们是不是也应该为他们的不幸买单呢？

今天是怎么了，怎么看什么都与以前的感受不一样？李成功对冒出来的多愁善感大为惊异。再往前，该上高速的时候，路口全部封闭，说是因省城那边又雾霾锁城。他们只能选择省道，省道要过阜平、平山，都是太行山深处的蜿蜒崎岖之路。李成功一路上望着那群山深谷，还有那散落在群山深谷中零零星星的民房。民房或用石头砌筑，或用土坯垒就，或掩映在树木中，或裸露在山腰间，但一律的平平塌塌，早已与群山一体，成为山的一部分。他就想，当年的日本鬼子，谅他们也不敢贸然进来。这险山峻岭太深不可测了，太让人望而生畏了。就是因这深不可测、让人望而生畏的崇山峻岭，保护了八路军，成就了八路军。他甚至想，没有这崇山峻岭，就不可能有新中国。正想着，坐在后排的杨玉萍喊停车，靠在杨玉萍怀里的巧巧晕车了，忍不住要吐。可不，这孩子何曾享受过如此高档的小车，悲伤、疲劳加一路颠簸，不吐才怪呢。杨玉萍扶着巧巧蹲到路边呕吐，李成功也下车，陪着巧巧坐下来先透透气，歇一会儿。借此机会，代凤山要去加油，前面十字路口有个加油站。车子飞快地往前蹿去，好似把他们三个甩在了山下路旁。李成功看着难受的巧巧，再望望远处近处那些山旮旯里的民房，又禁不住想，我们是富裕了，我们是进步了，可我们只顾往前奔跑，加速度地奔跑，却把成就我们的这些原本就贫穷的人们丢在了后边，遗落在了深山里。

HUANNIYIGEXIANNUHU

还你一个仙女湖

下部

1

　　李成功只在家里待了两天，第三天就要返回南湾村。为此代凤山极不高兴，一路上拉拉着脸，话也是有一搭无一搭的。李成功说："我开车吧，你坐后面眯会儿。"代凤山也没客气，赌气似的坐后面，不一会儿就呼儿呼儿地睡着了。李成功偷着笑了笑，这小子，回家两天准是加班加点连轴转了。此刻，他特理解代凤山的心情，搁一月前，他也是这样，谁不愿意在安乐窝里多磨蹭些日子啊！可这次他很决绝，办完了事，一天也不多待。尽管他走的时候，杨玉萍与他有了些恋恋不舍的意思，他还是很决绝。决绝地上路之后，那种温存的恋恋不舍却陪伴他一路，让他回味无穷。他与杨玉萍之间，可是好久好久没有恋恋不舍的感觉了。他和杨玉萍，就这么忽然变柔和了、变润泽了。杨玉萍给他说话，不但声调和缓，商商量量的口气，姿态上也有了妩媚的味道。他也不再是板着脸，以居高临下的优越感来面对了。杨玉萍说："我想把巧巧留在家里，叫媛媛也回家住。巧巧这孩子得好好休养，我想给她好好调理调理，你看行吗？"李成功说："那有什么不行啊，巧巧受的刺激太大了，创伤太重了，你是怕她有啥想不开，在脑子里落下什么病根，是吗？"杨玉萍说："是啊是啊，你怎么这么懂我啊。"事实上杨玉萍的担心多余了，巧巧抗击打的能力比较强，除了一如既往的自卑，并无明显的抑郁，倒是更加的勤快了，伤还没好，就小保姆一样做起了家务。每天吊着打石膏的右臂，做饭、打扫卫生，早晨总是把粥熬好了，出门把油条买来了，杨玉萍和媛媛才起床。这当然都是后话了。当时其实最需要调理的是李成功。他感觉他的思想有点儿紊乱，那段时间发生的事情太密集了，他有些消化不了，他想理出个头绪。他的这种感觉当晚也给杨玉萍说了。那天从南湾村回到省城，到医院为巧巧做完复查进到家里，再把媛媛叫来，吃过晚饭，安置好两个女儿，他和杨玉萍不约而同走进他睡觉的主卧，躺在床上，面对面说了他的感受。这是一个奇妙的变化，他当时想，扶贫不扶贫的搁下暂时不论，单说杨玉萍到他的扶贫村一趟，夫妻之间却奇迹般从分走向了合，从别扭走向了融洽，就已经是大大的收获了。曾几何时，杨玉萍与他还是公事公办客客气气的样子，再鸡毛蒜皮油盐酱醋的事，也要在客厅里正正经经地说。如今呢，正经八百的事，都移到了卧室，上了床、进了被窝，含情脉脉谈笑间，便都说妥了。为此李成功曾对年轻他七八岁的代凤山和徐刚谈体会说："夫妻之间，如果在客厅说的话多于在卧室说的话，那就要当心了。"当然，这也是后话，总之那天睡觉前，李成功对枕在自己腋窝的杨玉萍说："我现在脑子里有点儿乱，打架似的。"杨玉萍说："太累了，我给你调理调理。"李成功说："你调理好巧巧就行了，我明儿回家一趟吧。"杨玉萍说："去吧，该回去了，你大姐前几天还给我打电话，说老爷子最近身体不太好。"

李成功和杨玉萍都早已形成一个习惯，在自己家里说回家，那一定是老家，好像在他们的意识中，外头的这个家不是家，只有远在冀南农村的那个家才算家。那个家是他出生的地方，更是他出发的地方。那个家里有他爹娘，爹八十七，娘八十。他爹在冀南煤矿下了一辈子窑，当了半辈子采煤队党支部书记。

那天回老家后，他的大姐在。他大姐上来就向他叨叨老二老三懒，十天半月也不回家看看。他娘则说他爹的身体一天不如一天，上个厕所都喘半天。他爹还是公家干部的心态，识字不多，但爱看《人民日报》，经常让在矿上机关上班的李成功的三弟往家里拿过期的报纸。还爱看《新闻联播》，每天晚上七点到七点半，雷打不动，是老爷子的时间，谁都不许换台，小孩子也不行，哼唧哼唧地哭闹也不行。除此嗜好，就是好谈论国内外形势，好谈论工作。所以待他大姐、他娘都说罢，他爹问："工作还是那么忙？"李成功回道："我被抽调出去搞扶贫了，驻村，塞外，可远了。"他姐嘴快，接着话茬就埋怨："还跑那么远去扶贫，来咱家扶扶贫啊！你看咱爹，刚退休时，每月的退休金不到六百块，一直涨涨涨到现在，也只有三千多块，可现在，随便一个小公务员退休，都比咱爹开得多，凭什么？"他姐说的是实话，他无话可说，真的是凭什么！他爹做的贡献，那可大了去了，光挖出的煤、创出的高产、为矿上赢得的荣誉，就让六个人由科长升成副矿长，让五个人由副矿长升为矿长后又调走升为更高的职务。可他爹，除了落下一堆奖状，就只剩下肺里那些一辈子都咳不完的粉尘了。如果李成功循着大姐的埋怨消沉下去，也许后来就是另一种样子了。

所幸他爹没让他循着他大姐的埋怨走。他爹说："甭听你大姐的，开多少是多啊，我知足着呢。旧社会，我跟着你爷逃荒要饭，饿得前胸贴后背，哪里吃过一顿饱饭。这会儿，有吃有喝，啥也不干，天天坐着躺着，还见月开着钱，多好啊。说我开得少，没想想，我开得少，为啥开得少？那就是因为穷地方太多了，穷人太多了。抽调你去扶贫，说明组织信任你，得好好干。人心齐泰山移，没看抗美援朝来，全国总动员。这个精准扶贫啊，也得那样，都齐了心去干，就能成。"大姐撇撇嘴去做饭。李成功不住地"嗯嗯"认同，陪爹娘又说了会子话，早早吃了点儿饭，匆匆走了。

李成功再次感觉到与以往大不相同。他能明显觉察出他脑子里正在发生前所未有的化学反应。他分明看到有股不管不顾的狠劲正在统治他的全身。那股狠劲有什么催促着，召唤着，正在冲着一个什么方向、目标，蓄势待发，就像开上跑道轰鸣着引擎准备起飞的波音747。所以一到省城，他就直奔集团大厦。天虽然已黑，但他知道领导们还没下班，领导都忙，常常会加班到很晚。还好，钱副总经理在，他汇报了迎接参观的筹备工作，并斟酌着把村里食物中毒致人死亡的事情简单提了提，钱副总经理很警觉，说既然公安部门已经定案，就不要再扩大影响了。最后，李成功汇报了一个想法：扶贫工作队老用着村民邹老二的房子也不是长久之计，他想把村部建起来，将来办公、开会、党员活动都有个场所。钱副总经理沉思片刻，说："建起村部，和希望小学似的永远矗在那，倒也不失为一项可观的扶贫政绩，不过，需要花钱的事，还得走程序，还像上次那样先打个报告吧。"

至此，可以说该办的事都办完了。第二天早晨，李成功起床时，胳膊在杨玉萍的脖颈下压着，想要抽出来，起身穿衣服，杨玉萍不但没有抬松脖颈，反而还用力压着。他一抽，她一压，他再抽，她再压。她虽然微闭着双眼，李成功也能感受到那种不舍和挽留。这是一种具有摧毁一切的温柔之力，李成功胳膊抽不动了，索性就势又躺了回去。如此这般的几个回合，李成功终于下了狠心，他说："代凤山快来了。我真得起床了。"

2

李成功酝酿着一个重大计划。

此时，南湾村在他眼里，不停变换着形态，一忽儿是一个透明体，哪家穷，哪家富；哪家勤快，哪家懒惰；哪家真困难，哪家假困难，他看得清清楚楚。一忽儿，南湾村又变成一棵树，树叶凋零，树枝枯萎，树根朽烂，随时都有被大风吹倒的危险。他就想，中国有数不清的村庄，大大小小，疏疏密密，但凡弱小的，大都是穷困的，但凡穷困的，大多是有病的。南湾村就已病入膏肓，得当机立断，痛下狠手，根治病灶。去掉了病灶，加以营养，悉心调理，许能长成参天大树。那么，病灶在哪里？李成功CT一样，一遍遍扫描，一遍遍分析，最后的结论还是和开始薛东旭、欧阳涛在时的看法一致：病灶与村支书姬富强有关。看来，非得手术不可了，可真要手术，还得颇费一番周折，最好，让姬富强给予配合。

李成功决定先礼后兵。他让代凤山备了两瓶酒，包了两只烧鸡，来到姬富强家里。

"呀呀呀，呀呀呀！"姬富强在炕上骨里骨碌爬下来，蹬上鞋。"听说你回来了，就说一会儿去看你，你还过来做啥？"

李成功把手里的东西提起来："这酒不错，烧鸡味道也行。"

姬富强往外望望，李成功后面并无随从，只有他一个人来拜访，心里就窃窃地得意，看来，李成功是真臣服于他了，一回来先来他这儿报到，还送礼上门，就板下脸，做出恼色："你看你，来就来吧，还给我客气啥！"

"你是老兄，我来看你还不应该！"

姬富强转愠为笑，热情地往炕上让。老婆接过了李成功手里的东西，两个男人盘膝而坐。

姬富强也算有心的人，不待李成功开口，主动说："李书记啊，咱都是自家人，该办的事，再不好办咱也得办。你既然认了邹巧巧干闺女，邹三树带着邹家大小十几口也当众行了礼……"

"不、不、不。"

"你放心，不用你出面。"

"我真不是为办这事来的，虽然按政策邹巧巧家完全符合建档立卡条件。"李成功不得不再挑明一点儿说，"我是想啊，咱们村老这个样子不行，不是都说'要想富，就得有个好支部'吗？"

"你想咋样？"姬富强表情凝固，又蓦地警觉起来。

李成功疑惑了一下，自己是不是暴露得早了些，但话已到了这个地步，就无法咽回去，便尽量婉转了口气，避开正面，换了点位："你看，姜银发这人，把他吸收进支委如何？"

"哦——"姬富强松了一口气，显然是判断出无关紧要，微笑着试探，"是姜银发让你说的？"

"没有，他本人还不知道，我只是先与你沟通一下，我认为姜银发热心村里工作，公道正派，对精准扶贫、精准脱贫意志坚定。"

姬富强低着脑袋，思谋了很久，沉吟般说："行、行，我看可以。姜银发有觉悟、有能力、有干劲，我看行。"

这首回，李成功与姬富强算是打了个平手。多亏李成功中间调整战术，没有直来直去，上来就建议支部改选，让姬富强让贤，不然的话，非得崩盘不可。但姬富强也不是傻蛋，多少也嗅出一点儿李成功的谋算，所以和和气气中——临走还笑嘻嘻地把他送出了门，既顺应了李成功，又不显山不露水地给他预设了一个小小的陷阱。

陷阱是在以后的计划推进中凸现出来的。李成功自以为与姬富强达成了共识，就一面安排代凤山和徐刚分头征求村里各位党员的意见，并筹备召开党员大会，一面亲自跑到乡里，找到主管组织的党委书记，请示增选姜银发为村支委委员。那党委书记刚从外乡调来，对南湾村情况并不十分熟悉，听了李成功汇报说一个村委主任不是支委委员，不利于精准扶贫，觉得很有道理，便当着其他乡领导的面表示了大力支持。李成功觉得这个事很简单，兴冲冲地回来后，准备要召集在家的党员开会时，那乡党委书记气呼呼打来电话，说："李成功你胡闹，胡闹！你懂不懂组织原则！"乡党委书记没说完整故意把电话挂断了，李成功立时蒙了，不知道自己究竟哪里做错。还好，姜银发及时赶到，姜银发说："李书记你把动静闹得这么大，咋就不告诉我呢？"李成功说："怎么动静大了，不就是开个会，增选你为支委吗？支部都七年没换届了，增选个支委不行吗？"姜银发"嗯呀嗯啊"地说："李书记呀，你不知道啊，村里都传疯了，说李成功你想让我拱了姬富强当书记，就要开会宣布了。你不知道啊，姬富强的小舅子在乡里，姬富强一个电话早报信了。你不知道啊，我怎么能进支委呢？我连党员都不是啊！"

"什么什么！"李成功像听到一声炸雷一样打断了姜银发。

"是啊，我不是党员。"

"不是党员？在阳坡矿你不是已经是党员了吗？我还给你们那批转正的预备党员上过党课。"

"是啊！可是，矿井关闭后，我的档案不知道到哪儿了，回村里就啥也不是了。"

"怎么会这样！怎么会这样！"李成功挠着头皮，在地上打转。他问："姬富强知道吗？"

"他怎么能不知道。"

李成功明白了，姬富强给他设了埋伏。这也怪他自己，怎么就不搞清楚呢？这也怪不得他自己，驻村这么长时间了，没见姬富强开过一次党员会，也没给他交代过党员名册。但不管怎么说，他是太粗心大意了。就听姜银发说："即使我是党员，也不行的，只要姬富强不同意，选我的票肯定过不了半数。"

"是吗？这又是为什么？"

姜银发说："全村一共十八名党员，在外打工的九名，在家的九名。在家的这九名党员，光姓姬的就有五名。"

"一直没发展党员吗？"

"反正自从姬富强当了书记后，一直没见发展。"

李成功陷入了深深的沮丧之中，连姜银发什么时候走的都不知道。他就像一个自信满满的摔跤手，一上场就被一个不起眼的对手摔了个四仰八叉。他有些气恼，晚上翻来覆去睡不着。他本来不想看手机，可手机嘟嘟嘟一直在枕侧骚扰，他懒懒地顺手抄起来，大部分是苏素发来的信息，有五六条是转发的，其中三条是关于保健养生的，两条是笑话段子，一条是劝解不要生气好好活着的。苏素知道他这一段事情多，通过信息的内容，把关怀送到了李成功的心坎上。还有几条是苏素写出的。

SS：哥，你上次说媛媛住院输液，我很担心，后来告诉说好了，我这才放下心来。

SS：哥，你说又遇到点儿麻烦事，都处理完了吧？你不想告诉我什么事，我也不问了，只是希望你多保重。

SS：哥，你现在在哪儿？

SS：哥又三四天没你的信儿了。

李成功：谢谢关心啊，我这几天确实很忙，一直没顾上给你说话。

SS：哈哈，终于盼来了你的信息。哥你好吧？

自从女儿媛媛被疯子打了，李成功与苏素的微信互动就一天比一天少，内容也是一次比一次简洁，特别是杨玉萍在扶贫工作队里的大炕上与他睡到一个被窝之后，李成功的微信回复就像一炷高香即将燃尽的那缕青烟，渐飘渐弱。苏素当然还是那样，每晚睡觉前风雨无阻必要问安。李成功先是对等回复，后图省事发个表情代替，后来便时回时不回了。今天心情不畅，更是不想聊。"我很累，想早点儿睡了。"这显然是逐客令，那头的苏素也很懂事："好吧，哥晚安。"

这边刚妥当，杨玉萍那边又来了。杨玉萍完全焕发了青春，微信在女儿的教导下玩得几近炉火纯青，群聊、语音、视频、K歌、抖音样样精通，时兴什么，玩什么。现在，每天睡觉前必做的功课，就是向李成功唱一首歌，然后开涮在家的邹巧巧："我可是白捡了一个大闺女，我高兴死了我。哎，巧巧今天的手、脸全部消肿，过两天就可以拆石膏了。你说这孩子，没人教育咋这懂事啊，用一只手把家里收拾得哪儿都干干净净，每天早晨把小米粥熬好。一会儿我让你看看视频啊。"接下来就是杨玉萍拍的一段视频：巧巧吊着一只胳膊，用另一只手提着油条从外面进来，放下油条，关掉熬粥的火，然后用一只脚踩着抹布在地板上擦。李成功看了一遍，又看了一遍，巧巧那薄弱而又坚毅的身影，叫他刚才的沮丧、气恼忽地消散，他像从地上爬起来的拳击手，抖擞了精神，顿时充满了必胜的意志。

3

李成功要三思而行从长计议了，他决定把他们扶贫工作队三人的组织关系全部转移到村里。把组织关系由富裕的原单位转移到这个贫穷的村庄，不仅仅表明李成功痛下决心的坚定意志，更有着事关扶贫大计能否实现的战略意义，因为三个人就是三票，而且是分量很重的三票。李成功向来不喜欢一言堂。甭说他没什么权力，就是有权力他也绝不搞一言堂。必要时，他要用票数说话；必要时，他也要通过票数让人无话可说。他没必要在这个村里树立对立面，说到底，他们这三个人抛家舍业，本来就是来帮南湾村走出贫困的，所以不能好事办砸，做什么事都要让村民心服口服才行。这天，趁没人进来，他把代凤山和徐刚按下，谈了自己的想法。他觉得在正式办理组织关系转移之前，必须与他二人说通了。他知道，即使不说通，只要他决定了、安排了，他二人也会无条件服从的。这是他们企业的文化：执行不讲条件。煤窑里，向来就是说干就干的，来不得半点儿拖沓。前面掘进冒顶了，班长说："拿柱子，快！"你就必须赛过闪电，把柱子送上前去，不敢有半点儿磨蹭。推广到其他工作，都是这样。领导安排的事，就得尽心尽责，说什么时候完成，就得什么时候完成。但这次他得统一思想，他说把组织关系办到村里，也符合上边的要求，关键是关系过来以后，就象征着我们也成了村子里的一员，这样有利于精准扶贫。

代凤山有些揶揄："干脆，把户口也迁过来算了。"

李成功："你要乐意，我马上就给你办。"

饬罢这句话，李成功觉得这样下去不行，该严肃的时候就得严肃，不能什么事都嘻嘻哈哈，他当即宣布："从今天开始，我们扶贫工作队每天要开碰头会，算是例会。"

代凤山："就咱三个？"

李成功："对，就是两个人也要开。一是学习传达些文件、上级精神什么的。二是总结汇报当前工作，安排明天工作。代凤山你负责会议记录，专门建一个记录本。"

代凤山："记录没问题。不过李书记，会议内容你只说了两点，一般三点比较好。"

李成功笑了："那好，再加一点：三是一起研究商讨解决问题的办法。今天是第一次碰头会，代凤山你就记上，主要是有关转移组织关系的议题。"

徐刚对以后有些担忧："回去的时候还好回吗？甭转来容易回去难了。"

李成功："完成了扶贫任务，组织关系往回转的时候我负责。"

李成功当下安排："徐刚你回去一趟，到集团组织部跑一下程序，把我们三个人的组织关系办过来。我会打电话给那边柴部长说好的，你去办就是了。还有一个重要任务，这事要秘密地去办，代凤山这个事也别记。回去后，想法查一下当年阳坡矿党员的档案，看看有没有姜银发的。办完了事，你可以回家住一天。"

李成功刚说完"今天的碰头会先开到这儿"，石秀兰来了。石秀兰来，主要是做后勤服务的。食物中毒事件后，姬小云就走了，姬小云一走，石秀兰没了帮手。这几天，姜银发老婆身子过于笨重，不能再来干活儿了，石秀兰独自承担着扶贫工作队的服务工作。本来，李成功前几日就不想让石秀兰来服务了，一忙，放脑后拖延了。当时可能想，也不是啥要紧的事，有空再说吧。后来被姬富强不软不硬绊了一下之后，他觉得再不能大意了。人就是这样，不想真干，无所谓，爱咋着咋着，一旦真要想干，就得慎重、谨慎，不能留一点儿缝隙让人钻，不能留一点儿把柄被人捉。此刻，他一分钟都不想耽搁了，他对准备打扫卫生的石秀兰说："从今天开始，你不用来干活儿了，除了开会、正常工作，这些服务的活儿不要再来干了。"石秀兰还客气："你们这么忙，这么辛苦。"李成功说："不，忙和辛苦都是应该的，从今天开始，卫生和做饭的事，我们三个轮流值日，衣服嘛，各洗各的，不能扶了几天贫生活都不能自理了，那还行！"

李成功又向石秀兰表示了感谢，石秀兰看李成功说的都是诚恳的话，就回去了。走出胡同，碰到姜银发，姜银发问她怎么这么早回去，她便把李成功不再需要后勤服务的话说给了姜银发。姜银发一听，急了，脱口骂道："啊呀，傻娘儿们你糊涂！"姜银发想，李成功这是试探咱们有没有诚心，增选支委的事，害了人家一把，这又把做饭的人撤回去，李成功他们会怎样想？嘴上说不用你做饭，心里还不凉凉的？心凉到一定程度，人就会走的，再也不搭理你了。石秀兰不知道姜银发是这样想的，只是被他这么当头一骂，脸上挂不住，生气了，噘着嘴，一甩手弃他而去。姜银发来到扶贫工作队，正赶上代凤山发动汽车，急问："做啥去啊？"

代凤山："送徐刚到县城。"

姜银发："去县城做啥？"

徐刚从车里探出头："我回省城啊，到县城坐长途汽车。"

姜银发心里咕咚一下，欧阳涛、薛东旭浅尝辄止没暖热被窝就打道回府的情景历历在目，这又开始了，看吧，一个一个又要逃走的。他虽这么乱想着，还是迈进了屋里，走到李成功面前，要证实一下。

他问："你啥时候跑？"

李成功："怎么了你？"

姜银发："这不跑走一个了吗？下一个该是谁？"

李成功："什么跑啊！是去办事。"

李成功把刚才碰头会上安排的工作给他说了一遍后，姜银发的顾虑才打消。不过，李成功并没有向他透露查找他档案的事。

4

事情办得很顺当。

扶贫工作队三个人的组织关系正式转移到南湾村党支部后，姬富强的胃部着实疼了一阵。他双手捂着肚，窝着腰，呼哧呼哧地吸气。他老婆用毛巾抱着暖水袋："来暖暖，甭凉了。"姬富强推开老婆的暖水袋，指指炕头的药盒子："再喝几片。"喝下止痛药，过了一会儿，胃消停了，脑子却开始活泛起来：李成功这是想干什么？他硬掺和进来要干吗？村里统共十来个党员，多不多？不算多。虽说他只当着十来个党员的支书，但他很满足，他常想，这多好啊！照他的心意，他愿意永远保持这十来个党员的数量，不再增加。人多嘴杂，人多麻烦就多，就这几个党员，平平和和，他好领导，也好管理。李成功他们三个冷不丁地掺和进来，会不会闹出什么事？联想到前几日李成功送他好酒和烧鸡，提到增选支委的事，他就预感李成功肯定会掺些事情的。李成功不是个善茬，不得不加倍提防。但被动的提防，不如主动的出击。与其到时候被动应付，不如趁早撵他滚蛋。自此以后，他就格外地留意，盯着李成功一举一动、一言一行，他希望李成功像以前一样一去多日不回，也希望李成功犯一些其他的错误。可李成功不但像扎下根须一样驻在村里，而且一出村就按规定请假，办什么事都规规矩矩，不越雷池一步。姬富强又把石秀兰叫过来，让她还去扶贫工作队搞服务，务必做好监督工作。可石秀兰去了几次，李成功拒了几次，姬富强只好暂时作罢，先慢慢走着瞧。他想，如果就这样风平浪静，维持着下去也可以，一旦李成功有啥轻举妄动，他再拿出撒手锏来也不迟。

姬富强的忧虑和良苦用心，他老婆看在眼里，急在心上。她把他们的儿子姬虎叫了过来。姬富强最是见不得儿子，一看见他那不争气的样子，气就不打一处来。这次，有老婆的事先安抚，他好了许多。老婆说："小子啊，你看你爹成啥样了，你爹他图个啥啊，你爹可全都是为你啊！"姬虎低低垂着头，像是认错，也像是犟劲。姬富强就说："有一天我要不干了，你咋过啊？"姬虎仍然垂着头，嗡嗡地说："那我就死呗。"老婆就哭了，姬富强突然心生愧疚，感到对不起儿子。

姬富强在担忧、焦虑中度日，李成功也没闲着。这段时间，李成功一直琢磨，姜银发的档案到底哪儿去了。上次徐刚带着任务到集团组织部秘密查询后，原始的党员统计表上有姜银发的名字，但仅有名字不行，名字与档案必须吻合。档案应该是一整套的材料，有入党申请书，有考察记录，有思想汇报，有政审证明，有转正申请，有党员大会通过记录等等，这些东西是装在一个牛皮纸袋子里的，它们到底哪儿去了？这个问号，刀刻一样刻在了李成功的脑子里，一有闲暇，他就使劲去想。

时间如白驹过隙，眨眼就进了腊月，再转眼就该过年了。按上级通知精神，扶贫工作队也要放假，都各自回到各自家去过年。李成功到省城后，街上的车已经很少，好多楼都空了，有一半的人奔赴老家或海南过年去了。杨玉萍已提前置办好年货，准备回老家过年。李成功看看家里只有媛媛在，巧巧没在，就问："不是说巧巧也随咱过年吗？"杨玉萍说："本来说好了的，巧巧跟着咱过年，可昨天突然变卦，非走不可，这会儿可能已经到南湾村了。"

媛媛说："她倒腾了些药，给她爷爷送药去了。"

"倒腾药？"

媛媛就把巧巧倒腾药的事说了一遍，说完以后，大过年的，李成功又心酸了好一阵子。

媛媛说："巧巧哪里见过那么大的医院，那么好的医院，巧巧一直向她感慨，说让她爷爷来这个医院看看就好了。她说她记事起，她爷爷就腿疼，走路离不开棍子，小时候，一手抱着她，一手拄着棍子去地里干活儿。爸，你认识她爷爷吗？她爷爷是什么样？"李成功说："认识。"杨玉萍插话说："不就是那个邹三树吗？"李成功说："是啊。"媛媛接着说："巧巧从村里埋她娘回来，我陪着她去了几次医院。医生问她还有哪里不舒服，明明她脑子疼，她不说脑子疼，一直说腿疼，说膝盖那里，一受凉就疼，一见风就疼。她哪有腿疼啊，我还不知道她吗，跑起来谁都追不上，她硬说她腿疼，让医生给她开膏药，医生不但给她开了膏药，还开了治疗脑子的谷维素、维生素B6、吡拉西坦胶囊。她拿回去这些吃的药也不吃，偷偷跑到咱小区东边的百姓大药房，求着人家给换成了膏药。她说：'阿姨，这药是从人民医院刚刚开出的，求求你给换成膏药吧。'阿姨开始不给换，她就天天去央求，后来阿姨叫住我问怎么回事，我把巧巧的事说给了阿姨，阿姨就都给她换成了膏药。她高兴得不得了，说这膏药她爷爷能用，她姥姥也能用。我说：'那干脆多买点儿吧。'我就背着妈把爸爸的医保卡拿出来了，买了四百多块钱的膏药，让巧巧带走了。巧巧向我保证说，连住院带买药，这钱她都一笔笔记着呢，以后她一定会还。"

杨玉萍一边听，一边抹眼泪："这孩子，就是孝顺，就是懂事。"

第二天吃过早饭，他们一家三口，开着自家的帕萨特，欢欢喜喜来到了老家。那是腊月三十，李成功的两个弟弟都在家，大姐也专程赶来，正在帮着父母包饺子。按风俗，出嫁的闺女大年初一不在娘家过，大姐三十赶来，是要给李成功弟兄三个开个家庭会。他大姐说："爹娘年龄都大了，过年打扫、贴对子、挂灯笼、扯吊挂都干不了了，从今年开始，你们弟兄三个，轮大排小，每家一年陪爹娘过年，从三十陪到破五儿。今年老大、明年老二、后年老三，轮着来。说不好听的，万一老人有病了，咱再商量，要不轮流伺候，要不一齐伺候。"大姐在家里威望最高，大姐说了，都齐声同意。往年，哥儿三个也都来，但都不在家住，送了年货就走，初一了再来拜年，拜完年吃顿团圆饭，到了下午也都陆陆续续地告辞，最后总是剩下爹娘老两口。哥儿三个来老家过年，那是大礼节，不得不来，但说心里话，都不愿意在家住，不愿意在家住的主要原因，是家里太冷，再一个就是有煤气。凡偶有在老家住的，肯定感冒，被煤气熏得头疼，回去后必定难受好多天。按说，哥儿三个都是生在这个煤气蒸腾又寒冷的老家，也是长在这个煤气蒸腾又寒冷的老家，应该不发怵这个煤气和寒冷的，怎奈一个个出去工作后，都住上了有暖气的楼房，温暖、舒适、干净，没几年，就被温暖、舒适、干净所改造，就只能生活在温暖、舒适、干净之中，再难回到从前了。现在各自生活的舒适和条件的优越与仍然停留在过去的老家相比，简直是一个天上，一个地下。从地下上到天上，难，其实从天上下到地下，更难。哥儿三个都感到了生活在进步，身体在退化，他们受不得一点儿煤气、寒冷了。好在李成功在南湾村驻了那么长时间，老家的寒冷与那边的寒冷比起来，简直就不叫寒冷了，所以他没有再怎么惧怕。杨玉萍有了在南湾村扶贫工作队大炕上的美好回忆，也向往着在老家能重温南湾村的温馨美梦。只是女儿媛媛不行，捂着鼻子，一个劲说呛得慌，大年初一一放完鞭炮拿到红包，就嚷嚷着走，说要到市里与同学们聚会。李成功只好把她送到邯郸火车站，让她坐火车自己走了。

初一的晚上通常是很静默的，因为春晚在除夕都看过了，彻夜守岁都熬夜了，鞭炮在早晨都放过了，挨家挨户地磕头拜年都累了，所以都早早地关门闭户，上炕睡觉。李成功老家是冀南地区普通的四合院落，平顶厚墙，敦实而方正。父母住北上房，他结婚占西屋，二弟结婚占东屋，三弟结婚占南屋。这会儿，他和杨玉萍躺在他们结婚的大床上，钻进了他们的婚被里。李成功娘和大姐因为他们回家过年，提前把被子晒得无比暄腾。许是心里一直挂着事，也是应了日有所思夜有所梦那句话，半夜里李成功突然一声呼唤，把带着幸福和满足沉睡的杨玉萍惊醒了。李成功做了一个梦，梦中他回到了阳坡矿，阳坡矿井下突水，从乌黑的水中捞起一条又一条尸体，捞着井下的尸体，天上又下起了倾盆暴雨，地面上的房子呼隆隆倒塌，人们四散逃窜在暴雨中，有几个熟悉的面孔向他喊道："快跑、快跑，什么都不要了……"杨玉萍把他晃醒，他保持着睡梦中的姿势，捉着杨玉萍说："别动、别动。"他努力回放着梦中的情景，那几个熟悉的面孔是谁啊？怎么这么清晰？他回忆了很久，终于想起来了，就是他、就是他，他霍地坐起身，一股凉气袭来。杨玉萍赶紧拉被子："你怎么了？"

李成功复又躺下，说："这个人叫老霍，是政工科科长，和我是老乡，我记得很清楚，他老家是武安大同公社西马项村的。"半夜里莫名其妙地来这么一句，杨玉萍没听懂，他就耐了性子，从头告诉杨玉萍说："南湾村要想真正脱贫，非得有个好带头人不行，现在的村支书姬富强私心太重，会耽误事的。经长期观察，我发现最棒的带头人非姜银发莫属，可姜银发入党的手续丢了，想进支委进不了，而当时负责党员档案的是政工科，只要找到老霍，就有希望找到姜银发的档案。"杨玉萍一听这个，觉得也很重要，就说："那就先找到老霍。"李成功说："谢谢夫人支持，西马项村离这儿十几里，我明天就去。"杨玉萍捏他一把："给我还客气，只是大过年的，合适不？"李成功说："这事宜早不宜迟。"

初二是出嫁的闺女们带丈夫孩子回娘家拜年的日子，杨玉萍老家在南方，父母都已不在世了，所以也就省了初二这一礼节。李成功起来吃完饺子，把杨玉萍丢给爹娘，开车找老霍去了。

中午时分，几乎打听了半个村庄，找到了老霍。老霍已退休多年，正和几个女婿围坐着茶几喝酒，李成功往地当央一站，喊道："霍科长，我给你拜年啦！"

老霍眼花得厉害，开始以为这是谁家女婿来拜年，听到喊霍科长，知道定是单位来人了。李成功说："你不认识我了，我是李成功，办公室主任。"

老霍想起来了，也认出来了："李总、李总，领导啊，贵客、稀客，快快上座。"女婿们呼啦一下都站起来，给李成功让座，李成功无法推脱，索性坐下。大过年的，贸然串门怕有不妥，为消除唐突感，李成功一边坐一边解释："我路过你们村，顺便来给您拜个年。"

坐下就是客，女婿们热情敬酒，李成功连连摆手："我开着车呢，不能喝酒。"

李成功坐下，开门见山地说："霍科长，我问你个事。"女婿们都静下来，李成功问，"在阳坡矿时，有个农民轮换工，叫姜银发，他是矿上最后一个入党的，您有印象吗？"

老霍想了一阵，说："有、有，好像有这么个人。"

李成功问："你们政工科负责党员的档案管理，他的档案最后是怎么处理的？"

老霍说："政工科我是正科长，下边还有两个副科长，一个副科长负责宣传、团委，一个副科长负责组织。我记得那个农民轮换工的档案我签字以后，交给了负责组织的副科长。"

李成功又问："那个负责档案的副科长是哪里人？"

有个女婿耐不住性子，端着满满的酒催促："管他哪里人呢，来，领导，我敬你一杯。"

李成功做一个暂停手势，等待老霍说话。老霍说："多少年了，我想想，他叫赵喜路，小我两岁，也退休了吧，是沙河人。"

"沙河市？哪个镇的？"

"显德汪镇赵坡村。"

大年初二就这样过去了。初三，李成功要去寻找沙河市显德汪镇赵坡村，杨玉萍不放心，陪着李成功一起去了。从导航地图上看，到赵坡村有二十多公里。上路后，都是疙瘩乡道，颠簸了半天，导航居然把他们导到了一条绝路上。前面是一条河沟，没有桥，但路上堆着一堆沙子，堵死了。这时，天空阴沉，飘起了雪花，李成功说："怎么能绕过去呢？"就想着下车找人打听一下，可这大年初三，路上杳无人烟，到哪里去问啊，便直后悔，出门时先问好了路就是了。也是，自依赖上导航，就很少问路了，这不就吃眼前亏了。杨玉萍看看渐飘渐稠的雪花，打退堂鼓说："要不先回去吧，问好了路再说。"

原路返回到家，已是下午，饿着肚子，李成功的父亲批评了李成功，说："你的发小们听说你回来了，来家找过多趟，想请你喝酒，都扑空了，人家就放出话来，说你当官了，架子大了，看不起人了，不好请了。"老父亲叫他别出去瞎跑了，在家摆一桌，和大家坐坐，省得村里人说闲话。他父亲说得有道理，初四上午，他让杨玉萍张罗了一桌酒菜，自己出去把几个要好的发小请来，划拳喝了一场。喝酒中，他不但问清了到赵坡村怎么走，而且还有发小自告奋勇，要亲自给他带路。所以初五，很顺利就找到了赵坡村。

赵坡村不大，一问在矿上上过班的赵喜路，也都知道。找到赵喜路家，赵喜路也很好客，好酒好菜招待。席间，赵喜路说他是负责组织不假，也确有一袋姜银发的档案，可是，他交给一个具体管档案的办事员了，那个办事员叫小胡，老家是元氏县的，哪个村就不知道了。

李成功急问："小胡有多大，他退休了吗？"

赵喜路："他小，不够退休年龄。阳坡矿关闭时，他一次性算账走人了。现在在省城做买卖呢。"

李成功："你们联系过？"

赵喜路："初一他还给我发了个拜年短信呢，看，这条。"

李成功："那太好了。"

李成功存下了小胡的电话。拨一下通了，是小胡。

5

李成功加了小胡的微信，小胡给他发了位置，李成功一看，居然是他居住小区的门口。难道他和我住一个小区？不可能吧，若住一个小区怎么会没碰过面呢，许是他打听到我住在这里，主动找过来了。李成功怀着既惊奇又欣喜的心情，小跑着来到小区门口。门口有穿戴新鲜的小孩子们玩耍花捻子，市里不让放鞭炮，孩子们就只能买些头绳粗细的炮捻子，点着冒出火花；有大人们相互串门拜年满脸喜兴的迎送；有喝酒归来握着手不撒的亲热的男女；还有几辆等活儿的出租车。小胡呢？小胡在哪里？李成功瞅了几个来回，不见小胡，便拨了小胡的电话。电话里说："对面，斜对面，美食林超市门口。"

李成功穿过马路，来到美食林超市门口。超市门口挤挤挨挨的都是车，超市里熙熙攘攘的都是人。李成功被进进出出的人碰撞着，就站在了一个较空旷处。他转着圈瞅，还是无法确定哪个是小胡，又掏出手机，刚要打，身后有人说："甭费电话费了，就在这儿呢。"

李成功转身，几乎碰上一个烤红薯的大炉子。一位戴着皮帽子捂着耳捂子的中年男子，正弯着腰从炉子里掏红薯，几个小姑娘围在炉子旁等待着。

李成功还是无法确定小胡在哪里，只好再次打通手机，手机铃声在掏红薯的中年男子的口袋响起来。

"你就是小胡？"

"四十多年了，从来没改过名。"

"你认得我吗？"

"你堂堂李大主任，李总，哪能不认识啊。"

"你不是做生意吗？"

"难道我这不是生意？"

"你在这儿卖烤红薯多久了？"

"好几年了。"

"这超市我常来啊，怎么就没看见过你啊？"

"你们当官的，哪能看见我啊。你们都是昂首挺胸，我这炉子这么低。"

小胡在说这些话时，始终没有停止手上的动作，一会儿给小姑娘们包红薯，一会儿伸手去炉子里翻腾。

李成功瞅准一个空闲的时间，言归正传。他问小胡："你在阳坡矿政工部时，有一份姜银发入党的档案，有印象吗？他是农民轮换工。"

小胡皱皱眉头，想一会儿，问："那档案里有金子？"

李成功禁不住笑了。

小胡又追加一句："有存折？还是有银行卡？"

李成功敛住笑，严肃了面孔："不开玩笑！你管档案的，没有把档案管好，你是有责任的。"

小胡很不以为然地说："咋，你要怎样？难道还能把我再开回到金地集团吗？"

李成功一看他满不在乎的样子，知道对这种人来硬的肯定不行，就诚恳了态度说："不能对你怎么样，这份档案很重要，我好不容易找到你，算我求你了，好不好。"

小胡原来是个吃软不吃硬的货，就说："一个入党的档案，有啥重要，不就是一沓子纸啊，听说那个叫姜银发的人又回到村里种地去了，找那行子有屁用啊！"

李成功："真的很重要，请你老弟务必帮帮我。"

李成功蹲了下来，一蹲下来，比小胡还低半头。小胡掏出烟来，让了一下，李成功接过来，说："一会儿我给你买烟，哦，我再买你的红薯，我女儿可爱吃烤红薯了。"这样一拉呱儿，小胡就没那么生硬了，就随和多了，就讲开了。他说阳坡矿一淹井，都吵吵着矿井要关闭，他按领导安排，把档案柜里的档案都清理装箱。刚装完箱，赵喜路科长把他叫过去，从抽屉拿出一个牛皮纸档案袋给了他，交代说那是农民工姜银发的党员档案，要他一起装箱运走。他拿过那袋档案刚进办公室，外面有人敲着饭盆喊叫他吃饭，他说当时去迟了食堂就没面条了，有也是烂面条头子，没法吃，他就随手把姜银发的档案丢进档案柜里。那会儿档案柜已经空了，箱子已经用绳子捆好了，他是想吃了饭回来再解开绳子，把姜银发的档案放进箱子里。可就在这时，有一群人，乱哄哄地抬着一具尸体闯进来了。他说："你知道不，我那间办公室在尽西头，临着通向井口的一条小道，那会儿那一排房子，就我那间办公室开着门。那些人抬着尸体进来，二话不说就把档案柜扳倒扣在地上，把尸体放在档案柜上。那具尸体还穿着破烂的窑衣，脸上、身上都是黑黑的煤泥，那些人端来水，七手八脚地给尸体清洗。当时吓得我一声不敢吭，只是拉着那箱已经打捆的箱子，跑了出来。"

"后来呢？"李成功追问。

"后来，后来阳坡矿被封锁，死亡矿工的家属都被弄到了乡上的一个学校里。"小胡的思绪仍在那个恐怖的时刻。

"我是说档案，后来怎么样了？"

小胡说："后来阳坡矿完蛋了，也该完蛋呢。你说说，井下咕嘟嘟往外冒水，天上呢，老天爷又不饶，下了一场暴雨，暴雨那个猛啊，太怕人了！眼瞅着放尸体的那间办公室就进水了，水冲卷着泥沙、煤矸，一直淹到窗户台那里，眼巴巴地屋子就塌了。那间屋子地势最低，你该知道的。后来把尸体再扒出来，谁还敢进那个屋子啊。"

这么说来，档案很有可能还在那废墟里埋着。李成功不禁兴奋起来，若档案还在原地埋着，那可就谢天谢地了。不过，那个放档案的屋子具体是哪一排，在哪个位置，他并不知道。当时他和其他的矿领导，住在一个两层小楼上，独立的院子，与其他办公室不在一起。要去找，也得这小胡当向导才行，他就往前凑了凑："小胡啊，你得和我一起去一趟。"

"去哪儿？"

"去阳坡矿。那里房子大部分还在。带我去找一找。"

小胡从坐着的凳子上起身，为一个买红薯的人称红薯。称完红薯，看着买红薯的人扫了二维码："没看吗，我还得卖红薯呢，老婆孩子都指着这个呢。"

李成功立刻就猜想到他肯定会谈到钱的，便主动说："我不会让你白跑的，我给你出工钱。"

"多少？"

"你说吧。"

"那看啥时候去了。"

"怎么讲？"

"如果出了正月去，一天一百五，不出正月，一天三百。"

"可不能等这么长时间，这事宜早不宜迟。明后天就去。说定了三百。"

小胡瞪大了眼："明后天？不出十五？三百不干。"

"为什么？"

"正月十五之前，我的生意火着呢，三百，不去。"

李成功笑笑："你就地涨价啊！多少才去？"

"少了五百免谈。"

正月初八，大部分单位都上班了。代凤山和徐刚按照放假前的通知，都先后赶到省城，来李成功家里集合。杨玉萍端出一筐烤红薯，招待代凤山和徐刚。代凤山开玩笑，说："嫂子你们可真会赶时髦，拿烤红薯当年货，这可是年轻人的最爱。"杨玉萍说："哪里，你问问成功咋回事，这年过的，光汽油就烧了满满四箱。"李成功就给两个人讲了他费尽周折寻找小胡的经历，说："昨天谈判到最后，他把小胡炉子里的红薯都买了，小胡才答应一起去，一会儿小胡就来。"徐刚便评价说："真是见利忘义的小市民。"说着，响起敲门声。小胡进来，还穿了一件脏兮兮的棉大衣。徐刚和代凤山都投以鄙夷的目光，李成功倒客气礼让，寒暄毕，说："那咱们出发吧。"大家都起身要走，小胡还坐在沙发上不动，李成功又催了一遍："走吧。"小胡还是不动，并从嘴里咕哝一句："得先付钱。"

李成功说："好好好，咱们先按两天算，今天去，明天回，一共一千块，不够了再给你补上。"

李成功掏出钱数点。代凤山拦住，说："这不行，哪有啥都没干先结账的，先预付你一半定金，等完事了多退少补。"

小胡盯着李成功手指里的大钞，犹豫了一下："好吧，好吧。"

小胡接过李成功递来的五百块钱，跑出去，给了等候在门外的老婆，回来精神昂扬地说："走吧。"

代凤山说："这钱出的，怎么下账啊！"

小胡灵动地扭过身，说："我可以开发票啊。"

代凤山："开发票？你一个卖红薯的开发票？"

小胡："你怎么这么看不起人。你甭管我干啥，反正你要啥我给你开啥，除了嫖娼、毒品和军火啊！"

代凤山："那好啊，回头开发票。"

小胡："要票得加钱，九个点。"

李成功推了一把代凤山，不让他再谈发票。大家出去，一起上车，走了。

到阳坡矿，时针正好指向一点。当时天气晴朗，阳光灿烂，大家跳下车，站在太阳地儿里，晃得都有些睁不开眼。小胡望着那片倒塌的废墟，竟有些激动，再看井口处简易的井架和煤场的车辙，似乎觉出了些人气，问："矿上又干开了？"

没待李成功回答，从一旁的吊着厚厚棉帘子的小房子里出来两个人。

李成功上前，礼貌地让烟，并让代凤山从车里拿出鸡蛋、面包给这两个人吃。李成功告诉那两个人，自己是金地集团的，原来就在这个矿工作。代凤山敲边鼓，说："这是我们领导。"人一客气，就好说话。一支烟没抽完，李成功他们就搞清了：过年井口一直没出煤，这两个人是在此值班的，每天只负责开两次泵，每次抽上一两个小时的水。顺着两人指的方向，李成功看到从井下抽出的水已经改变了方向，不再向路上排放，黑水冒着热气，顺着另一个山沟流下去，山谷里已经是一片白花花的冰。

小胡看出些端倪，又嘟囔一句："原来是偷着干哩啊。"

李成功在省城与小胡谈定后的当天，找地方买好工具，事先放在了车里。大家从车里拿出铁镐和铁锹，跟着小胡走向那些颓废的平房。小胡东看看，西瞅瞅，带着大家来到那个已做羊圈的破墙里。那里已垫了好几层的沙土，羊粪被踩踏成光板一块，极像李成功老家的房顶。

小胡绕着羊圈转了两圈，用步子丈量了一阵，然后停下来，抬起腿，用劲跺了一脚："就这儿！"

代凤山早已急不可耐，抢起镐刨下去。徐刚拿着铁锹往下挖。那两个开泵的也过来下手帮忙。羊圈看着表面梆硬，挖到下面却是暄的。

袖手旁观的小胡说："这要是埋着宝贝多好啊！我也能发笔财。"

代凤山裤子沾满了羊粪，额头已大汗淋漓，就不高兴了，骂："X！你真他妈的钻钱眼里了。"

小胡不服气，还嘴："你们是得了便宜还卖乖，站着说话不腰疼。我他妈的在这个矿干了十几年，正经八百的正式工，说要关闭了，破产了，一次算清，算给我两万多就打发了，我就啥也不是了。你们，到现在还照样开着工资，这公平吗？"

代凤山气喘吁吁："那是你自愿的啊。"

小胡蹦出一句"屁自愿"，刚要再反驳，徐刚喊道："柜子，下面是个柜子。"

小胡顾不上反驳，指着脚下臭气烘烘的大坑说："就是它，就是它。"柜子翻过来。

大家一起动手，抬出柜子，翻转过来，里面灌满了乌黑的泥沙、羊粪，一点儿点儿抠出泥沙、羊粪，露出了一个牛皮纸袋子。李成功小心翼翼地托起袋子，又小心翼翼地打开。伴随着从里到外散发的复杂味道，粘连在一起的入党志愿书还有各种材料一应俱全。姜银发的名字也赫然显露。

"太好了！"李成功情不自禁拥抱了小胡。"谢谢啊！"

送小胡走时，小胡有点儿不好意思，握着李成功的手说："钱要得有点儿多。"

6

姜银发一进来，冲李成功他们三位直傻笑。李成功抖搂抖搂身上的泥土，说："有啥好笑的。"徐刚闻闻双手，舀起一瓢水蹲下来洗手。代凤山捡起半根一次性筷子，边抠鞋缝里的羊粪，边怪姜银发："都是你，还笑。"

姜银发此时并不知晓李成功他们已为他找到了党员档案，眼里也没看见他们一个个的肮脏模样，他只憋着一件大喜事要告诉他们。就见他从兜里掏出一把糖，仍然傻笑着："来、来，吃糖。"

"又娶媳妇了？"

姜银发嘿嘿嘿："我老婆生了，生了个小子。八斤半。"

李成功率先接过糖："恭喜恭喜！"

姜银发的满脸笑纹难以一时平息："小子一出来，姥姥家人就叫他狗蛋，我不愿意，我老婆也说，李书记是儿子的贵人，托李书记给儿子起个名儿。"

李成功："我可不敢当。"

姜银发："真的，这小子是我梦到你的那天怀上的。"

哈哈哈，大家都笑了。李成功说："那容我琢磨琢磨，起名字不可儿戏。"

之后，嘴快的代凤山就把找档案的事说了。他说："李书记这个年过的，真是的，光为你找档案了，你可好，在家欢欢喜喜生儿子。"随着代凤山夹杂着数落的述说，姜银发脸上的笑容一点点退去，嘴角一抽一抽的，竟然哭起来。"我找过，找过好多次呢……那会儿矿上乱哄哄，也没人管。后来回来，我也去乡里反映过、要求过，也没成……没想到、没想到……"姜银发语无伦次地说到最后，看着李成功他们三个身上的泥土和羊粪，放下手里的糖果，赶紧蹲下来，给这个拍打拍打裤腿，又给那个拍打拍打裤腿，并一个劲地自责："我咋一点儿不知道啊！我咋一点儿也不知道啊！"那意思是说，我要是知道了，这些脏活儿还用你们干。

李成功说："这都是应该的，也不用感谢，下来还需要履行程序。但不管结果如何，思想上都要严格要求自己。"

姜银发发誓般"嗯嗯嗯"使劲点着头。

按照失联党员的办理程序，姜银发毫无悬念地恢复了党员身份。失联党员归队，毕竟也是一件严肃的事情，李成功打算召开一次党员会，在会上宣布一下。党员会通知的是上午九点开，一直到十点，除了姜银发第一个到来，邹三树第二个到来，村里在家的其他党员还一个没来。李成功就一边聊天一边等。

李成功向邹三树询问："腿怎么样了？巧巧买的膏药还行吧？"邹三树拍拍膝盖，蹬蹬腿："管用管用，这孩子给我买这么多膏药，得花多少钱，准是舍不得吃舍不得穿攒的。"李成功说："孩子懂事啊，走了吗？"邹三树说："孩子怕我们老两口孤单，从三十儿来了一直陪我们到初五，做饭洗碗不让我们动，这会儿，又去姥姥家陪姥姥了。唉，太拖累这孩子了。"李成功看看表，又过去一刻钟，还没人来，便让代凤山和徐刚一个一个打电话催，催到十点半，哩哩啦啦来了五个。姬富强是最后一个到的，他一来，就说："就这几个了，别的来不了。"李成功问："支委齐吗？"大家你看我，我看你，都显出一副懵懂状。这几个党员只知道支书是谁，从来不曾知道还有支委。再看这几个党员的神情，好像都没开过会，显得很不自然，不是拘谨着，就是如临大敌似的僵硬着。姬富强又说："甭管齐不齐的，开吧。"李成功只好开始开会。他先站起来，双手抱拳，给大家拜了晚年。大家哼哼哈哈还了礼。当接下来宣布正式恢复姜银发党员身份，提议大家鼓掌时，他发现姬富强的脸色在极短的时间里出现了三层变幻：第一层变幻带有难堪的挫败感，第二层变幻含着深深的忧虑，第三层变幻则是突然坚硬的冰霜。李成功没再多顾姬富强脸上的变幻，他尽量调用最恳切的语气，说借这个机会，想给大家汇报一下今年精准扶贫的打算，看哪儿不合适的，提出来，或者谁有什么好点子、好想法，也都提出来。他说他们千里迢迢跑到南湾村来，只有一个目的，那就是精准扶贫，让乡亲们早日脱贫，过上小康日子。他说去年打井修路没做好，是他的责任，今年一定补上。他说咱南湾村至今连个村部也没有，下一步得想法建起来。他说咱南湾村集体账上一分钱没有，村集体没钱，就办不成事，下一步得努力增加村集体收入。

说到这里，姜银发呱唧呱唧鼓起掌来，因大家都没反应，显得姜银发的鼓掌有些突兀。姜银发也毫无难堪之色，挺直了腰板，响亮地说："这都是实事好事，件件都是为我们好，我们支持。"姜银发又话题一转，说，"李书记啊，我有一个好主意，这个事要弄成了，南湾村子孙后代，不，这方圆几十里的子孙后代，都会享福。"

李成功说："我知道你说的是什么。"

姜银发说："是，我以前给你提起过，仙女湖，想法把仙女湖救活，咱可就都活了。"

姬富强先是微闭眼睛，这回睁开，嘿嘿笑了两声，带些讥讽地说："你以为你成了党员就长本事了？救活仙女湖，除非你变成老天爷。"

姜银发被姬富强这么一呲，梗梗脖子，不再说话，其他的人都看着姬富强，也不说话。

李成功说："仙女湖的事不是小事，以后专题讨论吧。"他用商量的口吻再次征求姬富强的意见，说，"你看，咱支部现在这个样，怎么能行啊，下步咱怎么加强支部建设……"

李成功眼瞅着姬富强脸色变白，虚汗从额头浸出，双手紧紧抓着肚子，身体一点一点往下出溜。李成功立即终止开会，喊一声"快、快"，上前抱起了姬富强放在床上，等他缓过来之后，大家七手八脚把姬富强抬到了家里。

李成功不想干事的时候，真的就无所事事，手不由得就摸出手机，盯着小小的屏幕，找找这个，看看那个，一蹉跎就是半天。当他真的想干事的时候，又觉得好多事情排着队在等着，好像千头万绪似的。现在，他脑子里装得满满当当，打井、种地、盖房、修路、钱从哪里来、物从哪里弄、人怎么安排，天天思谋先干哪个，后干哪个，怎么去干，谁去干，根本没了玩手机聊天的工夫，自然也就冷淡了苏素。但苏素一天也没有冷淡他。苏素不管他回不回，也不管他回得简略还是复杂，每天都会一如既往向他发送信息，有时文字，有时语音，有时则视频，而且都是那种毫无掩藏的窃窃私语。过年这段时间，除了礼节性的拜年问候，李成功一直没怎么与苏素聊天。苏素知道他回老家了，苏素也知道杨玉萍与他在一起。苏素不止一次向他表示过，她衷心希望他们夫妻恩爱，她无意破坏他们的家庭。所以他因顾忌家庭没有及时回复她，她丝毫也不责怪。过完了年，重新走上工作岗位，他因工作忙，没时间及时回复她，她仍无任何埋怨。她曾经给他说过这样的话："你怎么对我都行，我没有资格要求你。"现在，老对人家不理不睬的，连他自己都觉得说不过去，再怎么忙，也应该和苏素聊上几句的。可是，聊着聊着，就变味了，就不是以前的路数了。以前他与苏素聊天，从来不谈工作，或者有意回避工作。八小时之内，那么累，那么烦，好不容易遇个异性朋友，干吗还要谈工作啊，干吗不尽情享受自己的私密空间啊，他早已把与苏素的交往当成了他的精神后院，累了、烦了好小憩一下。当然，春风得意了，也不妨马蹄疾一番，所以他和苏素的聊天，从来都是柔情似水，所涉的尽是人生啊、婚姻啊、爱情啊，最坚硬的也不过是对社会现象的一些直抒胸臆，贯穿在字里行间的全是你疼我爱。可现在，一说就是工作，他说：这破村不大，干起来还真有干头。

　　苏素没有接他的话，而是说：你多保重啊！你好失眠，可得多注意。

　　搁以前，说到这里，他该回敬一句"你也是啊"，这会儿他没回敬，而是写道：这个破村要想彻底改变面貌，得先干好一件事。

　　SS：那个破村还有救？

　　李成功：哈哈，你终于给我讨论工作了。

SS：那边现在还冷，你出门可要穿厚点儿。

李成功：你又跑题。看怎么救了。要想救活这个破村，必须首先建好党支部。

苏素发来一个拥抱加亲吻。

李成功：建好党支部，首先得选好党支书。姬富强不适宜继续干支书，过几天等他身体好些了，我就给他谈。

SS：他怎么了？

李成功：有病。

SS：啥病？

李成功：他老胃疼，我看不像好病。

苏素无语。李成功猜想苏素的老王可能又到身边了，便匆匆打住：好了，不聊了，我得写工作日志了。

李成功认为，南湾村的两委班子，这么多年没换届，已经是个问题了，他若向上级请示换届，上级定会支持的。问题是换届不能闹出意见，不能闹出不和，他不愿意因换届换出矛盾，更不能换出仇恨，他想皆大欢喜和和谐谐地把届换了。要实现这个目的，他觉得有必要先给姬富强谈透彻，征得他愉快让贤是上上策。

他再次来到姬富强家里，这次他没带肉，也没带酒，而是带了些他老家出的胃药摩罗丹。前段时间姬富强胃病犯了的当天，他就给杨玉萍打电话，让她买些摩罗丹速速寄来，那种药是由百合、茯苓、玄参、乌药、泽泻、麦冬、当归等中药制成，是一种专治胃病的良药，有利于和胃降逆、健脾消胀、通络定痛。李成功给姬富强讲完这种药的好处，就一屁股坐在他的炕边，夸赞了他这么多年管理村庄的不容易，把功劳苦劳说了一大堆，最后归结到一句话："你看你身体不是太好，是不是把担子交给年轻人担一担。"

姬富强听着听着，两只手就慢慢抱住了肚子，手上的力度越来越大，最后，终于控制不住，忍着疼痛，嘿嘿冷笑几声："我咋说今早起来右边眼皮一直跳呢！原来，这是黄鼠狼给鸡拜年来了。"

"不不，你别误会。"

"我误会个屁！你不是说得很清楚吗，就想整掉我。"

"不是整掉，我只是建议。我是有啥说啥，没隐着藏着。"

"你是没隐着藏着，你是明目张胆地造反夺权。我告诉你，我干还是不干，还轮不到你来说话，你以为你是谁！"

姬富强嘴唇颤抖，腮部有块肌肉突突跳动，肠胃也有些痉挛，他老婆赶紧上前，帮他揉着肚子，说："李成功你走吧，你快走吧。"李成功有些无趣，有些过意不去，站起身，拍拍炕上的摩罗丹说："别急、别急啊，先吃点儿药，歇歇。"

李成功还没走出院子，姬富强就抓起摩罗丹对老婆喊："把这药扔茅坑去，我还怕毒药呢！"姬富强冲着李成功的背影激动地说："你认了干闺女，没等你说话，我就同意给你办建档立卡户。你来我这儿扶贫，我留你、护你、支持你，没想到，贫还没怎么扶，你倒先整我了，啊！这么没良心，啊！"

<h1 style="text-align:center">7</h1>

姬富强本来不是那种阴险狠毒之人，但面临危机之时，他也会狠下心来，做些出格的事。现在，对他来说，李成功就是他的危险，因为李成功要图谋撬掉他这个村支书。他向来把村支书地位看得重如生命，任何有觊觎他地位的人，他都不惜与之拼死一搏。他先让老婆关起门来，自己躺在炕上想了三天四夜，然后打起精神，开始有条不紊地付诸行动。他把手机的电池充得满满的，把话费交得足足的。他首先把不够格的建档立卡贫困户一个个叫来，明确告诉他们，他们的贫困待遇很难保住了，李成功要拿他们开刀了。他又把几个他认为可靠的够格进建档立卡的户叫过来，告诉他们，下一批打算报他们进建档立卡，只要别跟着李成功乱喳喳就有希望。第三批是村里的其他可靠户，他告诉他们，李成功这人不地道，上边再来调查，不管是电话调查还是来人调查，不要再给李成功添好话。那几

日，姬富强的家里络绎不绝，来一个，走一个，走一个，来一个，姬富强则是滔滔不绝，不厌其烦，说了一遍又一遍，光茶水就喝了十多壶。所有来过的人，走时脑子里都装了这样一个观点：他们祖祖辈辈要在这个村里生活，吃喝拉撒还得靠村里，姬富强即村里，而李成功只是个外人，干得再好也不能安家落户，说不定明天就拍屁股走人了，他一走，你该是谁还是谁，活是村里的人，死是村里的鬼。

群众工作做得差不多了，接下来的一个重要人物就是他儿子姬虎。他知道姬虎懒归懒，但不傻，平常一见儿子就来气，那是平常，现在在这个生死攸关的时刻，不能再搞内讧了，得一致对外，上阵还得父子兵嘛，所以姬虎过来时，他没像往常那样皱眉头，而是主动抛给姬虎一盒烟。他老婆适时地说："你爹快不能干了，人家要拿掉你爹呢。"姬富强嗨的一声喝住了老婆的不吉利话，说："哪有那么容易！"老婆用带些悲切的腔调说："虎子啊，你可要好好帮衬你爹啊，帮衬你爹，就是帮衬你啊。"老婆这句话说得还比较到位，姬富强心下想，要不是这不争气的儿子，他费这劲干啥啊。有他这个当支书的爹，村里村外的人才会给些面子，多多少少给姬虎些照顾，不至于使他饿死冻死。更重要的还不仅仅是这个，更重要的是关系到他这个残缺不全的家。只要他稳稳当当干着村支书，姬虎那跑走的媳妇就有可能回来，姬虎就有可能重新成家，他姬富强的孙子就有可能认祖归宗。若他不当这个支书了，谁还把姬虎当回事，不啐死他才怪呢，儿媳妇、孙子也可能永远都是别人的了。姬虎虽然对他爹的危机认识得没这么深刻，但看到爹娘的可怜，也动了恻隐之心，问："那咋办啊？"姬富强一看姬虎能够给他对话，更加精神了，说："你平常多留心，看李成功有啥毛病，能写就写下来，到时候咱给上边反映。"姬虎问："李成功来了这么长时间，就一点儿差错没有？"姬虎这一启发，姬富强想起了很多，说："凑吧，给他上纲上线。他一来，就带着人来咱家吃喝，算不算！还有，还有……"姬富强顿时脑洞大开把李成功回家半个多月不返村、乱花钱搞形式主义、扶贫工作队食物中毒致人死亡等等等等翻了个底朝天。

另一个可利用的人是石秀兰。这个女人虽然有时候立场不坚定，墙头草随风倒，但讲清利害关系后，她也知道关键时候该咋办。姬富强把她叫来，上来就问："我这么多年，对你，对你家，咋样？"石秀兰已多少知道了些姬富强与李成功闹顶的事，猜想到肯定会让她站稳立场，就说："那还用说，一样也没亏待过我，家里人都不愁吃不愁穿的。"姬富强说："知道这个就行，那你听我的呗？"瞧着石秀兰点了头，姬富强给她交代两项任务：一是多串串门，给乡亲们做好思想工作；二是照常去扶贫工作队，做些服务，不过要多长个心眼，李成功那边一有什么不对，及时过来汇报。

　　最叫姬富强头疼的是姜银发。这小子原本是个好后生，勤快、脑子灵，最重要的是好使唤，好使唤得就像一匹不用扬鞭的骏马，你一示意，他就知道往哪儿跑，你一抖缰，他就会随着你的心意或收蹄或疾飞。可自从李成功来了以后，他就鬼迷了心窍，变了一个人似的，天天想着、护着、跟着李成功，看样子，时不时地还想尥蹶子。不过，他对姜银发还存着一些幻想。毕竟姜银发是他培养起来的，又与姬虎从小一起长大，能争取过来，和他站在一起，那他可就万无一失力量倍增了。他正犹豫着要不要叫姜银发过来，姜银发却一挑帘子跨进了门槛。

　　姬富强心里一喜，刚要让座拿烟，瞥见姜银发脸色不对劲，便故作镇定："有事啊？"

　　姜银发拿起姬富强的烟，点着："外边都吵吵你要撵走李书记？"

　　姬富强见他抽上了自己的烟，觉得这小子还有救："谁说的？"

　　姜银发："没有就好。李书记真的不能走，他是一心来给咱办事的。我刚从乡里来，人家这些天一直在外面给咱跑钱呢。李书记说他们集团公司又批了十五万。他说咱们再向乡里、县里争取点儿，修路、打井、盖村部就都有着落了。咱可不能在背后鼓捣人家啊！"

　　姬富强这会儿最听不得姜银发一口一个李书记，一听姜银发一口一个李书记，他心里就来气、上火，他强压着火气，黑着脸，变了口气："你知道啥啊你！不是咱在背后鼓捣他，是他在背后鼓捣咱。"

姜银发也不再客气："你别咱啊！这背后鼓捣人的事，别拉上我。"

姬富强的脸完全黑沉下来，腮帮子那块肌肉又突突跳动："好啊，你不愿意咱，那你就当叛徒。我话说明了吧，你可以给李成功捎信儿，他敢不仁，就甭怪我不义！"

"李成功李书记不是这样的人。"

"不是这样的人？哼！连你都这么没良心。"

"我咋没良心了？"

"有良心你能和李成功穿一条裤子？有良心你能急慌慌地篡权？"

姜银发听明白了，姬富强这是怕失去支书位置，怕他进了支委顶了他姬富强的支书，就说："富强哥，按辈分我叫你声哥，你放心，我不拱你，你好好当你的支书，我只求你别价鼓捣李书记，好吧？"

姬富强重重地在喉咙处哼了一声："你看着办吧！"

8

姜银发这是第一次拉下脸来和姬富强顶嘴。顶完了嘴，他冷静下来想想，还是不能得罪姬富强。上一辈儿，上上辈儿，他们姬姜两家就好，姬富强当上村支书，没少偏向他家，还力荐他当上了村主任。即便是撇开这些不论，单说屁股大这么个小村，房连房，地挨地，低头不见抬头见，倘若真的闹僵了，共起事来别扭，过起日子来更别扭。再说姬富强也不容易，村子这么穷，啥都不好弄，当这么多年村支书，也没捞着什么好处，只有姬虎一个儿子，也是好吃懒做的货，就连儿媳妇也没把他这个当支书的公公当回事，带着儿子一走多少年无音无信。他不就是想当村支书吗，让他当去，愿意当到啥时候就当到啥时候。想通之后的姜银发，轻轻松松跟着李成功去勘察打井修路，不再去纠结姬富强的事了。他俩转了半天，后背黏糊糊地出了汗，姜银发提议："歇歇儿，歇歇吧。"李成功也走累了，鞋子里灌进不少沙砾，就势坐在坡头的一块石头上，脱下鞋，往外磕倒沙砾。姜银发靠着李成功坐下来，也脱下鞋，磕倒鞋子里的沙砾。李成功边磕倒沙砾，边居高临下四处张望：南侧，趴着土灰色调的南湾村；北侧和西侧，赤裸着干涸宽阔的仙女湖；东侧，铺展开来的东大甸子则都是南湾村村民赖以生存的耕地。那片耕地，土层较厚且平坦，若能成为水浇地，合理安排种植，说不定会变成聚宝盆呢。

李成功正想得出神，姜银发靠了他一下，说："穿上鞋，我给你个正经事。"

李成功没有马上穿鞋，只是从那片耕地收回些目光，瞟了一眼姜银发，示意他有话就讲。

"我不想进支委，也不想当支书，你别费劲了。"

李成功把目光完全收回来，停在姜银发的眼睛上。

"我只当党员就行了。"

李成功在他眼睛里并没发现退缩，但还是拿话激他："怎么了？尿了？软了？"

"不是。富强哥他不想让。"

李成功穿好鞋，语气郑重起来："支部换届不是想不想的事，这是组织原则。再说也不是让不让的事，咱们要民主选举的，你也不一定就能选上。"

姜银发本来想告诉李成功他这样一搞，姬富强肯定会在背后鼓捣他，但犹豫了一下，如实相告会激化李成功和姬富强矛盾的，就只说："富强哥他可能会对你有意见，你得有个思想准备。"

李成功说："我相信他终会想通的。我给他没仇没怨的，我给你们村哪个人也没仇没怨，我是为你们好。"李成功指着坡下的村庄、耕地、仙女湖，"我是为了这里将来能变成美丽富饶的地方，让你的儿子以此为自豪，让外边的大姑娘争着往南湾村跑。"

一说到儿子，姜银发双目闪出两道炯炯光芒，身体里的血液骤然升温，力气急需要发泄出来似的，噌一下跳起来，搬起一块石头，朝仙女湖那边滚下去。

李成功在后边瞅着滚动的石头，并没有喝彩，而是淡淡地说："做什么事都不是那么容易的，如果一点儿坎坷没有，那就不叫事了。我在这儿扶贫，需要你的配合，假如有一天我待不下去了，我走了，你也应该坚持下去，该怎么做就怎么做。"

姜银发搬起的第二块石头没扔出去，他举着停下了，他感觉出李成功可能预测到了什么，就说："你不能当逃兵！"他把举起的石头重重砸在脚下，"不管咋样，你决不能走！"

李成功捡起一块扁扁的碎石，像小时候往河里打水漂那样，斜倾着身子往仙女湖投去，可惜裸底的仙女湖无法呈现漂亮的连漂，只听咚的一声，像砸中了骷髅一样，石头落在硬硬的湖底板上。李成功说："走吧，回去开碰头会。"

碰头会通知了姬富强、石秀兰都参加。李成功向大家汇报了这几天他跑资金的情况。他说："上边的扶贫资金已经分到了县里，县里正往各个乡分，我报了咱们的项目，可能能争取一部分。金地集团那边递上请示报告后，领导很重视，已经批了，再给咱们支援八万。现在咱们排一排，先干啥，后干啥，早做准备。"

姜银发抢先发言："先打井，先打浇地的井。旱地能浇水了，咱们就不愁吃了。"

石秀兰看看姬富强，姬富强合着眼没有表情，她便按着自己的心思说："这么多钱，也别都花了，按户头分一些吧。每户先分上三千两千的。"

李成功笑了笑，知道石秀兰这种想法很有代表性，但这肯定不行，不能有了钱一分了之，然后各自继续受穷。他没当场表示否定，他想听听姬富强的意见，就问："富强老哥（这称呼是姬富强让叫的，开始李成功称他为姬书记，他不习惯，就让李成功叫他老哥了），你说呢？"

姬富强慢慢睁开眼，反问："你说乡里那笔钱儿，有多少啊？"

李成功说："还没定，咱报的不是盖村部吗？（这事李成功与姬富强商量过，他是同意了的。）怎么着也给小二十万吧。"

姬富强说："你看着弄吧，我这肚说疼就疼。"

姬富强这是又要了个滑头，他把责任都推给了李成功。李成功没有再往外推，他说了句客气话，他说："你威望高，运筹帷幄也行。"说着客气话，实际上他已经把责任都揽过来了，他开始安排下一步的工作：所有与打井有关的事，姜银发负责；所有与修路盖村部的事，徐刚负责。最后，他看看档案柜里每户的贫困档案，心里咯吱咯吱疼了几下，那疼劲就像留在胸腔里的一把刀子，不小心又被谁横搅了几下。那些档案抄来抄去至今仍未改变，那都是姬富强划定的领地，里面有多少的不公、怨气和扬扬得意，李成功清清楚楚。他仿佛又看到了玉枝贪婪地与黑狗争食的场景，仿佛听到了巧巧轻轻地唤他干爸的声音。他瞅着档案，忍着莫名的疼痛，嘴上却淡淡地说："这每一户的档案，给上边的各种报表，唉，统计口径老是变，数据老是更新，这一变一更新，就得从头重做，还有应付上面一层一层的督查、检查、考核，还有日记录、月总结，这些个啊，得硬邦邦一个人。代凤山，凡是关于这方面的事，你来负责，忙不过来，再向总部求援。"

说到这，姬富强插话了，说："代凤山一个人忙不过来，村里由石秀兰帮忙，记着啊秀兰，每天过来上班。"

石秀兰一点头，李成功就看透了姬富强的用意。这是在他的领地又加强了岗哨。

9

晚上，又进入了睡前的必修课。现在与以前的不同是，李成功要同时应对两个女人。以前基本上只应对好苏素就可以了，妻子杨玉萍只寥寥几个字，很简单，发过去以后就可以不再理会。现在，杨玉萍大大超过了苏素，不但说得多，还要求多，总要让李成功把当天都忙些啥说给她听，李成功便把每天的工作日志复述一遍，当然其中也添加不少新内容，比如一些体会想法什么的。巧的是，另一个女人苏素也不再全是情啊爱啊风花雪月什么的，也渐渐对他的扶贫工作有了兴趣，总是问长问短。李成功灵机一动，便把与杨玉萍的聊天复制一下，然后转发给苏素，这样既同时满足了两个女人，也省了不少麻烦。

今晚，先是杨玉萍问：今儿怎么样？李成功就把与姜银发一起到地里、山坡上的勘察、姜银发怕得罪姬富强不愿意进支委以及碰头会上的修路、盖房、打井、应付档案的工作分工一一说了一遍。正说着，那边苏素又震动了一下。

SS：哥，今天忙一天？

李成功把刚才给杨玉萍说过的话转发过去了。

杨玉萍：你甭光顾忙别的，忘了给巧巧家办建档立卡贫困户啊，这孩子可是咱的闺女。

李成功：单独办巧巧的肯定不合适。你放心，我有我的计划。

杨玉萍：啥计划？

没待李成功说出计划，苏素又发来一条信息：哥下一步打算怎么干？

李成功想都没想，按住手机悄悄说起来（外间的代凤山、徐刚都还捧着手机没睡，他不能太大声）：脱贫不能靠施舍，也不能靠同情，得自己干起来。南湾村的穷，除了自然条件不好，很多原因就是自己努力不够，其中有很多人懒惰，躺在国家的救济上安于贫困，不思进取。

李成功把这段话发给杨玉萍，再发给苏素之后继续说道：村里的人甭看都挤在一起住，其实是散的，各顾各，各自在生存的温饱线下挣扎，集体经济一穷二白，无法集中力量办大事，也就是说，从生产队解散以后，就再没有形成一个集体的力量抵抗风险。而要形成集体的力量，必须把支部建好，把带头人选好。这个带头人太重要了。这也是咱们中国的传统特色，选好带头人，就能拯救一大片。

李成功继续说：现在，南湾村所有扶贫工作开展的前提，就是搞好两委换届。换了届，建档立卡贫困户的问题也就迎刃而解，或者叫水到渠成吧。

杨玉萍好像有点儿急不可耐，问：那个有病的支书这回得下台吧？

随后苏素说：哥说得真好，两委咋换届啊？

李成功：姬富强肯定不适合继续干了。他这个人其实不错，只是家门不幸，儿子不争气，他强撑着干支书，也是为了他这个家。但要把村里搞好了，大家富裕了，他也就理解换届不是针对他个人的。

杨玉萍：天不早了，睡吧。

SS：哥，抱抱。

按照李成功的计划，月内要完成两委换届，因为上级已经同意（口头同意），只是还没有正式批复，他打算再到县乡催问一下。安排完当天的工作，他刚要动身，集团钱副总经理来电话，让他速回总部一趟，他便临时改变行程，带着徐刚匆匆上路。他带徐刚回去，是因为徐刚来自工程公司，他要徐刚找工程公司的设计部门，帮忙设计一下村部。徐刚所在的工程公司设计的都是高楼大厦，设计这么个小小的村部肯定小菜一碟，找他们帮忙，主要是想省点儿钱。能省就省点儿吧，钱本来就不多。到集团总部后，李成功与徐刚分手时又交代，让人家帮忙，人家肯定要加班，到时候该请人家吃顿饭就吃顿饭。

钱副总经理直接把李成功带到了董事长办公室。钱副总经理一屁股坐在沙发上，沉默不语，脸色很不好看。董事长坐在威武的办公台后，低头看文件，也不理会李成功。李成功感觉屋内气氛有些紧张，不敢落座，像个小学生那样站着，静候事态发展。就听钱副总经理说："你怎么搞的你！选你去扶贫可不是让你去闹矛盾的啊，村里怎么那么多人对你有意见，啊！你知道不知道，县、市两级的考核，群众对你的不满意率竟然高达百分之五十五，这还行啊！你代表的可是咱们国有大企业。"钱副总经理瞄一眼董事长，强调说："董事长很生气的。"

钱副总经理的黑脸唱得差不多了，董事长才从文件中抬起头，语重心长地说："成功啊，精准扶贫的意义我就不多说了，相信你一定已经认识到了。不过认识到，不一定就能百分百地做好，要做好精准扶贫，还需要付出很多很多的努力啊。农村、农民工作不同于企业，坐吧坐吧，我看你黑了也瘦了，定是吃了不少苦吧。"

李成功坐下来，首先检讨了自己，接着他把村两委特别是支部的瘫痪状况、建档立卡贫困户的不实不公以及弄虚作假情况和计划换届的想法逐一说给了董事长。他说，姬富强这段时间一直在背后串联鼓捣，他知道，但他不想正面与姬富强冲突，他只做他该做的。他说，姬富强当了这么多年支书，是真不想让位。

董事长听完李成功的汇报，态度明显改变，说："是啊，农村的情况是复杂的，但不管如何复杂，你要有定力，只要行得正，什么都不怕。成功啊，你要用事实证明，你所做的都是正确的，好吗？"董事长又对钱副总经理说："安排个时间，我们到村里看看。"

回省城之前，徐刚已经把村部的位置、地形勘察完毕，测量的数据也很完整，面积以及功能、造价等都已定好，专业的设计人员据此很快就可把图纸绘制出来的。可徐刚说设计人员没上班，明天再找另外的人。第二天，李成功催问，徐刚又说现在设计人员不好找，新找的这个设计员手里的活儿又很多，至少三天后才能绘制出村部的设计图。李成功就有些着急，这点儿小活儿还这么多天，他当即打通了工程公司领导电话。他与工程公司领导非常熟悉，说了两句客气话后，提出请求说精准扶贫是全集团的责任，请工程公司务必支持。工程公司领导听清他请求的事情后，爽快地表示："这算什么呀，设计人员有的是，明天最多一天，让你拿到图纸。"

挂断电话，在一旁的杨玉萍剜他一眼："你呀你呀！"李成功问："怎么了？"杨玉萍说："连我都听出来了你没听出来啊，徐刚哪真是找不到设计人员啊，他是找理由想多住两天，你没听到电话里还有女人的声音啊，那准是他媳妇在身边缠着他呢。"李成功看着杨玉萍痴迷的眼神，说："是吗？"转而又自言自语，"是啊，这快三个月都没回家呢，这么年轻。"杨玉萍依偎在他怀里，说："谁像你啊，一走就忘记家了。"李成功说："怎么能忘记呢。"刚要伸手揽过杨玉萍，又看到了茶几上盘子里放着的两颗土豆，皱皱巴巴，核桃般大小，驴粪蛋子样丑陋。昨天回来进家，李成功就发现了这两颗土豆，以为杨玉萍打扫卫生落下了，没太在意。怎么两天过去了，这两颗土豆还没扔掉？

杨玉萍感觉李成功停止了手上的动作，偏头一瞥，见他双眼盯着土豆，便坐直了身子说："这两颗土豆我要一直放着。"李成功觉得其中有故事，就耐了心听杨玉萍说下去。杨玉萍定定地瞅着土豆说："这是巧巧的。巧巧寒假从老家回来，背了半袋子这样的土豆，都是煮熟的。巧巧把半袋子土豆藏在宿舍里，开饭的时候，同学们都去食堂买好吃的，她躲在宿舍里，就着开水偷偷地吃几颗。巧巧连续吃了半个多月，被媛媛发现了，媛媛自作主张，把剩下的土豆给同学分了，自己也拿回家两颗。我听说了，心里酸楚得不行，就把这两颗土豆放在这儿，时刻提醒媛媛，咱可不能身在福中不知福。看看巧巧，都过得啥日子。"

李成功听说了巧巧背土豆来上学，立刻能想到那一定是巧巧从姥姥家背来的，大冷的天，一个单薄的伤痛未彻底痊愈的小姑娘，背着半袋子土豆，跑到县城，坐汽车，倒火车，然后再倒汽车，遥遥千里背到学校，多么不容易。想到这儿，李成功心里也是酸酸的，想流泪，说："得尽快赶回去，换届刻不容缓。"

李成功的催促，使得徐刚缩短了在家与家人相聚的日子。第二天，工程公司的领导就给李成功打来电话，说设计图纸已经交给徐刚，并邀请李成功到工程公司做客。李成功谢绝好意，与徐刚驱车回到了南湾村。

天气转暖，所有的活计往前赶才对，就像遍地的植物乘机疯长一样。这道理李成功懂的，但他觉得最当紧的还是村两委换届。村两委先换届，犹如健全肌体，只有健全的肌体才能走得稳、走得远。可是计划仅仅是心之所想，一遇到实际就跟流水碰到山石一样，必须得绕道而行。因换届的批复上边迟迟下不来，他只好采纳姜银发的建议。姜银发告诉他，他走后，姬富强很积极，与乡里联系了，下拨的款项定了，十五万呢。姜银发又告诉他，他走后，邹老二回来一趟，听说要建村部，很是支持，说正好有个建筑队，还没找着活儿，可以让他们过来，价钱肯定便宜。姜银发又告诉他，他走后，按照他的交代，与北京那家水文地质公司联系了，打井随叫随到。姜银发最后说，打井、盖村部、连铺路干脆一起上吧，放一只羊是放，放一群羊也是放。

李成功与代凤山、徐刚几个人商议后，决定先干起来再说。

村部动工了，邹老二带着队伍过来了，所有闲置的房子都号出来收拾成了工棚。民工们向来不拒绝破败肮脏。

打井队进村了，帐篷搭在村边，长长短短的钢铁物件摆了一片。

村里顿时热闹起来，进进出出皆是操着各地方言的陌生人，街上除了嘈杂的人声、机器的轰鸣、各种车辆扬起的尘土，还有从民工食堂飘满全村的饭菜香味。

扶贫工作队的几个人连同姜银发，每天忙得团团转。他们按着各自的分工，从大早起一睁眼，就开始说个不停，跑个不停。因每天的电话打得太多，他们每四五个小时就得冷却冷却过热的手机，给电池充一次电。因每天的调度、指挥、协调，一直到晚上很晚才能带着疲惫入睡。李成功他们几个单身，都省却或简化了与亲人、朋友的微信聊天。

村民们也兴奋异常，按着不同的兴趣爱好，成晌成晌围观着干活儿的民工或钻井的工人，就连民工或工人蹲在地上夹着馒头大口大口吃饭，也有人饶有兴味地围观。与此同时，还有三五成群的村民不厌其烦地评论某一个人或某一个物。评论人的一般是妇女们，从穿着、长相、说话直至性格，逮着什么评论什么；评论物的诸如钻机、挖土机之类，一般是男人，从进口的还是国产的、烧汽油还是烧柴油，以至于价格、性能等等，各抒己见，见仁见智。总之，那些日子，整个村里都陷入持久的亢奋之中。

使这一亢奋达到高潮的，是一个月后的一天午后。那天晴空万里，暖阳高照，一辆带铁笼子的卡车停在了正在建设中的村部前面的空旷地。有几个好事的人从围观盖楼的地方跑过来，踮起脚后跟往铁笼子里瞅，这一瞅不要紧，就有人喊：“猪，猪崽子，这么多猪崽子。”大家闻讯围拢过来，果然，铁笼子里满满当当一车猪崽，在阳光的照耀下，各个猪崽油黑发亮。看大家在围观，猪崽们也好奇地争相往前拥挤，瞪着纯净的小眼睛，哼哼哈哈与人们交流。这时，人群后边响起姬富强的声音：“起开，起开！都去捎个话，各家各户来个人，分猪！”说着话，从驾驶室里跳出两个干部模样的人，与姬富强握了手，又让姬富强在一个单子上签了字。不久，姜银发、石秀兰赶来，石秀兰揽着账本，挨家挨户喊叫名字，喊叫一家，姜银发就从车里抓一头猪崽给了这家。猪崽被从车里抓起，扯着嗓子尖叫，不知道是高兴，还是害怕，一时间，猪崽们的叫声盖过了村里所有的嘈杂之声，眼看着一车的猪崽一个个被新主人抱走。将要结束时，李成功也过来了。他刚从地里回来，他问姬富强："这是怎么回事？"

姬富强说："县里要搞特色养殖，要求每家每户养猪，靠养殖脱贫，分给村里一百九十六头猪崽，一户一头，一头不多。"

李成功说："一头猪能脱贫了吗？"

姬富强说："不要白不要啊。"

都以为这是占了大便宜，可很快，李成功就弄明白了，原来这一百九十六头猪崽是县里拨给乡里，乡里又拨给村里。下拨时，每头猪崽按八百元算，一百九十六头共计十五万六千八百元，这十五万六千八百元，全部抵顶了建村部的款项。这个以猪崽抵顶建村部款项的事，是姬富强亲自联系的，他明知道接受了猪崽，就再没有建村部的钱了，可他却一个人决定且一直隐藏着没有告诉过李成功，也没有告诉过姜银发。这样，他又不知不觉地给李成功设置了一个不大不小的陷阱。

10

盖村部和硬化路面的协议规定，开工一个月，甲方（南湾村）支付乙方（施工方）第一笔款，用作工人工资和购买材料。签协议时，恰巧姬富强胃病又犯了，李成功想反正上边拨付的款项已成定局，很快就能拨付下来，到时候支付这笔费用不会有问题，他就在协议的甲方处签了字。没想到，款项却变成了一车嗷嗷尖叫的猪崽。这让李成功很是抓瞎。村里的账上，只有集团公司援助的打井的那些钱，专款专用且勉强够用。盖村部和硬化路面，可怎么办？李成功发愁了，把姜银发叫来，商量能不能找邹老二出面，给施工队好好说说，先不付这第一笔款项。姜银发也愁锁眉头，说："怕是不行，邹老二这会儿在北京，忙得很，人家把包工队给咱领来，没打算挣咱的钱，基本就是白干。"

正说着，扶贫队的院子里呼啦啦拥满了人，都是盖村部的民工，个个怒气冲冲。代凤山一跃而起，跑出去拦住："你们干吗？你们想干吗？"

民工们乱哄哄喊："俺们找李书记，找李成功书记。"

代凤山："找李书记干啥？你们这么多人，要打架啊！"

民工们理直气壮，争抢着说："要工钱啊！俺们都干一个月了，天天起早贪黑，给你们拆旧房、平场地、挖地基，俺们也得吃也得喝啊！"

代凤山挥挥手："这里是扶贫队，你们是给村里干活儿的，不是给扶贫队干活儿的，知道吗？要工钱找村里，找姬富强书记。李成功书记只是来帮助村里扶贫的书记。"

民工们纷纷说："找过姬富强了，他说李书记签的协议，这事归李书记管。"

代凤山与民工们的对话，李成功在屋内听得真真切切。姜银发扯着他的衣服，不住地给他使眼色，示意他不要出去，免得引火烧身。可此刻，李成功觉得自己已没有退路，他也不想退缩。如果退缩，就意味着推脱，那就是把这群民工硬推给姬富强，那样结果很明显：一是他与姬富强的矛盾升级并且公开化；二是把民工当成了球踢来踢去，会伤了人家的心；三是这刚刚开张的扶贫工作会受到严重影响。当然肯定还有预料不到的后果，但不管哪样后果，他都不愿意出现。他扒拉开姜银发的手，从抽屉里拿出一盒烟，走出屋子，一边拆烟，一边笑眯眯来到人群中："来，先抽根烟，先抽根烟。"有的人接住了，有的人扭着脸，不接。散完了烟，他在民工群里也不上月台，而是拍着一个人的肩头，说："你们来找我，该来，来对了。甭说你们给我脸色，说难听话，就是骂我，也该。我要是你们，也会这样的。你们不容易啊，为了养家糊口，在外面受苦受累，难啊！你们挣的都是血汗钱啊，你们都被拖欠工钱拖欠怕了！你们可能被言而无信、被哄骗害过吧！"人群中不少人点头认可。他接着说："你们大老远地来帮我们盖村部，我代表全村的父老乡亲感谢你们。"李成功这才抬腿站到月台上，给大家深深鞠了躬，说："今天，我在这里向你们保证，你们的第一笔款项，我会一分不少支付给你们，请你们放心。"

人群中有人喊："你要说了不算呢？"

人群中有人喊："啥时候给？"

李成功说："少则三天，多则五天，如果村里没钱，我就是卖了自家的房子、汽车，也要支付你们工钱。"

人群正在静默之际，后边过道处有人喊："让一让，让一让。"李成功听着这声音好熟悉，循声一望，竟是薛东旭。薛东旭孙悟空一般在前面引路，后面竟然是董事长、钱副总经理。董事长不愧是董事长，器宇轩昂，自带一股威严气场，院子里的民工们退闪着让出一条道来。随董事长、钱副总经理之后，还有徐刚。

李成功"啊呀"一声跳下月台，慌慌地去迎接董事长。

董事长一行坐定后，代凤山已把院子里的民工劝散。

"驻村扶贫确是不易啊！"董事长接过李成功递来的茶水，第一句话便发出了这样的感慨。

徐刚插言："董事长、钱总一进村，就帮咱解决了铺路进户的问题。"

李成功说："铺路进户吵吵好几天了，其实就那几个人，硬得很，他们踩着贫穷的泥泞道可以相安无事，铺上脱贫的水泥路就嚷嚷没完。"

李成功说这话，如果董事长一行没有遇到进村的那档子小插曲，定然是听不懂的，因提前遇到了那档子小插曲，一听就明白了。就在成群的民工拥进扶贫工作队院子那会儿，董事长在村边下了车，步行往村里走，快要路过姬虎门前时，远远发现姬虎把挡街门的竹皮搭板横在门前路上，醉醺醺地坐在上面，阻止着铺水泥路面的民工施工。徐刚从另一个胡同里跑过来，劝说姬虎让开，姬虎指着自己的门前，用命令的口吻要求徐刚必须把他自家门前门里全部铺上水泥，不然甭想动工。徐刚正要给他解释，董事长走到了跟前，询问怎么回事。徐刚一见董事长和钱副总经理，像受到欺负蓦地遇见家长的孩子，双眼含满了委屈的泪水，详细诉说了原委：村里的土路原是一遇雨雪天气就泥泞不堪，村民们连门儿都出不来，为了给村民们解决行路难的问题，李成功他们担着风险，在这次申请盖村部的同时捎带着把村里的路面也硬化一下。施工之前，规划的是路面宽度三米五，两侧距各家的墙壁及院门各留半米到一米的空隙，由各户自行铺实。这个尺寸本来都说好的，姬富强也是同意了的，再说水泥、沙子、石料等也都测算好了的。可施工开始后，个别户却提出铺路时必须把水泥铺满他们的墙根，铺到他们院门处，甚至还提出铺进他们家院子。闹得最凶的除了姬虎，就是姬有田。徐刚那会儿刚从姬有田那边过来，说姬有田对他骂了粗口，说："你们扶贫队没有金刚钻就甭揽瓷器活儿，就他娘卷铺盖卷滚蛋。"徐刚说他找了姬富强，姬富强躺在炕上捂着肚子哼哼，也不知道真疼还是假疼，反正就是不管。这边正说着话，坐在搭板上的姬虎摇摇晃晃站起来，拽住徐刚："去，告诉你们李书记，不能满足我的要求，就甭想铺路，铺不成路，哼，你们没个好。"

董事长弄明白了原委，不慌不忙说："好吧，全部满足你的要求。"

姬虎眯缝着醉眼："你说了算还是李成功说了算？"

薛东旭上前："你可别仗着你爹是支书捣乱啊，告诉你，这是董事长，说一不二。"

来到扶贫工作队后，徐刚还有些担心，怯怯地问董事长："您答应了姬虎的要求，水泥、沙子、石料就得增加，咱的预算可就不够了。"

没待董事长开口，钱副总经理哈哈一笑："董事长既然答应，还怕预算不够！这点儿小事，没必要跟他们计较。"

董事长说："我这次来，一是看望你们，表示慰问。"说到这里，正好司机和另外一个秘书搬来了几箱日用品和一些食品。董事长接着说："再一个，就是帮你们解决一些精准扶贫中的实际困难。"

钱副总经理说："还有什么，你们就说吧。"

李成功说："那我就简单汇报一下。"李成功便把村里的现状，特别是村两委的现状，特别是支书姬富强的现状说了一下，说这些时，一旁的姜银发时不时地插话，予以佐证，表明李成功全是据实反映。然后李成功把盖村部和修路的款项被暗中置换成了猪崽，以至于民工们担心给不了工钱，不但停工，而且聚众讨薪的来龙去脉说给了二位领导。

董事长听后，当即决定："一、先用打井的款项，按协议支付给盖村部民工费用；二、由钱副总经理负责，回去后，立即按程序再援助村里十五万元；三、由薛东旭马上联系，拜访县委，与县委领导见面沟通一下。成功你一起去。"

钱副总经理对李成功说:"看看,董事长多么支持,你大胆地干吧。"

李成功激动得想哭出来,最后,忍不住啪啪啪拍起了巴掌。李成功带头一拍,在场的所有人都拍起来,特别是姜银发和扶贫工作队的人,眼含泪花,巴掌拍得山响。

真应了"一级就是一级的水平,一级就是一级的能量"这句话,分别作为正副厅级的董事长、钱副总经理一到,县委书记、县长亲自接待,并且在不到一个小时之内,把乡党委书记和乡长也召了过来。期间,作为陪同的李成功巧妙地询问了南湾村两委换届的请示批复情况,没想到县委书记一过问,第二天,两委换届的批复就到村了。

11

南湾村的"两会"定在了一星期之后。预留一个星期的时间,倒不是物质上要准备什么,什么也不用准备,露天在坡地上就可以开会选举。放到一星期之后,主要是想争取尽可能多的人参加选举,特别是支委的选举,党员必须够数才行。为此,李成功需要费很多周折,得一家一家跑,一个一个找。村里还好说,出村去找那些在外打工的党员,就费事多了。

出村到外地找打工的党员,需拉上姜银发。姜银发村里的人熟,对在外地打工的党员也熟,他知道他们在哪里、干什么,每个人他都能联系上。扶贫工作队的徐刚、代凤山不敢动,因为修路盖村部又恢复了施工,徐刚得盯在现场。打井那边,抽出了姜银发,代凤山顶上。这样,出村寻找党员,只有姜银发与李成功做伴。

第一个找的当然是邹老二,他最关键。可是,姜银发仗着与邹老二的交好,说邹老二好办,还是先难后易吧,于是,李成功听从姜银发的指引,开车先去找别的党员。就近的天津有一位,远的像在深圳、青岛的党员就不去了,近的几位已够法定人数。天津那位在港口当搬运工,提出回村参加选举可以,只是两天的误工还有来回的车费咋办?李成功与姜银发一合计,当场答应这些费用村里给报销。接下来下花园矿有两位,这两位更好说，因为下花园矿是金地集团下属单位，李成功找矿上领导一说，矿领导立即准假让这两位党员回村参加选举。最不好说的，竟是以为最容易的邹老二。去之前，姜银发还自信满满："不用找，邹老二还用找？打个电话就行了。"电话打过去，邹老二听说要他参加村两委选举，满口答应，表示到时候一定回去，姜银发也是多嘴，又添了句："让你当村主任，干不？"他以为邹老二定会高兴得蹦起来，没承想那边干脆利索地说："不干。"姜银发又多一句："可已把你当成候选人了啊！"那边说："那就不去了。"李成功在一旁急得就想骂姜银发："这话怎么能这么早秃噜呢！"这次换届，与上级充分沟通后，支委候选人定的是姜银发、姬富强、邹老二、石秀兰，支书候选人是姜银发，酝酿村主任候选人时，姜银发说他和邹老二是绝配，黄金配，如果他和邹老二一起干，定能把村里弄好。可邹老二在北京做生意，不稀罕这个村主任，要让邹老二回村发挥作用，带着村民去脱贫，得好好做通思想工作才行。看看，果然不出所料，李成功嗔责着姜银发，右脚就踩深了油门，朝着北京方向加快了速度，心想，就是三顾茅庐，也要把邹老二说下来。

北京限号，扶贫队的车正好在限行之列。下了高速，李成功找地方把车存下，准备打的进京。站在路边等了半天，不见出租车过来，姜银发发牢骚："北京这么大，咋出租车这么少！"发着牢骚就给邹老二打电话，说已到北京，就是进不去。邹老二让他二位稍等，他马上开车去接。两人上了一趟厕所，抽了一根烟，姜银发正瞅着远方有没有皮卡过来，突然一辆白色的奔驰E300停在了面前。邹老二从车里下来，李成功急忙上前与他握手，说了客气话。姜银发则绕着车，感慨："鸟枪换炮了啊！"邹老二回道："不是我的。"姜银发再看看邹老二，又说："哈哈，人模狗样还吊上领带了啊！"邹老二便不客气地把他推进了车里。上车后，姜银发又掏出烟，啪的一下点燃。邹老二说："在车里最好别抽。"姜银发顺口蹦一句："我×！"掐灭了烟。

不一会儿，车就开进了一片丛林之中，道路水洗过一般干净，两旁鲜花盛开，流水潺潺，进大门时保安毕恭毕敬立正敬礼。李成功和姜银发同时注意到，正前方矗立的巨大影壁石上，著名的书法大家题着四个大字"锦绣盛景"。姜银发抑制不住喊出了声："邹老二，这不是你打工后来搞装修的这个小区吗？"邹老二在村里给姜银发讲过，姜银发又给李成功讲过，两人都记住了"锦绣盛景"这个名字。邹老二只笑不答，开着车转了几个弯，停在了九号别墅下。

这是座三层独院，正是邹老二装修的别墅。走进别墅，姜银发眼睛不够用，看看这里，摸摸那里，说："邹老二你的活儿干得不错啊，这活儿下来能挣多少啊？"没待邹老二搭话，楼梯上咯噔咯噔下来一位窈窕淑女，长发垂肩，群袂翩翩，大老远就爽朗地招呼道："李书记、银发，稀客稀客啊，真不好意思，我临时有点儿事得出去一趟。"并大大方方伸出手与李成功、姜银发相握。直到这时，姜银发才认出是王颖，李成功也认出了王颖。一经认出了王颖，姜银发立即老实正经下来，不但一时语塞，而且还局促不安。多亏了李成功来应付场面，说："没关系，你忙你忙。"王颖换掉拖鞋穿上高跟鞋，然后从衣架上摘下紫色风衣穿上，笑容可掬地说："让邹老二先陪你们聊着，我回来了咱们再好好叙叙，可别急着走啊。"邹老二帮她从衣架上摘下挎包，同时把车钥匙递给她。

王颖开着刚才邹老二开的那辆奔驰E300走了之后，姜银发才从窗户前转回头来："我Ｘ，你整大了你，你用别人的别墅圈养美女，你怎么给人家交房啊你？怪不得你不想回村。"

邹老二正在为李成功泡茶，笑回道："这别墅就是王颖的。"

"什么？！"姜银发两只眼珠子快要蹦出来了。

李成功冷静地补问："怎么回事啊？"

邹老二往李成功和姜银发面前的杯子里斟上明前龙井，不紧不慢地告诉他们，去年夏天从南湾村回来后，他就没与王颖在一起，只是每天有微信联系，王颖叫他不要找她，只管忙他的装修就行了，到该见的时候他自然就会见到她的。他想既然王颖平安无事，度过了危机，他也就把她放在脑后，专注去干他的装修工程了。当装修完毕，通知业主来验收时，他万万没想到，前来验收的是王颖。物业的领导们还殷勤地陪着，姬小云也在陪同的人群里面。不过姬小云和他一样，都没想到王颖就是业主，也是惊奇万分。王颖站在别墅的一层客厅，根本没有细看就说不用验收了。她掏出一张银行卡给了邹老二，让他扣除装修费后，再把家具电器窗帘什么的都配置齐。银行卡里的钱当然绰绰有余，他按王颖的要求，全部配齐，可心里的纳闷还没解开。他能感觉到王颖不一般，可没料到竟然是如此的不一般。她到底是谁？她是干什么的？微信里，他弯弯绕绕地透露出想解开纳闷的意思。王颖倒痛快，说："九号别墅不是都配齐了吗，那好，你听我的。"王颖让他把以前租住的房子退掉，从今以后就吃住在九号别墅，其他的见面说。

邹老二说那是傍晚，她进来时提着两瓶茅台，尾随她而来的还有一个送外卖的小哥。从外卖小哥手里取了菜，打开酒，她和他开始喝酒。喝到一瓶半时，她彻底敞开了她的秘密。她说她嫁的那个王八蛋特别特别有钱，这个锦绣盛景就是那个王八蛋开发的，王八蛋在省城也有生意。她说她二十岁那年认识王八蛋的，那年她上民办职专，学的是广告设计，实习的时候，老师安排她去了一家传媒公司，传媒公司让她搞平面设计，可她看跑广告提成很高，那些俊男靓女的业务员一个个光鲜照人出手阔绰，她就想多挣些钱，给她在阜平山村的老爹翻盖一下漏雨漏风的房子，让老爹过上好一些的日子，也让她因忤逆而疚痛的心好受一些。

邹老二说，说到这儿，她说不下去了，先是呜咽呜咽地哭，后来一噎一噎地哭，那泪水啊，把两边脸蛋洗得明晃晃地亮。她说她的命可苦了，她娘生她的时候难产，没钱去医院，硬撑着在炕上折腾了一明一夜，最后把她生下来，娘断气了。她爹埋葬了她娘，开始含辛茹苦养育她，先是靠两只母羊的羊奶喂养她，稍大一些，她爹就带着她走村串户给人家扎针治病，赚口饭吃。她说她爹有点儿文化，不知跟谁学过针灸，谁头疼脑热都找她爹扎针。考学时，她爹让她报考中医，她不愿意，心想她爹扎了一辈子针还是那么穷，她想改变一下命运，自作主张报考了那个职专学了设计。那次，她爹气了个半死，所以她一直想靠自己的努力来弥补对爹的愧疚。实习到了那家传媒公司，她以为机会到了，就主动要求去拉广告。当时，锦绣盛景宣传正劲，广告铺天盖地，她初生牛犊不知天高地厚，闯到了王八蛋办公室。王八蛋就像攥着巨量的诱饵，坐等着各方鱼儿来上钩。她一脸的生涩单纯，加上俊俏标致，可能正合王八蛋胃口，在成群等候接见的业务人员中，她被召见，一来二去，就把一单很大的广告拿到了手。但随着广告款的一次次催要，她也毫无悬念地被王八蛋拿下。她说她记得很清楚，那次王八蛋又带她去外地应酬，酒后就直接进了房间，把她办了。有了第一次，就如大军冲破防线，以后便长驱直入了。王八蛋很有办法，广告款一点儿点儿给，每给一次，就要她一次。也许王八蛋在她身上尝到了与众不同的味道，在广告款全部结清的那次，他让她以后不要拉广告了，就跟着他，说不定他会娶她，叫她过上人上人的日子。她想了很多天，想通了，她问他："你真能娶我？"他说："一切皆有可能。"她幼稚地开始憧憬未来，如果他娶了她，那是何等的景象啊，花不完的钱，住不完的房，开不完的车，她爹跟着她可要享福了。那时，她像角马一样，嗅到了远处肥美的草原，即便路途布满激流险滩、鳄鱼狮豹，她也要不顾一切，向那幸福的天堂奔跑。当时，她已有对象，是同学，不过那同学家里比她还穷，连请她吃一碗烩面都发愁。她狠狠心与对象分了手，搬出宿舍，住进了王八蛋给她提供的单元楼里。自此，王八蛋把她当成了外室，隔三岔五过来过夜，到她正式拿到毕业证时，已经为王八蛋做了两次流产。

后来，细心的老爹察觉到了什么，平常风言风语也有所耳闻，逼问之下，她把与王八蛋的情况告诉了她爹。她爹把她买的好吃的东西统统扔进猪圈，把她买的好衣服撕成一条条，她爹叫她回来，甭在北京了，就是回来种地也不做那种事了。她不听，她仍然憧憬着那肥美的草原。她与她爹别着，又过了几年，终于等到了王八蛋离婚。结婚之前，她告诉了她爹，她要她爹过来参加她的婚礼，可是，去接她爹的人没接来她爹，却带回来噩耗，她爹死了，村里人都说她爹是被她气死的。

但是，事已至此，她只得接受现实，她本想死心塌地跟王八蛋过，可结婚不到两年，她发现她好不容易到达的这片草原，并不像她想象的那么美好。王八蛋在外面还有女人，而且不止一个女人，北京这边有，省城那边也有，她便跟他闹，想让他收收心，把她的草原打理成天堂，但毫无效果，王八蛋不但不收敛，反而变本加厉，对她大打出手，还给她定了三条规矩：不许她干涉他的私生活，不许她介入他的生意，不许她生孩子。

此时的她，虽然锦衣玉食，要什么有什么，可她活得实在憋屈，她终于忍不下去，她要毁灭她的草原。她跑到派出所去告他，告他什么呢，告他搞女人，派出所说这不好办，得有证据，最好是在床上的证据。她费老大劲跟踪他找到他搞的那女人，结果她被那女人抓得满脸是血，也没拿到证据。她又跑到检察院去告，告他行贿，她知道他都给谁行过贿，锦绣盛景小区里他还给一个官员留着一套房子呢，她这一说，检察院有了兴趣，可没几天，王八蛋就知道了。王八蛋先硬后软，求她："姑奶奶啊，你可别乱捅了，你这是要人命的啊。"反正她也不想跟他过了，不再对这片诱惑她的草原抱有任何幻想了，她就耍了策略，说她还不是想好好过日子吗，过日子得有安全感啊，她提出要锦绣盛景九号别墅，还提出来要五百万存起来，不然，她绝不罢手。他说只要她安安生生，乖乖听话，他都答应。他以为他的钱能让所有的事都顺他的心，没门儿，当他满足了她的条件，她提出了离婚，坚决离婚。他倒也很爽快，他可能早后悔娶她了，他根本不缺少女人。离婚的那天，她一个人到属于她的九号别墅外转了一圈，里面灯亮着，那会儿，他邹老二正在厕所贴瓷砖。绕着九号别墅转了一圈，她跑到小区外面的一家酒馆独自喝起了酒，一边喝一边想，她曾经憧憬且不顾一切追求的幸福，就这样不堪一击，轰然倒塌，她已是三十多岁的女人了，除了这房子，除了存折上的钱，已是一无所有了。她的可怜的老爹早已被她气死，家里没有了亲人，她了无牵挂，现在，只有她一个人活在世上，可她一个人活着又有什么意思呢？那天大雪，她酩酊大醉，只想着死了算了，要不是他邹老二去贴瓷砖，回去的路上救下她，她真的就不在人世了。

邹老二说到这儿停下了，三个人谁也不说话，只听着各自的喘息声。静默了好长时间，邹老二看看茶都凉了，重新换上新茶，泡上。

姜银发说："X，看不出来啊！王颖还这么悲惨啊。"

李成功说："人的不幸，往往掩藏在光鲜的背后。"

邹老二说："不说这些了。你们来有啥事啊？"

姜银发说："能有啥事，这回李书记亲自来请你出山呗。"

邹老二沉默不语。

李成功说："你再考虑考虑，南湾村真的很需要你。"

邹老二说："村里有啥事需要我我二话不说，要钱出钱，要人出人。只是，我不愿意搅和村里的事，不想给别人争，让别人去干吧。"

姜银发说："我Ｘ，你是不是嫌官小啊！村支书我让给你，你当村支书，我当村主任，行不？"

邹老二说："我不是这个意思。我还是那句话，别的好说，回村里当村主任，免谈！"

姜银发说："是不是王颖拦着你？"

邹老二说："不是。"

姜银发说："那是你舍不得王颖，离不开这个别墅。"

邹老二说："瞎喷喷啥啊！"

李成功看邹老二守得很死，再这样饿饿下去也没有意义，便制止了这个话题，准备告辞走人，说要去串个门，拜访一位朋友。邹老二礼貌性地挽留一下，便为他们找了一辆车，送他们去。路上，李成功一直在想怎么样能说动邹老二。姜银发却还在愤愤的情绪中，不住地嘟囔："有啥了不起啊！遇着个娘儿们就成这样了，那要遇到仙女该咋办啊？"李成功窃窃笑着，说："你还别说，咱们通过王颖做做他的工作，兴许可以。"姜银发唉了一声予以否定，说："王颖？那只能拉他后腿，她好不容易遇到邹老二这个大处男。"李成功说："不见得，你给王颖打电话，晚上咱们再回来，到她九号别墅吃饭去。"

姜银发打着电话，车已到目的地。姜银发问："这是去谁家啊？"李成功说："看一位水文地质专家，梅教授。"姜银发问："咱买点儿东西不？"李成功说："当然，还能空手啊！"李成功就近到一茶叶店，花二百六十元买了一盒碧螺春，让姜银发拎着。姜银发多嘴又问："咱

· 202 ·

去这梅教授家干啥？"李成功说："你不是一直想让仙女湖有水啊，我想请专家给诊治诊治。"姜银发一抖手里的茶叶，说："Ⅹ，你咋不早吭啊，不行不行，这礼太轻了，这么大的事。"说着，执意要买更贵重的茶叶，可掏遍了衣兜，只掏出两张五十元，一张五元的。李成功推着他："就这样吧，礼轻情意重。"姜银发执拗起来："不行不行，你再掏点儿凑凑。"李成功笑了，把他的一百零五块钱塞回他兜里，用自己的银行卡买了一盒八百八十元的普洱。拿好茶叶，刚要迈出门槛，姜银发又折转回去，要店主开张票，店主说："对不住了，月底了，没票了，下个月再来吧。""下个月！"姜银发一听要急，李成功拉住他："算了吧。"姜银发愤愤地说："那怎么行，你这是给村里办事。"李成功说："哎，我这也是看望我的老师。"拉着姜银发走出茶叶店，来到小区里。临要上楼时，姜银发怯了，把手里的茶叶盒子往李成功手里送，说："我不上去了。"李成功问："怎么了？"姜银发说："我太土。"李成功说："没事，梅教授不会嫌弃的，到金地集团的时候，和工人一样下井。"姜银发扭捏着说："那也不行，我不能给咱南湾村丢人，不能给你丢人，你去吧，你快去吧。"姜银发把茶叶硬交给李成功，跑到楼外，蹲在小区门口等待着去了。

姜银发把半盒烟抽完，又看了会子街上的人和车，终于等到李成功下来。姜银发迫不及待地问："咋样？"李成功说："谈得很好，很顺利，梅老师太热心了，一听仙女湖蓄水关系到南湾村一带脱贫问题，满口答应了，要找时间实地去看看呢。"姜银发小孩子一样双腿一跳，叫道："那太好了！"

这个消息对姜银发来说无比喜庆，他高兴得忘记了九号别墅的不快，问："下步，咱们去哪儿？"

李成功看看表，已近傍晚，说："九号别墅啊。"

送他们的车已经放走，李成功和姜银发打的重又回到了锦绣盛景九号别墅。王颖把姬小云也叫了来，几个人说说笑笑一起动手，早已把菜和酒摆到了餐桌上。

因李成功和姜银发知道了王颖的经历，再见了王颖，特别是与王颖坐在一个桌上吃饭，两个人的心里都有了种异样的感觉，说不上是鄙夷，也说不上是同情，可能两者兼而有之，中间还掺杂些尊重。姜银发似乎不那么局促了，瞅着满桌的稀罕菜，对姬小云说："都是你做的？"姬小云说："哪儿啊，就土豆丝是我炒的，其他的都是王颖姐叫的外卖。"王颖落落大方，招呼说："来来来，咱们先干三杯。"连干三杯后，王颖问邹老二："你先敬还是我先敬？"邹老二说："你先吧。"王颖站起来，说："那好。"然后直直地瞅着李成功的眼睛，"我先敬敬爱的李书记，您为南湾村脱贫呕心沥血不辞辛劳……"李成功赶紧也站起来，打断她，连连说："不敢当不敢当。"一仰脖子，先干为敬了。王颖依次敬完，该邹老二了。邹老二按着王颖的敬酒路线，端起杯，也要对李成功说赞美的话，李成功却拦住了他，说："这杯酒我先喝了，容我说句心里话。"姜银发在下边用膝盖抵他，示意他不要当着王颖的面提邹老二候选村主任的事，这会儿一说，王颖一定会竭力阻止，道理明摆着，在外面放着顺风顺水的生意不做，谁愿意跑回那穷村里去当什么村主任啊。本来，他姜银发还存一点儿希望，他想私下里找个机会，再好好给邹老二说说，兴许他会答应的。如果李成功在这酒场上一挑明，王颖再坚决反对，争取邹老二的希望就一点儿没有了。他哪里知道，李成功与他想的恰恰相反。

　　李成功从王颖看他的眼神里，能感觉到她对他确怀有一种敬仰之意，那敬仰与姜银发对他的敬仰有相似之处，但比姜银发的更纯粹。姜银发的敬仰中，有功利成分，有狡黠地要利用他、依靠他实现目的的意思。王颖的敬仰纯是一个局外人的自然流露，就像一位旁观者看到处处扶危济贫的人那样。李成功从王颖的眼神中，还看到一种柔软，他知道这柔软发自内心，发自良善，其实在南湾村她对巧巧亲娘死后表现的怜悯就足够证明了这点。对穷苦人的态度，最能检测一个人的灵魂。李成功想，王颖本就出身穷苦，她知道穷苦有多么可怕，更知道帮助摆脱穷苦是何等的功德无量。基于这些基本的判断，李成功觉得王颖不但不会反对邹老二回村，可能还会鼓励支持他回村，这也是李成功今天重返九号别墅的目的所在。

所以，他没有听从姜银发桌下的劝阻，他缓缓地喝下第一杯后，又连喝了三杯。酒桌上，地位最高的人主动连连干杯，那可是了不得的事，所以李成功那咕咚咕咚的几杯酒，让邹老二诚惶诚恐，让王颖觉得好像有重要的事要发生。李成功隆重地喝完酒，在大家的注目下，郑重地说："南湾村现在剩下的大多是老弱病残，有点儿本事的都出去了……为自己过上好日子，这没错，也不难，现在出去找个活儿干，怎么着也比在家里强……可，咱是党员啊，咱得带着大伙一起过好日子啊！"

　　邹老二软软坐下，琢磨着怎样来回答李成功。

　　姜银发按捺不住，猛喝一杯酒，指着邹老二："你他娘的只顾自个，算个人吗？"

　　邹老二双目直瞪，也指着姜银发："你的臭嘴干净点儿！"

　　姜银发一梗脖子："我说得不对？"

　　邹老二："对个屁！你拍良心说说，村里的事我帮得少了？"

　　李成功双手在空中按着，劝架："别吵，别吵，你俩那么要好。"李成功看邹老二仍不松口，心想硬逼着他表态也不行，就琢磨用一个缓兵之计，先让他参选再说，到时候他想不干可能也由不得他了，便扫一眼王颖，对邹老二说："银发呢也没啥坏心，只是想和你肩并肩干一番事业。老二你呢也没错，回村肯定影响你做生意，这也是很大的牺牲。你再想想老二，不行只挂个名，你该干啥还干啥。"

　　王颖一直在静静地听着，观察着，这时，她已完全明白了。她说："我说两句啊，我不是党员，也没多么高的觉悟，邹老二呢是我的救命恩人，我本来挺感恩的。可一码归一码，老二你甭不高兴啊，就今天这个事我挺看不起你的。李书记、银发，这么远跑过来求你，那是信任你。咋了？咱真的就觉得了不起啊！是，回村里干影响外面的生意，可我觉得那是暂时的，好好干，说不定还能把生意做大的。我看了，南湾村是个好地方，那么大一片湖，弄好了，能养活多少人啊！就是现在太穷，没能耐人领头干。老二我这样给你说吧，你要回去，我更加高看你。"

　　"太对了！"姜银发又按捺不住，自己倒满杯，灌进了自己的嘴里。

邹老二并没搭理姜银发，而是盯着王颖在看，王颖坚定地与邹老二对视着，终于，邹老二说："这样吧李书记，我答应你，我也不拉票，不许诺，如果选上了，我就试着干，选不上，我就回来。"

"一言为定。喝！"李成功举起杯子。

邹老二要过李成功的杯子："不行！姜银发嘴太臭，要罚一杯。"

姜银发看邹老二答应了，罚一杯酒算什么，紧说："好好好，我喝。"

邹老二又给他要过杯子："这太便宜你了。小云，拿大杯来。"

姬小云拿来喝水的杯子，咕噜咕噜倒满了酒，足足有三两，姜银发有点儿作难，但还是端了起来。李成功说："这事是我引起的，我陪银发。"也要了大杯子，倒满，与姜银发哐当一碰，两个人都一口喝了下去。这一下感动了邹老二，也感动了王颖。王颖和邹老二每人也倒了一杯，喝下去。王颖拍着邹老二的肩说："老二啊，我比你体会深，这世上的钱，可不能聚拢在少数人手里，那样是罪过啊！是造孽。"说着，王颖就呜呜地哭起来，边哭边说，"钱可以挣，但是，咱得让大家都挣才行。"

听着王颖的感慨和哭泣，都猜到了她一定又想起了她那缺德的男人。姜银发不加遮掩替王颖骂道："有你这么好的媳妇，那王八蛋咋还不知足啊！"

王颖说："呵呵，还不是钱多烧的。"王颖拿着茶壶，正在往杯子里倒水，水满了她还倒，水便流出来，流到了桌面上，又流到她腿上、地上。她呵呵傻笑着说："他的钱就跟这水一样，多得漫出来，流得哪儿都是，流到哪儿，哪儿就湿一片。"

李成功插话问王颖："他叫什么啊？"

王颖含泪笑着："王八蛋。"

都笑了。笑毕，王颖补充说："他叫王仁德，既无仁，又缺德。"

自邹老二提到王八蛋，特别是从王颖的嘴里听到王八蛋三个字时，李成功就暗自好笑，怎么与苏素对男人的称呼一样啊！当此刻王仁德三个字从王颖嘴里蹦出来后，他错愕得几乎要喊出来了："什么？！"

王颖瞧着李成功，问："你认识他？"

他镇定住自己："听说过。"他想，莫非王颖与苏素共有着同一个男人？这天夜里，他，没有与苏素聊天，不知是因为别扭，还是因为什么，开始他想马上证实一下，问问苏素现在的男人是不是王颖曾经的男人，可证实了又有什么意思呢？苏素已经发来问候了，他不想回，扔掉手机就把自己摔倒在床上。九号别墅有的是房间，他和姜银发各睡一个房间，他听着楼下姬小云在哗哗啦啦收拾餐桌，便很快入睡了。

12

南湾村"两会"如期举行。

党员大会在扶贫工作队的屋里召开。屋里当央支起会议桌，为显庄重，会议桌上铺上了一面红旗，还放上一个酒箱子改制的投票箱。县乡组织部门也派人来了，李成功与上级来人坐在餐桌旁。会议由李成功主持。李成功先清点人头，正好符合规定人数。李成功特别向大家申明，他们扶贫工作队的三位党员，虽然组织关系转到了村里，但不进入这次支委选举，只有投票权，意思是不给村里的党员争位子。

选举很严肃，屋里所有能坐人的地方，都坐上了人。选举过程共被打断了三次。一次是李成功在宣布了监票人、计票人之后，正要解释填票注意事项时，有盖村部的工头跑进来说挖地基挖出了沙子，很多村民拥到工地上抢沙子，影响施工。再说地基有一段出现沙子，需要往深处挖到实地，又得增加预算，怎么办？姬富强低头不语，很多眼睛都看李成功。李成功就停下填票解释："说沙子从集体地里挖出，理应归集体使用，所有抢沙子的人，必须立即停止，保证正常施工。至于增加预算，核算后该补多少补多少。"李成功隔着几个人对低头沉默的姬富强说："如果姬书记对这样处理没意见的话，姜银发和徐刚你们俩去处理，快去快回。"大家便都扭脸看向姬富强，姬富强只得抬起头来说行。姜银发和徐刚领命走了之后，人数又不够了，会议便等待。四十多分钟后，姜银发、徐刚回来，大会接着开。到了关键的投票环节，突然响起猪叫声，几个老年妇女每人抱着一头小猪闯了进来，说是村里发的这猪有毛病，不吃食，光哼哼，要求退回去，折成钱。乡里来的领导拍一下桌子，站起来喝道："胡闹！"抱猪的妇女还狡辩，别人家小猪崽都顺顺利利变卖了，他们猪崽有病卖不了，得有个说法。乡里来的领导指着姬富强，责令他立即去处理此事。姬富强赶鸭子一样把几个抱猪崽的妇女轰出去，他也迟迟不来了。于是会议再等，因为他一走，又不够规定人数了。十分钟过去了，半个小时过去了，四十分钟过去了，一个小时过去了，姬富强还没到来，县乡的领导就急了，让姜银发去叫，跑步去叫。姜银发气喘吁吁回来后说："又躺倒了，说是叫几个娘儿们给气得。"县乡的领导当即决定，选举照常进行，选票送到姬富强家里，让他填了拿过来。终于收齐了选票，算上从姬富强家里拿回来的那张，人票相符。支委选出来了，与选前酝酿人选完全相符。公布结果后，支委们再选书记，又派人送票到姬富强家里，等他填好票再拿回来。统计结果是，除一票反对，其他支委都选了姜银发，很明显，反对的那票是姬富强，当然，同意姬富强任支书的唯一一票，也是姬富强自己。李成功拿着这一结果，高兴地站起来，刚要宣布时，又突然进来两个人，一个是陌生人，一个是金地集团的人。金地集团的这个人李成功认识，是纪委的一名科长。纪委的那名科长直接走到李成功面前说："李处长，你出来一下。"李成功说："稍等，马上就完。"那科长说："先出来再说吧。"李成功觉得事情不妙，便把宣布结果的任务交给了乡组织部的人，出门时又使劲攥了一下姜银发的膀子："把'两会'开完啊。"

姜银发从李成功攥他的力道上感觉到有事情要发生，但李成功一句"把'两会'开完"让他蓦地沉稳下来。李成功对这"两会"寄予厚望，全村的老少爷们也对这"两会"寄予厚望，为这"两会"，他和李成功付出得太多了，他绝不能让"两会"夭折或缺胳膊少腿，从这一刻起，严格说从李成功攥他的那一瞬起，一种叫作责任的东西牢牢地落在了姜银发的肩头，他毫不含糊地履行起村支书的权利。他就地召集村民大会，选举村主任。

村民大会移到了院子里。在村民们陆陆续续进来的空当，姜银发跑出去看了看，他想看看李成功在哪里，有人告诉他，李成功坐着小汽车走了，车上还有个胖子一起走的，代凤山也告诉他，不用找李书记了，组织上找他可能有点儿事，一时半会儿回不来。容不得姜银发多想，村民已经挤满了院子。他开始主持选举。这个选举，甭看人多，多是老弱病残，素质也长短不齐，可比刚才的会顺利得多。参加竞选的两位依次走上月台，分别结结巴巴发表了一通具有乡村特色的演说，选举过程井然有序，选举结果也不出所料，邹老二高票当选。邹老二被选上后，几乎要恼了，埋怨姜银发："人家竞选演说没选上，我啥都没说却被选上，咋搞的！是不是你在背后做啥手脚了？"姜银发说："这是群众选的，碍我屁事！你不愿意当，当着大伙面，就说，你们都瞎眼了，你们的选票都是狗蛋，老子不稀罕！"准备要告辞的县乡来的领导驻足愣了片刻，批评道："胡闹！你们以为这是小孩子过家家啊！"姜银发给邹老二做一个滑稽表情："干吧！"

很快，姜银发就知道，李成功被人举报了，纪委部门带走他要调查清楚。

李成功被带到了省城的某一个地方。

举报信是手写的，落款是南湾村村民。举报信列举了李成功七宗罪。第一宗：挪用公款。说村集体账上本来是用来为村民打井的钱，他擅自私分给民工。第二宗：视驻村纪律为儿戏。说他驻村期间，不请假，回家逾期不归。第三宗：管理混乱，致人死亡。说他扶贫队里到处乱下老鼠药，毒死村民，毒死狗。第四宗：私认义女，以权谋私。说他在村里找干女儿，又企图给干女儿办建档立卡户。第五宗：乱花钱搞形式主义。说他为应付上级参观，劳民伤财搞花架子。第六宗：吃吃喝喝。说他到村里后，随便到村民家大吃大喝。第七宗：欺骗组织。说他驻村期间私自回家，不但让村民用手机替他签到，还找人替他写扶贫工作日志、断路拒绝上级督查、找替身顶包。这七宗，随便拿出哪一宗，都够李成功呛的，他当即就吓出一身冷汗。慢慢地平静后，他便配合组织，一一解释，该认账的认账，该澄清的澄清。因是匿名举报，无法找举报人核实，调查组不得不住到南湾村，做更详细深入的核查。

调查组调查到姜银发这里，让姜银发看了举报信的复印件，姜银发竟没有控制住自己，血液轰地一下冲到了头顶，他唰地把那张A4纸拍裂，粗鲁地大骂："狗X的，没一点儿良心了，全是诬陷、捏造……"姜银发的一通骂，让调查组的人莫名其妙，又觉得其中必有蹊跷，就劝说姜银发别着急，别发火，有事慢慢说，都会一一搞清楚的。姜银发掏出烟，抽了几口，情绪缓和了些，开始细说分详。他说："这字我一看就知道是狗X的姬虎写的，我和他耍尿泥长大，关系这么好，就凭他做出这种事，我再看不起他了。"姜银发又抽了几口烟，说，"这事肯定是姬富强叫姬虎干的，姬富强这人，咋说呢，其实我一直尊敬着他，可他，干的那些事……"

姜银发把姬富强一手遮天，在建档立卡贫困户上随意造假的问题和盘托出；把姬富强指示他给李成功作对，企图赶走李成功的事和盘托出；把姬虎以假精神病常年骗取贫困户待遇和盘托出……姜银发越说越带劲，手上的烟忘记了抽，烟灰落满裤子。他敲打着破裂的A4纸说："狗屁七宗罪！挪用公款，那是姬富强不与任何人沟通，突然把建村部的款项弄成了一车猪，民工们领不到工钱，围着李成功书记讨要。李书记和金地集团的领导共同决定，先把打井的钱给民工发了生活费，那些钱，都是李成功书记到金地集团挤出来的啊！视驻村纪律为儿戏，放驴屁，那是李书记回去给南湾村跑打井的资金，姬富强是知道的，也同意了的，一二十万，钱好要啊？甭说半月，就是半年你给我要个三万五万的试试！管理混乱，致人死亡，胡他娘扯。那是王颖怕老鼠，晚上不敢睡，我从我家拿的老鼠药。玉枝精神病，偷吃了拌有老鼠药的下水肉，那都是意外，公安局早有定论。再说那几天李书记根本就没在，听说了这事赶紧回来，倒是姬富强一见事就往后缩，任嘛都不管。私认干女儿，以权谋私，哈哈哈，这狗X的这么会编，巧巧什么情况你们都调查过了，认这孩子为干闺女，那才是真正的精准扶贫呢，她家最应该进建档立卡贫困户，可因姬富强作梗，至今还享受不到党和国家应有的关怀。李书记为维护团结，也一直没有把巧巧一家办成贫困户，巧巧的所有花销费用，还有住院的医药费，全是李书记个人掏的。乱花钱搞形式主义，这个，确实有一些，我也反对过，可姬富强是坚决支持啊！吃吃喝喝，他是说李书记刚来时到姬富强家里吃饭那一回吧，那回我也参加了，是我忽悠姬富强请的，实际上就是一顿家常饭。欺骗组织，这个嘛，叫欺骗吗？上边定得太死，规定驻村干部打卡签到得在村里，天天窝在村里能干啥，这不是把人家捆死了？要我说啊，守在村里半年，不如出去跑项目一个。这个是我的责任，我认，那是李书记去给咱跑资金，跑项目，我替他打卡签到写扶贫工作日志的。就这个事，你们看着处理吧，姬富强这是占着茅坑不拉屎，还不让别人拉屎。我再说一句，李书记是杠杠的好书记，南湾村不能没有李书记。"

13

李成功被问询后，当天夜里就回家了。杨玉萍吓得心口直咚咚："门怎么没反锁啊！门怎么没反锁啊！"

李成功钻进卫生间，随口应和："门怎么没反锁啊？"

杨玉萍追到卫生间："你怎么这个时候回来啊？"

李成功方便洗漱完毕，来到卧室，杨玉萍已钻到被窝。李成功说："你怎么在我卧室睡啊？"

杨玉萍在柔和的台灯下说："愿意。"

李成功从另一边上床，拉开另一条被子，准备要睡，杨玉萍扭过去："你怎么了？"

"……"

"出啥事了？"杨玉萍把下半个身子移到了李成功被窝。

"……"

"说呀，怎么这个时候回来了？"杨玉萍把整个身子都移到了李成功被窝。

李成功叹一口气："我犯错误了。"

杨玉萍僵硬了一下："嫖娼叫人抓住了？"

"瞎说什么你！"

"在外边混的女人暴露了？"

"脑子里尽想啥啊你！"

杨玉萍被狠狠摆了一下。杨玉萍被这狠狠一摆，僵硬的身子顿时柔软了，侧身偎进李成功膀子里："不是这就好，其他我都不在乎。"杨玉萍又把一只手放在李成功胸脯上说，"反正，你准也不是贪污、受贿。"

"村里扶贫那点儿事，有人告我。"

"正好，咱也不去了。巧巧办不成建档立卡就不办了，这孩子咱管到底了。"

"不光这个，可能还要背处分。"

"没事，我和你一起背。"

"通报批评、警告、记过、降级、免职，都有可能。"

"那算啥啊，开除都没事，我养活你，啊！"杨玉萍把他揽进了怀里，紧紧抱着。李成功此刻完全变成了一个被欺负过的孩子，终于有了靠山，竟然委屈地啜泣起来。杨玉萍就那样紧紧搂着他，任他的泪水恣意流淌。

第二天，李成功在家坐卧不安，心神难宁，到底还是没能沉得住气，他跑到了单位。他先找董事长，董事长没在，再找钱副总经理。钱副总经理很忙，见李成功要摆开架势陈述冤情，便伸出手掌制止，说："不用说了，情况我都知道。"并很够意思地表示，"你放心，我一定会尽全力保你的，你先回去，休息休息。"李成功感谢之后，回去的路上，越反思钱副总经理的话，越觉得不是滋味。"力保"？难道我真的有事吗？难道还要关起我来不成？"休息休息"，什么意思？这是停职吗？他又折转身，打电话把薛东旭叫了出来，两个人一番商议后，他决定给董事长写一个详细的情况说明，让薛东旭递给董事长。

杨玉萍把所有的温柔和体贴都拿了出来，即便是如此，李成功还是无法安然入睡，头脑、胸口憋闷，像堵着一团籽棉似的。杨玉萍陪着他到医院看医生，医生说无大碍，只是低原反应，开了些药，让他先吃着。他就想，难道，我的身体已适应了坝上条件的恶劣而要抵抗省会的舒适吗？也许是吧，这几天他魂牵梦萦不是一直在惦记着南湾村吗？

一天，也就是姜银发接受完调查组的调查后不久，他拨通姜银发的电话，电话里，姜银发气得呼哧呼哧，半天没有说话。李成功问："怎么了？怎么了？"姜银发呼哧着说："我去找姬虎了，娘祖奶奶地骂了他，骂得他都快背过气了。知道谁告的你吗？就是他，姬虎。"李成功说："我也预料到了，你们别伤了和气，毕竟是同学，天天见面的。"姜银发怒气未消："我和邹老二不认他这个同学。你咋样，李书记？"李成功说："我没事，正好歇几天。邹老二怎么样？"姜银发说："没说的，他这人嘴上说不愿干，可逼到这个地步，他干得比谁都带劲。"李成功说："当务之急是把建档立卡贫困户的错误纠正过来，该进的一定要进，不该进的一个不能进，一定要公开、公平、公正，不然要伤村民的心呢。"姜银发说："你放心，我和邹老二正在重新建档立卡，代凤山和徐刚也一起弄弄，天天加班熬夜。""那就好那就好。"李成功一接通南湾村那根神经，感觉舒畅了许多，脸上晴了天，露出了阳光。杨玉萍看在眼里，心头的石头慢慢落了地，说："这几天见你不高兴，一直没给你说，家里大姐打来电话，叫我回去一趟。"李成功忽然意识到好长时间没回家看望爹娘了，"有什么事了吗？"杨玉萍说："没有没有，大姐说想我了，想叫我回去说说话。"李成功说："那我开车一起去。"这也正是杨玉萍所期望的，但一想李成功这几天没睡好，情绪不稳定，也说不定村里单位随时会有事，还是不让他回去的好，再说大姐特别交代了，父亲身体不好，先不愿意让他知道，就说："你不是说纪检部门暂时不让你远离吗？这个时候咱不能叫人家挑理。你在家歇着吧，我坐火车，给大姐见个面就回来了。"

杨玉萍临走，分别给女儿媛媛和干女儿巧巧打了电话嘱咐："你爸这几天心情不好，没事了回家陪陪爸。"

晚上，媛媛和巧巧来了。媛媛一进门响亮喊了声"爸"，把一个糖葫芦送到了李成功面前。巧巧羞涩地喊了一声"爸"，却直奔厨房，把手里几个装得满满的食品袋一一分开，倒进盘子里。媛媛说："我们给你买了好多好吃的。"说着，巧巧端上来一盘。媛媛说："麻辣烫。"巧巧又端上来一盘，媛媛报菜名："烤面筋儿。"巧巧一手两个盘子，一下端来四盘，媛媛一一报："凉皮儿、擀面皮儿、地三鲜、小龙虾。"

坐定后，俏皮的媛媛瞧着爸爸的脸："想我妈了？"李成功举手佯装打她，媛媛夸张地躲闪，"那发啥愣啊，拿筷子啊！"李成功拿起筷子，冲厨房喊："巧巧、巧巧。"巧巧应声："马上就好。"媛媛说："有了干女儿就不亲亲女儿了。"

李成功也不搭茬儿媛媛，径直把筷子递给巧巧，关切地说："来，巧巧，吃吃。"

媛媛说："爸，你喝点儿吧。"话到手到，给李成功拿来酒瓶，倒上了酒。

李成功慢慢品酒，目光却有些发呆。

媛媛说："爸，你和我妈都犯了一个巨大的错误。"

李成功愕然。

媛媛问："想知道？"

李成功抿一口酒，点点头。

媛媛说："你们哪个环节出了问题？我本来应该是个男孩的，结果却成了女孩。"

李成功："女孩多好啊。"

媛媛："我真后悔，我要是个男孩，此时此地我就能陪老爸喝酒了。"

李成功笑了，巧巧也哧哧地笑。

李成功心情一爽朗，就想与巧巧攀谈，"巧巧，你爷爷奶奶的腿疼有几年了？"

巧巧说："我记事他们就拐。"

李成功："没治过吗？"

巧巧："去县里看病太远，他们都心疼花钱。我姥姥也是，没见他们上过医院。可我知道他们都有很多病。"

李成功蓦然想起在村里的走访，村民们小病都挺着，积攒成了大病便家破人亡。

巧巧又说："爸，我想学医。"

李成功说："学医？半截转专业不好转吧。"

巧巧说："不好转我就自学，学校离医学院可近了，我可以自学，有空去医学院那边旁听。"

李成功："好、好，我全力支持。"

李成功想起了一件大事，喝下一杯女儿倒的酒，先拨通徐刚的手机："我突然想起了，忘记一件重要的事。你抓紧修改一下图纸，在村部东墙朝街的一面，开一个门，辟出两间的面积，做村里的门诊室。"那边徐刚答应后，他又分别给姜银发和邹老二通了电话，算是把这个事敲死了。

两个孩子，已经尽了最大的努力把李成功心里的烦闷驱散了一些，孩子毕竟不是喝酒的对象，李成功简单喝了几杯，又吃了巧巧给他做的挂面汤，就进卧室里睡觉去了。

他习惯性地拿起手机，点开微信，苏素的页面忽地跳了出来：你怎么了，哥？出啥事了吗？

好几天了，李成功没有与苏素聊天了。

李成功：没事，就是忙。

SS：你可回了，吓死我了？

李成功：害什么怕啊？

SS：天天做噩梦，不是你掉井里了，就是出车祸了，要不就是叫狼叼走了。

李成功：呵呵，差不多吧。

SS：啥意思？

李成功：确实被狼咬了。

苏素可能迫不及待了，改用了语音：咋回事？快说、快说啊。

李成功：有人告我黑状了，我被停职了。

SS：谁啊，这么缺德！

李成功：姬虎，村里的一个好吃懒做的家伙。

好长好长时间，苏素突然消失一样，一直没有回音，李成功手机屏幕黑了，他又点亮，看看，没有，再黑，再点亮，还是没有。李成功忍不住，发过去一个问号。一发过去，后悔了。她这准又是和王八蛋在一起，不方便了。滚一边去吧！他愤愤地把手机扔得远远的，几乎滚落床下。不知道王颖的那个王八蛋就是苏素的这个王八蛋时，李成功还好一些，觉得与苏素的交往还是纯净而迷人的，尽管他也明白苏素处在污浊之中，但他能给以合理的解释：莲藕不就是这样吗？现在看来，皆因为那会儿王仁德、王颖、苏素在李成功的思想里还是各自孤立的，没有建立起联系，如今一旦建立起了联系，他就有了种特别的别扭。不知过了多久，冷落的手机嘟嘟嘟振动了几下，他懒懒地摸过来。

SS：哥你在哪里？

李成功：停职了还能在哪儿！家里呗。

SS：我明天过去看你！

14

李成功到苏素家里是午后五点多钟。他本来不想去的，趁妻子不在家，去约会情人？不，不是情人，绝不是情人，最多也不过他喜欢的异性朋友罢了。可这也不好吧，背着妻子。再说以后面对王颖，面对邹老二，脸红不？世界这么小，万一有一天再遇到王八蛋呢？还是别去了。他正要编个理由，推托约见，苏素又来了微信：哥，我想见你，我是为南湾村的事来的。为南湾村的事？苏素也知道南湾村的事？女人的能量是不可小觑的。他好像在什么书里看到过这句话。就这样，李成功来到了苏素的家。

苏素没有特意打扮，上身穿一件短袖T恤，下身穿一条全棉质地的裙子，素面，趿拉着一双凉拖，很随意，但面容瘦了许多，憔悴了许多。

苏素把一杯茶递到李成功手里，羞羞地看着他："哥，你瘦了。"

李成功把茶杯放到唇下，不答反问："一直在北京住着来？"

苏素眼神中的羞涩倏忽一下隐去了："从北京又到唐山。他娘走了。今天头七。"

他，一定就是王八蛋，李成功心里又硌硬了一下。

苏素："老人可可怜了，临走把我当成了闺女。我还给老人穿了孝。"

"老王怎么样？"李成功奇怪，他的兴趣指向怎么一直往没见过面的王八蛋身上偏呢？

"还能怎么样？他娘的死，对他打击太大了。他脱了层皮。"

"我最近认识一个王颖。"李成功终于没能忍住。

"王颖？女的吧？这名字很熟。"

"老王的前妻。"

"哦，知道，看过照片。"苏素苦笑，自惭形秽起来，"人家是白天鹅，我就是丑小鸭。"

"不不，我不是那意思，我就是觉得这世界太小了。"

"哥，你跟王颖好吧，她还能配上你。"

"哪儿跟哪儿啊！不可能的事。她马上就是南湾村村主任邹老二的妻子了。"

"是吗？哦，哥，你怎么了，他都告你什么了？"

"大部分都是诬陷、捏造。"李成功把举报信里的七宗罪给苏素复述了一遍。

有人敲门，李成功一惊，不知所措，苏素说："没事，送外卖的。"苏素起身，到门口取了外卖，到厨房一样一样往盘子里放。苏素每一个动作，都轻盈而舒缓，好像是故意拖延时间，但李成功一点儿也没有觉得不可接受，相反，他一直在用欣赏的目光追随苏素的身影。苏素又拿出两个高脚杯，倒上红酒，过来拿起李成功的茶杯。"哥，好了，过去啊。"李成功仍靠着沙发，说："我没打算在这吃饭。"苏素伸手拉住他的手："你不是说嫂子回老家了，来吧，随便吃点儿。"

李成功很容易就被说服。他倒要看看苏素能给他提供些什么村里的信息。他坐到了餐桌旁。

苏素拿起杯子给李成功轻轻一碰："哥，你心里不好受，是不？"

"没事。"李成功咕咚咕咚一口气喝干了杯里的干红。

苏素也干了。又倒上。"哥，有啥事别憋在心里。说出来，骂出来，要不，你打我一顿也行。"

李成功笑了。打你一顿？与你何干啊！端起酒杯又一口干了。李成功想，苏素这哪是要给我说村里的事啊，这完全是宽慰我、开导我的，也好，苏素也是好意，我也好久没喝酒了，有苏素陪着喝几杯也不错。李成功又要过瓶子，给自己倒满。"苏素，你说，我这么远跑过去，一连几个月不回家，吃在村里，住在村里，图个啥啊！我托关系、跑门路、要钱、找项目，又是修路、又是打井、又是盖房，我图个啥啊我！到头来落个处分、免职，丢人不我！啊！我容易吗我？我这破副处，熬了多少年才熬成啊，他一纸诬告状就把我全毁了……"李成功的冤屈像装满气球的水，稍微扎一个口子，水就强劲有力地滋出来。李成功握着酒杯，只管一边喝酒一边倒苦水，没注意苏素什么时候已到他身边，并且双膝跪地，仰着俊俏的脸庞，泪水顺着脸颊流过了下巴，淌满颈项。

"怎么了？你这是怎么了？"李成功刹住倾倒般的诉说，挽起苏素。苏素则就势扑进李成功的怀里，"哥，我对不起你。"

"……"

"我瞒着你，瞒了你这么多年。"

"我是南湾村的。"

"你去驻村的那天，我本来想告诉你，可我怕你看不起我，一直没说。"

李成功惊愕的神情渐渐恢复，"这有什么呢？这又不是丢人的事。我怎么会看不起你呢！"

"可是，哥，你知道我的男人是谁？"苏素已经坐在了李成功的腿上。

"不是老王，王八蛋吗？"李成功为苏素擦了一把泪，正了正身子，并没有拒绝苏素柔软的臀部。

苏素摇摇头："我是说我曾经合法的男人。"

"谁啊？"

"姬虎。"

"什么？！"李成功的惊愕又比刚才加重了几倍，眼睛瞪得快要掉进苏素的胸膛上。稍后，李成功摇起头来，他无论如何无法将苏素与姬虎联系起来。

苏素从李成功腿上下来，坐回原处，抹干眼泪，"哥，菜快凉了，你吃着喝着我告诉你。"

姬虎一开始不是现在这个样的。

姬虎的变化是从他爹当支书开始的。

早先姬虎也是老实巴交的孩子，言谈举止略显拙笨。眼看着一天天长大，到了二十郎当岁，还没娶下媳妇，他爹娘就急了，托亲戚帮忙，一连说了几个，都没成，嫌他家穷。二十三岁那年，他爹姬富强当上了支书，他慢慢有了胆气。就在姬虎胆气粗壮的那年夏天，一个晴好的午后，住在仙女湖北岸北洼村的苏素，在离家不远的仙女湖边洗衣裳。一条炕单刚刚晾干，苏素收起炕单，却没有马上叠起放好，而是乘周围没人，展开炕单，裹在身上，沿着仙女湖跑起来。一阵风刮过，身上的炕单就像仙女身上的长裙，在蓝天下、绿水旁飘舞着，几只雪白的天鹅，追在她身后展翅跳跃。她哪里知道，这个时候，去乡里赶集的姬虎发现了她，姬虎藏在草丛里，直勾勾看着她窈窕的身姿，疑惑，莫非仙女真的下凡？看了半晌，又远远跟踪着，才知道苏素是北洼村的。从此，姬虎再难放下，三番五次地跑到北洼村去追求。当时谁敢这样明目张胆地追求女孩啊，只有姬虎敢。后来，他爹知道了，就请北洼村的支书给说媒。北洼村的支书一出面，亲事说下来了。为迎娶苏素，姬富强给姬虎盖了新房，置办了新家具。娶那天，场面也排场得很。姬虎当天喝得很多，天没黑就在炕上狠狠收拾了苏素，说："你还不愿意，看看，嫁给我多好吧。"苏素忍着痛，顶嘴说："我不愿意就能在你身下了？"姬虎说："你这是看我爹支书才愿意的。"苏素不承认："才不是呢！"不过，姬虎倒是时时仗着自己的老子是支书行事了，特别是随着新鲜热度的减弱，日子的渐渐平淡，姬虎越来越看不起苏素娘家的人，对苏素的父母不恭不敬甭说，还出口伤人。一次，苏素娘病了，苏素回家多住了两天，他跑到苏素娘家，要苏素立即回去，说他爹肚子疼，要她照顾。苏素说："我娘正难受着，我怎么能回去照顾你爹呢？"他就不讲理了，说："你娘能跟我爹一样啊！我爹是支书，管着一村人呢，你娘算老几？"苏素不高兴了，说："你爹就是皇帝也不如我娘亲。"他就骂起来，当着苏素的爹娘，还摔碎一个碗。苏素爹为息事宁人，忍气吞声，当晚把苏素送到了姬虎家。

姬虎也不都是那样仗势欺人二百五，他也疼爱苏素，手里一有钱就给苏素买衣服，素苏不经意说了句咱啥时候也能戴个金项链啊，他就跳到仙女湖里捞鱼，捞了一夏天虽卖了几个钱，但远不够买个金项链。那会儿仙女湖岸边有个水泵，是村集体的，还是农业学大寨时县里奖励的，分田到户后早不用了，生锈了。他跑到县城，找买家当废品拉走卖掉了，这才凑够了给苏素买金项链的钱。

"哥，你少喝点儿啊，我陪你一杯。"

姬虎变成现在的样子，是从那条公路修通后开始的。

南湾村以前很闭塞，外出只有一条五尺宽的土石路，沟沟坎坎，到县城一趟，起码也得小半天。后来，离村子四公里的地方修了一条宽宽的柏油路，不但通着县城，还通着张家口，通着内蒙古。据说，顺着公路还能走到北京。随着大路的修通，进出南湾村的那条土石路也修了，铺上了结结实实的水泥，直接搭在大路上。那些天，姬虎天天在光溜溜的路上走，要不是实在走不动，天也黑了，他会一直走下去，走到哪儿算哪儿。后来，他就不满足自己的脚步了，他卖了他爹几只羊，居然买回一辆自行车。骑着自行车，一天就能到县城跑个来回。每每眺望着伸向远方的大路，他的野心便蠢蠢欲动：我要有辆摩托车。当他爹的一群羊都卖了换回一辆重庆80后，他骑着摩托车窜到张家口。那次他驮着苏素，他指着看不到尽头的大路说："我还想往那边骑。"苏素说："太远了，行了，回吧。"他说："不回也得回，这摩托车跑不远，我得换汽车。"为了能买一辆汽车，他给他爹吵翻了。他爹说："咱这么个穷村，这么个穷家，咋能买起汽车呢？"到这个时候，他才真正认清这个村子，认清他这个爹。爹虽贵为村支书，但能量太有限了，依靠老子，可能永远实现不了买汽车的梦想。他爹看他心不在村里，恰巧这时鄂尔多斯煤矿来乡里招劳务工，他爹就想让他出去闯荡闯荡试试。一商量，他很愿意。他爹又找人，让他当了小工头，带着乡里的十几个壮劳力去了鄂尔多斯。他一去就是三年，三年里，他都干了些啥，别人想都想不到。

"哥，喝水吗？"

他出去真挣钱了，第三年头上就开上了汽车，叫桑塔纳。可是他却染上两个毛病，一个是性病，下边流脓；一个是赌博，一有空就赌。他爹让他回来，给他找了个蒙医，总算把性病治好了。可赌博，他一直戒不了，他爹娘骂他、打他，他也不改。那会儿，他们已经有了儿子，苏素抱着儿子苦苦哀求，可毫无作用，就是治病的那些天，他也跑到县城里赌，猫冬、过年就更甭说了，日夜泡在赌场上。那时，姜银发在阳坡矿干得挺好，叫他一起去干，他嫌下窑又脏又累挣不了几个钱，不去。后来他把汽车也赌没了，把家里的积蓄赌光了，把苏素的金项链也赌没了，就这还不罢手。有一年夏天，有几辆大越野车停在了门前，从车里跳下几个戴墨镜的男女。那些人个个夸赞这里的风景好，夸赞这里的道路好，几个男的更是色眯眯看着苏素赞不绝口。这是姬虎在鄂尔多斯结识的朋友，姬虎这是要把赌场开在家里。姬虎指使苏素烧茶做饭伺候，说这是坐收渔利的好营生。那些男的开赌之前，居然与姬虎商量正事，说："姬虎你没本钱不要紧，也可以下注，赢了，就门外的那越野车，随便挑一辆，输了呢，让俺们睡一夜你老婆。"姬虎眼馋地看着那气派的越野车，嘻嘻着好像动了心，可苏素气得不得了，抱着儿子跑到公婆家里，哭得一塌糊涂。姬富强也气得胃部一阵阵痉挛，干脆，一不做二不休，报警吧，我管不了，自有人管。

警察很快就把苏素的家包围，一窝端，姬虎被判了两年零六个月。这时，姬富强后悔也晚了，苏素看看这个已经不像样子的家，再也没有什么可留恋的，办完了离婚手续，她找到了姜银发，求他带她到阳坡矿找份活儿干，好养活怀里的儿子。谁知道，好景不长，只在阳坡矿干了不到三年，矿井就淹了。

"哥，我说这些太丢人了。"

"后来怎么到省城了？"

"我知道你在省城，你是领导，是好人。我来省城，说心里话，是冲着你来的，可也不是要找你做什么，就是想离你近点儿，觉得心里踏实，有依靠似的。"

"来到省城，我不能给你添麻烦。我得先找个活儿干干，就去火车站人力市场找工作。老王在省城有个服装厂，正好来招人，我就去了。老王见了我，问我都干过什么，我说我干过接待，他就让我在他办公室搞接待……后来，你也知道，我做下了这丢人的事，我实在是没法，也怨我头一次帮着那王八蛋陪客人喝酒，没把好自己……以后，老王就不让我上班了，还给我买了房子，我以为我熬出了苦海，从此能成一个像样的家，可根本不是那么回事，那王八蛋压根就没想和我结婚……反正我走到了这一步……哥，姬虎他陷害你……都怨我……我要还在家，他绝陷害不成你。"

"你别自责，这事跟你没有半分钱关系。"李成功自斟自饮了一杯，"王仁德，那王八蛋，现在对你怎样？"

"他对我早没了兴趣。好像他有点儿吃回头草的意思，一直和他离婚不离家的发妻住在一起。他娘病重那几天，他的发妻和他的闺女、小子，日夜不离守在病床前，他感到了人到落难时，还是亲情管用，他说人越老，亲情在心里的分量越重。哥你知道吗？我伺候了他娘快一年，临走前，他娘知道了我是南湾村的，就一直攥着我的手不撒了，嘴里不住劲说，缘分啊缘分啊！你猜为啥？"

"难道她也和南湾村有关系？"

"哥真聪明。那是唐山大地震的事。"

王仁德的父亲是开滦一个煤矿的工人。那年，王仁德十九岁，他娘带着他来到他父亲的矿上。他娘带他来的目的是相亲。他父亲给他在矿上说了门亲，说好第二天去女方家看看。那天，他父亲上夜班，宿舍的人都下井了，他就和他娘住在他父亲的宿舍。

凌晨，突然天崩地裂，他和他娘被埋在了睡梦中。都以为这排最偏僻的宿舍的人下了井，是空的，所以几天以后的抢险救灾并没有把这里当重点，他和他娘就那样被房梁瓦砾掩埋着。不知过了多少日子，他有了意识，但他只有一只手能动弹，他伸手够了一下，摸到了他娘的手，他娘的手指也动了动，于是他开始拼命挣扎，但无济于事，房梁瓦砾压着他，他只能一点一点等死。又不知过了多久，他和他娘隐隐听到有说话的声音，他娘就抓一块砖头敲击压在身上的房梁。外面有人喊："邹三树，磨蹭啥，快些去井口。"（当时，邹三树刚退伍，被抽调到县里民兵团，奔赴唐山参加了抗震救灾大会战。）外面那个叫邹三树的人说："下面好像有声音。"就听到那个叫邹三树的人在上边扒瓦砾木板。终于见到了亮光，又是一阵疯狂的扒挖，他娘露出了头。这时，他已昏迷过去，他娘用微弱的力气指指他，示意先救出儿子。那叫邹三树的人不知哪来的一股力气，三下两下就把王仁德扒出来，抱到了不远处的帐篷里，回头，又气喘吁吁地抱出他娘，往急救帐篷里送。他娘临休克之前，没有忘记问："好人啊，你是哪儿的？"邹三树只说了三个字："南湾村。"就又去救别的人了。

"他娘知道了我是南湾村的，激动得浑身哆嗦，问我知道邹三树不。我说知道啊，她娘叫过王仁德，一直说恩人、恩人呢。王仁德知道了这些，也哭得跟个孩子似的，连说对不住、对不住。"

"他娘认我干闺女，给了一副玉镯子。看看，好看吧。"苏素举起圆润的胳膊，让李成功看。

李成功听了这些，唏嘘不已。世上真有这么巧的事。可是，心里装得越多，心情就越沉重。李成功心事重重，垂下了头默默喝闷酒。

15

薛东旭、欧阳涛要设宴给李成功压惊，李成功去时从家里带了瓶酒，欧阳涛说："还用你带酒。"薛东旭说："我俩请你过来，就是想告诉你，甭把这事太当回事，董事长在周例会上重点说你了。"李成功急切询问："说什么了？"薛东旭狡猾地瞥一眼李成功面前的酒杯："想知道？"李成功端起杯来，大家一饮而尽。之后，薛东旭就把董事长在例会上的话说给了李成功："董事长说举报信所举报事实大多查无实据，且村民已联名上书，证明李成功的清白，表彰李成功的功绩，红彤彤地按着一百八十多个手印呢，基本上一户一按吧。这说明什么？说明我们的扶贫干部还是深得民心的，他们在扶贫一线，是非常辛苦的，作为娘家人，我们要保护他们，为他们撑腰。"

李成功得此信息，心里宽慰了许多。第二天，钱副总经理召见，从钱副总经理的话里，李成功又品出了不同的味道。钱副总经理说："从这次的举报来看，虽然大部分查无实据，但还有小部分呢。大问题是问题，小问题也是问题啊。甚至，有时候，小问题，比大问题还要可怕。蝼蚁之穴，溃堤千里嘛，莫以善小而不为，莫以恶小而为之嘛。"

李成功说："钱总，我知道，我有错。下一步，我怎么办？"

钱副总经理说："你可以继续去扶贫，善始善终，也可以不去，打个报告，走下程序，批一下。"

李成功想，这个节骨眼上打退堂鼓，岂不是自己心虚，真有什么大问题了？就说："那，我还是戴罪立功吧。"

钱副总经理说："这就对了，成功呀，你可知道，这次要不是我力保，你可就倒大霉了，轻则处分，重则撤职。这么大年龄了，若撤了职，多可惜啊。国资委、省委组织部我都熟，我也不客气，我给他们说，李成功是我亲自选的，德才兼备，你们处理他，就是处理我，看着办吧！"

话说到这个份儿上，李成功悟出钱副总经理只等他一个表态了。如果在清朝之前，他该立马跪地谢恩，表示一定死心塌地为钱总效劳。即使今天，他也该表示，他李成功以前是钱总的人，今后更是钱总的人，他甘愿为钱总赴汤蹈火。可是，他说不出口，他只站起来，恭恭敬敬说了几个谢谢。

李成功又回到了村里。

这次他坐的长途客车，到县城后代凤山开车去接的他。车上，代凤山告诉了他村民联名上书的事。代凤山说："那几日，村里甭提多热闹了。邹老二不知从哪儿弄来一对大喇叭，绑在村中电线杆子上，电线扯到工作队屋里，扩音器就在东头王颖住过的那个里间。没想到姜银发口才那么好，他就坐在扩音器前，对着麦克风说啊说，说你如何如何好，说得一套一套的，简直有才得不得了。你听听，说你'只为村民谋幸福，修路、打井又盖屋，家家户户要拥护'，有意思吧？他的广播响彻全村，在草原上经久不息。他说完了你的好，就动员全村，每一户派一个代表到工作队来，在请愿书上签字按手印。他说：'有良心的就来，没良心的可以不来。'那谁愿意当没良心的啊，所以大部分都跑来了，个别没来的，他和邹老二分头登门，一一说服他们。请愿书是我按着姜银发和邹老二的意思写的，我以为留半张纸的空白就够了，没想到附了一整张纸都不够……"

代凤山说了一路，李成功听了一路。听着听着，所有的委屈、付出和辛苦，都如云烟一样散去了。他不得不承认，被拥戴的感觉是美好的，这种美好，远远超过得到一笔年终巨奖，以至于他看什么都顺眼。代凤山陪他先去村里查看铺路，路面的水泥基本铺好。水泥的质地、颜色，他曾一度很厌恶，在城市里的那些水泥广场、水泥墙壁、水泥柱子，他每每置身其中，就压抑得喘不过气来，特别是看到灰尘漫天的水泥厂、搅拌水泥的建筑工地，还有那一片片小区交付的毛坯房，以及走进那四面水泥围困的狭窄空间，他就会联想到雾霾、沙尘暴，联想到头皮屑、牛皮癣、白癜风，就会浑身刺痒难耐。可此刻，那些水泥铺就的路一条条穿行在主街道和弯曲的胡同里，在干净的阳光中所呈现的特有的灰色与两边黄土堆砌的院墙竟是那样的搭配，上下呼应，相得益彰。李成功蹲下身子，用手掌在坚硬的水泥路面拍拍，不错，不错。这时，从后面过来一群羊，绵羊居多，个个肥硕又肮脏，肚子上、尾巴上全沾满了乌黑，刹那间，羊群就把李成功包围。那些笨羊们，也不知礼数，挤挤撞撞蹭着李成功的身体往前走，眼瞅着李成功的裤腿就脏得不像样子。躲在墙根处的代凤山朝羊群后面喊："快些，把羊赶开！"羊群后面的胡同口，露出一个赶羊的脏小子，那小子慢慢腾腾，也无所作为，只远远地在羊群的上方说："没事，羊不咬人。"待羊群过去，李成功认出了这赶羊的是姬小云的哥哥，就拍他一下："你娘现在咋样？"那小子嘻嘻笑着："好着呢好着呢。"羊群过后，一股浓重的膻臭味经久不散，人们脚下布满一层羊粪，圆圆的、黑黑的。李成功捏起一粒，欣赏地说："你看，这像不像同仁堂做的小药丸？这可是好东西啊，那些没有经过任何污染的草，被羊选择性地吃进嘴里，经过细细的咀嚼、消化，才形成这个均匀圆润的样子。"

代凤山好生奇怪，李成功书记今天怎么了，怎么连羊粪在他眼里也好看起来，就笑说："它再好也是羊粪啊。"

李成功在手心里滚动着那粒羊粪："这可是上等肥料，以后，咱南湾村的地集中种植后，都可以改用牛羊粪，代替化肥。"

代凤山问："你又有长远规划了？"

李成功说："实际上，也不需要咱们干什么，只要做好了蓝图，指明了方向，走上了正道，许多的具体事村里都可以干好的。你看，打井、建村部，姜银发和邹老二不是干得比咱还好吗？"

代凤山说："这倒是，这些天，姜银发、邹老二天天盯在现场，干得可卖力了。"

李成功："不过，眼前最当紧的是把建档立卡纠正过来，不然村民们心里不服。走，去看看姜银发那里干得怎么样。"

李成功和代凤山站在坡顶上，放眼望去，仙女湖杂草丛生，不知种子来自何处的野柳野杨，东一株，西一株，野蛮而孤独地生长。一片一片浅浅的水洼映照着蓝天白云，好像蓝天白云也碎裂成了一片一片似的。一群通体黑亮的乌鸦在草丛中、水洼间腾飞跳跃，寻寻觅觅。更远处，连绵无垠的草原缓坡把这湖地围成一个盆地，盆地周边，稀稀落落点缀些土墙村庄。声声狗吠从那些村庄中传出，传到东边的大甸子，统统被钻机的隆隆声淹没。姜银发正在一处钻井旁挥舞着胳膊向一个钻井的领队说着什么，李成功走到跟前，他都没能听见，直到代凤山在背后拍他一下，他才发现。他看看李成功，最后对钻井领队大声说一句"就按我说的干吧"，便带李成功代凤山走到远处，站在钻井声音微弱的地方，对着李成功的脸嘿嘿傻笑起来。

李成功说："傻了你！"

姜银发："昨天梦着你回来了。"

李成功："你弄的请愿书有点儿过了。"

姜银发："过啥！那是人民的心声。"

李成功："不说这个了，你在钻井那儿指手画脚干什么呢？"

这一点，姜银发又与李成功想到了一处。东大甸子的这些地，虽然都分到了每户，分割成了零碎，但却是整装地块，土质最好，土层最厚，若集中统一耕种，发挥的效力更好。就是瞄着这一统一集中的目的，姜银发调整了钻井布局，东西南北中，各打一眼，为以后浇地创造便利。李成功心说，这小子真上路了，以后土地不能再这样各自分散经营了。生产队时，这片整装的地是集体的，大家出工不出力，后来分田到户，大家的劲头上来了，可走着走着，那些上来的劲头就如烟囱冒出的烟遇到风一样，一点点消失殆尽。乡亲们发现，靠种地仍然穷苦着，甚至都养活不了自己，便纷纷地跑出去，打工挣钱去了，因为外出的门敞开着，打工比种地来钱多也来钱快。这样，一块又一块上好的土地便撂荒着，浪费着。怎么办？再搞生产队吗？历史不可以重来，但也不拒绝相似，李成功就琢磨，利用这片土地，搞产业化种植，公司化经营。具体怎么搞，他还没想周全，这会儿也不想过多与姜银发讨论，但有一点，他认为他看到了"物极必反"的规律，就指着面前的那片地对姜银发说："待这里都变成水浇地后，我们要响亮地打出一个口号：无化肥种植。"

"不用化肥？忽悠人的吧？"姜银发提出疑问。

李成功便给他讲那个"物极必反"的规律："刚发明使用化肥时，农民们高兴极了，往地里撒那么一点儿点儿，就能抵一车的粪，而且效力大得惊人，于是农民们争相购买，那些一度视为宝的农家肥被弃置不用。可很快，人们就发现，长期使用化肥不仅土地板结，土地里收获的粮食蔬菜也没那么好吃了，甚至还携带致病的物质，于是，再回到从前，重新拾起农家肥。"

李成功说到这儿，代凤山用一根树枝拨拉一下李成功的裤腿，说："看看，都快干了。"

姜银发："沾的啥呀？臭烘烘的。"

代凤山："羊粪。要不是李书记今天心情好，还发现不了这羊粪的美呢。"

李成功："说得好！自然的是最美的。羊粪是羊自然拉出来的，来自大地，回归大地；化肥呢，是人造出来的，反自然的。"

姜银发："我X，越说越玄乎了。"

李成功："不说玄乎的了，该干实际的了。建档立卡户……"

不待李成功说完，姜银发就说："都准备停当了，就等你来了一声令下，立马动手。"

因确实存在问题，经与上级沟通协调后，南湾村的建档立卡贫困户重新登记。照姜银发看来，这事很简单，村里就这一堆人，祖祖辈辈生活在一起，谁家好过，谁家难过，就像山羊头上的犄角一样，那是明摆着的，谁也糊弄不了谁，干脆，拿来名单，他用笔一划拉，就成。李成功也知道，他这样划拉出来的人，八九不离十，肯定比姬富强钦定的要准确得多、要公平得多，因为他相信心底无私才能公平，姜银发在这些事上没有私心。但他还是不同意姜银发这样做。他考虑的不仅仅是公平，他认为建档立卡贫困户的认定，最关涉村民切身利益，男女老少，就连在天南地北打工的人，也都瞪大了眼睛，竖直了耳朵。村民这么关切的事，就不能捂着盖着，就该敞敞亮亮，让村民充分参与。村两委换届，特别是村支书、村主任选举时，他就已经开始实践他的思想了，只是中间横插告状，致使他未能亲历始终。这次，他想拿这件事好好做做文章，让村干部明白，可甭事事自作高明，高人一等，把乡亲们当成羊群，想怎么赶就怎么赶，也别把他们当成下人，把自己当家长。他们都是人，人就得有尊严，就得被尊重，就得自己做自己的主。对了，自主，李成功想，村民的自主意识和能力，需要培养、呵护，这也当是精准扶贫的应有之意、长久之计。姜银发这新一届两委班子，也应该具备这样的自觉，不然事事替村民做主、自以为是，久而久之，免不了走向武断、专断，稍有诱惑，便又与姬富强一样的了。毕竟，他李成功来此驻村是暂时的，终究是要走人的，待他们走了之后，村里能持久沐浴在民主的阳光之中，也算一件幸事。

李成功绞尽脑汁，设计出一套方案，开始实施。

他让代凤山写了一篇宣传稿，由姜银发每天三顿饭在大喇叭上照着稿子广播。宣传稿主要讲建档立卡户的标准、要求什么的，再就是公开啊、公平啊、公正啊。姜银发每回念完，觉得不过瘾，还自己发挥一番，说："乡亲们呐，村里谁家穷、谁家富，咱谁都不瞎，也不傻！这回叫咱们自己评出建档立卡户，咱可不能给脸不要脸，咱都得凭良心啊！谁要是昧着良心说假话，不得好死！"

他与代凤山一起，制作了好几种表格，有的是直接复制上级的，有的是自创的。自创的里面有个《建档立卡贫困户测评表》，按姓氏笔画，每一户的名字都列上，其中有家庭收入、健康状况等栏设置，最后一栏是是否同意。

他让邹老二在南湾村外出打工的微信群里广而告之，把测评表放上去，让大家填写。

在做这些明面上的事情的时候，李成功还在心里琢磨着一个事：他要把村民都集中起来。人在集聚的时候与私下里独处形成的情绪是不一样的，他觉得唤起村民的自主意识，需要一种正面的情绪来催发，而催发正面的情绪，借助的形式便是像开大会一样集中起来。集中起来搞一次测评，在正情绪的氛围中既高效又高质。可要在南湾村集中一次村民开会，是很费劲的，往往拖拉半天到不齐，他可不愿意浪费时间，村里的修路、打井、盖村部都需要人手，忙得解手都解不净，他想用最短的时间集中测评完毕。到底用一种什么办法呢？他琢磨了两天，终于琢磨出一个一举多得的办法：搞一次扶贫义诊。他立即与总部联系，请求集团支持，派一支医疗队过来。

当姜银发连续广播三天，邹老二的微信群里也反响火热时，李成功觉得火候差不多了，就通知总部的医疗队出发。医疗队头天住在县城，傍晚，姜银发便以特有的语调播出了这条特大喜讯。那会儿，电线杆子上的大喇叭砰砰砰响了几下后，就激动地颤动起来："天大好事！天大好事！金地集团派来了医疗专家，背着药，扛着仪器，给咱们看病治病来啦！没病的可以检查检查，有病的可以治治，都是免费的啊！就明儿一天，不来可别后悔啊！专家是省里大医院的，光挂个号就得排好几天队，几十块钱打不住！

这回，连药在内，统统不要钱。来得晚了就轮不上了，不来可甭后悔！"

南湾村的人早晨一般都是慵懒的，太阳升老高才吃饭，早饭午饭合在一起。可这一天，他们起得特别早，太阳还没露脸，新盖村部前面的空地上就站满了人。大部分的人空着手，个别的人手里攥着不知从哪里拍的X光片和CT片。所幸，天气很好，风也不大，李成功也提前准备了几十个马扎，腿脚不好的，就坐在马扎上聊天等候。在这间隙，有人指着正在施工的村部说："看看，墙都起这么高了，朝外开的那个门，以后就是卫生室，咱吃药打针就方便了。"大家便围绕着看病治病议论纷纷。正议论着，徐刚、代凤山在人们面前麻利地支起一个帐篷，然后从里到外摆开一溜折叠桌椅。这时，一辆医用中型面包车停在帐篷边，车上下来六位穿白大褂的医生护士，个个白皙干净，一尘不染。李成功在众目睽睽下，与医生护士依此握手寒暄，医护人员按次序坐下，挂上听诊器，摆开血压仪，拉开阵势，一场义诊与测评的完美结合开始了。

石秀兰拿着提前印制好的《建档立卡贫困户测评表》，站在帐篷的北门，按名单喊叫，叫到谁，谁从北门钻进去。钻进去的人一看，第一关，不是医生，竟是姜银发和代凤山。姜银发给进来的人发一张《贫困户申请书》，指指桌前的凳子说："坐下，先测评，测评完，就可以过去了。"他指指身后的帘子说："医生都在那边等着呢。"他又指指那张《贫困户申请书》说："等看完了医生，回去再填。"并不忘补充说，"你觉得你家条件够就填，不够就甭填。"于是，代凤山执笔，让进来的人按着测评表里的名字，一项一项评说。评说不说自家，只说别人。进来的人个个感到新奇，又觉得在封闭的帐篷里，别人看不见，也不用自己动手写字，只让说，那还不有啥说啥？况且，坐在一旁的姜银发不住地循循善诱，对每个人劝导："良心，咱可得拍着良心说啊。"进来的人便回应：哪能昧良心，咱句句是实话，谁谁谁家真是难得不行，看那日子还能过啊！谁谁谁家，哼，没病装病，骗国家的钱呗……

所有的人都参加了测评，测评过去，便是各科医生的望闻问切，有的人还被引导到面包车上，用较大的仪器做较大的检查。之后，医生针对每个人提出注意事项、生活禁忌，临走，绝大部分的人手里都拿着各种各样的药品。

那天，义诊了整整一天，测评则非常成功。代凤山根据测评人的叙述，在每个人的测评表上，该打钩的打钩，该写文字的写文字。一天下来，累得腰都直不起来。

邹老二微信群里的反馈也非常活跃，人们互不见面，不用察言观色，说了好多真话实话，很多人还与邹老二私聊，把窝在心里的话都说了出来。

仅从村民的测评和微信群里的反馈中，李成功心里已有了底数。待《贫困户申请书》陆陆续续交上来之后，李成功又组织村两委委员，还有邹三树等几个正直正派的老人，一个个过筛子。最后，把真正贫困的人家都筛了出来。李成功特别正式地给大家说："筛出来的这些贫困户，咱们要按照上级要求的'五必看'，再做一次入户调查。"姜银发说："哎，不用，那是叫外边来的人做的，咱还用那个！'一看房'，房子用看吗，谁住啥房子咱还不清楚？'二看粮'，谁家几亩地，收成咋样，能糊弄了人？再说天天端着碗在一起吃饭，谁碗里有啥没啥也看得一清二楚。'三看劳动力强不强，四看有没有读书郎，五看有无病人躺在床'，那更不用说了，都是秃子头上的虱子。"李成功说："尽管确实是这样，那也不能省事，有些形式的东西，该有还得有。代凤山、石秀兰，你俩负责入户调查吧。"

16

新出炉的建档立卡贫困户，用最大的字号打印出来，张贴在早先迎接参观时建的宣传橱窗里，旁边还挂着一个意见箱。那些天，村里非常平静，好像一场地震过后戛然的沉寂，可待公示完毕，名单上报的第二天，突然有状况爆发。那天，忙碌了十几天的邹老二回北京了，公司里的事王颖打理不过来。李成功、姜银发、徐刚他们几个都分散在村里村外各处施工点，只有代凤山在家里埋头整理贫困户档案。中午，快到吃饭的钟点，突然闯进来十几个中老年男女，年龄最大的是姬有田，最年轻的便是姬虎了。看那阵势，姬虎像是挑头的。

姬虎一仰身子躺在代凤山床上，懒洋洋地说："俺们都没法过了，以后吃住都在这里了。"

代凤山一看姬虎躺倒在自己床上，且浑身酸臭，头发上沾着草屑，双脚也不脱鞋，直接夯在床单上，满鞋的说不清是泥土还是粪便的东西，便恶心得想吐。他立马火冒三丈，抄起菜刀，怒瞪张飞式双眼，冲姬虎厉喝："下来！"

姬虎有些胆怯，一边往起坐一边说："怎么，你们扶贫队还敢杀人！"

代凤山意识到有些失控，软了手腕，转一圈说："有事说事，你们这是干吗呀？"

姬有田说："你们把我的贫困户抹掉，我的日子没法过。"

众人齐声应和："俺们都没法过了。"

代凤山还在捍卫他的床，他又用软下的菜刀朝姬虎摆摆："下来、下来。"待姬虎坐到了椅子上，他才把菜刀放下，说，"这次贫困户的建档立卡，是村两委经过严格程序后定的，你们不应该找扶贫工作队。"

姬虎说："糊弄三岁小孩啊！都是你们的李成功鼓捣的，以前村里平安无事，安安生生，他一来就搞得鸡犬不宁。"

站在远处的有个妇女，不安分地拉开了墙角的电冰箱，取出里面的一根火腿吃起来。旁边的人见状，纷纷效仿，从里面找东西吃。坐在正前的姬有田和姬虎受到了启发，也加入行动起来的人群中，四处寻找可吃的东西。

姬虎先在桌子上发现一盒烟，抽出一根用双唇夹住，其余的装进兜里，然后又在橱柜里发现几瓶老白干，双眼立即冒出绿光，欲要打开畅饮。

代凤山有些招架不住，阻止了这个，那个又胡乱翻找，大有按下葫芦起了瓢的架势，他喊着："你们要抢吗？"正想重新操起菜刀时，李成功和徐刚进来了。

李成功往地上一站，所有的人都停止了动作，被使了定身法一般，但也仅仅是两三秒的时间，姬虎率先煽动："咱们都是好几年的贫困户了，早就没吃没穿的了，大家该吃吃该喝喝。"

李成功放眼一扫，就知道了这些人的用意，所以用手势阻止了代凤山的汇报，大大方方地脱下沾有泥垢的外套，说："好啊好啊，欢迎乡亲们光临。凤山、徐刚，咱们一起动手，做大锅菜，大家一起吃啊。嗯姬虎，别光拿着看，打开，那老白干高度的，可醇厚了。"

代凤山和徐刚还愣着，李成功已洗手准备择菜切肉做饭，并一边做饭一边招呼众人："你们先歇着，一会儿就好。"

代凤山和徐刚，只好与李成功一起做饭。

大家都齐刷刷看着他们三个在忙活，开始并不相信李成功真要留他们吃饭，当一大块足足有八九斤的五花肉切成片炒在锅里，又有一大筐的茄子、豆角、西红柿炖进锅里，他们相信了，这是实打实地要他们吃饭，就有人主动过来帮他们烧火，干燥的柴火噼噼啪啪响着，旺盛的火苗舔吻着锅底。还有一位妇女要过笨拙的徐刚手里的铲子，把上半个身子探进锅里，呼呼地吹着含油量极高的热气，熟练地翻底搅拌着一大锅肉菜。又有人接过代凤山手里的一包馒头，扣上笼，蒸在菜的上方。

旺火饭快，没多大工夫，掀开笼，馒头透了，菜也熟了。

李成功搬出碗筷，幸亏有足够的碗筷，亲自掌勺，为每个人舀上满碗的肉菜。

有人看着李成功没有拿碗，便说："你也吃啊。"

李成功说："不急，不急，你们先吃。"

徐刚盛了半碗菜，说："李书记两天都没好好吃饭了。"

有人问："咋了？"

徐刚："着急，上火，牙痛呗，没看那边脸，都肿成什么样了！"

李成功："没事，没事，我这牙火牙，一有火就往这儿跑。"

姬有田左手端碗的手指夹着一个馒头，右手拿筷子的手也抓着一个馒头，带着些风凉话问："上啥火了呀？"

李成功："嗐，以前咱村里的井十米就见水，这回我以为钻二十米怎么也行吧，结果快三十米了还没水，你说着急不？我是想尽快让家家户户都方便地用上水，还想把咱们的旱地变成水浇地，可是……"

大家都默不作声，只是吧唧吧唧埋着头吃饭。

李成功倒了杯水，喝一口，刺激得牙根猛疼了一下，不禁"哎呀"叫出了声。

姬虎大口吃着肉，抿着酒，斜眼讥讽道："是不是做啥亏心事了。"

李成功看着自斟自饮邋遢恶臭的姬虎，忽地想到苏素，苏素那么好的一枝花，怎么插到这么一堆牛粪上了。不过还好，这几天的心情还不是太坏，即使真有一堆牛粪在屋里，他也不会十分厌恶了。他不紧不慢说："姬虎啊，你悠着点儿喝啊，我知道你对这次贫困户的调整不满，不过也不能怨你。"李成功捂着腮，环顾了一下屋里吃饭的村民，"这次大家都没能进建档立卡，我也很遗憾。真的，要由得我，我让全村的人都成建档立卡户，吃穿不愁，看病让国家给包着，实行全员免费医疗……"

姬有田又从锅里舀起几块肉，用筷子点着李成功："甭光说好听话，反正这回取消了俺们的建档立卡，俺们后半辈子就吃住在这儿了！"

"群众的眼睛是雪亮的！"代凤山看他们不讲理，呼地站起来，抓起装满测评表的档案盒，刚要说"你们本来就不该享受建档立卡，看看村民们的测评，都说你们不够格……"。李成功猜出了接下来代凤山定会这么说的，怎么能这样说呢？这样一说，等于用民主测评的结果来打压这些没想开的村民，这岂不是激化矛盾，挑起群众斗群众吗？南湾村整体说来还算平和的，即使最乱的时候也没有伤筋动骨留下后遗症，形成一代派别。这多好啊！这就像一片未开发的处女地，要小心翼翼地呵护才行……想着这些，李成功一边用手势制止着代凤山，一边走过去，要过他手里的档案盒，重新放好，然后用左手捂着左边的腮帮子，咝咝吸气，长叹一声："唉！咱们的日子过得真是穷苦啊！姬海兴多大了？算你们的长辈吧，看看他家那像个家吗？他是肺癌啊，大家知道吗？吃不下饭，睡不成觉，一离开那氧气袋子就上不来气儿，能把人活活憋死啊！化疗，受死罪了。他老婆，这回食物中毒后，也落下了病根，半个身子不听使唤。他闺女虽说在外打工，一个月开两千多，除去吃喝穿戴，还有租房，剩下的哪够爹娘吃药看病啊！住一回医院，那得花多少钱啊！邹三树，可是你们的老支书啊，那老两口过得那叫日子吗？你们看看他的腿，他的手，变形变得，那还叫人手吗？还叫人腿吗？他老人家一年都吃不起一回肉，家里啥都没有啊，炕上的那两条被子，整整四十年了，房顶上、墙上，好几个窟窿，下雨哗哗地漏，冬天，那刺骨的寒风像刀刃一样刺痛着老人啊！……"李成功说到这儿，眼泪扑簌簌顺着脸颊流下来，幸好，左手捂着腮，他顺势抹一把。

这时，大部分的人都吃饱了，抹抹嘴，饱嗝连天。李成功含着热泪，默默地收拾大家放下的碗筷，蹲在水盆旁，有模有样地刷锅洗碗。代凤山、徐刚见状，也蹲下来，与李成功一起洗刷碗筷。就有心肠软的妇女说："李书记，你还没吃呢。"

李成功拍拍肿胀的腮帮子说："不疼了再吃。你们先到我炕上休息会儿吧。"

那妇女说："不了，不了。"说着就往外走。妇女一走，其他的人都要跟着走，还在抿酒的姬虎急了："嗯嗯嗯，别走别走，咱们要吃住在这儿。"很多人不听，照常往外走，最后，只留下四个人没走，姬虎、姬有田当然在其中。

下午，姜银发听说了这件事，气势汹汹地跑来，指着一个个的鼻子骂道："你们想干啥？还要脸不？"

姬有田受不了，倚老卖老："你小子嘴里有大粪啊，说话这么难听！"

姜银发："难听！这还是客气的呢。告诉你们啊，李书记他们不敢得罪你们，我不怕，我反正走不了，根儿就在村里，你们再这样闹，这辈子谁都甭想好过！"

姬虎塌蒙眼皮："不闹行啊，给我报上建档立卡，立马走人。"

姜银发："门儿也没有！甭看咱是同学，关系也不赖，你不给我面子，也甭怪我要二百五，我告诉你姬虎，你那精神病的证明是假的，是你舅舅托人办的，惹急了我，我连你舅舅连那医院一块告，一锅端。"

姜银发这样一揭短，姬虎急眼了，抓起酒瓶子就想砸他。李成功一个箭步跨过去，夺掉姬虎手里的酒瓶子，却用批评的口吻说姜银发："你怎么能这样说话？作为村支书怎么能这样说话？你先忙你的去吧，东大甸子南边那口井不行再加深几米，快去吧，这里我来处理。"

姜银发火气未消，重重甩出一个"哼"字走了。

屋里恢复了平静。七个人面面相觑，又都极不自然，目光不小心撞在一起，烧灼了一般，又急忙纷纷躲开，难堪和尴尬充满了整个房间。

李成功说："这样吧，村里铺路、打井、盖房子都很忙，离不开人，我和徐刚得去现场，让代凤山在家招待你们。"

姬有田气消了些，说："不用招待，你们先忙去吧。"说完竟拉一下姬虎，四个人走出了扶贫工作队。

李成功他们没想到，晚上到吃饭的点，姬虎带着几个村民又来了，并且又动员了两名妇女，一共六个人，进门抄起碗筷就吃。代凤山做得只有三个人的饭，这六个村民一抢，工作队的三个人就没饭吃了，李成功、徐刚、代凤山只好眼巴巴看着锅里吃得一点儿不剩，便每人啃一个干馒头，喝点儿水了事。吃饭好凑合，可睡觉万万凑合不得。这几个村民吃完了饭不走，还要睡在这里。怎么睡啊？代凤山和徐刚都是单人床，与村民挤一床上睡，无论如何是不行的。都去里间李成功的炕上睡？更是不行。甭说睡不下这么多人，就那恶心劲谁也受不了。也是代凤山急中生智，跑到院子里，给邹老二打通了电话，把这边情况告诉了他，然后拿着手机，回到屋里，对那些准备睡觉的村民说："邹老二要给你们说话。"视频接通，邹老二一一点着他们的名字，说："我告诉你们，这房子是我的，我同意谁住谁才能住，我不同意你们住，就不要耍赖，赶紧滚蛋！我丑话说到前边，你们要敢在我家住，我就带着我的民工，天天吃住在你们家，我有的是人。"

邹老二的话极其见效，率先软蛋的是姬有田，他晃晃荡荡地就要往外走。姬虎问："你咋了？"姬有田嘟囔一句："我还欠着邹老二钱呢。"说话间就走出了院子。姬有田一带头，其他的几个人也动摇了，相跟着出去了，都说："邹老二也借给过我们钱。"见一个个都走了，姬虎的泼皮劲反而上来了："我就不走，李成功我就赖上你了，别人我也不管了，你只要把我的建档立卡弄成，我保证你以后在村里安安生生。"

17

那两夜，南湾村睡不好觉的不下六个人。

一个是姜银发。他知道了姬虎在扶贫工作队捣乱，他觉得丢人，觉得对不起李成功他们。他们多累啊，白天村里地里奔波一天，夜里也睡不成个安稳觉，他真想跑过去把狗X的姬虎狠狠揍一顿。他想姬虎肯定打不过他，小时候摔跤，回回他都能把姬虎摔倒。干脆，过去揍他个鼻青脸肿，把他撵出去，让李成功几个人好好歇歇。他攒了攒劲，鲤鱼打挺一般坐直了身子。因动作过猛过大，虎虎生风，惊醒了熟睡的老婆和儿子，儿子哇哇地哭起来，老婆爬起来拉亮灯，一边端着乳房往儿子嘴里送，一边埋怨："你疯了，看把咱满满吓得！"（姜银发儿子的名字是李成功起的，小名满满，大名梦湖。满和湖，取自白居易《别州民》："耆老遮归路，壶浆满别筵。甘棠无一树，那得泪潸然。税重多贫户，农饥足旱田。唯留一湖水，与汝救凶年。"梦，则应和姜银发孕育儿子时的美梦。姜姓又含一女，女为阴，阴属水，呼称满满或姜梦湖，均寓意仙女湖水平波漾、财福滚滚。）老婆哄着儿子，见姜银发穿裤子蹬鞋，就知道他不是要折腾自己，而是又为姬虎闹心了，便问："你想咋啊？"姜银发说："我去揍那狗X的！"老婆拉拉他腰带说："李书记不是嘱咐你，让你甭管这事吗？"是啊，李成功是一再告诫他，千万别掺和进来，弄得村里鸡犬不宁。可李成功那是自己揽下的这泡狗屎，他一个外人，能摆平那个不讲理的无赖吗？姜银发坐在炕边，犹豫着。老婆又说："还是听李书记的吧，李书记那么稳重，会没事的。"姜银发说："可我睡不着。"老婆说："那等会儿满满睡了，你再上来捣鼓会儿吧。"姜银发说："我哪有那个心思，快睡你的吧。"姜银发重又躺倒了炕上，心想，这要在过去，我定要派几个民兵把狗X的姬虎绑起来，扔进牛圈里，好好关他几天，可现在，甭说民兵，村里连个壮劳力都看不见了……

再有睡不好的就是扶贫工作队里的人了。客厅里的代凤山和徐刚不约而同按亮了手机，晃一眼，才十一点，怎么就觉得天快明了？到太阳出来还有五六个小时，夜还没过一半呢。这些日子，他俩都觉到了夜的漫长、夜的讨厌，甚至，要惧怕夜晚了。白天好说，忙档案、忙填表、忙修路、忙打井、忙盖屋，他们乐此不疲，宁愿一刻不停，宁愿太阳一直高悬天空。可是，谁也阻挡不住那夜幕的降临，一到硕大而疲惫的太阳隐退到远处的群山后面时，他俩便发怵，再不得不上床时，心里就开始慌慌地跳。

代凤山冲着黑暗问："几点了？"

徐刚说："还不到一点。"

代凤山说："跑一天了，不累啊？"

徐刚说："怎么不累啊！老觉得燥热得慌，地球真的变暖了。"

代凤山说："呵呵，想媳妇了？憋的吧？"

徐刚反问："你呢？"

代凤山说："想我儿子。"

徐刚说："骗人！"

这两位年轻人的难耐，近来一日甚过一日。也是，都两个多月没回家了，村里的事多、事忙，是一个原因。回去一趟太远，如果不是专车的话，倒来倒去路上得一天，不容易，也是个原因。更主要的原因，是李成功一直不说回去。李成功在村里待的时间，比他俩多得多，李成功作为队长，不说回去，他俩怎好意思回去呢？但归根到底，还是村里事情多，很多工作都一齐铺开了，他们原想，赶紧突击一下，把工作干完，好回家多住些日子，可越干，工作越多，工作越多，又越得忙碌，竟陷入了一个螺旋循环之中，自己被自己牢牢地套住了。

代凤山说："你睡不着，我开灯了啊。"代凤山打开了灯，起来把被罩扒下来，把床单抽掉，把枕巾扔到一边。

徐刚趴着，觉得好笑，说："大半夜的，这是咋了，不会是夜游吧你？"

代凤山说："老觉得有虫子在身上跑。"

白天姬虎在代凤山床上躺过，睡觉前他就反复扫过床，这夜里睡不着，又犯疑起来。徐刚便也起身，光着脚悄悄走到里间李成功睡觉的门前，偏着脑袋听了听，又嗅了嗅。代凤山也凑过来，挤着徐刚，用耳朵贴着门子，听听，吸着鼻子闻闻。一股混合着烟味、从胃里翻出来的酒肉味，还有说不清的酸臭味，滋滋地从门缝里泄出来，呛得两个人眉头紧皱，不住地用手在鼻子前扇着。

"哎呀，咱们的李处怎么能受得了啊！"代凤山和徐刚都感叹不已，重新关灯，捂着鼻子，听着里间姬虎那如雷的鼾声。

里间的李成功听到了外间的叽叽咕咕、窸窸窣窣，知道代凤山、徐刚还没睡着，但他不想与他俩搭腔，他正在进行他的顽强抗争和搏斗。抗争的对象与其说是姬虎，倒不如说是姬虎身上附带的那些东西。那些东西有看得见闻得见的，也有看不见闻不见的。看得见闻得见的，就是姬虎那肮脏的衣服、身体以及从汗毛孔里散发的令人窒息的恶臭气味。他没想到，泼皮无赖姬虎入睡这么快，睡得又这么沉。晚上吃饱喝足，姬虎说："我睡啊。"就爬到李成功的炕上。李成功本不想与他一起上炕，转而一想与他聊聊也无妨，摸摸这家伙思想里都装些啥玩意儿。可一上炕，就被姬虎身上的气味迎面轰倒，几乎要一头栽下炕来。他感觉那气味不是他闻到的，而是如狂风暴雨般不容分说强灌进他的嗅觉的。他用手捏住了鼻子，瞅着姬虎黢黑油腻的双脚，说："你，去洗洗。"姬虎闭着眼说："嘿，省你点儿水吧。"一边嘟囔着，一边舒舒服服躺平了身体，看来是不打算动弹了。李成功看他躺在了挨窗户的位置，占据了上风头，这样风刮进来，还不一夜都是恶臭，便一手捏着鼻子，一手拿一本书捅捅他："嗯，你到里边去。"姬虎猪一样哼哼着挪到墙根，李成功远远躺在了挨窗的通风处。这样略好了一些，他才细细地分辨出，那混杂的气味里，有成年累月积存在肉体表面皱褶里的汗味、腋窝之味、脚臭之味，有裆间没收拾干净的屎尿、汗水掺和之味，有体内酒肉、饭菜消化发酵后分别从嘴里翻腾上来和从肛门处进出来的味道，有从不刷牙的牙缝中、牙龈上、牙洞里散发出来的味道……他想就从味道说起。

他问姬虎："你就不觉得你脏吗？"姬虎似乎听见了，但答非所问，咕哝道："睡啊。"竟一翻身，脸朝墙咕咕地打起了呼噜，把健壮而脏臭的背部臀部甩给了李成功。李成功怎么也无法相信，身边的这个他极其厌恶的人，曾是苏素的男人，并且，还与苏素生过孩子，这怎么可能呢！世间竟有如此不公！苏素那么好的一个女子，该承受多么大的委屈啊。此刻，姬虎的气味随着呼噜声从大张的口中喷薄而出，犹如装满腐烂鱼虾和粪便的车皮突然爆裂，恶臭冲天，熏得他无法靠近。李成功又用劲捏了鼻子，伸出另一只手，从炕角拉出两条被子抖落开，在他和姬虎之间制作了一道屏障，他躺在屏障的窗户一侧，感觉略微好了一些。但姬虎产生的气味还是一阵一阵袭来，每每袭来，他的胃里就往上反，就想呕吐，但又吐不出来，很难受。他忽然灵机一动，下炕从一个柜子里翻出了冬天在省城戴过的防雾霾口罩，迫不及待地戴在了脸上，虽然捂得有些憋闷，但干呕缓解了些。也不知过了多长时间，从屏障的那边，混合着呼噜声，嘟嘟囔囔地吐着两个字。初始李成功没在意，不过是姬虎的梦呓而已，可很长时间，那两个字一直在咕噜重复，李成功就认真了，竖起耳朵仔细辨听，终于听清了，那两个字是"素素"。"他娘的！"李成功不禁骂了一声粗口，他觉得"素素"两个字从狗Ｘ的姬虎嘴里吐出来，是对苏素的极大亵渎。可他又很好奇，他想起小时候大人们说过，夜里一动不动与说梦话的人对话，做梦的人就会把心里话说出来。他便躺平，问："素素咋了？"那边没有了梦呓。他又问："素素咋了？"那边便只有呼噜声了。

李成功再也无法入睡了。他拿起手机，给苏素发了一个试探性的问号。

SS：哥你还没休息啊？

李成功：怎么这么久没有音信？

SS：哥你知道吗，就是一辈子不联系，我也天天在心里呼喊哥哥。我知道，哥不是王八蛋那种男人。不过，哥，请你相信，我也不是那样的女人，只是我太爱哥了。

李成功想说"我也爱你"，四个字已写上屏幕，一犹豫，又删掉了。他拿不准他对苏素的感情是不是爱，但即使是爱，他也不想说出口，他宁愿在心底藏着、压着，他决不允许这种爱泛滥，不可收拾。他回：别，我不值得你爱，与王八蛋相比，我算个穷人。

SS：我爱的只是哥你这个人。

李成功：但我们不可能有任何结果。

SS：我知道。我也没想要啥结果。

李成功想，我们真能创造异性之情、无性之爱吗？正想着，苏素又发来：哥，你现在咋样？

李成功：很痛苦。

SS：怎么了，哥？

李成功：我告诉你你可甭急。

SS：快说啊。

李成功爬起来，忍着臭味对准熟睡的姬虎拍了一段视频，给苏素发了过去。

SS：那是谁啊？哥，呼噜声那么难听。

李成功：仔细看看。

SS：哥，咋回事啊？这不是在你的炕吗？

李成功想，这么多年，他心里喜欢苏素，却始终未能与苏素在一个床上睡过，此刻，却与这个令人恶心的苏素的前男人睡在了一个炕上，真是天大的笑话。于是便回：这个近在咫尺的人，就是姬虎。他挑头给我闹事，赖吃赖喝，睡我这不走了。

SS：他不是个东西！

SS：哥，那咋办啊？他欺负你了吗？

李成功：这还不算欺负啊！

SS：哥，那咋办啊？急死人了。

SS：哥，你报警吧。

李成功：你以为报警是最好的办法吗？那只能增加仇恨。

SS：那，我过去吧。

让苏素回来，制止姬虎的无赖？截至目前，李成功还没这样想过，苏素一提示，他倒觉得也不失为一个办法。很多时候硬碰硬不行，可一旦坚硬遇到柔软，往往奏效。姬虎梦话里不是喊素素了吗？说明他心里还念着苏素，说不定苏素就是他生命的唯一希望，若苏素出现在他面前，好言相劝，也说不定他就会变成另外一个人。另外一个人？另外的什么人？那只能是朝好的方向转变，若姬虎改掉现在的毛病，重新振作起来，那意义可非同一般。因为姬虎的这种懒惰、好占便宜、一味依赖救济补贴的习性，绝非个别，那些一起来扶贫队闹事的人便是，没有来的也有很多，可以说，姬虎是他们当中的代表。如果这种习性改不掉，自己不去努力，只会伸手，只要照顾，就很难真正脱贫，即使暂时脱贫，也难以持久。还有一层意义，李成功也快速在脑子里成型。自己来驻村扶贫，不敢保证没有一点儿瑕疵，而在暗地里窥伺他的，就是姬虎的爹姬富强。前不久他被诬告，被纪委询问，他至今心有余悸。目前，这个村里，最大的威胁就是姬富强父子。这次姬富强的支书被免，更是怀恨在心，随时都可能在暗地里给他李成功一箭，而且那箭头上还抹着剧毒。若能很好地安抚了姬富强父子，那他就可以高枕无忧，大胆地往前走了。而能安抚姬富强父子的，苏素无疑是个突破口。

想到这些，他给苏素发了一句有后话的话：你来干什么呀？

SS：我保护你，他要再给你闹事，我就跟他拼命。

苏素说这番话，李成功感动是感动，但可不是他想要的。真要让苏素过来保护他，关键时候让这个女子冲上去，给姬富强父子拼命，那不是天下大乱，更加不可收拾了吗？那么让苏素来干吗？与姬虎重归于好破镜重圆？那肯定会和谐一片。可，就姬虎这德行，岂不是祸害苏素吗？他李成功于心何忍呢？再说苏素怎么会同意呢！李成功陷入了两难，但还是试探性地发出一句：姬虎在梦里喊叫你名字了。

SS：呸！我早把他忘了。

李成功：那怎么会呢？儿子翔翔不是还姓姬吗？

等了好长时间，苏素发来：哥，咱不说这个了。

李成功感觉苏素在那一头已经哭完擦干了眼泪。

李成功：你别惦记我这儿了，我会处理好的。你多保重吧。

SS：有啥事随时告诉我啊。

到后半夜，直至天明，姬虎身上那些看得见闻得着的东西已经退居为次位，让李成功花主要精力抗争的，是苏素在他心里缠绕不清的种种矛盾和纠结。

18

吃过早饭，姬虎抹拉一下嘴巴，大摇大摆走了。中午饭时，又来了。吃过了午饭，放下饭碗村里村外闲逛，到晚饭时，准点进来。代凤山说："你不是习惯一天两顿饭吗，怎么又来？"姬虎说："少废话。"看看只有粥、馒头和炒菜，说："酒呢？"代凤山说："没了，想喝到你家喝去。"其实酒早让代凤山给锁起来了。姬虎不再计较，便有啥吃啥。

晚上，他又早于李成功躺在了炕上。因没喝酒，姬虎入睡有些费劲，滚来滚去睡不着。见李成功进来，他把身体摆成平躺姿势，跷起二郎腿，点着一支烟，双手在肚皮上搓着黑泥，让嘴上倾斜的烟灰往脖颈、枕头上掉落。

李成功上前把他的烟摘下来："小心着火。"

姬虎："火？说不定我放把火把这个房子烧了。"

李成功："那你后半辈子只能在监狱待着了。"

姬虎："我不怕。"

李成功想，是啊，这种人怕什么呢，便不再搭理他，拿出所有被褥，再筑堵一层屏障，就想早点儿睡觉。他实在太累了，又牙痛不止，明天还要早早去地里规划集中统一种菜的事。可他一躺下，那边的姬虎挑衅地用一只臭脚压平了那道屏障，说："你要不给我弄成建档立卡户，我就天天闹你、告你，我要去县里、市里、省里上访，说不定，我还要跑到北京上访，你信吗？"

李成功牙根的神经又嗞地被火红的铁锥子钻了一下，疼得出了一头汗，他相信，他绝对相信，姬虎能做得出来。难道我扶贫扶贫，贫没扶成，倒扶出一个顽固的上访户、闹访户，这还了得！李成功起来吃了两片止痛片，掐着虎口穴位，咝咝吸几下凉气，试探着问："你告我什么呢？"他觉得他和姬虎在较量，在打牌，他打出一张，猜想着姬虎会出什么牌。

姬虎晃荡着膝盖和脏脚："你以为你是神啊，你一点儿毛病没有啊！你搞形式主义，你私自回家常住，这些，我揪住不放，看你咋办。"

李成功猜想到了他会打这张牌。李成功被逼到了死胡同，此刻，要么死扛，要么束手就擒，没有更好的办法。

恰这时，苏素微信来了：哥，他还在你那儿吗？

姬虎用着一个二手老年机，还不常带在身上，也不会摆弄微信，所以他绝对想不到李成功此刻正与他的前妻聊天。

李成功：在。

SS：急死我了。哥你说吧，我听你的。

李成功没有急于给苏素回复，他还没有想好。他得应付姬虎。姬虎还等着他出牌呢。他不知怎么，竟然说出了这么一句话："苏素知道你如此无赖透顶，定会气死的。"

这句话一出口，李成功吓了一跳，他骂自己，你拿苏素当成了一张牌吗？你小子太坏了。可效果却出乎他的想象，他原本只是随口一说的，姬虎却放下二郎腿，坐起来，问："你知道我老婆？"

李成功索性说下去："不是早已离婚了吗？"

姬虎："我不承认。她在我心里就是我老婆。"

李成功："是就是吧。我不但知道你老婆，还知道你儿子姬翔翔。"

姬虎又往李成功这边靠靠："你认识她娘俩？"

李成功再堆堆那道屏障："当然，我在阳坡矿时，她带着翔翔在矿上打工，认识好多年了。"

姬虎："她现在在哪儿？"

李成功感觉打到了姬虎的软肋上，他自信陡增："我可以告诉你，也可以不告诉你，是吧？"

姬虎软了下来："是啊是啊，你快告诉我，我觉得她离我不远，天天梦见她。"

李成功："找到她你准备怎么办？"

姬虎："我请求她原谅，好好过日子。"

李成功："那人家愿意吗？这么长时间了，人家怎么想的，你知道吗？"

姬虎不吭声了。沉默了好长时间，又问："那我怎么办？"

李成功佯装睡觉，不再说话。

姬虎："求求你。"

李成功感觉已经胜券在握，他攥着手机，手机在嘟嘟振动，他知道这是苏素的信息，也不看，闭着眼，说："你等着吧，我和姜银发、邹老二商量一下再说。"

姬虎："他俩都和我记仇了。"

李成功："从小玩到大，记什么仇啊！明儿我摆一桌，把他俩叫来，当面和解。"

就听姬虎一挪一挪退到炕边，用脚在地上划来划去地找鞋，穿上了鞋，说："那我明儿等信儿啊。"然后李成功听到了开门声，便睁开眼，问："你干吗去？"

"我回去啊。"随着姬虎的出门，那股浓烈的恶臭慢慢消减，牙的疼痛也渐渐远去。

代凤山和徐刚同时跑进来："李处，你使什么魔法了？"

李成功涩笑着，魔法？呵呵，把苏素打出来，这算我的魔法吗？此刻，他才意识到，苏素在他心目中已经与某处粘连在一起，把苏素当牌打出去，好像生生从粘连处剥离了似的，他有些莫名的疼痛，他不禁痛恨起自己，他好像遭受到巨大的损失，极其沮丧地扬扬手："去吧去吧，快睡个安稳觉去吧。"

接着，他给苏素回了一条短信："解决了。我抬出了你，他立马老实了，听话得很，走了。我也累了，要睡啊！"

之后，妻子杨玉萍向他问安，告诉他老家里老人一切平安，学校里的媛媛和巧巧一切平安，她自己也能吃能睡，跳起了广场舞。他回复杨玉萍他很好，只是扶贫工作千头万绪，一时半会儿回不去，嘱她照顾好自己。

醋畅的一觉睡过之后，很多人会忘记睡觉前的事情。李成功一身轻松地吃过早饭，将要投入到新的一天工作时，一个陌生的电话打了进来："你不是说今天叫姜银发、邹老二坐坐，前晌还是后晌？"

不用问，是姬虎。南湾村的人都这习惯，打电话不好通报自己名字，上来直接说事。李成功想起了昨夜对姬虎的许诺，看来姬虎把这事记在了心里，若不兑现承诺，恐怕姬虎不会罢休。李成功答应："马上联系。"他马上联系了邹老二，说有些事情需要商量一下，看他今天能否来村里一趟，邹老二排一下时间，下午可来。他又叫来姜银发，告诉了他的想法，他说晚上他做东，把姬虎、邹老二你们三个撮合一起坐坐。姜银发一听姬虎，梗梗地拒绝："不来，我一辈子不想搭理他。"李成功说："怨恨不能积攒，越积攒越深。"又说了不单是这事，还有东大甸子集中统一种植的事，一起合计合计。一提到东大甸子集中统一种植，姜银发来了电，闪亮着眼睛发牢骚："村里的人啊，要不咋受穷呢，没见过世面，顽固不化。"原来，东大甸子的几眼机井马上就要打成出水了，姜银发和李成功设想把所有的地都集中起来，统一规划，统一种植，可很多村民不同意，宁愿分散着自己种，或者干脆包出去。其中，姬虎就是主要阻力之一。姬虎在东大甸子有三块地，十多亩，有的地块他宁愿撂荒着，也不让统一规划。姜银发这样一发牢骚，李成功说："这就更有必要把姬虎叫过来坐坐了，搬掉了他这个绊脚石，往后不就好走了吗？"说得也是，既然为了村里的事，那就屈尊照办吧。姜银发同意了李成功的安排后，李成功倒复杂起来。他张罗晚上这个局，初始的动机并不是这样的。他承认，夜里惨遭失眠、恶臭和牙痛的一齐袭击，使他脱口而说的与姜银发、邹老二商量苏素的事，实为权宜之计，此刻才知道，他这是自己为自己下了套。可话已出口，箭在弦上，他必须得一步一步上套。看着自己编织的套，既极不情愿往里钻，又不得不钻，这让他很是恼火，因此他好不容易缓和的牙痛又天翻地覆地疼起来。

下午，邹老二如约而至，紧跟邹老二的还有王颖。稍后，姜银发也进来了。

王颖看李成功不住地捂着腮帮子，问一声："你牙痛？"也不待李成功回话，便转身从带来的提包里掏出一盒银针，捏出一根，拿起李成功的右手，往合谷穴上捻进一根，继而又捏出一根，端着李成功的头颅，往颊车穴捻进一根。就在大家惊奇于王颖如此熟练的技艺时，她又搬起李成功的右脚，分别在内庭穴、太溪穴捻进银针。李成功合着眼，没多久，神奇地说："不疼了，不疼了。"并问王颖，"你怎么还有如此神功？"王颖说从小跟她爹学的，她爹在村里经常用这银针给乡亲们治病，尤其是牙痛，一扎就好，她到北京后，已好多年没用了。

"这次邹老二说你牙痛，我就带着银针来了。"

"邹老二，你怎么知道我牙痛啊？"

"你的啥事还能瞒过我？呵呵。"邹老二瞅瞅姜银发。

李成功便明白了，是姜银发告诉他的。他就想，许诺姬虎的事，他也无法瞒过邹老二和姜银发，因为姬虎会随时来找他，肯定要当面提起苏素的。再说，他确实也不想瞒着姜银发和邹老二，他还得靠他二位配合呢。于是，他端正了语气说："我有个事，先跟你俩商量一下。"

李成功说："南湾村有个人叫苏素，你们记得吗？"

姜银发和邹老二你看我我看你，摇摇头："男的女的？"

李成功说："她原来是姬虎的媳妇。"

姜银发一拍大腿："嗨，知道，娶那天还是我去叫的呢。听说在外边过得不赖。"

李成功不由得把目光移到王颖脸上，说："她过得也挺苦的。你们说要不要给他俩撮合撮合？"

王颖说："那得两相情愿才行。"

邹老二说："这倒是好事。姬虎媳妇如果回来，姬虎肯定会变个人儿。"

姜银发说："狗屁，就他那样，人家凭啥回来！"

李成功说："姬虎如果能变，那意义可就不一般了。村里数他最懒，他如果不懒了，能靠自己过好了，其他的懒人还有啥理由再懒下去？现在能促姬虎变懒为勤的，只有苏素了。"李成功说到这儿，心里又被剜了一下，而且是自己剜的自己。

姜银发说："那好，就给姬虎说，他要带头把东大甸子的地让出来，咱就给他撮合。只是，他那媳妇在哪儿啊？"

李成功说："现在可能在省城，我能联系上。到时候，银发你就说你知道他媳妇在哪儿，你会尽力帮忙。"

姜银发点头应诺。这也正是李成功想要的一箭双雕。他把姜银发往前推，一是为姜银发和姬虎创造和好的机会，二是为自己留后路，他不能给姬虎留下任何可疑的痕迹，以防日后埋下祸患。

晚上，天没黑尽，姬虎就来了。来时，居然还拎着两瓶酒，看样子还洗过脸，换上了一身稍微干净点儿的衣服。只是，发现屋里有王颖，神态不大自然，胆怯地不敢抬头。

李成功以主人的身份，召集大家入座。坐毕，代凤山和徐刚已陆续把酒菜端上桌。李成功打开酒瓶，往每个人面前的酒杯里倒上酒，站起来，端起酒："今天咱几个坐在一起，是第一次，我李成功感谢你们的信任，给我这个面子。姬虎呢，这几年一个人，也挺不容易的。"他轮番看了看姬虎、姜银发和邹老二，说："你们三个，同庚同岁，从小一起长大，关系一直很好，自从我来了这个村，你们才开始闹矛盾，我有责任，我先喝了这杯，向你们检讨。"姜银发上去要按李成功的杯子，"别别别，与你无关。"但李成功已经把酒喝进了嘴里。王颖说："李书记，你牙痛，可不要多喝。"李成功咽下酒，又倒上，继续说："论年龄，我长你们几岁，算老兄，如果你们还给我面子，就请干了这杯，尽释前嫌，重归于好。"三个人都站起来，一仰脖子，干了。

邹老二说："姬虎，我说你两句，你别恼啊，你争那个建档立卡有啥意思，当个贫困户光彩咋的！那顶帽子给我我都不要。"

姬虎自进来一直低着头，一言没发，这回对邹老二翻一下白眼，嘟囔道："你站着说话不腰疼。"

姜银发接住话茬儿："你又不缺胳膊不少腿，要那个贫困户丢人不！"

李成功怕他们再说顶了，吵闹起来，抢到前面说："归根结底啊，都是这个穷字闹的，咱们合起心来，一起把穷字甩掉，好不好？"

姬虎琢磨的与其他人不一样，眼泡肿肿地看着李成功："你说的那个事？"

李成功猜测姬虎可能在想念苏素中煎熬了一天一夜，就说："你的事都愿意帮忙，是吧银发？"李成功巧妙地把主动权让渡给姜银发。

姜银发很聪明，说："要不是李书记找我千说万说，我才不管呢。李书记把你的事都当自己的事了，不，自己的事李书记都没这么上心，可你，是咋对李书记的？"

姬虎默不作声，起身找了一个喝水的大杯子，咕咚咕咚倒满酒，说："李书记，对不住啊！"一口喝干了。邹老二拍手喝彩："好样的！"姬虎在喝彩声中，又倒了一杯对姜银发说："对不住。"姜银发做手势让他稍等，然后也倒了一杯同样的酒，与姬虎一碰，都干了。

这就算和好了。

姜银发借着酒劲说："你媳妇叫啥？哦，对了，苏素，娶的时候我去接的，记得吗？跑了，没关系，抽空，我和李书记，还有你，王颖，咱一起去找苏素，一起给姬虎当媒人，当说客，把苏素再接回来。"

王颖紧响应："好啊，好啊，我去，我去。"

姬虎感动得又要倒大杯喝酒，姜银发夺过他的杯子，说："趁苏素来之前，我心疼你。不过，咱得说实话，人家苏素那是什么人！这几年在外面也是见过大世面的，你要想人家看上你，你得做出些样子。"

姬虎："我该咋做，你说！"

姜银发："现成的。东大甸子的地你得带头，这是为你好，也是为全村好。"

邹老二撺掇姬虎："你想想，银发他会害你吗？"

李成功："我考虑好久了，邹老二你看这样行不行。由你挑头，成立一个公司，名字我想了两个，仙女湖绿色蔬菜公司、仙女湖种养殖公司，就是把东大甸子的地全部租下来，搞蔬菜种植，有地的农户可以用土地入股，入股的和不入股的，都可以在公司做工。因为咱们这儿气候冷，不生虫子，咱们就搞无化肥、无农药种植。蔬菜统一销售，入股的农户除了分红之外，做工的还可挣工资。"

"太好了！"姜银发几乎蹦起来。

邹老二瞧着王颖："怎么样？"

王颖说："我看可以。"

邹老二又拍一下姬虎："你带个头，干好了我聘你当经理，干不干？"

姬虎："干！"

散场后，个个志得意满，只有李成功清楚，涉及姬虎和苏素的事，并不像他们想象得那么轻松。

19

大概一个星期之后，姬虎反悔了。他东大甸子的地坚决不让动，并放出话来："宁肯荒着，也不入伙村里的狗屁公司。"他还与他爹姬富强一起，公开搜集李成功的黑材料，扬言要到省里、北京告状。李成功有点儿发毛，这父子俩联起手来给他捣乱，他可什么事也干不成了。可这是为啥呀，说得好好的，怎么突然就反悔啊？李成功找到姬虎，想问个明白。姬虎重现泼皮无赖嘴脸，甩着胳膊喷着唾沫星子说："你们合起火来忽悠我，以为我傻啊？"李成功好生纳闷："怎么忽悠你了？我可是真心诚意啊！""真心诚意？真心诚意咋不见动静？苏素呢？苏素到底活着还是死了？"姬虎这样一犯浑，李成功明白了，这几天东大甸子的水井即将交工，他又和邹老二、姜银发一直在忙东大甸子土地统一规划的事，没抽出空来与姬虎商量苏素的事。可他每天晚上都与苏素微信聊天，现在的聊天又与以前大不相同，以前纯粹就是聊，不掺杂任何目的，轻松自在。自许诺了姬虎，他再与苏素聊天，就犹如天空有了乌云、空气有了雾霾似的，感觉没那么清爽了，有时甚至有了负重感，自觉不自觉地谨慎起来。他每发出一句话，都咬文嚼字，反复推敲，企图一点儿一点儿揣度苏素、引导苏素。可这番良苦用心,怎么能给姬虎说啊?不能说,姬虎就什么也不知道,所以姬虎误认为李成功在耍弄他,在变本加厉地报复,也就在情理之中了。

李成功说:"姬虎啊,我用人格担保,我绝没有糊弄你,我和姜银发一直在帮你。"

姬虎啪地吐了一口浓痰:"人格算个屌!"

李成功还想给他解释,他不听了,趿拉着鞋,哼着"鞋儿破帽儿破"扬长而去。

很快,邹老二就来告急,说:"东大甸子公司化种植推不动了,狗X的姬虎拦住了。"

徐刚也告急,说:"村部快建成了,姬虎抱来一卷破被褥,要搬进去住。"

姜银发也告急,说:"狗X的姬虎准备到省里上访。"姜银发又说,"不行报警叫派出所来人把他抓起来吧。"

李成功说:"不行,绝对不行。"又说,"姬虎之所以这样极端,主要还是我们没有把苏素的事当成大事来办。苏素的事,对于我们来说是小事,可以慢慢来,可对于姬虎来说,就是天大的事,甚至是重于生命的事。这样吧,争取让苏素来一趟,看看能安抚一下姬虎不。"

听上去李成功话未说满,留有余地,其实他昨晚已经定好了。这些天,他每天都为这事纠结得心烦意乱。昨晚,他终于把苦衷明白无误告诉了苏素,他说他现在最头痛的就是姬虎,他对姬虎真的是一点儿办法没有,看来,他这辈子注定要栽在姬虎手里。他这么一说,苏素哪里受得了,苏素说:"哥,我回村里看看吧。"这既是他期望的,也是他不愿意的。期望的是明确的:苏素回来,好帮他解围;不愿意的,却很模糊,说不清道不明,但却很强烈。于是犹豫着便写出"不愿意拖累你,村里的事很麻烦"几个字发了过去,一发过去,又觉得自己很虚伪,对自己讨厌起来。过了好一会儿,苏素发来一段很长的语音:"哥,实话告诉你吧,我去,一半是为你,一半是为你的扶贫。与其说你感动着我,还不如说是你的扶贫感动着我。我之所以落到今天的地步，罪魁祸首就是贫困，我恨贫困！我要能在消除贫困上助你一臂之力，你说我该多自豪吧。哥你还记得吗？我说过我支持你，其实我说这话也是自不量力，并不知道如何支持你。现在，我知道了。哥，说实在的，如果你去南湾村不是为扶贫，我可能不会下决心去的。你就同意了吧。"李成功连听了两遍，心里顿觉宽慰，伸指轻松地发过去两个字："也好。"李成功软绵绵的两个字"也好"，对苏素来说，就是如山的命令。苏素说："明天一早，不行，明天我得收拾一下，后天一早吧，后天一早我就动身。"李成功问："你知道怎么走吗？"苏素说："我回我村，还不知道咋走？"李成功说："不是这意思。"李成功不由得为她操起心来。省城到南湾村，没有直达车，来回很费周折，她又舍不得花钱，来跑一趟，必定遭罪不少，便替她安排说，你先到北京，省城到北京的车很多，一定要坐高铁，高铁快，有座，宽敞，不晕车，喝水上厕所都方便。苏素那边体会到了李成功的无微不至，柔柔地发来一个带有嗔怪味道的"哥！"，那"哥"背后的意思，李成功也感觉到了，那就是被琐碎的关心涌出的幸福感。李成功说："你听我说，你到北京出站后甭动地方，我找个人开车去接你，到时候她会给你打电话，这人不错，你们也认识一下。"李成功之所以执意这样安排，并不是要苏素赶时间，而是想尽可能地减轻一些苏素的辛苦，因为他知道，北京到南湾村虽然不足三百公里，但来到村里，比三千公里都艰难。所以，当姜银发和邹老二同时表现出"你想让苏素来苏素就来啊？"的疑问时，他说："赶巧了，昨天巧巧，就是邹三树的孙女也是我的干女儿在省城碰见了苏素，认出了苏素，两人说得很亲热，巧巧说苏素想回村里看看，我联系了苏素，她确实想回村看看。"

姜银发说："那正好、那正好，来了我先给她做思想工作。"

李成功皱了眉头，用发愁的表情说："苏素来了，最大的问题是住宿，她肯定不去姬虎那里住，那住到哪儿呢？"

邹老二很干脆："住我那屋啊，干干净净的。钥匙不是给代凤山了吗？"

李成功又以不得不的语气说："也行，邹老二你给王颖说说，看能不能麻烦她一下，明儿开车去北京西站接一下苏素，来村里后，最好让王颖陪她两天。"

邹老二立即给王颖打了电话。

王颖这几天正好没事，南湾村也迎来了一年中最好最美的季节，王颖愉快地接受了这一任务。那天，王颖开着她的轿车，顺利把苏素接到了扶贫工作队里。

苏素终于见到了李成功工作生活的地方。可能一路上王颖与她聊李成功聊得太多，也可能早已预料到了李成功的不易，因而一进屋，没有矜持，也没客套，先屋里屋外转了一圈，就带着心疼的神情，要动手给李成功整理被褥衣物。李成功追她身后，悄悄说："别别，千万别动手。"苏素说："哥，你看这些都该洗了。"李成功瞅一眼外间，惊恐地做一个禁止说话的手势："在村里，当着人，可不敢叫哥啊。"

苏素心领神会，痴痴地看了几眼李成功，就跑到东头里间，帮着王颖收拾去了。

午后的气候十分宜人，王颖在家待不住，想与苏素到村外看看风景，苏素说："好啊，风景这会儿正好看呢，不过我还是先串个门吧。"话音未落，姜银发的"呵呵呵"声在院子里响起。姜银发一路"呵呵"着跨进屋来，站到离苏素五步远的地方，火辣辣的目光在苏素身上走了几个来回，啧啧着说："好家伙！好家伙！"苏素满脸通红，一时不知如何应对。苏素羞涩了好长时间，终于认出了姜银发，一跺脚："哎，你死银发啊，咋这么不正经啊！"姜银发说："你咋比娶的时候还好看啊！"苏素说："还好看，都老了。"打着哈哈，苏素就收拾摊在沙发上的各种袋子。姜银发得知苏素这是要去看望曾经的公婆姬富强老两口，不住地赞叹起来："看看、看看，多懂事，比那二百五强一千倍。"并上前搭手，要陪苏素一起去。王颖没事，也抢过一个袋子做伴而去。

姬富强躺在院子里阴凉处的一张竹板床上，虽是大热的天，他的肚子上还裹着一条棉褥子，只有两只脚和膀子以上裸露着，成群的苍蝇欢快地围绕着竹板床上下翻飞，他则旁若无蝇，紧闭双眼，右手抢一把破蒲扇，一会儿往脸上啪地拍一下，一会儿往膀子上啪地拍一下，苍蝇们则不厌其烦地一起一落，与他玩着老鹰和小鸡的游戏。他的老婆在屋里不知忙些什么，苏素一行走进院子，姬富强没觉察，他老婆在屋里倒先喊开了："来了，来了。"

苏素看了一会儿姬富强，越过竹板床，径直走到姬富强老婆跟前，拉住她的手，两眼含满了泪。

姜银发晃悠着手里的袋子，说："还愣着干啥啊？不认得了？你儿媳妇啊！来看你们了。"

姬富强老婆擦擦眼睛，定睛瞅了一阵苏素，跑出来对姬富强喊："快、快，看谁来了！"又跑进屋里搬凳子，拿扇子，找吃的。姬富强则支起身子，看看苏素，看看王颖，盯紧姜银发的脸："我还在做梦？"

姜银发把一个袋子重重地砸在竹板床上："做啥梦啊！你看你儿媳妇给你买多少东西。"

苏素接过前婆婆的马扎，说："你甭忙了，快坐下歇歇。"然后打开一个袋子，抖搂开一个棉坎肩，在姬富强背后比画着，说："这是羽绒的，轻，一到秋天你就穿上，暖和些。"她拆开一个纸盒子，取出一双鞋，蹲下来，在前婆婆脚上比了比："这个布鞋可软和了，我记得你穿三六，你试试。"

姬富强老婆听话地脱掉旧鞋，穿上新鞋，跷起脚："正好。"

苏素挑出一个袋子，打开，里面是一盒到口酥，捏一块送到姬富强手里："你尝尝，北国超市做的。"又捏一块送到前婆婆手里："你好吃甜的，尝尝。"然后给姜银发、王颖每人分一块。王颖没吃，放下来，却从姬富强老婆端出来的筐子里挑了一枚杏子，一边驱赶苍蝇，一边闻闻杏的香甜。

这时，姬富强老婆嚼着满口的到口酥，却不住地抽泣起来。姬富强拿着到口酥不吃，则问道："翔翔呢？"

苏素屁股挂到竹板床边，说："你孙子长成大小伙子了，趁这个暑假学开车呢，没空来。"说着，掏出手机，"来之前，你孙子录了一段视频，你看看啊。"

姬富强老婆听说有孙子的视频，也赶紧凑过来看。

视频打开，出现一个穿校服的壮小伙子，微笑着招手，用青春期特有的男声打招呼："哈喽！爷爷奶奶，你们好！我是翔翔，我很想念你们。我记得小时候爷爷经常背着我去湖边玩，还让我坐在你腿上打秋千。奶奶很疼我，一有好吃的就给我留着，冬天我冻耳朵了，奶奶就用双手哈着气给我焐，我的脚冷，奶奶还把我的双脚焐在怀里。有一年冬天，我在奶奶家睡，夜里我尿炕了，我这边湿得难受，也不敢吭，奶奶发现了，就把我挪到奶奶那边，奶奶却躺着我的湿尿，一直到天明，我的尿都被奶奶暖干了。爷爷、奶奶，你们要注意身体，多多保重啊！听说爷爷胃不好，爷爷啊！你干一辈子，为村里做了那么大贡献，该歇歇就歇歇啊！等我挣了钱，我让你们过好日子……"

看着看着，姬富强已经泣不成声，手里的到口酥早已搓成了粉末。姬富强老婆更是哭得满脸是泪。直到苏素和王颖觉得该走了，两位老人还止不住哭。

姜银发及时收场，他把地上的袋子归拢到竹板床上，拍着姬富强屁股后面的竹板，说："甭哭了，看给你买了这么大一堆东西，多好啊。苏素她很忙，只是来看看你。"

姬富强和老婆傻了一样呆愣着，苏素和王颖走出了院门都没反应，直到姜银发在后面向他辞别时，姬富强和老婆才如梦方醒，一齐扯住姜银发。姬富强老婆像犯了错误似的问："我儿媳妇她，住下了？"

姜银发点点头，又补充："可不是住你儿子那啊，那地方能住你儿媳妇吗？你想想！"

姬富强知道儿媳妇肯定要走，但还是要问："你说，苏素能留下不？"

姜银发说："那得看你儿子怎么表现。"

苏素从姬富强家出来，心情沉重，一路无语，也没了看风景的兴致。王颖不依，非要拉苏素到村外转转，两个人便默默地来到村北，登上坡地。放眼望去，湛蓝的天空飘浮着几朵悠闲的白云，像棉絮、像雪山、像龙、像佛。白云下，坡坡相连，绵延起伏，无涯无际，无遮无拦。远处近处那铺满绿草的坡地，舒缓柔和，正像这两个女人的曲线一样，令人心胸豁朗。收回目光，脚下的草没及脚踝，叫不上名的各色野花蹭着小腿，微风吹来，痒丝丝的，又叫人心生旁骛。坡下，就是那片巨大的湖底，野草的覆盖、野花的装饰已使裸露的湖底不那么丑陋，看上去好像是隐藏着什么秘密似的。王颖拉一下苏素，坐在了坡头的草和花上，说："这湖里要是有水，该多好啊！"

苏素说："以前水可多了。"

王颖随手采了一把花，插在苏素头发上，苏素用手机照了照，咯咯笑出了声。

王颖说："听说李成功和姜银发想叫湖里重新有水，恢复以前的模样。"

苏素："说说吧，哪有那么容易。"

王颖："真的，你不信？我信！李成功早动这心思了，一定能把水引过来。"

苏素："那可就太好了。"

王颖："到时候你回来不？"

苏素："你呢？"

王颖："我肯定来呀，我早爱上这里了。因爱一个人，爱上了这里。"

苏素："我因恨一个人，恨上了这里。"

苏素和王颖坐在坡头赏景说话的时候，姬富强打电话把姬虎叫到家里。姬富强本来准备好了满胸腔的话，可一见姬虎那样子，就用蒲扇指着姬虎，颤抖地只重复两个字："你呀！你呀！……"

姬虎娘此刻倒是冷静了许多，她把苏素来过的事告诉了姬虎，又把孙子翔翔视频里的样子还有视频里说的话告诉了姬虎。姬虎娘拿着苏素买的羽绒坎肩、布鞋，指着那堆吃的东西，调动着最好的词句，啧啧夸赞着苏素。

姬富强耐心地听着老婆对苏素的夸赞，心底的火气噌地又被点燃了，他恨不得爬过去扇姬虎一巴掌，气愤地说："多好的媳妇啊！生生让你这败家子给气跑了。"

姬虎先是错愕："苏素回来了？"继而是窃喜，"苏素终于回来了！"待姬富强气愤地指责他，他转喜为恼，顶撞道："不是因为你报警我能成这个样！"

姬富强："你要走正道我能报警！"

当娘的意识到吵架不是办法，这个时候相互埋怨啥事不顶，就用娘的温柔劝说儿子："别给你爹吵了，啊，他也是为你好，你得想法把苏素留下，啊。"

姬虎咬着嘴唇，点着头，好像下了必胜的决心。

姬富强又追加一句："记着把翔翔那个视频要过来，那是我的命。"

姬虎到扶贫队院门外时，苏素和王颖已经回来了。他贴在门口，侧耳倾听里面的动静，他听到了苏素的说话声，可他不敢进去，他在门前的街上走来走去，就是无法迈进门槛。他不知道该如何面对苏素，先赔不是？要不要跪下？要不要扇自个的耳光？他大概转悠了四十分钟，看见李成功和姜银发从街头那边过来，两个人商量着什么事，走到了跟前，姬虎转向了李成功，尴尬地笑笑。

李成功："在这儿干啥呢？"

姬虎："等你呢。"

姜银发一下子戳穿："是想来看苏素吧。"

李成功走在前边："走吧，一起进去吧。"

姬虎跟在后面，垂着头，却不看脚下，眼珠子抬得老高，越过李成功和姜银发的肩头，隔着门口使劲往屋里瞅。他踩着姜银发的后脚，终于进得屋来，也没人招呼，就那么傻站着。苏素从东边里间出来了，那一瞬，姬虎看到万道霞光，满屋辉煌，他的脑子嗡嗡地轰鸣，血液骤然间滚烫，烧得他通体火热。其实，这时的苏素再普通不过，她只换了一身浅灰色的休闲运动装，也可当作睡衣的那种，松松的、软软的，但胸、腰、臀都能凸出来，修长的双腿更显笔直。头发早不是刚娶时的长辫子了，蓬蓬松松的一头黑发，捋顺得恰到好处地掩着双耳，使得性感的颈项忽隐忽现。眼角虽略有皱纹，但一点儿也不显苍老，反而更衬出俊俏的质感。眉清目秀中凸起的鼻梁、鼻尖，挺挺的、亮亮的，不，整个面部都是发亮的、润泽的，擦过什么油脂似的。大小适中、线条分明的嘴唇，红润得就和涂了法国口红一样。对此，王颖可以作证，苏素绝无化妆，完全是一副素面。这样一个苏素出现在眼前，怎能不叫姬虎犯傻发愣？如此一来，苏素与姬虎形成了一个巨大的反差，简直一个天上一个地下，因此王颖在心里下了定论：不可能，苏素和姬虎绝对不可能再走到一起。那么苏素呢，苏素怎么想的？苏素并没有往长远处想，苏素只想着为她心里的人完成使命，那就是让姬虎不要再给李成功闹事，最好能像姜银发那样与李成功站在一起。但她又不能直说，她最好的办法就是不理不睬，晾着他、耗着他、馋着他。于是，苏素瞥过姬虎一眼后，就与王颖一起帮着代凤山洗菜、和面，再不多看姬虎一眼，但她能感觉到她的后脑勺、脖子、背上、臀部、腿肚子、脚后跟儿，被姬虎的一双饥渴的眼睛摸来摸去，甚至，她都觉察到了痒痒，继而痒痒变成了癞蛤蟆钻进衣服里的硌硬。

姬虎在灼热的口渴感中觉到了极大的难堪，但还是嘿嘿傻笑着，往苏素跟前凑了凑，尽量小心地说："翔翔……"

屋里没有人大声说话，西边里间，李成功和姜银发、徐刚围着一张图纸在叽叽咕咕地研究，外间的代凤山、王颖连同苏素都屏声静气，只有姬虎粗重的喘息声。姬虎终于清晰地说："翔翔那个录像，说我了没？"

苏素听懂了他所指的是儿子给爷爷的那段视频，便屁股对着姬虎干脆地说："没有。"

好长时间难堪的沉默。

李成功研究完了图纸，从里间出来，看到姬虎笑中带哭，哭中掺笑，欲说又止，止而不甘，很憋屈难受的样子，便拿出一盒烟，甩给姜银发一根，甩给姬虎一根，并亲自为姬虎点着，又指指沙发让他坐下。姬虎只抽了几口，紧绷的状态慢慢缓和下来。姬虎还是朝向苏素，说："去家看看吧。"苏素没应声，李成功心里好笑：就你那个猪圈不如的家，还让苏素去！王颖倒嘴快，说："苏素姐哪儿都不去，就在这儿。"姜银发却想着东大甸子搁浅的事，先劝姬虎说："急啥啊急，你得从头来，知道吗？"然后说，"姬虎啊，前几天咱都说好了，东大甸子统一种植，用地入股，公司化经营，你可是满口答应带头的，今儿苏素也回来了，苏素还买那么多礼物去看望了你爹娘，这回，你该同意入股了吧，这可是关系到咱全村脱贫的事啊。"

屋里又静默下来，除了苏素，大家都看着姬虎。

姬虎却看着苏素，看了一会儿，一挺脖子："不同意！"

苏素突然转过身，沾着两手的面，叉着两只胳膊，呼喊口号一样："你凭啥不同意！你，凭啥不同意！"刚喊出这两句，咽喉里哽咽一下，没控制住，抽泣着哇哇地哭起来，一边哭一边说，"家，我一个砖头没要，都归你了，可那地有我的一份，这么多年，你白种、白收，我没和你计较，你还又蹬鼻上脸了，你以为我就这么好欺负啊！这回，我得说了算，不入股就不行！"

没想到，苏素不说话是不说话，一开口竟然这么火爆，就像积压了几万年的火山，岩浆裹挟着烟雾喷薄而出。在场的人面面相觑鸦雀无声，只见姬虎脾气顿失，讨好似的嘿嘿着："入吧，入吧。"

姜银发适时鼓励："这就对了，姬虎。"

好不容易苏素开口了，姬虎抓紧着机会，说："把翔翔的录像给我吧。"

姜银发说："就你那破手机怎么看视频啊！待入了股，分了红，赶紧换一个智能的，你儿子的视频，来来来，苏素，拿过来你的手机，先让我们看看。"

打开视频，姬虎伸着脖子往前凑，姜银发用嘴噗噗吹着姬虎呛人的味道，索性伸展胳膊将手机往姬虎面前送，好让自己离姬虎远一点儿。姬虎清清楚楚看到了自己的儿子，先是笑着，笑着笑着，就啪嗒啪嗒掉下了瓜子大的泪珠。

20

苏素住在扶贫工作队里，感到从来没有过的安妥。这安妥，是灵魂终于找到归宿的妥帖，踏实而宁静，因此，她再也无欲无求，只想这样住下去，一直到老死。她特别知足，也特别有自知之明，她知道她不可能与李成功走到一起，不可能与李成功躺一个炕上，但她能天天看到李成功的身影，听到李成功的说话，还能与李成功吃一锅饭，呼吸一个屋檐下的空气，找机会帮着李成功做些力所能及的工作，这就够了。而且，待李成功和扶贫队的人都出去忙别的事情以后，她还能进到李成功那边的里间，为他叠叠被子、叠叠衣服，在这过程中，她就可以把脸深深地埋进被褥和衣服中，尽情地吮吸李成功的味道。这些，于她来说，已经是莫大的幸福了，她再没别的奢求了。可是，王颖北京有事，明天就得回去了，以后她一个人住在扶贫队里，显然极不合适，所以，晚上，待王颖睡去，她立即给李成功回复了一个字：不。

这两天，她与李成功面对面的说话并不多，都是晚上躺炕上后，用微信说话。中厅里有代凤山、徐刚据守，身边又有王颖陪伴，苏素没办法单独接近李成功，所以昨天她忽然有感而发："君躺屋西头，我躺屋东头，相隔十来步，却如天尽头。"李成功回道："呵呵，会作诗了！"苏素说："诗人是不是都是熬煎出来的？"李成功说："不该让你来的，受这煎熬。"苏素赶紧找补说："不是不是。"所以今天李成功说："明天王颖走时，你和王颖一起走啊！"苏素虽然理解李成功这是避嫌，但还是不假思索地回复了"不"。

接着，苏素又发道：我不想走。

李成功：我也不想让你走，可你一个人住这儿，时间一长，别人会说闲话的。如果住姬虎那里，肯定没事。

SS：哥，你别恶心我。

李成功：你对姬虎他们家里人好些，不然他们又要闹腾。

SS：我对他们不好吗？对老人我没啥说的，昨天姬虎他爹娘过来看我，我给他们端茶倒水，还搀着送回家。可对姬虎，我没法再好。（这两天姬富强老两口每天到扶贫队来，为苏素送来过年才做的丸子、麻花、炸糕。）

李成功：你做得很好。王颖睡了吗？有件事我得告诉你。

SS：睡了。啥事？

李成功：你知道王颖是谁吗？

SS：不是邹老二的对象吗？

李成功：她原来就是王八蛋的第二任妻子。

SS：知道，一见面我就猜到了。

李成功：不过已经离婚了。

苏素知道李成功这是在安慰她，她心说哥我不用安慰，王颖离婚王八蛋也不会和我结婚的，我会把我的日子过好的。此刻，苏素与王颖紧挨着，虽然已经熄灯，借着手机屏幕的光亮，也能清晰地看到沉浸在甜蜜梦乡中的王颖。这世界是怎么了，怎么竟如此捉弄人，偏偏让她这个见不得阳光的女人，与自己不合法的男人的妻子（曾经的妻子）睡在了一张床上，而且还如此的投缘。从王颖到北京西客站接上她的那一刻，她就产生了一种异样的感觉，待王颖自报了家门，她便猜到了这个王颖就是与王八蛋闹离婚的那个王颖了。一路上的聊天，完全证实了自己的猜测后，苏素对王颖不但没有反感、敌意，反而还有了一见如故的感觉。两天来，她俩之间没有多余的客套，只有说不完的话语，说到伤心处，便都禁不住泪水涟涟。但苏素要比王颖顾虑得深，王颖问到苏素有没有男人时，苏素慌慌地躲闪敷衍，聪明的王颖及时转向，自觉不去触碰苏素的不幸，也不再探究苏素的私密。这样看来，两个人似乎不公平，王颖的事情苏素都知道，苏素的事情王颖却不晓得，但内心深处，苏素却比王颖理亏得多、自责得多，也惧怕得多。王颖不怕，王颖怕什么呢？不就是与王八蛋有过一段婚姻吗？那算什么？可苏素怕，苏素怕得要命，万一王颖知道了她和王八蛋的事，她可怎么做人？怎么再面对王颖？她觉得她的脸颊像着了火，下意识地往外挪了挪身子，离王颖远一些，再远一些，直到感受不到王颖的体温和均匀的鼻息。

等了好长时间，李成功才收到苏素信息：哥，我的事你千万甭告诉王颖啊！

李成功：我傻啊！

SS：我相信哥一定会为我保守秘密的。

李成功：属于我俩的秘密。放心吧，明天你跟王颖走，就当啥也不知道。

SS：真的不想走。

苏素坐王颖的车走了以后，姬富强来扶贫工作队勤了，来了问东问西，显得十分关心扶贫工作。有一天，姬富强刚来，姬虎也进来了。姬富强在沙发上稳坐着，姬虎却贼溜溜地转来转去，找什么东西似的。父子俩这样，让李成功心里多了一层疑惑：他们是不是又想闹事，找什么证据？他们翻脸可能就在谈笑之间。可没待李成功说话，姬富强就拍了一下沙发扶手，训斥：酒瘾又上来了，压下去！姬虎乖乖地坐在了旁边。

姬富强父子已经从姜银发那里得知，这次苏素回来，全是李成功从中斡旋，牵线搭桥，不然人家苏素死也不会回来的。所以姬富强才以商量的口吻对李成功说："你看姬虎媳妇这回回来是咋想的？"

李成功一听这个释然了，看来他们父子的关注点暂时没在闹事上，而都转移到了苏素身上。即便如此，李成功也心存警觉，笑笑说："姬虎媳妇怎么想，我怎么能知道啊！"

姬富强也不好意思地说："咱这不是一起分析嘛。她不是在这儿住着来嘛。李书记啊，我不怕你笑话，有这个媳妇，我就有孙子，没了这个媳妇，孙子就成别人的了，我也就绝后了。"

李成功脑子里忽然一闪，如果把苏素根本不可能再与姬虎走到一起的话直言相告，父子俩肯定会失望、失落，进而绝望，破罐子破摔，变本加厉使坏的。那样话，他所有的努力就白费了，他不想村里再起混乱，他需要安安稳稳，尽管苏素不愿意与姬虎和好，还是不要挑明吧，先让姬虎父子存着些幻想吧，这样的幻想能维持多久算多久，缓了一时是一时吧。李成功想到这儿，看看吞云吐雾的姬虎，便说出一句很多人都好说的话："早知今日，何必当初啊？"

姬富强叹息一声："以前的事，都过去了，再埋怨也没用了。"

李成功说："苏素是个好媳妇。你不是要分析嘛，你想想，人家都与姬虎离婚这么多年了，人家还买着礼物来孝敬你，人家有这个义务吗？人家还把你的孙子抚养教育得那么好。这说明什么呢？善良。还说明什么呢？贤淑。还说明什么呢？惦记着你们。"

"是啊是啊，我承认。"姬富强紧着说。

姬虎猛不丁插问："她有男人没？"

李成功心里一激灵，好像隐私被姬虎窥探到了似的。就见姬富强瞪姬虎一眼："说话那么难听！"又转向李成功："李书记你给打探一下，看苏素在外面又成家了没？"

李成功悄悄松一口气说："据我所知，苏素一直没有成家。"

"那就有戏！"姬富强笑了，又说，"是吧？李书记，你分析有戏吗？"

李成功看着姬虎："那得看姬虎了吧。"

姬富强突然从沙发上咕咚一下跪倒在李成功脚前："李书记，我求求你，帮帮姬虎，你说怎么做，就让他怎么做。"

李成功万没料到，姬富强这么刚强的一个人，居然也是如此软弱。看着姬富强仰起的沧桑的脸，那双浑浊的眼眶里满含着的乞求、无助、赎罪的眼神，李成功的心不由得也柔软了，急忙上前搀扶姬富强。姬富强却执拗一下，不起，望着李成功："你帮帮姬虎，行吗？"姬富强这是要李成功当面表态答应，李成功本不想点头，但再一看姬富强的眼神，还是重重地点了点头，姬富强这才起身，重坐沙发上。

也许是姬富强的嘱咐要求，自此以后，姬虎每天准时到扶贫工作队，说是想多多聆听李成功的教诲，并随时接受李成功的派遣。这时村路已经铺好，水井已经打成，东大甸子集中统一种植已由邹老二新成立的公司经营，现有的活儿只有村部搬家一项了。李成功就让姬虎帮助搬家。姬虎真是出力，只穿一条大裤衩子，光着膀子，赤着脚，尽拣重的搬，汗水从头发尖顺着脸颊、脖子、胸脯、后背、腰臀一直流淌到脚面。有姬虎的舍力搬抬，加上工作队的人和邹老二找的几个民工，只一天，就全部搬完，邹老二的房子回归原主，扶贫工作队正式搬到了新村部。

新村部砖瓦房，设有党员活动室、阅览室、门诊室，屋子里留有像城市那样的厨房和卫生间，一律瓷砖铺地贴面，阳面大玻璃窗，亮堂干净。为此，连续几天，来参观的村民络绎不绝，甚至外村的人也闻讯赶来。凡来人，李成功都大门敞开，让大家里里外外参观个够。不仅如此，他还特别交代代凤山和徐刚，参观的人越多，越要摆好烟灰缸、痰盂，要他俩当着众人的面用香皂洗手洗脸，用洗发膏洗头，用牙刷刷牙。就这还不够，李成功让邹老二从北京弄来一个乒乓球台子，支在村部前面的广场上，他拿起拍子，在众村民的围观下，与代凤山打了一局。村民都稀罕得不得了，李成功挥舞着拍子对村民们说："谁愿意打就打啊！"李成功的用意是借着新村部的使用，在村里凝滞的空气里搅动出一种新文明。但姜银发和邹老二没往新文明这方面想，他俩觉得扎眼的是姬虎。特别是邹老二，看姬虎已是扶贫工作队里的常客，每天脏兮兮的，趿拉着鞋片，在村部进进出出，与这个整洁的场所极不相称，就说："姬虎啊，你甭整天泡在这里，还是到公司里，我先给你安排个活儿干吧。"

姬虎为扶贫工作队搬家出了力，又在工作队里泡了这么多天，觉得已经很熟了，说话也随便得很，就说："我除了给李书记当差，哪儿都不去！"

邹老二说："不是白干啊，我给你开工资呢。"

姬虎说："那也不干！"

李成功知道邹老二的意思，之前他也单独给李成功说过，姬虎在村部不合适，李成功当时是说过一段再说的，这次，邹老二再次提出，李成功不但没有附和，反而拐着弯夸起了姬虎："你们注意没？姬虎现在变化多大，抽完烟的烟头都扔到烟灰缸里了，吐痰也跑到外边吐去了。"

邹老二和姜银发齐说："也是啊。"

李成功说："以我看呢，比银发你的进步都大。"

姜银发哈哈大笑，说："这是在村部，回到他那猪窝里肯定就不这样了。"

姬虎不悦，冲姜银发瞪了一眼："我哪有家啊！我就是猪！我发誓了，我老婆不来，我决不拾掇，我老婆明天来，我明天就让家里变个样。"

姜银发觉得好笑，还一嘴一个老婆，你把苏素当老婆，人家哪里把你当老公啊！这话到了嘴边，他又随着唾沫咽了回去，他知道这话一出口，姬虎肯定翻脸，只说道："哪有那么现成啊，你得等，慢慢让人家苏素转过弯来。"

姬虎噌地一下跳了起来，红着脸，要拼命的样子："娘的！你饱汉子不知饿汉子饥！我再等，我老婆就让别人抢跑了。"

"你骂谁啊！"姜银发也噌地站起来，李成功赶忙压下姜银发，捂着他的嘴，不再让他说话。此刻，李成功想，自苏素来过之后，姬虎乖顺，姬富强老实，村里难得的稳定，他可以腾出精力全身心谋划下一步工作。特别是现在，因前段时间工作太多，代凤山和徐刚好久没有回家，李成功看他俩想家想得不行，前天就准假，让他们回去多住几天，现在工作队里只有他一个人，所以可不能再出什么乱子。他压住姜银发后，把心里本打算藏下去的一句话掏了出来，他说："姬虎啊！你知道吗，你那家啊，越不拾掇，苏素就离你越远。"

姬虎信任地瞅着李成功，嘟囔："那，咋拾掇？"

姜银发也不想就此记仇，说："弄干净些就行了。"

姬虎走后，李成功留下邹老二，请邹老二借给姬虎五万块钱，把姬虎的家里改造一下。邹老二纳闷，怎么改造啊，不就是弄干净一些，哪用得了五万啊，再说姬虎还得起吗，即使还得起，他会不会耍赖不还啊？李成功猜透了邹老二的心思，于是又做了一件他本不想做的事："我让姬虎写个借条，我做担保人。"既然李成功都说到了这个份上，邹老二就没有不借的理由了，很快便把五万元拿了出来。

那两个多月，李成功一有空就去姬虎家。整体规划时，他看看厕所在院子的东南角，距离卧室遥远甬说，还露天、无门，遮挡身子的破土墙只有腰部高，巨大的粪坑蛆虫熙攘，终年恶臭熏天，心里就想，这样的厕所怎么用？夜里要解手怎么办？雨雪天气上厕所怎么办？所以建议说，东南角的那个茅坑做成化粪池，封闭起来，重新在室内开一个小门，建一个卫生间，下水道通向化粪池。他又想，苏素这么多年生活在外面，早已适用了睡床，他建议拆除土炕，换成席梦思大床，做饭要远离卧室，厨房建在屋里另一头……他所有的建议，姬虎都照单全收。当基础部分按照他的建议做完后，他又建议在卫生间装电热水器，同时多装几个暖灯，方便洗漱。到做地面和墙壁时，姬虎说弄成街里那种水泥地面就行了。李成功说那怎么行，最起码得铺贴瓷砖。室内全部完工后，李成功站在月台上琢磨那宽阔的院子。姬虎说："我把那些草都铲除了，种些南瓜、豆角。"李成功笑一声说："东大甸子种的菜，你可着吃都吃不完，院子里还种什么菜啊，修两个花坛，种上格桑花、虞美人、鸡冠花、金盏花。"院子果然按照李成功的建议，修了花坛，全部用水泥铺了地面。最后，在李成功的建议下，街门也装上了。

全部完工后，邹老二带着王颖来了，代凤山、徐刚来了，姜银发来了，姬富强老两口呵呵笑着也来了，一个姬姓的后生还买了一挂鞭，噼噼啪啪地燃放起来。李成功把王颖叫到跟前，指指光秃秃的窗户、空荡荡室内，说："王颖，你帮个忙，给姬虎选选窗帘、家具，好吗？"因为李成功觉得王颖的眼光比较接近苏素。王颖说："没问题，室内的软装我包了。"

可是，谁也没想到，就在大家交口称赞这座焕然一新的院落时，姬虎却蹲在地上，哇啦哇啦号啕大哭起来。不少人以为姬虎可能真有精神病，高兴一过度，病情发作了。姬富强老两口最知道姬虎有没有精神病，姬富强老伴晃着姬虎的膀子问："儿啊，你这是咋了？"姬虎一个仰天长叹说："我一个人住这好的家有啥用啊！"他这么一说，大家都明白了，家里没有女人，再好也没啥意思，他还是太想媳妇了。

姬虎这样一哭，李成功特别注意了他。这两个月来，其实李成功并没有十分地观察过姬虎。姬虎为了改造自己的家，按着李成功的建议，实在是太辛苦了。此刻蹲在地上的他，头发蓬乱打结，已被尘土染得像一团晒干的荒草；裸露的背上，汗渍和尘垢结成一层新的皮肤，与在泥坑里打过滚的大象水牛无异；赤着的双脚，又黑又皱的脚后跟儿驴粪蛋子一样在屁股下垫着；已辨不出本色的裤子上，沾着一坨坨墙漆、一坨坨水泥。整个人乍一看，真的就像一堆生了蛆的被拱动的粪土。李成功思忖，光有个光鲜的家有啥用啊！人，还是那么脏，怎么能让苏素回来啊！

事也凑巧，王颖把姬虎改造后的家里里外外拍了视频，给苏素发过去了，还说："姬虎可真上心，都是为你弄的，抽空你回来看看吧。"当晚，苏素就向李成功证实："是这样吗？"李成功想，什么呀！那都是我的杰作，可他发过去的信息却是两个字："是的。"

SS：我想回村里。

李成功：想回到姬虎新改造的家里？

SS：哼！他就是改成金銮殿我也不稀罕。我想离你近点儿，给你做做饭、洗洗衣服，帮你一起扶贫。

李成功：再过一段时间吧。

这几天，姬虎还是每天来村部，一来就找活儿干，不是扫地就是烧水，大有讨好献媚之意。逮着空就笑嘻嘻问李成功："下来咋办？"那意思是栽下了梧桐树，只等凤凰来，可下一步怎么引来凤凰呢？李成功问："家里是不是又脏得像个猪圈了？"姬虎说："没有没有，我不在家喝酒了，不躺着抽烟了，烟灰都磕烟灰缸里了，我也不吐痰了。"李成功问："不吐痰了？抽那么多烟能不吐痰？"姬虎说："有痰上来，我都咽下去了。"李成功就笑了："你好恶心。"姬虎也不恼，仍嘻嘻着："那么好的家！卫生间洗澡用的热水器，我也断电了。"李成功问："那还怎么洗澡啊？"姬虎说："舍不得用，等苏素来了再插电。"李成功想，这小子还真是一往情深呢，就走到姬虎面前，吸溜着鼻子，近距离绕着姬虎嗅了一圈："你可真臭。"嗅完，做个决定，说，"咱们去一趟北京吧。"

李成功向代凤山和徐刚安排了村里的事，开车拉着姬虎进京了。李成功这次进京，主要是请之前联系好的梅教授。前两天，梅教授亲自给李成功打电话，说这几日有空闲，可以到南湾村看看。李成功求之不得，决定明天就把梅教授接过来。路上，他已给邹老二联系好，晚上请他安排，一起吃饭。一路上，姬虎很克制，基本没怎么抽烟，咳痰时，也正如他所言，痰到了喉咙，只听咕噜咕噜两声，又咽了回去。即便如此，车里还是充满了浓浓的姬虎之味，李成功不得不把车窗按开一条缝，一路吹着车外的风进京。过八达岭后，天色将晚，邹老二已定好了吃饭的地方，李成功电话请梅教授出来吃饭，梅教授婉言谢绝，只商定好第二天上午九点去接即可。这样，就只有邹老二、李成功和姬虎他们三个一起吃饭了。吃完饭，李成功让邹老二找一家洗浴的地方。邹老二坏笑说："你这第一书记，也耐不住寂寞了？"李成功朝只管埋头吃肉的姬虎努努嘴："你不觉得这味道特别？"

邹老二把李成功和姬虎领到一家洗浴中心。在购物区，李成功选购了上衣、裤子、鞋子、袜子、内裤。买完了衣物，邹老二领着他俩来到一个洗浴区。姬虎眼睛不够使，看看这看看那，邹老二凑近姬虎说："磨蹭啥呀，快走啊，要不是李书记，我才不带你来这里，贵着呢。"姬虎紧跑几步跟上李成功。领手牌时，李成功怕姬虎不小心弄丢了，就把姬虎的手牌戴自己腕子上。进到更衣大厅，看着一排排森林一般的柜子，姬虎不知道该怎么办，李成功说："脱呀。"姬虎学着李成功和邹老二的样子，三两下剥掉了身上的衣服。李成功和邹老二带着姬虎钻进了蒸腾的淋浴区域。李成功指着一个隔间，让姬虎进去冲淋。姬虎不再发怵，打开水龙头，哗哗地冲起来。冲着冲着，发现前面有洗发膏，狠狠地按了一大把，往头发上揉搓。揉着揉着，斜睐着眼，又发现还有香皂，抓起香皂，头上、肚上、腿上、脚上胡乱地抹擦。抹擦着香皂，斜睐的眼睛不由得又去瞅那洗发膏，拿起来晃晃，还有很多，便又连着按出几大把，糊在头上，搅拌似的揉搓。泡沫源源不断从头上流下来，把他整个的人包裹成了一个白色的膨胀了的怪物。李成功在外面连着喊了几声，他都没听见，直到邹老二进去捅了他几下，他才知道。因洗发膏和香皂放得太多，白色泡沫久久不绝，他只好匆匆冲淋了一下，就着残存的泡沫，使劲擦着红肿的眼睛往外走。他以为结束了，没承想这才刚刚开始。他随着李成功和邹老二来到几个大池子边，学着李成功和邹老二，也蹲在了池子里。池子里的水，不凉不烫，非常舒适，而且，坐在台上一抬头，居然还能看电视。他也想像李成功邹老二那样坐在水里看电视，可邹老二突然发现，他的头上、身上还不停地往池子里的清水中散发泡沫，好几个人也在瞅他没淋干净的身体，邹老二便说："快去，冲干净了再来。"姬虎跑回淋浴区，彻底冲淋干净，跑进来刚要下池子，李成功阻止了他，说："我带你先去桑拿。"他把姬虎送入桑拿房，嘱道："多蒸蒸。"可没几分钟，姬虎就满身大汗跑出来，喊："不行，太热，太热。"李成功又拦住他："时间太短，缓口气再去。"又把姬虎推了进去。这次时间略长了些，但还没有达到李成功想要的理想时间，他容姬虎跳进池子里待一会儿，没到一分钟，又拉起姬虎："再去蒸，蒸不够半小时甭出来啊！"姬虎这次蒸的时间真的够长的，邹老二问李成功："你这是怎么了，非要把他蒸熟啊！"李成功说："能蒸熟就好了。"

足足半个小时，姬虎水淋淋出来了，扑通一声跳进了池子里。此刻李成功正与邹老二坐在池子边商议村里的事，看见姬虎跳进了水里，猛一下感觉池子被什么脏物质污染了似的，呼啦一下站起来，坐到了池沿上。邹老二问："怎么不泡了？"李成功说："晾一会儿。"并让姬虎多泡会儿。又对姬虎说："潜个水吧。"李成功以为，把头和身体全部钻进水里，定能把蒸发出来的脏东西洗干净。这时，邹老二也极配合，说："就像小时在仙女湖那样。"姬虎果然一个猛子扎进了池水里，起来，缓口气再扎，如此反复，居然很是快乐。

时间过了很久，这回姬虎以为真的结束了，该走了，可李成功还不罢休，他说搓搓吧，径直把姬虎引到搓澡的地方。姬虎被搓澡的师傅调摆着趴在案子上，搓澡的师傅问："先生，搓盐吗？"李成功问："搓盐能杀菌，是吗？"师傅连说："是的是的。"李成功干脆地说："搓！"因他拿着姬虎的手牌，他指一下旁边姬虎："给他多放盐。"搓完了盐，师傅又推荐奶，说可以使皮肤美白。"搓！"搓完了奶，师傅再推荐："蜂蜜很好的，能滋润皮肤。"李成功想姬虎那皱巴巴的皮肤，真该滋润一下了，就果断且带着狠劲地说："搓！"

邹老二早出来等候李成功和姬虎了，等了好长时间不见出来，终于耐不住性子，跑进来催叫："行了，可以了，出去更衣了。"一到更衣处，李成功自作主张，把姬虎的衣服鞋子全部扔进了垃圾桶里。姬虎以为李成功与他开玩笑，讪笑着要去垃圾桶里捞。李成功说："还舍不得啊，别捞了，该扔的就得扔了。"说着，把进来时从购物区购买的衣服拍到姬虎面前："把这些都穿上。"姬虎疑惑了一会儿，一件件拆开，穿在了身上，居然大小、胖瘦正合适。

原来，姬虎的身材与李成功的身材几乎一样。

原来，那些新的衣服是李成功专为姬虎选买的。邹老二打量着立马变了一个人似的姬虎，感慨着、惊叹着，就要张罗着走人。没想到李成功又提出需求："再找地方，弄弄头。"邹老二莫名其妙："你这是要干啥啊？"李成功也不多言，带着姬虎找了一家美发店，把姬虎按在椅子上，让年轻的师傅给姬虎理了发，又吹了风，定了型。

李成功做完这些事情以后，才与邹老二、姬虎一起开房间住下。

21

翌日，李成功准时来到梅教授楼下。

梅教授花白头发，四方脸型，六十来岁，面带微笑，一看，就是和蔼可亲的相貌。李成功趋前接过梅教授提包，亲切寒暄。此刻，已经干净利索的姬虎早早拉开车门，恭候梅教授上车。梅教授冲陌生的姬虎说了声"你好"，姬虎不会回"您好"，只一味牢牢抓着车门，让梅教授上车，然后替梅教授关上车门。姬虎虽不会回"您好"，但做事还算尽心，跑到车前，指挥着邹老二倒车、调头。车正后，跳副驾驶座上，一路往北驶出了北京。还好，姬虎居然一路没有抽烟，静静听着李成功和梅教授在后座说话。李成功和梅教授在后座说的，都是关于仙女湖和地下水脉的事，梅教授说仙女湖方圆一百公里，都是北京的水源涵养地，北京水源的丰歉优劣，与仙女湖密切相关。还说李成功精准扶贫，把仙女湖作为关注的重点，实在是意义非凡，功德无量。

从昨天到今早，姬虎一直处于懵懵懂懂的梦境状态，觉得免费来北京逛一趟，又有人管吃、管洗、管穿、管住，他一分钱不用掏，占了天大的便宜，索性就一点儿心不去操，像失去了意识的醉汉，彻底地放纵自己，任人去摆布。接上梅教授，他也并不清楚这老头是干什么的，直到听到李成功与梅教授的交谈，他才知道李成功这是请的高人，要给已经断了气的仙女湖起死回生，这可了不得，这是关涉到南湾村子孙后代的大事啊。他最美好的童年是在仙女湖玩大的，仙女湖要能复活，他那最美好的回忆也能复活。于是，心里不禁对李成功升起敬佩之意。所以到村里后，他非要跟着李成功一起陪梅教授去踏勘仙女湖的水脉源头。这当然是第二天的事情了。

当天晚上，李成功安排梅教授住县城，因为村里条件太差，尽管梅教授不介意，李成功还是固执地在县城找了个最好的酒店。安顿好梅教授住下，李成功当晚在村部与姜银发、邹老二、代凤山、徐刚一起商议，明天带梅教授进山踏勘的事。邹老二想去，他想跟着专家去看看仙女湖到底为啥断水干涸，可东大甸子集中种植的大白菜即将收获，土豆也一天天成熟。那整整齐齐一大甸子的白菜和土豆，可是全村人的希望。自村人们把土地交给公司，眼看着一棵棵稚嫩的白菜秧苗栽进地里，一粒粒饱满的土豆种子埋进土里，大甸子在新打的机井的浇灌下，就一天一天变了模样。白菜从生长叶片、裹芯到瓷实，天天有人到地里看望。现在，一棵棵硕大的长成的白菜，就像将要出阁的姑娘，等待着隆重的大花轿的到来。那些土豆，更是花开遍地，白色的、粉色的、浅紫色的花片，迎着阳光，或招摇在茎头，或羞藏在叶片之下。黄色的花蕊，一律水灵灵地吮吸着纯洁的空气。村民们有事没事地到东大甸子转悠，不只是欣赏单个的白菜土豆，他们实在是被一种宏大的规模震撼了。熟悉的大甸子里，不再是零碎的参差不齐的作物，而是变成了一望三五里的齐刷刷的白菜和绿油油的土豆，那后劲十足的长势，无不昭示着大丰收，进而便是滚滚的财富。可丰收并不等于财富，要把丰收变成财富，还得靠市场的魔法。邹老二现在要做的，就是找买家，争取卖个好价钱。所以，他得在家多方联系，把即将丰收的白菜销售出去。李成功也知道销售的意义重大，因为这是公司化运作的第一年，村民们虽寄托着希望，但更多的是观望，如果这第一年就运作不好，赔了钱，分不了红，下一步就会步履维艰。同理，运作好了，不但村民支持，销售的路子也就通畅了，随后的土豆也能快速变成财富。所以，李成功做出安排说："仙女湖是大事，东大甸子也是大事，代凤山和徐刚你俩在家，全力协助邹老二，姜银发因为循着山溪看过，熟悉山溪流经路线，我和银发一起陪着梅教授就行了。"

说定后，第二天一早，李成功和姜银发上了车。刚关上车门，姬虎大老远喊叫着跑过来，一手晃荡个破塑料袋子，一手牢牢拉住车门，非要跟着一起去。起初，姜银发几乎有些没认出他，只见姬虎发型规整，梳着小背头，而且从上到下的穿戴崭新干净时尚，便脱口说道："我 X 的，太阳从西边出来了！"李成功却顾虑到邹老二经营的东大甸子人手不够，因为村里还有相当一部分有劳动能力的人不愿到公司做工，他们宁肯在家闲着，坐等分红，也不想出力，甚至宁肯坐在地头旁观外地的雇工劳作，也不下地做帮手。李成功就寻思，让姬虎做个榜样，到东大甸子帮邹老二干活儿，只要姬虎肯出力干了，别的人就会跟着干，慢慢村里懒惰的毛病就去除了。他就对姬虎说："邹老二那里确实需要你，你去帮帮他，好吗？"姬虎却执拗了，说："帮，我肯定会帮他的，不过，这会儿，我得跟你去，梅教授那包很重，我有劲，我管背。"姬虎说着就钻进了车里，耍赖般坐在副驾驶座位上。李成功无奈，只好拉着他往县城接梅教授。姜银发在后面薅薅姬虎的领子，奚落说："这是咋了，又要相媳妇了是不是？"姬虎弯手打姜银发一掌："滚一边去！"

接上梅教授，返回到南湾村。梅教授站在坡顶，瞭望干巴巴的仙女湖。姜银发指着西南方向的一条沟坡说："以前，水都是从那儿流过来的。"梅教授的目光顺着姜银发所指的那条沟坡，移往遥远的西南方向，说："走吧，到那边看看去。"李成功开车，绕着乡道，曲曲弯弯往梅教授指引的地方靠近。此刻，梅教授已坐在前边的副驾上，双目炯炯地眺望着远处近处的坡坡坎坎、岩石草木，看上去像是观景，实质上，李成功明白，梅教授锐利的目光，已经犁开地表，钻入了地下，游走在岩缝水脉之间。

姜银发和姬虎坐在后排，叽叽咕咕说个不停。李成功操控着汽车，耳朵则敏感地捕捉到"苏素"两字。姜银发上车后，就一直对姬虎的形象骤变兴趣盎然，在他不懈的追问下，姬虎把在北京李成功带他洗浴、买衣服的情节告诉了姜银发。姜银发听后很是感慨，说："这就对了，你要还是原来的那样，苏素那边肯定没戏。"姬虎低头看看自己："这就有戏啊？"姜银发说："可不是啊！起码你得配上人家吧，你看苏素，往那儿一站，要模有模，要样有样。"就是说到这里，李成功在前边听到了苏素的名字，他想，说不定苏素现在正在收拾行装呢。昨天晚上，苏素给他微信时，再一次吐露了自己的心愿。苏素说："哥，我本来一辈子也不想回到那个叫我伤心的村子了，可自从你住在那里扶贫后，我的心老不听话，动不动就飞了回去。这几天，我的魂儿又跑走了，跑到了你身边，我天天梦到你，梦到你和我头靠着头，坐在仙女湖边，一起看水里成群成群的鱼，还有一对对亲密的白天鹅。"李成功知道她这是日有所思夜有所梦，但却不知道该说什么好，如果他一松口，苏素就会以最快的速度过来，可来了，明摆着是为姬虎创造了机会，等于把苏素奉送给了姬虎。内心深处，他不愿意。感情上，他好像已把苏素当成了他的人。可不让苏素来，或者说不让苏素再对姬虎产生好感，他干吗要帮姬虎彻底地改造家，为什么将姬虎从里到外蒸洗干净，又为什么花费自己的钱为姬虎购买更换新衣？他说不通这是为什么。他就这么矛盾着、纠缠着、痛苦着，久久不能入睡。手机上，苏素再一次发来信息：哥，我想你，睡不着。寂静的深夜里，他失眠，苏素却在遥远的省城陪伴着他，苏素的所说所做，都是发自内心的，绝无半点儿做作，这一点，李成功深信无疑。明知一个可爱的女人一直在强烈地想念他，他实在无法做到无动于衷，便拿起手机。发什么呢？还是让燥热冷却一下吧，他理智地发出去一句：老王现在怎么样？苏素可能愣了一下，还是回道：他娘去世后，他一直在他大老婆那里，好久没联系了。

李成功：哦。

SS：哥，你在嫌弃我吗？

李成功：没有没有！

SS：哥我想回去，好歹天天能看到你，给你做帮手。

"那——好吧。"李成功本不想说这样的话，可是他突然捏着手机发出了这样的语音。

终于到了姜银发来过的地方，一片四面环山的条状盆地，草木丰盛，地面湿润。姜银发抓着地上的泥沙，告状似的向梅教授说："去年我来的时候，这里浅浅的还有水啊，五个泉眼呢，水还往咱那边流了一段呢。今年咋就干成这样了？"梅教授踏着水草，攥着一块岩石，说："可不止五个泉眼，这里的灰岩，在漫长的地质年代，经过多次构造运动以及长期的溶蚀、地貌发育，形成了大量的溶沟、溶孔、溶洞、裂隙和地下暗河。看，"梅教授指着通向南边的一座山脉说，"从那里，很可能组成了能够储存和输送地下水的脉状地下网道。"接着，梅教授像指挥作战的将军一样，一挥胳膊，"走，找水去！"他带头踏着岩石，循着山谷往前走去。李成功只好开车找小道迂回到前面去接应，姬虎早已从带来的塑料袋子里掏出自己的脏旧衣服换好，抢过梅教授的背包背上。梅教授看看姬虎的穿戴，拍拍姬虎的膀子，夸道："这还像个样子！"姜银发扑哧笑道："这么邋遢的熊样倒像个样子了！"不待姬虎还嘴，又郑重其事说，"梅教授这包里可都是仪器，值钱的呢，可得操心，甭价毛手毛脚给碰坏了。""其实也就是些锤子、罗盘、放大镜、GPS、野簿什么的。"梅教授哈哈笑道，然后带着姜银发、姬虎，一路敲敲打打往前走去。李成功开车绕道很远，到了那条山谷较开阔的地方，等着梅教授过来。会合后，梅教授还要往前走，李成功说都过十二点了，吃点儿东西再走吧。于是从车里拿出备好的面包、火腿、鸡蛋、饮料，大家望着周围的山崖，坐在石头上吃起来。吃完了，梅教授一抹嘴，挥挥手："出发！"李成功把车开出去，找小道再迂回着到前边接应梅教授。翻过一座山，是一块较平坦的坡地，李成功就在那山谷口等待。两个多小时后，梅教授他们终于出来了，个个大汗淋漓。李成功把矿泉水递上去，问："可以了吗？"梅教授喝着矿泉水，眼睛却往西南方向看，看着看着，中断了喝水，说："上车，顺着那条小路往前开。"

坐到车上，姜银发和姬虎现出极度疲劳后仰躺在草坡上的惬意，没一会儿，姬虎居然打起了呼噜。梅教授却聚精会神，指挥着李成功一会儿沿路行驶，一会儿顺着坡地越野行驶。这时，鲜红的太阳开始往一座山后滑去，李成功说："不行，今天就这样吧。"梅教授说："再走走，再走走。"谁想到，开着开着，眼前一亮，竟然开到了阳坡矿。

前面的山沟里，哗哗地往外排着墨色污水。梅教授终于长吁一口气："这就是了。"

李成功："是什么？"

梅教授指着沟里的黑水："这就是仙女湖干涸的根本原因。"

李成功："阳坡矿距离仙女湖这么远，二者能有关联？"

后边的姬虎已经醒了，他和姜银发一起竖着耳朵，听梅教授给李成功讲解着其中的道理，很多术语他俩听不懂，但都理解了。姜银发的理解是，流向仙女湖的地下水脉就像一条渠，阳坡矿在渠下掏了一个洞，渠水都从洞里漏没了。因为他忽然想起了阳坡矿透水淹井的那年，正是上游断水仙女湖开始干涸的那年。姬虎的理解是，仙女湖就是一缸清水，阳坡矿在通向清水缸的管子上钻了一个眼，流向缸里的清水被截流了，缸里清水也晒干了。

22

送走梅教授，李成功的主意已定：阳坡矿明显是在偷采，必须制止，彻底封堵填埋矿井。他觉得这没什么复杂，只要金地集团和当地政府一个通知，问题就可解决。他明天就去讨要这个通知。现在，村里的事已经走顺了。支委里有了姜银发和邹老二这两个人，他感觉就和发射成功的卫星一样，再不用添柴加油，便都在各自的轨道上，忠诚地一圈一圈履行自己的使命。东大甸子的白菜，邹老二全部销往了北京，价钱卖得也很好，据粗略核算，仅这一季白菜，每家农户平均可分红一千三百多元。那些即将成熟的土豆，邹老二也联系了北京的买家，到时候村民们又能增加一部分收入。因种菜浇水需用机井，用机井就要缴纳一些费用，而机井属村集体的，这样村集体的账上也开始有了积蓄。很快，村集体就会富裕起来的。李成功在支部会上向大家描绘蓝图说："稳住东大甸子后，下一步咱们建冷库，建冷藏储存基地，这边的羊肉啊、牛肉啊、鲜菜啊，咱们先储藏起来，待北京、天津的市场短缺了，咱们再拿出来卖个高价。再下一步，咱们请水入湖，把仙女湖打扮成靓丽的仙女，把咱这儿建成旅游观光区。"邹老二雄心勃勃接话说："这些规划我的公司全包了，到时候，咱南湾村的土坯房全部推倒，盖成别墅式小洋房，保证大姑娘小媳妇争着抢着往咱村里跑，再没有一个人打光棍。"大家都哈哈笑，姬富强也哈哈笑，笑着，他说："我信，我信，到时候，我那儿媳妇和孙子准会回来。"姬富强说这话时，眼睛是看着李成功的，并且充满期待和信任。李成功接住了姬富强的眼神，坚定地点点头，说："那肯定，那肯定。"

姬富强哪里知道，此刻，他的儿媳妇和孙子已经快进村了。前一天晚上，李成功在与苏素的例行聊天中，告诉她找到了仙女湖干涸的原因，苏素乍一听很悲观，李成功说找到了原因就好办啊，只要把阳坡矿彻底封填，慢慢地仙女湖就恢复光彩了，这么一说，苏素高兴了，说那太好了，到时候我找姜银发在村里给我批块儿地方，盖个房子，就在村里养老了。李成功自然问到她现在在省城住的房子怎么办。她说那房子的房本是老王的名字，甭说老王不给她，就是给她她也不想要，她不想占那便宜，她什么都能干，她能养活自己，她说她明天就回去，她已给王颖联系好了，回去后，她就让邹老二给她在公司安排份活儿干。李成功以为她是开玩笑，她说真的，她说她在村里干些活儿，也能天天看到他，远远地陪伴他，她恨不得马上就飞回到村里（李成功觉得可笑，心说苏素啊，你以为我会永远驻在南湾村吗？）。最后临说晚安时，她说，儿子也想回去看看，这回回去，她带上儿子，她说她想让儿子也看看他舅舅。

支部会刚散，一辆白色奔驰开过村部，停在邹老二家门前。姬富强和几个人的目光跟随着小轿车，发出疑问："这是谁啊？"只有李成功和邹老二知道，这是苏素回来了。果然，姬富强远远发现，儿媳妇苏素从车里下来，随后，一个半大小子也从车里下来。姬富强眼睛一亮，预感到那半大小子的血脉与自己有关，就听邹老二在他耳旁说道："傻了？那是苏素和你孙子啊。"明明已经断定那就是他的孙子和儿媳，姬富强嘴上还是问了一句："真的？"双腿便不由自主跟着李成功和邹老二走了过去。

苏素和王颖已经卸完了后备厢里的东西，大包小包，搬家似的。莫非，苏素真下了决心要常住下来？李成功正忖度着走近，苏素直起身来，直勾勾望定李成功，顷刻间世间万物全部消失，只剩下李成功一人。

李成功看苏素的双目里尽是痴情迷离，那样子，就好像朝思暮想的人终于出现在面前，马上要不顾一切扑上来，紧紧抱住他不放似的。李成功就有些惶恐，忙回身推着姬富强，对苏素说："看，富强哥来看你们来了。"又走到半大小子跟前，"这是翔翔吧，来来来富强哥，看你的大孙子多棒。"

苏素拉着儿子说："来见见李成功书记。"翔翔叫了声："李书记好，舅舅好。"投去了崇拜的目光。李成功听了那声舅舅，心里一热，却指着姬富强说："翔翔，不认识了？这是你爷爷。"

祖孙俩的目光碰撞在一起。姬富强极不自然地浑身摸着，他想摸出一些钱来或者吃的，给了孙子，毕竟这么多年没见过孙子了，可他把所有的兜都掏遍了，也没掏出个东西。翔翔站在面前，比姬富强还高出半头，规规矩矩喊了声"爷爷"，翔翔一边叫着爷爷，一边走向爷爷，说："爷爷，你瘦了，老了。"姬富强没有拥抱的习惯，但却一把就攥住了翔翔的手，哽咽着什么也说不出，只是牢牢攥着翔翔的手，生怕孙子再跑掉似的。

大家说着话，七手八脚拎起行李，进了屋内。

王颖让苏素和儿子住东头里间。东头里间比较新，能洗澡，能看电视。苏素却坚持要住西头里间，她说这是邹老二和你王颖的家，条件好的卧室得主人用。姬富强征求翔翔意见，翔翔愿意到爷爷家住，这让姬富强喜出望外，高兴得像得了奖状的小学生，一拍巴掌说："我先回去收拾收拾。"就跑走了。

姬富强收拾肯定是要收拾的，但也把这个好消息第一时间告诉了儿子姬虎。

晚上，邹老二做东，自然要聚一聚的。人员有李成功、姜银发、邹老二、王颖、代凤山和徐刚。苏素默默把自己定位为服务员，所以摆座位时没给自己摆。都坐定了，王颖才发现，喊道："来来来，苏素姐，坐我这儿。"说着拉一凳子，放在了她的左边，正好挨着李成功。苏素脸一热，心里很是满意，就落座了。每次起身端菜，端完菜再落座，都能轻轻地蹭一下李成功，特别是开始喝酒时，她揽过了酒壶，不但能为李成功斟酒，还能零距离地触碰一下李成功的胳膊或者手指头，为此，她极其知足地暗暗庆幸：我算来值了。李成功虽正襟危坐，心里也很受用，他沉稳地想，倘如此发展下去，他藏在心底最深处的那个蠢蠢欲动的种子，说不定真的会在某一天生根发芽的。

　　说着，吃着，天已黑下来。有人敲门，离门口近的是徐刚，但徐刚正在喝着一杯酒，苏素反应灵敏地站起身，说："我去。"苏素拉开门子，门口站着一个男人，黯黑的背景中，苏素也能看出那男人手里拎着东西，再看一眼男人的穿戴打扮，讲究时尚、头发油亮，不像个农村人，苏素客气地侧过身子，说："请进。"那男人不进，只定定地盯着苏素的脸，用不甚标准的普通话说了两个字："你好。"苏素急忙还了两个字："您好。"之后又恭恭敬敬做了一个请进的姿势。那男人还是不动，只笑嘻嘻盯着苏素看。这时，姜银发、邹老二同时认出了来者，齐喊道："姬虎你装球啊，快进来。""原来是你啊！"苏素一个大红脸，甩下门口的姬虎，噔噔噔又坐回到了自己的座位上。

　　随着姬虎进来的，还有姬富强老两口和翔翔，吃晚饭时姬富强把翔翔叫走了。姬富强老两口一人怀里抱着被褥，一人手里提着一篮子鲜菜和一大块羊肉。姬富强说："这是条新被褥，没用过，给苏素用，夜里凉。"又指着老婆篮子里的羊肉，"刚杀的，还热呢。"李成功和邹老二又都齐说："来，坐下，坐下，喝两杯。"李成功、邹老二这么一让，苏素忙起身让座，并又到处找凳子。姬富强说："不坐了，不坐了。"就想走，姬虎也把手里拎着的酒放在了酒桌上。这时，苏素又瞅了一眼姬虎，纳闷，这家伙怎么脱胎换骨了？

　　翔翔已走过来，代替妈妈接受姬富强老两口送来的东西，苏素迎上去，一家五口人站在了一起。李成功远远注视着，就发现苏素强作了一个微笑，当接过翔翔递来的被褥时，又微笑了一下，还冲着姬富强老两口轻轻说了声"谢谢"。一旁的姬虎也笑呵呵的合不上嘴。看到这短暂的和谐一幕，李成功脑子里突然蹦出一个想法：他们也许本就该这样。

聚会散后，各自回到床上，苏素与李成功进入每天睡前的聊天程序。不过，李成功的聊天内容已经变得纯净起来。

苏素：哥，我躺在你躺过的炕上，闻到了你的味道。

李成功：你喜欢仙女湖吗？

苏素：当然。哥，我就愿意这样住下去，一直到老。

李成功：我要还你一个仙女湖。

苏素：哥，你把你该洗的脏衣服都给我找找。

李成功：明天，我要去想法封填阳坡矿。

苏素：哥，你今天怎么了，怎么老是给我打岔啊？

李成功：我有点儿累，晚安。

一大早，李成功和代凤山就出发了。李成功再次选择了抄近道，走山路，他是要再确认一下阳坡矿偷采的事。可到达一个三岔路口的地方，通向阳坡矿的路口堵着一堆敖包似的石头，石堆上竖一块牌子，血红的油漆写着"前方断交，请绕行"。往左边绕，是省道，可上高速，得绕到北京；往右边绕，是一条山道，同样会绕很远，且路况不明。但李成功坚持要走山道，因为翻过面前的山包，就是阳坡矿。他自信绕山道也能到达阳坡矿，与梅教授在山里勘察的那天，不也快到阳坡矿了吗？果然，曲里拐弯，摇摇晃晃，颠簸着屁股开了大半天，终于到了阳坡矿。阳光下，阳坡矿正干得热火朝天，煤炭闪耀着亮光从深邃的井口提升上来，直接装到了排队等候的大卡车上。装满煤炭的大卡车轰鸣着开出了阳坡矿，向山下一个平坦的煤场隆隆而去。李成功明白了，他们偷挖的煤不敢在矿上存放，运到远处再去变现。李成功让代凤山驾车，他用手机拍了照，摄了像，然后沿以前走过的路往省城方向开。开出一公里多，在另一个三岔路口，再次出现一堆敖包似的石头，李成功下车绕过去一看，石头上同样竖着血红的大字："前方断交，请绕行"。哦，李成功恍然大悟，这是有意把经过阳坡矿的道路从两端掐断了，这样没车辆路过，不被外人发现，就可以大胆地偷采了。代凤山只好倒车，倒到运煤的大卡车走的路上。那根本不是路，只是大卡车轧出的深辙。他俩极其小心地慢慢开出了那段深辙，然后拐上省道，一路南下，到了省城。

23

李成功连夜向钱副总经理电话汇报，重点说仙女湖干涸的原因，说阳坡矿疯狂偷采的事实，接下来他就请求金地集团发一个彻底填埋阳坡矿的通知，一劳永逸解决问题……钱副总经理出差在外地，可能正在忙，也可能已经休息，电话里显得很不耐烦，打断李成功说："什么仙女湖啊！咱们去扶贫，只管人，怎么能管仙女啊，难道你还想管天管地不成！"李成功紧忙说："不是不是，有人利用我们的阳坡矿，在偷偷开采。"钱副总经理训斥的音调提高了八度，说："李成功，我告诉你，那是地方政府部门管的事，与你无关！"没待李成功再说，电话果断而无情地挂断了。李成功像被扇了一个耳光傻在沙发上，莫非，我越权了？狗拿耗子了？仙女湖、阳坡矿，与精准扶贫不搭界儿？可搭界儿不搭界儿，我最清楚啊，钱总也应该清楚的啊……

杨玉萍夺下李成功定格在耳边的手机，伸开双臂，把他揽进了怀里。杨玉萍完全理解他的委屈、他的艰辛，从他一进门，从他那黑瘦黑瘦的皱脸上，从他那苦涩的微笑中，杨玉萍已完全体悟了丈夫的不容易。但她没说什么，她只是以笑脸相迎，为他拿过拖鞋换上，再给他倒上热水，嘱他歇歇儿，先洗个澡，她就去做饭。她做了一碗挂面，卧了两个荷包蛋，端过来，发现他仰在沙发上眯着了。

灯光下，她心疼地端详着这个曾经深爱着她也曾经给她闹过别扭的丈夫，心里一酸一酸地往上涌。李成功感觉到她在身边，睁开了眼，开始给她说仙女湖，说阳坡矿，说着就拨通了钱总的电话。杨玉萍依偎着他，一边搅动碗里的挂面，一边听着手机里钱总的训斥，直到把他揽进怀里。杨玉萍为他擦干泪，哄他吃了挂面，又帮他冲澡搓背。他感觉从里到外松弛了，疲乏了，可就是睡不着，头憋得难受。杨玉萍有些害怕："是不是有病了？"他说："没关系，这是低原反应。"杨玉萍说："唉，这回走的时间太长了，你不回家能扛住，人家年轻人咋办？"李成功说："我安排他俩一个月回来一次，平时有事也多让他们回来办理，这次代凤山就可以在家多住几天。"杨玉萍说："你可真行，光知道照顾别人了，也不管我了。"他说："哪能啊，我们女儿怎么样？"杨玉萍问："哪个女儿？"他说："先说干女儿吧。"杨玉萍就倒水一般把邹巧巧的优秀事例罗列了一被窝，说完巧巧，再说自己的女儿媛媛，说媛媛也变化不小，懂事了，知道用功了，知道节俭了。听着听着，李成功的思想不知不觉跑到别处去了，他又开始反刍刚才钱副总经理的训斥了，"那是地方政府部门管的事"，是啊，非法开采，确实是地方政府该管的。李成功干这么多年煤矿，知道这事该哪个部门管。他一边和杨玉萍聊着天，已默默地下定了决心。第二天一到上班时间，他就把电话打到管这事的政府部门。接电话的人是位姓王的副主任，王副主任很负责，表示一定彻查。过了一天，李成功再次打电话询问，王副主任说："你反映的情况我们很重视，第一时间派人进行了核查。"李成功迫不及待地问："怎么样？"王副主任说："经过核查，没有发现有人偷采。"李成功陡然变色，大着嗓音说："不可能！我有证据。"那边电话里不急不躁说："谢谢你，希望对我们的工作继续支持。"

身旁的杨玉萍替他抱不平："什么呀这都是，肯定有猫腻。"李成功说："不行，我得去找董事长。"李成功开车到集团机关，还没上楼，遇到了组织人事部的柴部长。柴部长大老远就喊叫他，到近前，柴部长说："正要找你呢，有个通知，要你参加党校学习，时间一个月，明天报到。""那村里的扶贫怎么办？"李成功心里的火气滋滋地上升。柴部长说："已经为你请好假了，村里的工作暂时放一放，学习不能缺席。"李成功说："我不能去，我找董事长去！"柴部长笑眯眯说："这么说你是不服从组织安排了？告诉你，找谁也没用，再说，董事长出差了，不在。"李成功的意识蓦地洞开一个口子：昨天刚给钱总和管煤矿的部门反映了阳坡矿偷采的事，今天就让他学习一个月，这里面有没有关联？他看看已经走远的柴部长，再仰望巍峨耸立的机关大楼，不禁倒吸一口凉气。他进了电梯，与一个个熟悉的面孔打着招呼，心想，他们看上去都彬彬有礼和蔼热情，心底里都想些什么呢？相互之间都是什么关系呢？背后又干些什么呢？他本打算去看看薛东旭和欧阳涛，一想，算了吧，难道他俩就一定可信吗？他到薛东旭的那一层，没出电梯，又按到底层回到了车里。

他在车里想了一会儿，拨了梅教授的电话。

电话通了，他居然连寒暄都省略了，直入主题，上来就给梅教授诉苦喊冤，梅教授耐心听他讲完，告诉他，阳坡矿的超采与仙女湖的干涸，肯定是因果关系。

他一听就火冒头顶，毫无道理地责怪道："当初为什么要超采呢！不超采就不会透水，不透水仙女湖就不会干。"

梅教授说："那怪谁啊？当年谁干的，你忘记了？阳坡矿原本只是个小矿，设计能力只有年产三十万吨，可你们重组后，非要增加产量，一家伙就要扩产一百五十万吨，就这还不满足，天天喊超产高产，恨不得一夜把地下的煤都挖上来。你忘了，关于扩产增加生产能力的报告，还是你亲自送给我的，你说那报告是你亲自执笔起草的。当时我还表扬你，很有水平啊！"

就听梅教授说："看到南湾村仙女湖那种状况，我很痛心。虽然在科技方面，我能给你们以帮助，但科技遇到腐败，也无能为力啊！"

李成功到党校的第二天，头脑憋胀，四肢疼痛，高烧三十九摄氏度。他感冒了。他坚持着开班典礼完毕，就请假回到家里。恰巧巧巧也在家。半年多没见，巧巧已蜕去好多自卑，并且有了主见。巧巧亲切地叫他"爸"。巧巧先用湿毛巾放在他额头，为他物理降温，然后跑到社区医院，为他开来一大包药，有胶囊、有针剂、有液体。巧巧说："爸，我学会打针输液了。"说着就拿来衣服架，挂上液体，给李成功输上了液。输上液，端来白开水，往手背上滴一滴，不烫了，再拆开药盒，喂李成功吃药。李成功喝一口水，一仰脖子，咽下了药，就要放下剩下的白开水。巧巧把大半碗白开水推到李成功嘴边，说："爸，都喝下去。"李成功说："不渴。"巧巧坚持说："不行，不渴也得喝。"

巧巧看着他喝完，拿走空碗，又找一条毛巾，浸湿、拧干，轮替着为李成功降温。李成功看着滴答的液体，看着无微不至的巧巧，对一旁的杨玉萍说："我活到现在，还没享受过在家被如此护理的待遇。"杨玉萍说："那还不是我们有了巧巧这个好闺女。"巧巧只专注倒替李成功额头的毛巾，只是唰唰一笑，并不多言。李成功说："巧巧，新盖的村部留了一间卫生室，你可得好好学啊，将来为村民看病。"巧巧坚定地点点头："嗯！"

李成功的烧退了一些，就给代凤山打电话，让他尽快来家里一趟。代凤山来了，李成功输着液，对代凤山说："阳坡矿的偷采，看来没我们想象得那么简单。"

代凤山说："那肯定，没后台，谁敢啊！"

李成功："我们的分量太轻了，我们得想办法。"

代凤山一听，就知道了李成功这几天没闲着，准费了不少脑子，已经想好了办法，就说："你说吧，怎么办？"

李成功："你不是在单位一直搞宣传吗，一定认识媒体的朋友吧？"

代凤山："认识，经常和他们打交道，北京、省城的都有。"

李成功："那好，你联系两个最靠谱的，到阳坡矿搞一次暗访。"

代凤山："没问题，记者们对这样的新闻，就和狼见到兔子一样。"

李成功："不是公开报道，咱就是想借助媒体的力量，搞出一个内参，提供给有关部门领导，引起重视。所以，一定要引导好，千万不能把事情炒大，不能给政府添乱。"

细细地想周全之后，李成功让代凤山开车先去北京接上记者，最好乘夜晚潜入阳坡矿和山下的煤场，实地采访。拿到第一手素材后，再把记者送回北京，然后返回南湾村帮着姜银发、邹老二收售土豆。土豆就快要熟了，正是需要人手的时候。

24

三天以后，代凤山发回信息，他带着记者已经出发，李成功能做的，就是静候佳音。

一周之后，李成功在邹巧巧的精心护理下，感冒症状基本消除。他准备要继续去完成他的党校学习，杨玉萍拦住了，杨玉萍告诉他，他父亲住院了，肺间质性纤维化，大姐和二弟、三弟在轮流伺候。他一听脑子嗡的一下，知道这个病不太好，慢性癌症，不可逆，就问："啥时候住的院？"杨玉萍说："到今天就四十天了。""四十天？怎么不早告诉我？"李成功瞪着杨玉萍。杨玉萍说："是你父亲反复叮嘱，不许告诉你，说你工作忙。"杨玉萍还说："这段时间你一直在村里，我也心疼你，这次回来情绪这么不好，又重感冒，所以瞒着你一直没说。""那得去看看父亲。"说走就走，李成功开着自家车，近三个小时疾驰，到了邯郸父亲住院的医院。

父亲一见李成功进来，先是一愣，接着脸色一沉，扯掉嘴上的氧气面罩，冲着李成功喝问："谁给说的，谁叫你……"父亲的话未说完整，呼儿呼儿喘得就说不成了，那气喘的程度，比南湾村姬海兴老汉的喘都严重很多。李成功扑上前去，赶紧拿起氧气面罩给父亲戴上，眼里不由得就滚满了泪花。一旁伺候的老二说："爹说了，你驻村扶贫是大事，不让我们告诉你。"面罩里的父亲定定地瞅着李成功，呼哧呼哧说着什么。老二翻译说："爹说他没事，明儿就出院，让你甭惦记，该干啥干啥。"李成功去找了主治大夫，咨询了父亲的病情，主治大夫告诉他，老爷子的这种病很厉害，稍一感染就会出危险，到最后往往活活憋死，很痛苦。李成功跑到楼梯没人的地方，哭了一会儿，然后擦干泪，进病房，让二弟回家休息休息，他要在医院伺候父亲几天。可只过了一夜，父亲就吵着闹着要出院，医生不建议出院，这会儿出院会有危险。杨玉萍和李成功也随着医生护士劝说父亲再住几天。父亲说："再住几天可以，但条件是成功你不能在这儿伺候，你忙你的工作去。"杨玉萍无奈，只好让李成功先走，她代替他伺候几天父亲。

李成功被老父亲撵回去了，他一路含泪开车，直接到了党校。党校的学习是封闭的，两个人一个宿舍，不允许外出。这次是矿处级班。他和一个大矿的矿长同舍。闲聊中，话题很快就转到了南湾村、仙女湖。李成功灵感突闪，他说："南湾村的蔬菜因气候冷，不生病虫害，因不生病虫害，就不使农药。地里用的都是羊粪、牛粪、大粪，就和七八十年代一样，纯粹的绿色蔬菜。你矿上不是有三四千号职工们吗？不是都吃营养餐吗？职工食堂见天用多少蔬菜啊？干脆南湾村给你们供应得了。"矿长说："行啊。"李成功当即给邹老二打电话，让他派人到矿上签协议，说马上就要刨土豆了，把最好的土豆给矿上的职工吃。这个蔬菜的销路问题一解决，李成功又豁然开朗。举目望望参加学习的所有领导，他觉得个个都有价值，仿佛置身在了宝藏之中。那些天，他成了学员里最活跃的人。他找到参加学习的职工技校校长，与校长达成了为南湾村培养电工、焊工的意向；他找到参加学习的集团总医院的副院长，说服他同意为南湾村培养一名全科医生（邹巧巧）……学习之余，李成功把大部分时间都用在了拉"关系"上。当然，临睡前，也照常与苏素聊聊，只是简单了许多。

SS：哥，我来了，你却走了，老天为啥这么不公啊！

李成功：这只是暂时的离开，学习一结束我就回去了。

SS：我知道你一定会回来。

李成功：现在怎么样？

SS：邹老二安排我在公司当出纳，我没学过会计，紧张死了，也不敢远离。好在有王颖帮我。

李成功：什么都是从不会学起的，我相信你会干好的，你那么聪明。嗯，姬虎怎么样？

SS：谢谢哥的鼓励。姬虎也在公司里干，姜银发、邹老二让他当了个生产部的头，他干得可来劲了，把村里几个不干活儿的也带进来了。

李成功：那就好。

发出这句，李成功回味着苏素对姬虎有了点儿欣赏的口吻，遂犹豫了一下，又发出一句试探性的话：你现在还住邹老二那儿？

SS：不住那儿我还能住哪儿啊？我愿意一辈子都住那儿。

想到南湾村，李成功最挂心的就是代凤山那边。代凤山虽然随时给他汇报，说出发了，住下了，到煤场了，到矿上了，可他就是不放心。那记者能靠得住吗？能暗访到真实情况吗？即使暗访到了真实情况，就一定能写出内参吗？即使写出了内参，就一定能发了吗？上级领导能看到吗？能引起重视吗？能责令地方政府采取行动吗？这些担心，有一环出问题，就无法彻底解决问题。到第五天的时候，代凤山说记者已经暗访完毕，又跑到南湾村看了仙女湖，说到北京还要采访梅教授。那这一路下来，到底什么时候能有结果呢？记者走了以后，姜银发也打来电话，说新打的机井水位又都下降了，照这样下去，明年很可能井里就没水了。井干了，村民吃水怎么办？东大甸子还怎么集中种植蔬菜？姜银发电话里透出一股心急如焚的焦躁，李成功又何尝不是啊。他想，记者那边虽然很重要，但不能靠死，也不能死靠，得另想办法，办法就是寻找证据，把非法偷采的后台找出来，这在象棋上叫将军，一步将死，才能彻底解决问题。

上课学习、课间忙碌、闲暇忧虑，如此这般，时间很快就过去了。结业的那天，学员们匆匆握手告别时，李成功接到了组织人事部柴部长电话，柴部长用官腔给他一板一眼读了一份文件：经领导研究决定，李成功调回集团公司原部门，不再担任驻村第一书记……"啊！"李成功嘴张得大大的，问："那，谁代替我去驻村？"柴部长说："这你不用多问，领导自有安排。"李成功顿时成了弃儿，一下子被甩到了荒野，他再也没心思与人握手微笑，急匆匆钻进自己的车里。

他长吁着气，电话又响了，是薛东旭。薛东旭说："领导找我谈话了，让我接替你，担任驻村第一书记。"

"啊——"李成功意识到自己如此惊愕不太好，容易让薛东旭产生误解，好像人家不配担此大任似的，忙又补充说："那好啊，是你我就放心了。"

薛东旭："好什么好！我再告诉你一个消息，你可要挺住。这次机构改革终于尘埃落定，我和欧阳都提起来了，副处，你呢，降一级使用，据说，还有可能调离机关。"

李成功："凭什么？"

薛东旭："好像有人反映你组织观念太差，上党校学习还旷课？"

李成功："我那是感冒，高烧！"

薛东旭说："那你高烧得可不是时候。"随口问，"你什么地方得罪钱总了？"

李成功莫名其妙："我没有啊！"

薛东旭说："班子会上，钱总说你对精准扶贫认识不到位，思想极其消极，政治觉悟有严重问题。"

李成功脑子里又一个大雷子轰然炸开，他深知，政治问题是了不得的大问题，而且这个大问题又是他的主管领导钱总指出的，这可是要命的呀！他思绪紊乱着，本能地自卫着，不服气地反驳："凭啥？啊！凭啥说我政治觉悟有严重问题？"

薛东旭："你是不是写过一个东西？质疑国企扶贫的。"

李成功想了一阵："那个调研报告吧？是钱总让我写的。"

薛东旭"哦"了一声："那就对了，报告还是你手写的，白纸黑字，字写得非常棒。"

李成功后来回忆，当时他都不知道自己是怎么开车回家的，路过了哪儿，闯没闯红灯，他一点儿也不记得了，就连车停在了哪儿，他也想不起来了。事后还是杨玉萍在小区的一个旮旯里帮他找到的。那天到家后，他没换鞋，没脱外衣，像一截木头，咚地倒在床上，任杨玉萍怎样问都不说一句话。杨玉萍听说过受到刺激或打击，人会瞬间垮掉，精神失常，一辈子都难治好。她不敢再多想，立即跑到客厅，给女儿和干女儿打电话，叫她俩赶紧回家，看能不能让他活泛起来，他喜欢两个女儿，说不定女儿围着他一说笑，就好了。

媛媛和巧巧打车，很快回来。两个姑娘忐忑着走进卧室一看，李成功却呼呼地睡着了。媛媛巧巧不放心，一边一个晃他："爸，爸爸。"李成功睁开眼，不知自己身在何处，看到两个女儿，纳闷地问："你们怎么不上学？"站立床头的杨玉萍有点儿惶恐，莫非真的精神失常了？就见李成功坐起来，问："你回来了？爹在医院怎么样？""哦——"杨玉萍紧绷的神经松缓下来，知道问这个，就正常了，说："出院回家了。"媛媛机灵，说："爸，难得这么清闲，你带俺们出去撮一顿吧，我知道个好地方。"李成功说："行倒是行，但现在不能去，我得跑一趟单位。"

李成功躺床上这段时间，表面上一副被彻底击垮万念俱灰的样子，内心里却奋力抗争着。薛东旭透露给他的内部消息，一直在他大脑里翻滚。他先是痛恨自己，当初那是怎么了，鬼迷心窍了？千不该万不该写那个该死的调研报告。当时他还特认真，特郑重其事，为了显得重视，他不用电脑打字，而是铺开稿纸手写。他钻进书房，花费了整整半天时间。他记得他打了一遍草稿，又誊抄了一遍。拿着规规矩矩书写工整观点鲜明有理有据的调研报告交给钱副总经理后，他以为不久上级就会有反馈，说不定他就再不用去驻村扶贫了。虽说后来一直是石沉大海，但也没好意思去向钱副总经理追问。慢慢地，这事那事一多，他也就把调研报告那码事忘在了脑后。现在回想起来，当时他对扶贫确实没有信心，他心里承认了钱总在班子会上说的，他的政治觉悟有问题，但那是以前的他，现在的他已经不是刚驻村的他了。

经历了那么多，他对贫穷和富裕已有了新的思考。放眼望去，那么多贫困的地方，那么多穷苦的人，他们就像干旱的大地，嗷嗷待哺期盼雨露滋润。可雨露呢？滋润呢？李成功分明看到了巨量的过剩财富，没有变成雨露，更没有施以滋润。还有，那么多有钱人，那么多成功人士，哦，他李成功也算成功人士吗？他想，在苏素眼里、在姬虎他们眼里，他肯定算成功人士，那就权当是吧。那么他们这些所谓的成功人士、有钱人，现在享用的很多东西，包括美食、住房、车子，甚至健康、权力、幸福和快乐，都来路正当吗？摸着良心自问一下，有没有从那些穷苦大地里拿来的东西？昨天？去年？前年？五年前？十年前？几十年前？或者更早？拿来的时候，有没有急急慌慌、偷偷摸摸过？有没有不管不顾、不择手段过？

有没有理直气壮、冠冕堂皇甚或不惜谎言和欺骗过？李成功想到这里，梅教授的话巴掌样又响在耳边，"阳坡矿原本只是个小矿，设计能力只有年产三十万吨，可你们重组后，非要增加产量，一家伙就要扩产一百五十万吨，就这还不满足，天天喊超产高产，恨不得一夜把地下的煤都挖上来……"李成功不禁哀叹，我他妈的就是阳坡矿的既得利益者啊！他想起在不久前的驻村之初，他跑回省城也曾挥霍过、奢靡过，那时，他是心安理得的，甚至有些趾高气扬。他曾以为，国企的本职就是生产和利润，只要上缴了利税，就不该再承担对农民的扶贫任务。现在看来，那是多么狭隘的想法啊！阳坡矿的超能力生产，肥了他这些人，企业的财富也滚滚而来，可生生地就把一个碧波荡漾的仙女湖给毁了，致使南湾村至今穷困不堪，这叫不叫攫取？叫掠夺也不为过吧。照此说来，国企扶贫，理所当然，义不容辞。他想好了，他得马上找钱副总经理，找董事长，为以前的那些想法、论调检讨，然后说明以前的那份调研报告不算数，现在的他才是真实的他。可到了机关，钱副总经理不在，董事长也不在，他只好来到薛东旭办公室。

凡董事长不在，薛东旭就特逍遥自在。此刻，被提拔了的他正做着奔赴南湾村的准备，见李成功一脸刚毅地进来，仿佛看透了李成功藏在眼睛后面的委屈，就想着帮他化解一些，便让座、倒茶，说："李处，你是什么样人，我心里最清楚，实话告诉你，你就是我的学习榜样。"李成功苦笑："还榜样，都快一撸到底了。"然后正色道，"我想把以前写的那份调研报告要回来，或者重新写一份。"

薛东旭瞅着似乎显得有些天真的李成功，说："没用。"遂走到门口，把门子重新关严，重回座位，"以前那份你亲自手写的调研报告，班子领导们已经传阅了，已经形成印象了，再改，还有人信吗？"

李成功："那我也想试试。"李成功想了想，"这样吧，我给钱总说不太好，你再帮个忙，给钱总打个电话，把我的意思说给他。"

薛东旭踌躇了一阵，还是拨通了钱总的电话。薛东旭开的免提，李成功听得真真切切，钱总说没必要没必要，连说了两遍没必要。薛东旭挂断，撇了一下嘴。

李成功说："刚驻村，我认识上不去，思想消极，钱总不但没怎么批评，倒还有欣赏的意思，这会儿我转变了，却要处理我了，而且是拿我以前的那个落后的已经不存在了的思想来说事，看来这是对功过的选择性使用啊！"

薛东旭："所以啊，我问你，是不是有地方得罪过钱总。"

李成功："不知道，我真的不知道。"

李成功沉默着猛一下站起来："管他呢！随便吧。"

李成功到家，想起了女儿要他请客的事，对仍然等候在客厅的妻子、女儿爽快地说："走！"

媛媛、巧巧一左一右挽着李成功的胳膊，欢快地来到大街上。天空雾霾又起，李成功与两个女儿在前，杨玉萍在后，走着走着，走进了地下通道。猝不及防中，有个破烂的乞丐举着盆，挡在了前面。李成功停下来，从兜里掏出一张五十元的纸币放进了老太婆的盆子里。走到尽头，登上台阶，出口处又跪着个脏脏的妇女，怀里抱着孩子，那孩子瞪着圆溜溜的双眼，麻木地瞅着来来往往的行人。李成功没做犹豫，麻利地掏出一张百元大钞，放在了妇女膝下的纸盒子里。女儿媛媛碰一下他的胳膊："你还有钱请俺们吃饭啊？"李成功没应声，只是一脸庄重随着女儿的牵引往前走。

女儿带他们来的地方是一个大排档，很是火爆，密密麻麻的吃客又喊又叫，好像这里不允许忧愁、不允许苦闷，只有开心、快乐。女儿要了一桌李成功很少吃过的各种小吃，有些味道还真是不错。李成功入乡随俗地也放开嗓子喊叫着，一边撸串一边与女儿和妻子说话。忽然间，发现邻座有一个五十来岁的农村妇女，妇女身边坐着一个十多岁的男孩，男孩埋头吃着一盘青菜，妇女则紧紧攥着一个布包端正地陪着，眼睛虽瞅着吃青菜的男孩，但不时地瞟过来，瞟在媛媛和巧巧端上来的一盘一盘的食物上。李成功从那妇女干裂的嘴唇上断定，她肯定饿着肚子，于是，他开始了催促，对两个女儿和妻子说："快吃快吃。"催着，李成功又要了两碗烩面。杨玉萍说："你咋了？媛媛要的这些都吃不完，你还要！"李成功往邻座的妇女那边斜了一下，挤挤眼。媛媛不领会，问："怎么了？"巧巧却说："吃饱了，咱走吧。"李成功朝巧巧竖了竖大拇指，拉起杨玉萍就走。媛媛喊："等等我。"抓起一个烤面筋追去。

临走出大排档，李成功他们回头一看，那妇女和男孩正幸福地享受着他们剩下的食物。

李成功表扬巧巧说："还是巧巧聪明。"

巧巧说："哪儿啊，那男孩好像就是我。"

李成功说："巧巧，我可能要对不住南湾村了，不让我扶贫了，唉，我好没用。"他又想起了他不但没能提职，反而有可能被降职，被调离机关，便又悲从中来，哀叹道，"我算完了，这辈子再也上不去了，顾不上伺候老爹，一心一意地扶贫，却落得这般下场。"

杨玉萍用她的方式劝他："不让干正好，咱正不想干呢。"

媛媛劝他："爸没事，你就是被发配到边疆，我也爱你。"

巧巧劝他："爸，我这一辈子都会报答你，孝敬你。"

说着话，就快到自家小区了，杨玉萍说："咱们到超市买点儿东西吧。"李成功便随她们向美食林超市走去。将到门口，媛媛眼尖，鼻子也灵，闻到了烤红薯的香味，拉着巧巧就往烤红薯那里跑。李成功又看到了那个烤红薯的大炉子，只是烤红薯的人不是原来那个小胡，而是换了位上年纪的人。李成功为她们母子三个一人买了一块红薯，问那上年纪的人小胡哪里去了。上年纪的人说小胡把这个地方和炉子转让给他，自己挣大钱去了。"去哪儿挣大钱啊？"李成功问。上年纪的人说："说不好，只说是去煤矿。"

神使鬼差般，李成功就翻起了手机，居然翻到了小胡。又神使鬼差般，照着号码拨了过去。那边大声地喊叫："谁啊？"看来，小胡早已把他删除了。李成功说："我是李成功，我找过你，帮我去阳坡矿挖过档案，记得吗？"小胡那边："对对对，你有事啊，大领导？"李成功问："你在哪儿发财啊？"小胡说："哈哈，咱就这命，又到阳坡矿了，这边叫我给他们管管民工，还行，给的工钱还行。"

25

木已成舟，已然这样了，再气恼、再忧郁、再苦闷，有什么用呢，谁会把你当回事呢？过几天，人们就会把你忘得干干净净，该干什么干什么。没有你，人家照常扶贫。你以为只有你才能干好啊，谁都不比你差。哼！苦差事，谁愿意干谁干，老子才不给你争那个呢！调离机关？降级使用？随便！愿意咋着咋着！我这就请病假，休息，先回家陪陪老父亲，再去海南、珠港澳转一圈。想开了，李成功轻松了许多，杨玉萍也很高兴，说："就是，先好好歇歇再说，驻村一走好几个月，连个礼拜天也没休过。"可夜深人静，杨玉萍气息平稳，转身而鼾时，李成功的脑子里像预置了程序，忽地又被激活了，并且快速运转起来：巧巧娘玉枝与狗抢食而死的惨状，老支书邹三树步履蹒跚却满怀希望的目光，姬海兴卧床残喘的痛苦呻吟，姜银发的无条件信任和村民们的期待，还有支部会上一个个的表情和他的诺言……这些影像有的单片，有的重叠，闪过一遍又一遍。他想控制住，停止放映，赶紧入睡，可就是控制不住，循环往复，清晰无比。索性，他干脆不睡了。他摸起手机，打开，苏素的一堆信息等着他。

"听说单位不让你回来了，姜银发急了，见人就骂，非带着姬虎去找你们领导，最后邹老二给拦住了。"

"姬虎爹也不行，开会开了一夜，说不行就组织村民上省里请愿。"

"哥，你真的不来了吗？你不是要还我们一个仙女湖吗？"

脑子里影像的无休无止，再加上苏素这几句话，越发把李成功的睡意驱赶得遥不可及。他闭着眼，一动不动，身体完全静止着，大脑却进入了异常的活跃亢奋状态，继而噗地发生了骤变。他感觉他好像被谁淬了火，整个人从里到外，发生了质的变化，变成了一块坚硬的钢，再继而，又自我锻造成一把龙泉宝剑，他要冲、要砍、要行动了。他仍然闭着眼，开始策划他的行动。他本来就是一个细心的人，这次策划得更加细心，每个步骤、每个细节，甚至每句话该怎么说，用什么口气，用什么神态，都演练了好多遍。他就那样躺在妻子的身边，感受着妻子的体温和心跳，久久地、静静地、反复地盘算着、演练着。他想他的计划已经很周密了，可以付诸行动了。这时，杨玉萍翻个身，起床要上厕所，李成功说："你醒了？睡得怎么样？"杨玉萍说："睡得太沉了，一觉到这会儿，天快明了吧。"李成功藏好他的锋利的刃，柔和地说："那就好，我没搅扰你睡觉就好。"杨玉萍说："有你在我才睡这么沉呢。"一看五点多，说，"不睡了，跳舞去。"见李成功也起身穿衣服，说，"你睡吧，你好不容易能睡个大觉儿。"李成功说："我得走。"说着就下床收拾东西。杨玉萍诧异地问："你干啥啊？这么早。"李成功停下收拾，正视着杨玉萍的双目问："我无论干什么，你都会支持我，是吗？"杨玉萍完全清醒："是啊！"李成功亲吻她一下："你真是我的好老婆。"杨玉萍还等待着他回答。李成功忽然意识到自己太凝重了，其实，本也没什么，他就是想亲自搞个调查，摸些第一手资料，也不会有啥危险的，所以为免得杨玉萍担心，他改用了轻描淡写的语调，说："我得去阳坡矿跑一趟，看看能找些什么证据不。"李成功看杨玉萍愕然地瞪大了眼睛，接着说，"我必须亲自去一趟，我已没有可以派的兵了。"杨玉萍愣怔了一会儿，就飞快地起身、穿衣服，说："那我跟你一起去。"李成功按住她："别别别，你去反而不好，你给我拿些钱吧，到路上要加油，要吃饭，可能还得住店。"杨玉萍就麻利地拿钱，给他装好了钱，又忙着烧水灌满保温桶，装好手机充电器，找出一双旅游鞋，她把能想到的东西都给他一一装好。

李成功在路上联系了烤红薯的小胡。李成功说："我有事路过你那里，带着两瓶老白干，想过去看看你，喝两杯。"小胡连说："行啊行啊，我给你手机上发一个位置啊。"小胡所在的地方，就是"7·25"透水事故中死亡家属集中安抚的那个乡，当年李成功在那里处理善后，对那儿比较熟悉。李成功顺利地把小胡约到一个僻静的小饭店。菜已经要好，两瓶五星老白干也已摆在桌面上。小胡一见，竟诚惶诚恐，满脸笑纹："哎呀，你这么大领导还这么客气。"李成功伸出右手，让小胡握住："你帮过我，我不能忘记你。"小胡双手紧握李成功的手："那算啥啊！"然后，坐下，李成功为小胡倒上酒，边喝边聊。

李成功表面上随意闲聊，精力却是高度集中，句句都聊到点上、挖出真金。"你在省城卖烤红薯好好的，跑这儿干这个？"

小胡喝一口酒："这酒真酒。唉，你以为我想来啊。咱这不是没法吗？我儿子刚上五年级，查出了先天性心脏病，他奶奶的！这人越穷吧，还越倒霉，住院、治病，花起钱来像流水，我卖那几块红薯哪够啊！"

李成功又给他满上："是啊！你能找到这儿干也行，这矿上你又不生。"

小胡："哎，哪是我找的啊，是他们找我的。以前我在矿上时，采煤队的大个子求我办过事，我给他开过假证明。矿上倒闭后，我们一直有联系。那回带你去翻找档案回去后，他给我打电话，说今年阳坡矿要大干，问我愿意不愿意过来，他管井下，我管井上，一个月工钱八千。八千，又不下井，那我还不愿意啊！"

李成功："他管井下，你管井上？怎么个管法啊？喝！"

小胡："来，干了。监工呗，井下，大个子监工；井上，工人们都上来了，归我管。不能随便乱跑，洗了澡吃了饭，都规规矩矩回屋里歇着去。"

正说着，进来一位警察，李成功心里一咯噔，警察不会是冲我来的吧？就看那警察凶凶地站在门口，厉声问："外边那帕萨特谁的？"李成功起身刚要回答，小胡转过身说："我领导的，从省里下来的。"那警察认出了小胡，转为和气："哦，没事没事。"小胡说："来，坐这儿，喝两杯。"警察说着"不了不了"，就缩回身子，走了。

李成功端起杯，夸赞小胡："你行啊！"

说着话，又进来一个瘦巴巴的猴子一样的人，脸色煞白，双眼深陷，一看就是很少见阳光的肤色。再一细瞧，那人眼窝里、耳朵里、鼻孔里，还有所有的皱褶里，都嵌着油性很大的煤泥。那人猥琐地站在桌前，怯怯地对小胡说："我要回去，老婆快生了。"小胡站起来，飞起一脚踢到那人屁股上，骂道："×你奶奶的，说过几次了，不行！"那人捂着屁股，悻悻地出去了。小胡不放心，打电话叫来一个红脸汉子，交代："看好瘦猴子，不能让他走，他一走就涣散军心了。"红脸汉子军人一样一个立正："放心吧。"红脸汉子转身要走，小胡拿起满杯的酒，用命令的口气说："喝了！"红脸汉子一口灌下，走了。

李成功朝小胡竖起一个大拇指："你的权力不小啊！"

小胡："呵呵，大个子特信任我。你知道吗，大个子是赵乡长的小舅子，赵乡长是阳坡矿的三股东。"

李成功很随意地顺势问道："阳坡矿不是早就被咱集团收购重组了吗？"

小胡狡黠一笑："李处长你装糊涂。"

李成功反应极快，故作糊涂状，莫测高深地说道："不该说的可不能乱说啊。"

小胡："知道，你放心吧。"

李成功早有怀疑，阳坡矿淹井废弃后，很可能有权力介入，重新入股，组成了地下股份制，只是，这新的股东，除了刚才小胡顺嘴秃噜的赵乡长外，不知还有谁。李成功便又端起酒杯，套话说："要不，把大个子也叫来，一起喝点儿。你们都挺辛苦的，也算我来慰问你们了。"

小胡也端起酒杯，主动在李成功酒杯的低处碰一下："大个子在井下呢。"

李成功皱眉咽酒："怎么，大白天你们还敢干？"

小胡夹了一口菜："这不是快到煤炭销售旺季了吗，得开足马力生产。没事，上边有人罩着呢。这不是你大处长都奉命慰问来了吗？"

李成功嗔怪地瞪了他一眼："小声点儿。来，我敬你一杯。"

小胡表忠心般地立起来："哎呀，你还敬我，我先喝为敬。"

李成功看着小胡大口喝下一杯酒，想起什么似的，起身到车里拿出两盒软中华，抛给小胡说："我忘记你还抽烟。"小胡把玩着两盒烟，说："这么好的烟我可舍不得抽，留着送礼。"说着把烟揣进兜里，掏出自己的半盒便宜烟，点着一支，一边吃肉，一边喝酒，不知不觉被李成功套出很多有价值的情报。阳坡矿的矿工，全部住在乡里的几家民房。他们从井下上来后，被卡车拉到乡里。那里一家食堂兼澡堂的院子，支着两口大铁锅，烧开了水，倒进一个水泥沟槽，开水顺着沟槽流进屋内的水泥池子里，再兑上些凉水，供上井挖煤的民工跳进去洗澡。因池小水少，洗澡的人又多，且都是用肥皂直接在水里搓洗，池子里的水几乎从始至终都是黏稠的，每个民工身上的煤泥都洗不干净。草草洗涮，吃饭睡觉，然后穿上窑衣，再被卡车拉去下井挖煤。不让矿工们住矿上，而舍近求远地拉来拉去，就是防备被发现，减小阳坡矿偷采的目标。从小胡讳莫如深的言谈中，李成功又进一步揣摩，阳坡矿定有金地集团内部的人插手，但这位内部的人是谁，小胡确实不清楚。那么，要不要搞清楚？能不能搞清楚？搞清楚又能怎么样？李成功的大脑计算机一样旋转着、权衡着、纠缠着，居然同时出现了两个声音，像喝醉了酒的人一样喋喋不休地一齐向他聒噪。一个声音说，算了吧，弄清楚不如模糊着好，多一事就多一层风险，后半辈子还得在金地集团混呢，就此打住吧；另一个声音又说，你只身老远跑这儿干什么来了！你已经被怀疑了，被贬职了，被从扶贫村里拿下了，此刻你半途退缩，就等于坐以待毙，你不出击，人家就会对你乘胜追击。两种声音的周遭还各自萦绕着忽明忽暗的背景图，前一种声音掺杂的图景是破败的南湾村、荒凉的仙女湖，还有巧巧、姬虎、姜银发那些人愁苦不堪的情景；另一种声音掺杂的则是纯净的蓝天、碧绿的草原和波光粼粼的仙女湖……

这时，李成功听到小胡"李处长李处长"地在喊他，他激灵一下醒过神来，小胡端着一杯酒，问："李处长你没事吧？"

李成功意识到刚才走神了，说："没事。"

小胡说："看你低着头发呆，以为你喝多了。"

李成功："呵呵，这点儿小酒！早着呢。"拿起酒，给小胡碰了个满杯。

小胡话稠了，说："北京那大股东，有点儿不相信赵乡长。"李成功灵敏的嗅觉立马又警觉起来，几杯酒碰完，他又知道了阳坡矿的股东里，还有一个神秘的股东，是北京的一个大老板。北京这个大老板从没露过头，但大上个月，却派来一位何监事，就住在矿上。李成功立刻对这位何监事产生兴趣，感觉这位远道而来的何监事很重要，就故作高深地说：

"知道知道，我们早听说了。"他看下表："天还早，你给何监事联系一下，我这就过去慰问，这也是我此行的目的之一。"已被酒精和感动烧灼的小胡，大有赴汤蹈火在所不辞的劲头，连说："没问题，我陪你去！"李成功说："好啊，那我再买些菜、酒，咱们到矿上继续聊。"

与小胡喝下的这些小酒，对李成功来说仅是毛毛雨，湿地皮儿都不够。天高皇帝远的乡村，也不查酒驾，他大胆驾驶着他的帕萨特，轻车熟路，不到半小时，就进了阳坡矿。李成功把车停在后排房子的隐蔽处，随小胡往前排走去。小胡搬着酒肉，嘭的一声踹开了正对井口的一个门子。里面是一间屋，放着床、被褥、沙发、茶几，靠窗的地方摆着一张桌子，桌子前，坐着一位秃顶的中年男人。秃顶的中年男人正专注地盯着井口装煤的大卡车，右手还握着笔，不时地在一个本子上记着什么，左手则捏着手机，对着屏幕与里面的什么人语音对话。见小胡搬着箱子带着人进来，他示意小胡先坐下，等手机里的语音完了，才过来与小胡打招呼。

原来，这个人并不是何监事。小胡问："老何呢？"中年男人把目光从窗户外边收回来，看看李成功，看看小胡哐当哐当抱着的酒说："人家哪能受得了这个罪，把我招来顶包，人家早到市里找小姐去了。"小胡便急不可待向他谝摆："这位是我们金地集团的李处长，特地过来慰问你们的，知道你们辛苦。"听听，还一嘴一个"我们金地集团"，李成功心想，企业虽然已给小胡一次性算清，人走茶已凉，可小胡逮着机会还是要把自己当企业的人。李成功干脆也就坡下驴："我代表金地集团领导来看望一下你们，来来来，这里有酒有肉，还有烟。"说着话，小胡已经把酒肉摆到了茶几上。李成功心想，外面井口的人可能认识他，他必须速战速决，拿到有用的信息。他一边拿出三个水杯，咕咚咕咚往里倒满酒，一边说："这里条件这么艰苦，你们能坚守岗位，认真负责，真是不容易。"说着端起杯，"我敬你们，先干了这杯。"话到杯干，一口气二两酒下肚。小胡又感动得不行，端起来，与秃顶男人碰一下杯，也干了。秃顶男人喝了三分之一，停下了，小胡不愿意，瞅着明晃晃的秃顶说："你咋回事？"秃顶男人说："我喝不了猛酒。"猛酒，正是李成功的长项，有时一杯猛酒，就能把一个喝慢酒的人打蒙。尽管这喝慢酒的人有量，所以脑子更加清醒的李成功不露声色对小胡道："哎，人家不给我面子，看不起我，也不要强求。"这话实际上是一箭双雕的，既拱小胡的火，又是激秃顶男人的将。果然，小胡不干了，一拍茶几："看不起我们领导！告诉你，连你们的大老板也得敬我们李处。"秃顶男人紧说："我哪儿敢我哪儿敢。"急忙端起杯，一口气干了杯里的酒，脸上现出极痛苦的表情。

二两猛酒下肚，话语稠起来，人也亲近起来，又一同吃喝，三个人居然搂着脖子称兄道弟起来。在两个人的毫无觉察中，李成功已经弄清楚，北京这位大老板股东，说是派个人过来帮帮忙，其实是监督，看看阳坡矿一天到底出多少煤。先派来的何监事待几天累了，就将手下这位秃顶男人调来，盯在现场，把每天装煤的车数记下，并报到老板那里。至于金地集团那位股东是谁，这秃顶男人确也不知，只说是一位大官，入的是干股。李成功从小胡那里，就提前打开了手机的录音，同时不住地观察秃顶男人和小胡的手机，还有窗前桌子上的笔记本。他们的手机和笔记本里，肯定藏着很多秘密，那些未知的秘密，磁铁一样吸引着李成功。当每人半斤多酒入胃后，小胡首先撑不住了，他躺到墙角的床上，顷刻间就深睡了。秃顶男人的秃脑袋仰在沙发上，胡乱地嘟囔几句什么，也睡着了。绝佳的机会到了，李成功拿起小胡和秃顶男人的手机，还有桌上的笔记本，分别塞进裤子和上衣口袋，装作醉态说："我出去撒泡尿，等我啊！"一出门，迎面碰着一个人，定睛一看，竟是那位一直在矿上的黄牙汉子，李成功心说不好，要出意外。黄牙汉子也认出了他，嘴里刚冒出一个你……就被急中生智的李成功醉醺醺地抱了一下，说："哥们儿你别走啊，等我撒泡尿一起喝。"

李成功真的憋着一泡尿，可他顾不上撒尿，用百米冲刺的速度，跑到他的帕萨特上，发动引擎，疯狂地向矿外冲去。时间大概是晚上十点多钟，本来就黑暗的群山之间，被车灯的光柱猛一刺穿，周遭显得更加黑暗。黄牙他们很快就会追上来的，李成功只有一个念头：快跑，越快越好。轮胎磕过几个硬坎后，一头栽到那条被两头封堵的路上，车头也有灵性似的没有朝向省会的方向，也没有朝向北京的方向，而是朝向了南湾村的方向。李成功顾不上犹豫，狠踩油门，蹿出泥坑，沿着山路往前开去。他明知道前面已经堵死，但还是不顾一切地往前开。路面早已被井下的污水、拉煤的卡车踩躏得不像样子，车行其上，底盘被哐当哐当碰撞着，车身就像一叶小舟航行在波涛汹涌的海面上，任怎样开都开不快。大概过了半个小时的样子，后视镜里闪过一道亮光，果然有车追上来了。追他的车是越野车，马力澎湃，大有雄狮扑向羚羊的气势。他能做的只有抓紧方向盘，瞪着糟糕的路面，狠狠地踩踏油门，车子发出了巨大的毁灭性的轰鸣。在毁灭声中，他身体狂颠不止，致使头颅频繁地撞击车顶。头部可能被撞出了很多个包，也可能被撞破了，因为他感觉到有黏稠液体从头发里流到了眼睑上。他的手不敢离开方向盘去擦拭，他眨眨眼，极快地往远处看了一下。前方蜿蜒起伏的坡路上，出现三处灯光，饿狼贼眼似的上下左右地跳跃。李成功对自己说，毁了，他们派人骑摩托车在前面堵截了。再瞥瞥反光镜，追他的越野车已经很近了。

看来，无论如何跑不出他们的手掌了。索性，他停下了车，熄了火，关了车灯。此刻，他在几个选项中飞快地抉择着：首选的是报警。可是，当地的警察会不会有他们的人？他们之所以敢明目张胆非法开采，又如此嚣张地绝交断路，难道警察能毫无所知？不能茫然报警。那么报告给单位呢？他毕竟是金地集团的人，阳坡矿又是金地集团的矿，让钱副总经理或其他的领导出面干预行不行？不行！现在看来，金地集团的领导对此事肯定有染，说不定下达抓获他的命令就是金地集团领导所为，至于哪位领导，他还不知道，不过拿到手的两部手机和笔记本会告诉他。即使退一步说，此事与金地集团领导无关，也是不能报告的，因为他已不负责扶贫了，再说此次出来，是让妻子杨玉萍替他请的病假。请着病假跑到阳坡矿来，这不是没事找事吗？这个不行，那先告诉妻子杨玉萍吧，万一有个不测，杨玉萍也能找到他。他掏出自己的手机，准备要给杨玉萍打电话，后面越野车的大灯通过后视镜强烈地反射到他脸上。越野车愤怒的吼叫，已经非常震颤凶狠。前面，摩托车的灯光也一齐向他扑来。前后夹击，他必须当机立断。就在最后一刻，他打消了给妻子打电话的念头，他不愿意让妻子担心、惦记，她是心里挂不住事的人，她知道了他处在险境中，会睡不好、吃不好，害怕得不得安宁的。此刻，他已打开手机，不知道是习惯动作，还是下意识触碰了屏幕的哪个位置，跳出来是微信页面，置顶的是苏素。苏素已经给他发了七八条信息，他打开，顾不上读苏素的信息，只颤抖着手指，发出去个位置，然后，按住语音，急促地说："我要被他们抓住了……"话没说完，手机没电了，关机了。

这时，后面的越野车已经不足百米，前面的摩托车也很近了，他装好自己的和偷来的手机、笔记本，走下车。也许是他情急之中，有意把车停在了此处；也许是凑巧，车子停在了此处。总之车的右侧，是一条山谷，脚下虽不算悬崖，但也是很陡很深的斜坡。陡坡上长满了荆棘杂草，他没多想，抓住坡上的荆棘杂草，倒退着滑了下去。滑着滑着，被什么东西绊住了，他摸了一下，是一块巨大的岩石。他趴在岩石上，往上看，路边停着未熄火的越野车和摩托车，摩托车的车灯，胡乱地向他照来；往下看，黑洞洞的深不可测，要不是身下实在的岩石，他会以为悬在了黑暗的半空。

上边有人喊话了："李成功，李书记，俺们不会把你怎的，你只要把那两人的手机还给俺们，把本子拿过来，你就走，没事的。你拿那些干啥啊，手机也不是苹果的，不值个钱，本子也破破烂烂的。"

听声音，喊话的像是黄牙。他们这么快就知道了他的名字，可见阳坡矿的关系已经复杂到异常可怕的地步。李成功为今晚的行动不禁又倒吸一口凉气。

上边又喊话："你要是上来，把东西还给俺们，俺们给你十万块钱。……要不，把俺这个进口的越野车送给你。"

两部破手机，一个烂本子，竟值一辆越野车，这说明里面藏着天大的秘密。给他们吗？即使还给他们，他们也不会饶过自己的。肯定了这一点，他横下一条心，只得硬着头皮往前走了。李成功摸了摸兜里、怀里的手机和笔记本，又往下探望着，看看怎么跑掉。正在这时，身上的两个手机同时尖叫起来，他掏出来，正是小胡和秃顶男人的手机，不能让这手机一直叫，不然就暴露了自己。他急忙摸索着，把两个不停尖叫的手机关机了。

上边的黄牙喊："你再这样耗着，俺们就滚石头了。俺们都看见你了，石头可不长眼，滚下去，就把你砸到沟里边了，沟里可都是水，煤窑里的臭水、黑水，把你淹死。"

李成功的瞳孔已经适应了环境，他又借着摩托车的灯光往下一看，可不，谷底黑乎乎的都是水。他的两条腿不禁软起来，颤颤地往身下的大岩石后面爬。刚躲到岩石后面，坡顶上的石头雪崩似的滚了下来，大的如磨盘，小的如西瓜，密密麻麻，劈头盖脸，有的石头砸在李成功刚才趴过的地方，火星四溅着，从头顶上嗖嗖地飞过去，加速度落在谷底的水坑里，扑通扑通溅起了看不见的黑色水花。滚了一阵石头，停歇了。上边的人在听动静，评估着战果，李成功也在分析盘算着局势。他们肯定不会甘休，要么立即派人下来寻找，要么等到天亮下来寻找，定会死要见尸活要见人的。那样的话，他身上的手机和笔记本就会被他们抢去，这可万万不行！他捂着兜里的手机和笔记本，心说，这手机已经不是手机和笔记本了，这手机和笔记本变成了彻底关闭阳坡矿的按钮，变成了救活仙女湖的密钥，它们已经比他的生命重要了。想到这一层，他掏出笔记本，掏出手机。当掏到小胡的手机时，心里咯噔了一下，想，他们不定怎样惩罚小胡呢，小胡帮了他，又这么信任他，他却这样害他，他觉得太对不住小胡了。可事已至此，也无法挽回，只得硬着心肠做下去了。

摸着黑，他探到保护他的那块大岩石下面有个大腿般粗细的洞，他把三个手机和笔记本深深地送进洞里，又摸出一块石头，堵在洞口。他得离开这里，把上边的人引开。他像被逼到绝境的羚羊一样，趴在原地，左右寻找着逃脱的出口。真是天无绝人之路，就在他下方的一米多处，有一个平台，虽然很窄，只有一尺左右，但足以让他脱身。他抓着荆棘的枝条，下到了平台上，然后双手抠着岩壁，慢慢向右侧挪步，挪着挪着，有些活动的石头被踩掉，滚落下去，在谷底的水坑里扑通扑通响着，回音传播到很远很远的地方。沿着平台挪了很久很久，他感觉挪了已有一整夜了，四肢都快要撑不住了，岩壁上的酸枣树刺把他的脸上、脖子上划出道道血痕，但他丝毫没有感觉到疼。忽然，前面出现一块田地，平平整整，田地里还立着玉米棵子，不过玉米穗已收去，只剩下干枯的玉米秸秆。他爬进玉米地里，已经不辨方向，只知道前后，便不管东西南北，一头向前披荆斩棘般奔跑，干枯的玉米秸秆纷纷被他蹚倒，发出了哗啦哗啦的声响。再往上，还有地块，这是一块梯田。他爬越地堰，继续奔跑，当即将又爬上一块梯田时，突然被地上跃起的一个壮汉扑倒，接着就有三四个壮汉压在他背上。他心说完了，还是被他们抓住了，他的头被压在倒伏的玉米秸秆上，反而完全地踏实下来，均匀地、平静地喘息着，一点儿都没挣扎，心里说，也好，也许被他们带去，还能见到他们的幕后老板呢。

他被反扭着双臂揪了起来，这时就听到站在面前的黄牙嘿嘿嘿冷笑着说：“你真是敬酒不吃吃罚酒啊！”一听到酒字，李成功的胃里翻江倒海搅动起来，终于一伸脖子，哇哇地呕吐起来，揪他的两个汉子跳着脚躲闪着。吐痛快了，黄牙问：“手机呢？本子呢？”李成功抽出一只胳膊，摸摸身上的所有衣兜，装作很着急的样子：“嗯呀，光顾逃命呢，掉山谷的水里了。”黄牙又亲自搜了一遍他的身子，气愤地命令：“捆起来！”有人拿出绳子，李成功说：“等等等等，我撒泡尿。”他解开裤子，痛痛快快把憋了大半夜的尿尿了出来。

“算你能！”黄牙无可奈何，令壮汉们牵着绳子，把李成功拽到了上边的路上。原来这是个没有月亮的夜晚，李成功这才有空，仰望漫天璀璨的星空。他转动着身子，寻找北斗勺子星，判断是三四点钟光景。

黄牙正在对着手机上报战况，过了一会儿，黄牙接到一个神秘的指令，他们便急慌慌拖着李成功，又返回到停车的地方。把李成功塞进他的帕萨特里，黄牙向李成功要车钥匙，李成功身上没有，也确实忘记了车钥匙丢在了哪里，他们都打开手机上的手电筒围上来找，有人在车里的座椅缝里找到了。可能是逃跑时车子颠得太厉害，以至于损坏了哪个器件，那个找到钥匙的人打了几次都打不着火。黄牙看看金灿灿的手表，开始焦躁，骂骂咧咧把那人扯下来，自己亲自打火。车身抖动了一阵，终于打着了。黄牙开着李成功的帕萨特，越野车后面跟着，摩托车则留在原地待命。李成功被押着坐在后座，心里直后悔，怎么当时没有把车钥匙扔进山沟里啊，那样的话他们就不能这么顺利把他带走了。可阳坡矿在后面，他们怎么还往前开呢？就听黄牙说："前面不远的地方，有个下坡急拐弯，悬崖下边大概有三十多丈，知道叫啥名儿不？鬼招手。一会儿把你打蒙，解开绳子，弄到驾驶座位上，再把你的这个破车开出悬崖。那里断不了出个事故，你在下边有伴，也不算太寂寞。"李成功一听，惊惧地喊道："你们这是要害命啊！"黄牙不紧不慢地说："你才知道啊！"李成功再也无法平静了，他可不想死，他也没想到能死，就这样死了太不值了，好不容易搞到的证据也毫无用处了，于是乎，心里的坚强轰然倒塌，他不由得软弱下来，倾着身子向前面的黄牙哀求："兄弟，咱没仇没怨，你可不能杀我啊！这样吧，那手机和笔记本我都藏起来了，我给你们，我不管这事了。"黄牙冰冷地说："迟了，老板改主意了，老板说手机、笔记本和你一齐消失，是最好的选择。"李成功刹那间瘫软了，呆傻了，车身一个摇晃，他又被摇醒，本能地胡乱蹬踹，想冲出车门逃命。两旁的壮汉用胳膊卡住了他的脖颈，像宰羊似的把他按在了脚下，他屈辱地趴在车底盘上，听见黄牙在前边说："前面有车过来了，我们靠边，让对面的车先过去，你俩千万要弄牢他，甭让他动弹啊！"

26

苏素收到李成功发来的位置后，莫名其妙了一会儿。起初，她以为他和妻子在一起旅游，发错了，再放大看看那位置，也不是旅游景点，正纳闷，李成功又发来语音，听着是那么紧迫、急切、危在旦夕，并且是半句话。她立即打回去，想问个究竟，可却打不通了，心头一慌，全身的神经刹那间绷紧了。她再也顾不上避嫌，赤着脚，穿着睡衣，失态地跑到西头。她先喊的是王颖，实际上想喊的是邹老二。邹老二和王颖一起出来，问出什么事了。她已说不出整话，只把李成功发来的位置和半句语音给他俩看。邹老二立即给李成功打电话，正如苏素反复强调的，打不通。他让苏素把位置和语音转发到他的手机上，连着听了几遍，断定是出事了。他又分别打电话让姜银发和姬虎过来。姜银发一听李成功出事，呼啦一下撩开被子，一个跟头跳下炕，咚咚跑出门外，重重的脚步声把几家熟睡的狗惊得吠叫不止。姬虎略显慵懒，嫌打搅了他的美梦，有点儿不悦，嘴里嘟囔着牢骚，可一旦听清了李成功有难，蓦地警醒，拿出了要冲锋在前的架势。

几个人研判情况后，认为这事准与阳坡矿有关，因为陪梅教授去勘察时，李成功当着他们面下了决心，要彻底关掉阳坡矿，让仙女湖的水脉重新接续。于是大家开始商量对策，邹老二提出："要不要告诉新来的第一书记薛书记？"姜银发考虑薛东旭虽然很熟，第二次驻村，人也不错，但这事毕竟还没搞清，也不知道他到底什么背景，毕竟那阳坡矿也是金地集团的，就决定暂时不告诉扶贫工作队。邹老二又提出："要不要报警？"姜银发说："阳坡矿那么大势力，你敢保证与警察没关系？算了吧，说不定报警还坏事呢！"姬虎坐不住了，走来走去催促："甭在这儿磨叽了，赶紧救人吧。"姜银发发号施令："姬虎开上邹老二的皮卡，我俩先行一步。邹老二叫起所有在公司收土豆的民工，开上大卡车，随后赶到。"临出门，姬虎从门后抄起两把铁锹，并回头对邹老二说："记着所有的人都带上家伙！"苏素已换好衣服，想跟着一起去，王颖拦住了她。

姜银发握着手机导航，姬虎开着皮卡，劈开浓稠夜色，一路高速向前疾驰。姜银发满脸冰霜，听着喋喋不休的导航，怒吼似的指挥着姬虎。姜银发当然不依赖导航，即使不开导航，他也没问题的，那条道他太熟了。在阳坡矿上班时，他步行走了无数遍，路边的岩石、树木，只稍瞥一眼，他就知道到了哪里，前面还有多远，该拐弯了还是该上坡了。开着导航，仅仅是开着，可能情急中他也顾不得考虑关还是不关，就任它一路播报。可是，车到三岔路口，即将进山时，那堆断路的石头横在了面前。姬虎和姜银发同时破口大骂，骂完，没别的办法，绕又绕不过去，只得下车搬开石头。姬虎有点儿发疯，弯着腰，像要拼命似的，每搬开一块石头，就大骂一声。显然，那堆石头，他俩人就是搬到天亮，也搬不出一条车道的。好在，两个人大汗淋漓，双手刚磨出血时，大卡车赶到了。从大卡车上呼啦啦跳下十几号壮劳力，大家一齐动手，很快就搬出一条车道。姜银发随便拉出两个劳力，一起跳上皮卡，火炮一样向前冲去。

转过一个山头就是鬼招手，过了鬼招手，爬过一个又弯又陡的坡，就快到李成功发送的那个位置所在地了。姜银发提醒姬虎："这段路慢点儿，急弯太多。"姬虎听从姜银发的提醒，瞪着眼珠子，减速慢行。安全度过鬼招手，爬上坡顶，忽然看见了前边靠边停着帕萨特和越野车，都打着双闪，礼貌地让行。姜银发和姬虎没来得及多想，飞快越过了让行的车辆。开过几十米，姜银发突然蹦出一句："那车好像是省城牌号。"姬虎附和："是，是。"随后，两个人同时发出一个疑问："大黑夜的他们停在这儿干啥？看看去！"姬虎拉上手刹，带着两个民工，随姜银发往回返去。姜银发先走到帕萨特跟前，里面黑黑的，什么也看不见，他敲敲车窗玻璃，没人理会，里面静悄悄的，只有马达的匀速嗡嗡声。他再敲敲，突然，有人在里面剧烈地蹬踹车门，又突然，车子猛一加油，企图往前冲跑。这时，姬虎一个猛虎捕食，蹿到机顶盖上，早有准备的他，抢起一块石头，重重地向着驾驶部位的前挡风玻璃砸去。玻璃砸透之后，石头直接砸向了黄牙的额头，车子一蹿，斜顶在左侧的岩壁上。后面的车门开了，姜银发看到了车里被牢牢捆绑的李成功，他喊道："李书记、李书记。"正待他们要全力抢救李成功时，后面越野车里的四个壮汉都下了车，与姜银发四个人对打起来。姬虎跑向皮卡，抓过一把铁锹，冲锋陷阵的勇士一般，轮着铁锹向控制李成功的两个人劈去。那两个人见事不好，撒开李成功躲闪一旁。这会儿，大卡车赶到，十几号民工手挥棍棒，在纵横交错的手电筒的照耀下，呼啸着压将过来。黄牙捂着头，带着所有的人，丢下李成功，丢下越野车，跌跌撞撞朝阳坡矿的方向逃窜而去。

李成功被解开，衣服早已破烂成缕，脸上、脖子上、手上、胳膊上密密麻麻都是划痕，划痕有条状有片状，条状的筷子般粗细，也有头发般粗细，片状的有拳头般大小，也有指甲般大小。所有划痕，都浸着血。在划痕和浸血之中，插着数不清的乱七八糟的刺，有酸枣树的刺、有鬼圪针的刺、有地蒺藜的刺，还有很多叫不上名的荆棘之刺。姜银发和邹老二小心翼翼为李成功拔着刺，所有人手里的手电筒、手机，全部打开，一齐聚焦在了李成功的身上。姬虎却搬起石头，痛恨地砸着后面的越野车，一边砸还一边喊："狗操的，我让你有钱！"李成功拨开众人，叫停姬虎的砸车，说："快，去拿证据。"李成功带着姬虎、姜银发和邹老二几个，坐皮卡来到他藏身的崖坡边，姬虎又自告奋勇把绳子绑在腰上，上边的人拉着绳子，他打着手电，倒退着下到崖坡，找到那块救过李成功命的大岩石，从下面掏出了三部手机和一个笔记本。

大卡车和皮卡已到宽敞的地方调转了头，李成功上了姬虎开着的皮卡，邹老二开上了李成功那辆碎了前挡风玻璃的帕萨特。临要凯旋时，姬虎气恼仍未消解，招呼所有民工，一齐使劲，把那辆威武的越野车推下了悬崖。

姬虎直接把李成功拉到了自己家里。理由是村部不能去，此事对扶贫工作队还暂时保着密。姜银发和邹老二家也不能去，他们家都有女人，不方便。还有个重要的理由就是，他觉得阳坡矿那帮人要置李成功于死地，可能还会找来设法弄死李成功的，他必须保护好李成功。与姜银发邹老二商量后，姜银发、邹老二说："你一个人不行，总有打盹的时候，多派些人过来。"当即就从公司调来十个壮劳力，两人一班，两小时一倒，在大门内守候。

一切都安排妥当，东方的天空已是朝霞满天。苏素得知李成功到了姬虎家里，她便不管不顾，迎着朝霞过来了。两位站岗的民工拦着她，不让进，苏素说："这是我家。"其中一个站岗的民工跑进屋里通报，姬虎笑呵呵迎了出来。苏素这次来村里这么久，还没踏入这个家半步呢，尽管姬虎一再请求她来家里看看。今天，她一迈入大门，就又有了走错门的感觉，就像那回当着姬虎面认错人的感觉一样。这个院子已不是原来的院子，整洁、靓丽，连喘气都觉得舒畅，她站在院子当央，四处瞅瞅看看，脸庞在朝霞的映照下，格外红润。姬虎跑到她跟前，又猛地停下，局促地傻傻地说："快来快来。"

屋内，姜银发和邹老二都在，姜银发说："苏素，你来得正好，先给李书记弄点儿热汤。"苏素走到床边，看着李成功血糊糊的脸，泪花闪闪地盈满了眼眶，嘴巴刚做出一个哥的形状，李成功就及时制止说："没事没事，谢谢你的报信啊。"又对姜银发说："先给我手机插上电，我报个平安。"充电，开机，李成功首先给杨玉萍打了电话，平淡如水地说，昨夜碰到几个熟人，喝了点儿酒，喝多了，手机也没电了。又说这会儿在南湾村，没事，乡亲们太热情了，留住几天，很快就回去。苏素一旁听着，瞅瞅李成功夜里惊心动魄留下的遍身伤痕，心里痛痛的，当着姬虎、姜银发和邹老二，不便再说什么，一扭身，给李成功做汤去了。

村里星夜抢救李成功一事，闹得动静太大，还是没瞒过扶贫工作队。薛东旭这个第一书记乍一上任，就遇上这种事，很是震惊。他找到了姬虎家，一进门就喊："李处，你怎么连我都不相信啊！"当他见到李成功那几乎破了相的样子后，瞬间软下来："这、这，谁干的啊？"李成功靠在床头，虽疲乏至极，但目光还是炯炯有神，说："我想了，你不会和他们同流合污。"薛东旭上前攥住李成功磨掉肉皮的手："谢谢，需要我做什么，你说！"李成功铁一般地盯着薛东旭的眼睛，从枕头下摸出阳坡矿秃顶男人的手机："南湾村要想从根本上脱贫，持久性脱贫，就得让仙女湖起死回生；要想仙女湖起死回生，就得彻底封堵阳坡矿；要想彻底封堵阳坡矿，就得找到总阀门。总阀门可能就在这手机里，你设法破解一下。"薛东旭面对李成功如此的坚定和执着，不由得有点儿自惭形秽，以前他对南湾村的鄙视、嫌恶，特别是对扶贫工作的抵触和牢骚，旧病似的一下子隐隐作痛起来，但李成功不但丝毫没有嫌弃、提防他，而且还把冒着生命危险得来的手机交给他，这就使他感动得嘴唇直颤，不觉立正，哽了一会儿，像面对一个生死存亡的重托一样接过手机，但说出的话却稀松平常："玩手机没人比我更强了。"薛东旭坐在床边，打开手机，"呵，居然没有报失，还上着网呢，这就简单多了。"李成功也没想到这手机居然还通着，这说明那个秃顶要么现在还没醒酒，要么正被老板责骂，那边乱成了一锅粥，忘记了挂失这部手机。薛东旭从微信里发现一个王老板，再进一步检查，在一个截屏里发现了"王仁德总裁"与一个叫"老北京"的对话。

"王仁德？这个名字这么耳熟？"

苏素要给李成功做汤，看看并没有啥有营养的食材，就从姬虎家里出来，跑到姬富强家里，让姬富强杀了一只大公鸡。她拿着新鲜的公鸡肉，再来到姬虎家，姬虎和姜银发、邹老二已经不在家了，只有薛东旭在里间与李成功说话。她没多问，她知道姜银发、邹老二还有姬虎他们正忙着呢。东大甸子的土豆颗颗招人喜爱，已经装满了几个大卡车，今天就要发车，送到李成功在党校培训期间联系的那几个煤矿的职工食堂。姜银发、邹老二、姬虎安顿好李成功，准是急匆匆出去忙土豆的事了。苏素没去打扰李成功和薛东旭的说话，只是默默蹲在外间的灶火旁，极仔细地为李成功炖鸡汤。这空当儿，她才腾出心思看这个家。地上，大瓷砖铺地，中厅放着沙发、茶几，窗户上挂着崭新的窗帘，从灶台到卧室，不但窗明几净，一尘不染，而且那摆设、色调，都是她极喜欢的，好像她梦里不止一次出现过这种摆设和色调。她刚嫁到这个家的时候，也曾干净整洁过几年，可那种干净整洁，也只是土里土气的干净整洁，即使那土里土气的干净整洁，也很快被姬虎败得狗屎不如，那哪还是个家啊！现在，忽然间就变成了这样，她竟不敢相信这是真的？但确确实实就是真的，姬虎已站到她身后，憨憨笑着，苏素一愣神，以家庭主妇的口气问了一句："你咋回来了？"姬虎说："不放心李书记，怕有坏人害他。"她这才醒过神儿，急忙转换为客人的口气说："哦，鸡汤快好了。"

薛东旭从里间出来，姬虎警惕地监视着他迈出门槛，之后几步跨进里间，见李成功好端端的，并无凶险，问："没事吧？"

李成功："没事，薛书记是可信赖的人。"

姬虎："啥薛书记！我只认李书记。"

李成功："哎！不能这样说。"

苏素端着鸡汤进来，李成功不急于喝鸡汤，因为他观察到姬虎正用欣赏、讨好、殷勤的眼神追随着苏素，就对苏素说："姬虎可对你一往情深啊，为了你，他可是脱胎换骨了，不信你看看这个家，都是为你准备的。"

姬虎也就坡下驴，嘿嘿着打开卫生间的门："李书记让这开个厕所。看，里面墙上都是瓷砖。看，这个洗澡的热水器，我一次也没用过，给你留着呢。"

苏素的脸颊通红通红，处女一样低着头，用汤匙搅动着滚烫的鸡汤。

李成功笑着问姬虎："那你洗澡怎么办啊？"

姬虎说："我用盆子冲冲就行了。"

李成功向姬虎竖了一个大拇指，说："姬虎，你先回避一下好吗？我给苏素说个事。"

姬虎放心而信任地走了。李成功就一边慢慢抿着鸡汤，一边若无其事把刚才薛东旭从手机里查到的秘密告诉了苏素，说王仁德可能与阳坡矿有瓜葛，还拿起一个抄写的电话号码，让苏素辨识，看是不是王仁德的电话号码。苏素一看，说："正是。"苏素说，王仁德与金地集团的领导很熟，曾当着她的面，给金地集团的领导打过电话，还说王仁德在省城的服装厂，就是给金地集团的矿工做工作服的。"哦，原来是这样。"李成功恍然明白，可马上又陷入死胡同，王仁德究竟与哪位领导熟识呢？熟识的这位领导，会不会就是阳坡矿偷采的后台啊？照此思路，王仁德就是个关键，通过王仁德，必会打开缺口。想到这儿，李成功提出，尽快会会王仁德。苏素却说她早已在心里把王仁德拉黑了，她扔掉了以前的手机号，换了新号，早不跟他联系了，她已把省城房子里她和儿子的东西拿走了，她把那房子原封不动还给了王仁德，她说不是她的东西她一件不要，她不想再与王仁德有任何瓜葛了。李成功显出愁色，作难了："这可怎么办？挖不出根，问题就不能彻底解决。"苏素看着李成功进退两难满面愁容，加之浑身伤痛显露的痛苦，心里无比难过，不禁勇气陡生，能为李成功解除愁苦，她做什么都行，就以豁出去的姿态说："哥，你说吧。"李成功用食指做一个禁言的手势："别叫哥了，免得姬虎和别人疑心。"接着说，"苏素，委屈你，再联系一下王八蛋，咱们得从他那里掏出些硬货。哦，对了，联系王仁德背着些姬虎，怕他知道了王仁德的事惹出不必要的麻烦，刚才让姬虎回避，也是这个意思。"没想苏素说她已经把这几年出走的事给姬虎说了，与王仁德的事也给姬虎说了，不但给姬虎说了，她还给王颖也说了，王颖啥也知道了。苏素说她不想背着瞒着了，不想藏太多的秘密了，她说说出了那些秘密后，感到从来没有过的轻松舒适。她说说了让姬虎随便吧，他愿意嫌弃她就嫌弃她吧，她说看样子姬虎并没有嫌弃她，她觉得她说对了，现在唯一的秘密就是她心里的哥，这个秘密她想藏一辈子。李成功喝完那碗香喷喷的鸡汤，也听完了苏素的倾诉，连说那就好、那就好，顿觉心里坦荡了许多，但他没有接着苏素的话告诉她他的心底也藏着她，他不能再让这个秘密膨胀了，再说现在也不是谈论这个的时候，他压下那个与情和爱有关的话，只说抓紧联系王仁德吧。

27

谁也没有料到，王仁德的出场，竟然如此高调。进村的时候，一溜锃亮的黑色轿车首尾衔接，汹涌着停在村部广场。全部下车后，黑压压有二十多人。人们发现肥头大耳迈着四方步的王仁德，周围簇拥着县乡领导，还有扛着摄像机、举着照相机的人。姜银发、邹老二等村干部和薛东旭、代凤山，与县乡领导和王仁德简单攀谈后，浩浩荡荡向邹三树家走去。早有人给邹三树送了信儿，老两口行动已很困难，几乎是爬着整理凌乱的家。闺女听说了，从姬海兴家跑过来，帮着爹娘规整。正扫地时，大家拥进来了，王仁德上前抓住邹三树那双骨节肿大变形得已不像手的手，双膝一软，跪下了："恩人啊，我来晚了。"这时照相机的闪光灯咔嚓咔嚓狂闪，摄像机的镜头也霸道地挤到最前边，对着王仁德和邹三树的脸不放。王仁德环顾邹三树的破屋，再看看邹三树的老伴，已是泪流满面，说："唐山大地震，要不是您老相救，我母亲早就不在人世了，我也早不在人世了。您比我父母大，我就叫您大爷了，往后，我要给您二老养老送终。"对这突如其来的状况，邹三树老两口不知所措，老伴一句话也说不出来，多亏邹三树当过村支书，勉强能应付得下来，但也只是反复的一句，"没啥没啥。"王仁德从后面的人手里拿过一个大红包，递给邹三树说："大爷，这里面是五万块现金，还有一个十万块的银行卡，您二老先用着，不够了我再给你打款。"邹三树推着大红包说："可不敢可不敢！"扛摄像机的人把县里陪同的领导拉到前面，与王仁德一同进入镜头，县领导便对着镜头，熟练地说："王总是著名的企业家，这种知恩图报的高尚品德，值得赞扬。往后，王总还要在我们县投资办厂，造福百姓，我代表全县父老乡亲，表示衷心的感谢。"

王仁德在众人的簇拥下走了，屋内又空寂了，邹三树老两口做梦一样坐在原地一动没动。他们的闺女，如今的姬海兴媳妇，转身扑向那个大红包，满脸开花地说："这下可好了。"邹三树却大喝一声："放下！"闺女吓了一跳，说："咋了？我又不要，光看看。"

晚上，邹三树拄着棍子，刺啦刺啦拖着腿来到邹老二家。他有点儿犯糊涂了，他以为村部还在这里，扶贫工作队还在这里。进了大门，才想起来村部早搬出去了。可姬虎坐在院里，姬虎搀住了他。进了屋里，李成功在，苏素在，王颖在，再一看，白天兴师动众来感恩的王仁德也在。王仁德赶紧跑过来，从姬虎手里接过邹三树，小心搀着："大爷，你慢点儿。"邹三树好生奇怪："你没走啊？"王仁德扭头看一下苏素、王颖两个女人，说："又回来了，商量点儿事。"邹三树哪里能想得到，王仁德这位了不得的大人物，怎么能与村里的苏素和外地的王颖有关系呢？其实，王仁德进村感恩，是早已计划好的安排，只是他料理母亲后事，之后公司里又琐事缠身，一直耽搁到今天，但他也是怎么也没想到，有两个在他生命中发生过重要关系的女人，同时窝在这个村里。

苏素答应了李成功与王仁德联系之后，并没有马上联系。她很矛盾，她内心里实在不愿意与王仁德联系，她已发过誓，这辈子再不与王仁德有任何关系，可李成功犯着难，她不忍心让李成功这样作难。回邹老二的屋里后，她把自己的心思告诉了王颖，巧的是，她刚把心思告诉王颖，外面就起了热闹，咕咚咕咚的跑步声、奔走相告的喊叫声把她俩吸引了出来。她俩拦住从院门前走过的姜银发，询问发生了什么事，姜银发告诉她俩是一位北京来的大老板，找邹三树报恩来了，唐山大地震时，邹三树救过这位大老板的命。苏素一听，就猜到是王仁德，但还是多问了一句："这个老板叫啥？"姜银发撂下"王仁德"三个字就奔跑着迎接去了。两个坎坷的女人面面相觑，阵阵酸楚泛上鼻腔，都想抱头痛哭一场。她俩远远看着那个大腹便便的男人，风风光光地走过去，又风风光光地走过来，无语地傻呆了很长时间。王颖终于忍不住了，拿起电话："王仁德，你好没良心啊！你就这样走了吗？你就这样对待苏素吗？"

那会儿，王仁德正坐在县政府贵宾室里，与县领导侃侃而谈，接下来，就准备要进入宴会厅了，接到这个突如其来的电话。他按着手机跑到厕所，问到底怎么回事，王颖说："你在邹三树家的表演，苏素可一直看着呢。你真了不起啊！"

"苏素怎么会在村里？"

"你以为呢！你以为苏素会在北京享福吗？"

"不不不。你怎么回事？你又在哪里？"

"我们都在村里，都有话给你说，你看着办吧。"

王仁德接完电话，匆匆回到贵宾室，对县领导们告辞说不能吃饭了，有个急事，需要马上走。县领导不无遗憾地送别后，王仁德打发所有陪同人回京，他只带司机一人，调转车头返回南湾村。

见了两个女人，他偌大个老板，竟有些难为情，不过从神色上看，他好像觉得对苏素亏欠得太多，上来就说："你走了也不吭，换了手机号也不告诉我，我怎么也联系不上你，你知道吗？现在一关机，就跟失踪一样，联系不上你，我很着急。"苏素埋下头，一声不吭，只专注给李成功发着信息。王颖很凌厉，说："你倒埋怨起苏素姐的不是来了！"

王仁德："不是、不是，我说，你们俩怎么走到一起了？"

王颖："不幸的人终究会走到一起的。"

说到这里，李成功在姬虎的贴身护卫下进来了。姬虎寒气逼人的一双眼睛，就像上了膛的双管猎枪，直直地瞄向王仁德的心脏。李成功拍拍姬虎的肩膀，示意他先出去一会儿。姬虎的双管猎枪又瞄了瞄王仁德，走出去，坐在月台边缘，一边注视着街门外边的动静，一边做好了冲进屋里的准备。

李成功礼貌地与王仁德握手："久仰久仰啊。"简单介绍了自己，随后开门见山介绍了仙女湖对南湾村的重要，阳坡矿对仙女湖的重要。王仁德反应很快，一听到阳坡矿，就像有人撬他的保险柜，蓦地警觉起来："你想怎么样？"

李成功却平平淡淡："我答应过南湾村的父老乡亲，要还南湾村一个仙女湖。"

李成功这句平淡的话，在王仁德身上产生了化学反应，他高度戒备的神色渐渐退去，他瞅瞅苏素，又瞅瞅李成功，说："阳坡矿的水太深。"

李成功："再深也得蹚。"

王仁德："会牵涉到很多人的。"

李成功："你也在其中？"

王仁德："也许吧。"

李成功就毫不遮掩，把他昨夜在阳坡矿的所见所闻所历给王仁德说了。王仁德明显有点儿坐不住，起来，坐下，坐下，又起来，胖胖的腮帮子上显出一道道咬牙的棱。就在这关口，邹三树来了。邹三树把王仁德的那个大红包和银行卡直接递给李成功说："那年到唐山抗震救灾，是村里派我去的，救人那不是我的功劳。这钱啊，得留在村里。咱村不是要脱贫啊，就把这钱用在村里脱贫上。"

李成功握着邹三树的胳膊："我已经不是第一书记了。"

邹三树："不是我也信任你。"

邹三树坐也没坐，颤颤巍巍走了。王仁德送走邹三树，转身回来像变了个人似的，问李成功："你真想动阳坡矿？"

李成功双唇紧绷，眼睛眨也不眨。

王仁德："你可想好了，你这一动，必定引火烧身。"

李成功还是双唇紧绷，眼睛眨也不眨，只用力点了点头。

王仁德便讲到，金地集团的钱副总经理在阳坡矿当矿长时，结交了一个好朋友赵乡长，后来关系处得很铁，成了拜把子兄弟。钱矿长高升集团副总，阳坡矿淹井后，赵乡长觉得屁股下边那疙瘩煤——就是工业广场生活区下边的保护煤柱，煤层厚，煤质好，又好开采，不挖上来太可惜。可阳坡矿已关闭注销，再要复采手续办不下来。赵乡长解放思想，大胆开拓，硬是在钱总的罩护下干了起来。干了有半年多，需要再加大投入，可资金紧张，赵乡长拿不出更多的钱。就在这个关节点上，他认识了赵乡长。他怎么认识赵乡长的？本来生活、生意都不会与赵乡长发生交集的。说起来话就长了，主要还是因为他一直与金地集团有关系，金地集团的职工有一半多的劳保用品都是他供货，他服装厂主要就是给矿工做工作服的。那一年，金地集团领导班子重新调整分工，刚上任不久的钱总恰恰分管劳保这一块，他无论如何得与钱总搞好关系。有一次，钱总在北京开会，他知道后，在一家五星饭店订了一桌最豪华的宴席，请钱总吃饭。钱总欣然赴约时，还带着一个人，这个人就是赵乡长。席间，吃喝到高兴处，钱总向他建议，给赵乡长投点儿资。虽是建议，他王仁德也心领神会，那是不容拒绝的建议，所以他当场同意。赵乡长高兴得手舞足蹈，搂着王仁德的脖子说："我的乡是贫困乡，你给我投资，相当于扶贫，但是，你放心，你真是投资，不是捐赠，投资就得有回报，咱们是股份制，你是股东，按股分红。"既是这样，他王仁德就要问清楚，投资干什么，股金多少。赵乡长说开煤矿，他乡里有煤炭资源，上边有钱总罩着，稳赚不赔。当即定下，王仁德投资五十万，赵乡长投资二十万。如此说来，他王仁德就是大股东了。后来他才知道，开采的煤矿就是阳坡矿。他还知道，他并不是大股东，钱总才是大股东，钱总虽然不出资金，算是干股，也是大股东，因为没有钱总罩着，阳坡矿开不成。可是，即使这样，他也一直见不到分红，他不便问钱总，就问赵乡长，赵乡长说："别急啊，井下水太大，一时半会儿见不了煤。"他王仁德投资后，一直没精力参与管理，生产、销售怎么样他一无所知，就派了监事来监视，看看到底见不见煤，见多少煤，心里也好有个底数。赵乡长倒不在乎，你随便看，敞开了让你看，大有就这么着了见了煤卖了煤也不给你分红你能怎么着吧的意思。王仁德就有些气，可气归气，他真不敢怎么样，他还要与金地集团做生意，还得仰仗着钱总呢。

　　"如此说来，你也是受害者。"李成功听完王仁德述说，感慨唏嘘，"只是，这事捅破了，怕要影响你的生意。"

王仁德倒大度："生意哪有只赚不赔的。我豁出金地集团的市场不要了。再说，搞他一家伙，也不见得是坏事，钱总下来了，还有别人上啊。"

"那是自然。"李成功说，"金地集团不是哪个个人的，金地集团的领导里，你也不见得只认识钱总一人吧。"李成功虽这么说，心里还是犯了嘀咕。以前的怀疑，他就一直不愿意相信，当那怀疑闪现时，他曾无数次提醒，不是钱总吧，不该是钱总吧。毕竟钱副总经理是他的直接领导，从感情上不愿意接受这个事实。即便是痛苦地接受了这个事实，万一证据不足，或者钱总有关系，没有被弄倒，那倒霉的可就是他李成功了。

"你们国企那么大，你想不认识都不能啊！"说完这句，王仁德爽朗地大笑起来。那洪亮的爽朗大笑，让李成功心头的阴云消散了一些。

一旁的王颖插话："锦绣盛景里那栋别墅不是有人买下送给省城哪位领导的吗？是不是也是钱总干的？"

王仁德脸上的笑极速冰结，看得出已经警惕地竖起了一道防线。王颖还有李成功、苏素都等着回答，他沉默了好大会儿，说："还是不要牵扯太多了吧！"

王颖穷追不舍："你说是还是不是？"

王仁德有些责怪，也算回答，说："你看看你……人家能升那么快，不下点儿本儿哪成！"

王颖："他哪那么多钱？"

王仁德："阳坡矿一年产那么多煤，你知道人家一年挣多少！"

这样看来，钱总，不，钱矿长就是在阳坡矿最鼎盛时期，买下那座别墅，为自己的高升奠定了坚实的基础，这等于王仁德把最核心的机密告诉了他，能做到这一步，已经很不容易了。这无异于重磅炸弹，这让李成功顿感底气十足。他打住向王仁德的继续发问，说："我们已经很感谢你了，苏素也很感谢你了。是吧苏素？"

安静得像猫一样的苏素忽然笑了，笑得非常灿烂。

王仁德看着苏素的笑，变黑的脸也松动了，说："我母亲去世前，已正式认下苏素为干女儿，苏素有啥要求，尽管给我说。"

李成功说：“苏素要在南湾村住下的，你若愿意的话，就给南湾村投点儿资吧。”

王仁德：“好啊好啊！”

李成功：“你不是有个服装厂吗？若能在这儿建一个分厂，很多年轻人就不用跑外边打工了。”

王仁德：“没问题没问题。”

李成功：“我有个简单的规划。待仙女湖有水了，可以搞些观光旅游项目，搞些康养、民宿项目，这里冰雪时间长，可以做活冰雪文章，滑雪、滑冰都很适合。漫漫冬季，我们还可以搞‘猫冬节’……”此时此地，李成功说这番话，散发出一种坚定的意志和满满的信心，大家都瞪大了眼听着，连门外的姬虎也进来听了。王仁德不住地插话说：“好好！不错！不错！”李成功兴致大发，对姬虎说：“干脆，把姜银发、邹老二、薛书记他们都叫来，咱们一起商议商议。”

28

接下来的那些天，是苏素最充实、最踏实，也最幸福的日子。她每天到姬虎家里，为李成功做饭，早中晚三顿，一顿不落，每顿至少三个菜、一个汤。每个菜、每个汤都没重过样，形状、颜色、味道极其讲究，比绣花还要仔细，特别是菜品的搭配上，每盘菜都算得上艺术品，就连土豆、莜面、白菜，也极耐心地精雕细刻，端到桌上，远看近看，都让人恍然觉得原来这饭菜里也有青山、有绿水、有草木、有鲜花，竟是那么赏心悦目。南湾村里从没有人见过这么好看又好吃的饭菜，姬虎更没见过，有时赶上了，他就留恋着不想走，苏素也不拒绝，让他坐下来与李成功三个人一起吃。姬虎戒烟了，一根也不抽了，喝酒也很节制，点到为止，衣服穿戴，除了李成功给他买的那身，自己又买了几件新的。他还学着李成功，也是见天刷牙、见天洗脸、见天梳头，睡觉前不是洗脚就是洗澡，身上不但没了那种恶心的味道，还淡淡地散发着一种清香，可能那是李成功让他用的牙膏、香皂、洗发水的缘故，但不管怎样，他不那么令人厌恶了。姬虎与苏素同桌吃饭后，又得寸进尺了，还想让苏素从邹老二的房子里搬过来，住在他这里。姬虎说："放着自家不住，一直住人家家干吗？"苏素不搭理他，只管无声走开，哗啦哗啦收拾碗筷。李成功再次悄声对姬虎说："心急吃不了热豆腐。"姬虎点点头，嘱咐站岗的民工多留神，然后换上干活儿的衣服，出去到东大甸子忙公司里的事去了。苏素刷完锅，洗完碗，又找寻李成功需要洗的衣服，临走，顺便把姬虎的脏衣服也塞到了篮子里。她想问问李成功还有啥事没，见李成功趴在桌子上，紧蹙着眉头往纸上写字，就住口了。她多么想帮着李成功再多做点儿什么呀，哦，对了，他面前的水杯还空着，苏素轻手轻脚走过去，为李成功沏了一杯茶。这时，李成功手里的笔没墨了，他对苏素说："你去找薛书记或者代凤山给我要支笔拿过来吧。"苏素像得到了奖赏似的，挎着装满脏衣服的篮子匆匆找薛书记要笔去了。

薛东旭和代凤山拿着笔过来。薛东旭、代凤山他们知道李成功这些天一直在写检举信。薛东旭说："你身体还太弱，要不让代凤山帮你写，代凤山文笔可好了。"李成功说："不行，我要实名举报，我不想牵累你们，你们都还年轻。"姜银发、邹老二、姬虎，还有好多村里的人，知道了李成功要举报自己的领导，都想在举报信上签名摁手印，李成功不让，说："我一个人就够了，只要证据确凿。"李成功之所以这么自信，是因为他这几天想透彻了，他应该相信组织，组织是他强大的靠山。还有这几天他被浓浓的爱包围着、滋润着，有爱在，他觉得他有了不竭的动力，有了无私的支持，当然也有赖于王仁德提供给他的重磅炸弹。苏素也知道李成功这些天趴在桌子上写的什么，但她更想让李成功慢慢写，写的时间久一些，好让这种幸福绵长一些。她有一种预感，好像李成功写完了这个检举信，就会消失似的。

一天上午，李成功接到一个电话。电话是妻子杨玉萍打来的，杨玉萍说："你快些回来吧，父亲病重了。"这是一种特殊的通知方式，病重，就意味着去世，李成功当然知道。噩耗犹如当头一棒，他蒙了很久很久，返过劲来，他责问："怎么不早说，怎么这么突然？"可杨玉萍早已把电话挂了。

李成功一秒也不想耽搁了，他要立即飞到老父身边。可是，围绕着怎么走，大家争论起来。薛东旭想安排代凤山开车送他回去，因为李成功身体尚未完全恢复，又加过度悲痛，自己开车路上不安全。但李成功坚决不肯，他说他已不是工作队的人了，不能再使用公车，执意要开自己的帕萨特。破损的帕萨特已被邹老二弄到县城4S店，修理得焕然一新。姜银发、姬虎和邹老二都不同意，说那更不行，说他的帕萨特阳坡矿的人已认得，开在路上他们追踪、制造车祸怎么办。最后，达成一致：扶贫队的车与帕萨特结伴而行。帕萨特由姬虎开着，姜银发坐车里负责保护照顾李成功。扶贫队的车由代凤山开，代凤山正好该回家住几天了，回去后把徐刚换回来，顺便把姜银发、姬虎再捎回来。决定后，车子出发那一刻，苏素傻了一样，跟着车一直走到村边，然后又跑上仙女湖的坡顶，含着泪，目送那辆帕萨特淹没在远方的树丛中。

路上，李成功一直在无声地落泪，他想起了他老父的点点滴滴，想起了自己的种种不孝。姜银发却攥着他的手，一声不吭。上了高速，李成功突然叫姬虎停车，靠边。其实，不停车也是可以说清楚的，他让姬虎靠边停车，只是想强化他所说的事情的重要。他掏出他写好的一沓材料，还有一个U盘，反抓过姜银发的手，说："这材料上有我的联系方式，还附有身份证复印件，证据也很全，有数据、有录像、有录音、有照片，我就拜托你了。"

姜银发："你放心。我就是豁出命，也要把这些王八蛋告倒！纪委、检察院、巡视组、中央，我告他个天翻地覆。奶奶的！"

李成功又用劲抓了抓姜银发的手，越发郑重地说："银发，咱都是党员，现在我的组织关系还在村支部里，我说句话，你可要听啊！咱反映问题，也得有组织原则，得讲程序、讲组织性，可不能瞎胡闹。咱的目的是解决问题，你说是不？"

姜银发上来的那股子蛮劲立时消减："是是是。"

代凤山跟上来，跑到车前，问出了什么事，李成功说："没事没事，走吧。"两车继续上路。

到家后，父亲已穿好寿衣，躺在草铺上了。李成功进门就双膝跪地，嘣嘣嘣磕头，喊着爹跪行到老父头前，掀起脸上的雪白毛巾。父亲脸色蜡黄，五官扭曲，显得很是痛苦。"爹！爹！你怎么不等等我呢？！"

大姐把李成功拉到一边，叫他不要哭了，说有人吊孝来了再陪着哭，不然会受不了的。李成功再次埋怨："怎么不早给我说呢？！"

于是，姐姐、弟弟们便你一言我一语，讲故事般讲了不早通知他的原因。其实，他上次在党校学习时感冒，回邯郸看望住院的父亲走后，父亲也感冒了，可父亲为了不让他挂念，硬是出院回家。到家后病情加重，稍一动弹就憋得满脸通红。父亲逼着所有的人发誓，不管闺女、媳妇，还是儿子、老伴，谁都不允许把他加重了的病情告诉成功。他说："你们谁要耽误成功的工作，我立马就死。"那个时候，好像他的生死按钮时刻掌握在他自己手里似的。姐弟们都说："我们也知道你忙，家里也数你有出息，都对你寄予厚望，也都不想耽误你，所以也都情愿替你在父亲床前尽孝。"说到这里，李成功从泪眼蒙眬中瞅着笔挺的父亲，又悲恸地哭起来："爹最后是感冒引起的并发症，对吗？那是我传染给爹感冒的啊！我算个啥东西啊！"说着，李成功的头嘭嘭嘭撞起墙来。弟弟护住他的头，说："爹说你做的是大事，要我们都担待你。"姐姐说："爹最后这几天，脑子也犯迷糊了，总说你跟恶魔打斗呢，让我们都帮你。见我们不懂，他就骂，就着急。咽气的时候，还在着急呢，指着窗户说：'快快快，看那恶魔多厉害！'吓得我们鸡皮疙瘩都起来了。"

姐弟们给李成功讲这些的时候，是在姜银发、代凤山走了之后。

姜银发、代凤山、姬虎护送李成功到家。跑这么长的路，又是山道、又是高速，不免有些后怕。大家商议，姬虎留下来，帮着李成功料理后事，姬虎痛快接受。代凤山并没有回家，而是与姜银发一起，跑办李成功的托付之事去了。就在姜银发把检举材料和证据送到省有关部门后，原来代凤山带记者调查的事有信儿了。一家媒体记者告诉代凤山，内参发了，引起了高层重视。代凤山第一时间把这个消息发到了李成功的手机上。这时，已到出殡的头一天，李成功悲痛达到极点，白事也正在一步步走向高潮。

李成功悲伤地揣度着代凤山发来的那条消息，眼睛却忽然发现，原来只有他一个人在内疚悔恨中痛不欲生，所有的人却都兴致盎然，甚至有些兴高采烈。姐姐、姐夫们，弟弟、弟妹们，还有众多晚辈们，他们的哭都很有规律，一是定时定点，凌晨夜晚各就各位集中号哭一阵，再一个就是有人吊唁时呜呜地陪哭一阵。哭时尽心尽责，抑扬顿挫，止哭时，极灵敏地刹车一样，戛然而止，并且一哭毕，即刻该说说，该笑笑，哭（严格说不叫哭，叫号，俗称号丧），完全成了一项应付差事的仪式。灵堂外，更如节日一般。左侧，搭着一个台子，条幅上显示的是安阳豫剧团，正在演出整本的《五女拜寿》。右侧也搭一个台子，条幅上写的是永年白云歌舞团，台上一群姑娘在狂歌劲舞。斜对灵堂有一个娱乐班，大小唢呐齐奏，仔细一听，是欢快的《百鸟朝凤》。灵堂的后侧，支着一口直径两米的大锅，锅下呼呼的火苗旺盛地烧着，大锅的旁边，有一溜床铺板大小的面板，剁肉的、切菜的站成一排，飞舞的菜刀伴着人们的欢声笑语，叮叮当当响成了一片。鞭炮更是不甘寂寞，从早到晚，燃放不停。更有礼炮，晚上间或放上几组，灿烂的礼花绽放在天空，五里之外都能看见。小孩子蹦跳着、喊叫着，窜跑在戏台、歌舞、肉香之间。那些个狗啊、鸡啊，挡不住诱惑，纷纷聚拢在周围，瞅准机会，在人们的脚下叼上几口好吃的。

李成功看不下去了，把几个管事的叫过来，带着恼气说："这是啥意思啊！咱这是死人了啊，我爹去世了啊，看你们一个个高兴的，啊！"年长的人就说："你爹病重住院，你只管在外上班，家里啥都不管，这会儿倒管了。我问你，你爹病那么厉害，你伺候一天没？"一说这个，李成功羞愧难当无地自容，头颅埋进裤裆，一声也不吭了。另一个管事的及时把话收回来，说："你工作忙，都知道，这个事你也甭插言了，这是你爹咽气那天就定下的，快九十的人了，还不该喜丧啊！"

"喜丧？"

"对，喜丧。"

亲戚们的祭品都陆陆续续到齐了。临近傍晚时，忽然又来了一群上祭的人。一个硕大而沉重的花圈，花圈是用绿草野花做成的，落款处写着"南湾村全体村民"。后来李成功才知道，这是苏素、王颖带着姬小云还有村里的几个妇女，连夜做出来的。随后摆在祭台上的祭品是一篮子水汪汪的白菜、一篮子干干净净圆圆润润大小一样的土豆。李成功在守灵的棺材旁往外一看，邹老二来了，王颖来了，苏素和儿子来了，姜银发、代凤山又来了。没想到的是，薛东旭也来了，欧阳涛也来了，徐刚也来了。更没想到的是，王仁德竟然也来了，姬富强竟然也来了。姬虎跑前跑后，招呼着这群人。李成功又看见，大家排成一排，向逝者三鞠躬，只有苏素和儿子翔翔跪下，磕了头。李成功又看见，巧巧穿着孝衣，挤到杨玉萍和媛媛身边，也要守灵送殡。

　　出殡回来，天气出奇地晴朗，日头照得额头直冒汗，李成功感到口干舌燥，向帮忙的人要了瓶矿泉水，刚要喝，想起了妻子杨玉萍，她肯定也累得渴得够呛。他找到她，把矿泉水给了她，转过身，又想，她手关节疼，用不上劲，又要过矿泉水瓶子，帮她拧开了瓶盖。谁知这一别人不易察觉的小小动作，让杨玉萍热泪盈眶。她含着瓶口，望着疲惫不堪的丈夫，轻声说："你又变回来了。"李成功也好像觉得自己回到了当初出发的原点，并再次想起扶贫以来的点点滴滴，不禁抬起头，望向碧蓝的天空，长吁一口气，顿觉自己被彻底清洗了一样，甚至连隐藏在灵魂皱褶里的一些污垢也被洗涤了。这时，薛东旭打来了电话，说："钱副总经理被带走调查了，判刑是肯定的了。"悲痛中的李成功不禁感慨，钱副总经理看上去那么强大，怎么竟也这么脆弱，到倒时，呼啦啦就完了。

　　李成功父亲的一七刚过，又传来消息，阳坡矿开始要封填了。这是李成功最关心的：怎么封填啊？是彻底的封填，还是做做样子？

　　待七七一过完，李成功得到确切消息。封填阳坡矿是在专家的指导下进行的，动用了很多铲车、汽车、推土机，不但把以前挖煤时废弃的矸石回填到了井下，还用了十几卡车的水泥，彻彻底底把阳坡矿封死了。

　　封填不久，那片区域发生了一次地震，震级很低，人们几乎感觉不到。但大地能感觉到，那地震，对封填的阳坡矿来说，就像装到桶里的豆子又晃动了几下一样，使填埋更加瓷实了。

那一年，冬季来得很早，从入冬就开始飘雪，一直到惊蛰，还时有雪花飘舞。那年的下雪量非常大，人们整个冬天都在雪里生活。

转年一入夏，又出现有气象记录以来最大的降雨。整个夏天几乎阴云不散，时而暴雨如注，时而细雨霏霏。

八月十五那天，姜银发在仙女湖边跳起来，喊起来："小溪有水啦，小溪来水啦！"人们循着他的喊声跑过去，又沿着那条溪水往上跑，一路跑，一路欢呼。原来，那条沟谷里，一片片的泉眼，就像一朵朵的鲜花，咕嘟咕嘟冒着水泡。

仙女湖一天一个样。干涸的湖底开始积水，先是一片片、一洼洼，片片洼洼都映照着蓝天，呼应着白云，晃晃荡荡，生机勃勃。不久，一片片一洼洼的积水连在了一起。又不久，清凌凌的水铺满湖底，先是淹到脚面，之后淹到脚脖子，再后淹到小腿、膝盖、大腿、腰部，待淹到胸部时，湖里那些野蒿野树就只露个发梢了。远远近近几个小岛，在荡荡漾漾的碧波里，更使得那片久违的仙女湖美如仙境。

自此，李成功不再回复苏素的微信了。

两年以后的一天，李成功接到组织人事部柴部长电话，说："董事长叫你去谈话呢。"

"什么事？"

"你就准备请客吧。"

听那轻松愉悦的口气，李成功猜想不会是坏事。

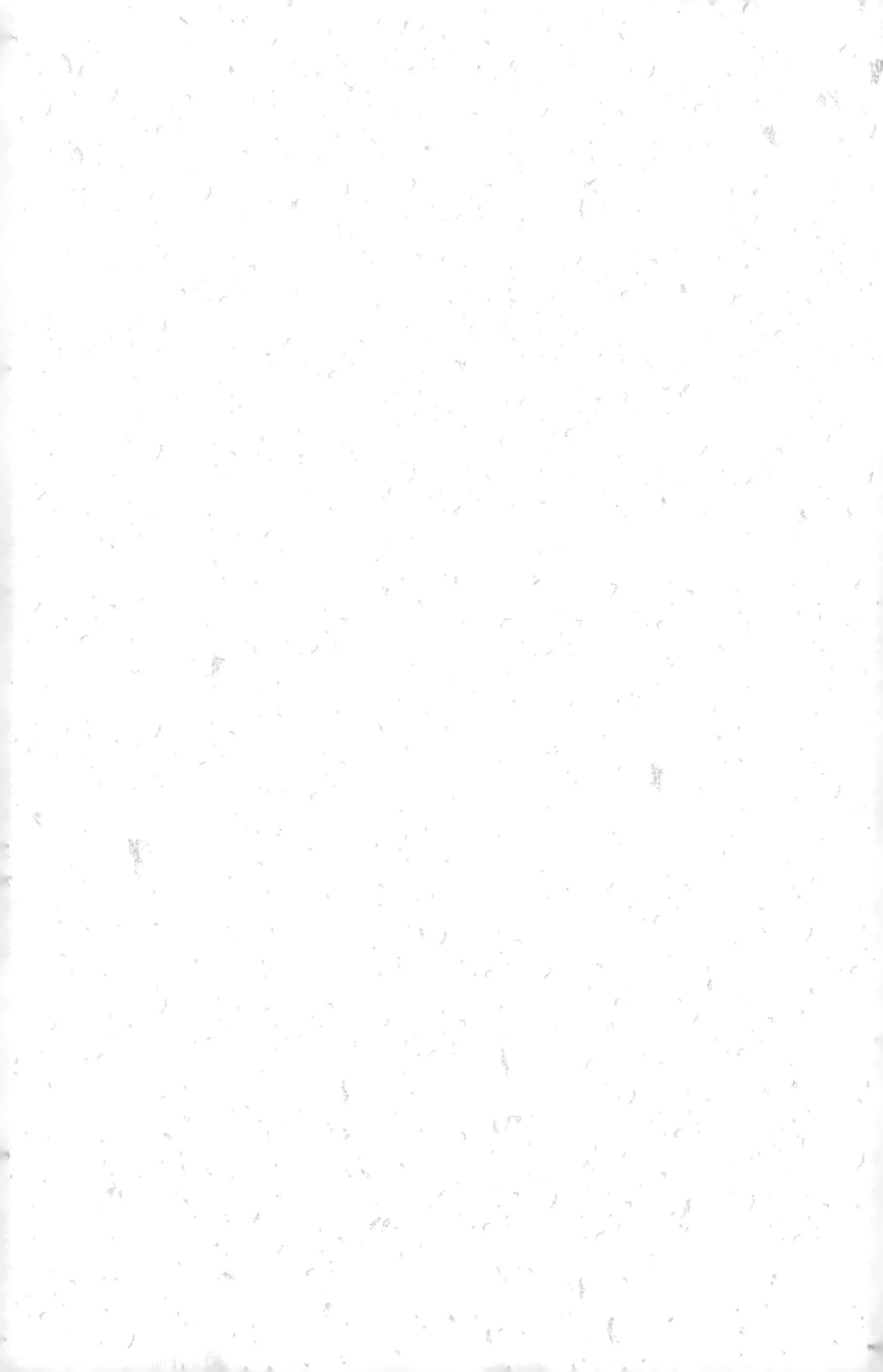